Markolf Hoffmann
Schattenbruch

PIPER FANTASY

Zu diesem Buch

Nach ihrer empfindlichen Niederlage im Silbermeer greifen die Goldéi mit noch größerer Entschlußkraft nach den letzten Quellen, die sich in menschlicher Hand befinden. Immer deutlicher treten die Veränderungen der Welt Gharax zutage: Die Naturgewalten nehmen Rache an ihren einstigen Peinigern, ganze Landstriche werden verwüstet. Unterdessen wandelt sich das Ringen zwischen den Zauberern Sternengänger und Mondschlund zum offenen Kampf. In der Sphäre treten sich die Auserkorenen Laghanos und Nhordukael ein drittes Mal gegenüber. Und im Untergrund der Stadt Vara, dem »Verlies der Schriften«, wird Fürst Baniter Zeuge jener uralten Verschwörung, die den Untergang der Welt Gharax zu Folge haben wird. Denn längst bereiten sich die Gefolgsleute der zwei Zauberer auf ein neues Zeitalter vor …

Markolf Hoffmann, 1975 geboren, studierte Geschichte und Literaturwissenschaft, engagiert sich in Kurzfilmprojekten und schreibt phantastische Romane und Erzählungen. Sein furioser Zyklus »Das Zeitalter der Wandlung« machte ihn zum neuen Shooting-Star der deutschen Fantasy. Markolf Hoffmann lebt in Berlin. Weiteres zum Autor: www.nebelriss.de

Markolf Hoffmann

SCHATTENBRUCH

DAS ZEITALTER DER WANDLUNG 3

Piper München Zürich

Von Markolf Hoffmann liegen in der Serie Piper vor:
Nebelriss. Das Zeitalter der Wandlung 1 (8535)
Flammenbucht. Das Zeitalter der Wandlung 2 (8536)
Schattenbruch. Das Zeitalter der Wandlung 3 (8537)

Dieses Taschenbuch wurde auf FSC-zertifiziertem Papier gedruckt. FSC (Forest Stewardship Council) ist eine nichtstaatliche, gemeinnützige Organisation, die sich für eine ökologische und sozialverantwortliche Nutzung der Wälder unserer Erde einsetzt (vgl. Logo auf der Umschlagrückseite).

Originalausgabe
Dezember 2005

Umschlagkonzept: Büro Hamburg
Umschlaggestaltung: Nele Schütz Design, München
Umschlagabbildung: Stephen Hickman via Agentur Schlück GmbH
Karten: Hjördis Hoffmann
Papier: Munken Print von Arctic Paper Munkedals AB, Schweden
Gesamtherstellung: Clausen & Bosse, Leck
Printed in Germany
ISBN-13: 978-3-492-28537-7
ISBN-10: 3-492-28537-6

www.piper.de

INHALT

PERSONENVERZEICHNIS

Die letzten Angehörigen des Silbernen Kreises
Akendor Thayrin, einstiger Kaiser von Sithar, in Thax verschwunden
Uliman Thayrin, sein Sohn, neuer Kaiser von Sithar, Fürst von Thax
Binhipar Nihirdi, Fürst von Palidon
Baniter Geneder, Fürst von Ganata

Die Familie Geneder
Jundala Geneder, Fürst Baniters Gemahlin
Sinsala Geneder, älteste Tochter des Fürstenpaares
Banja Geneder, zweite Tochter des Fürstenpaares
Marisa Geneder, jüngste Tochter des Fürstenpaares

Die Familie Nihirdi
Darna Nihirdi, Fürst Binhipars Gemahlin
Blidor Nihirdi, Binhipars Sohn

Die Reisenden aus Troublinien
Rumos Rokariac, ein Zauberer der Bathaquar
Ashnada, seine Leibwächterin
Aelarian Trurac, Großmerkant, Angehöriger des Gildenrates
Cornbrunn, sein Leibdiener
Grimm und *Knauf*, zwei Kieselfresser, Tiere aus den troublinischen Mooren

Das Heilige Spektakel
Laghanos, ein ehemaliger Zauberschüler aus Larambroge
Darsayn, der Haubenträger
Benris, ein Unbeschlagener, Vertrauter Darsayns und früheres Mitglied der Calindor-Loge
Tyra, eine Mondjüngerin und Beschlagene in Laghanos' Heer

Die gespaltene Kirche des Tathril
Nhordukael, der Auserkorene, Hoherpriester der Aufständischen
Bars Balicor, Hoherpriester der Restkirche, einstiger Erzprior von Thax, Verbündeter der Bathaquar
Drun, der Anführer der Weißstirne

Die Goldéi
Aquazzan, der ›Rotgeschuppte‹, erster Scaduif
Quazzusdon, zweiter Scaduif
Sazeeme, dritter Scaduif

Die Arphater
Königin Inthara, Herrscherin über Arphat, Tochter des Sonnengottes
Sai'Kanee, Priesterin des Todesgottes Kubeth, eine Mondjüngerin
Ejo, Schechim der Anub-Ejan-Sekte, auch ›der Große Ejo‹ genannt

Die Bewohner der Stadt Vara
Sinustre, Betreiberin der Halle der Bittersüßen Stunden, eine ehemalige Kurtisane
Sardresh von Narva, der ›Schwärmer‹, Baumeister aus der Regierungszeit Kaiser Akrins

Die Fischer aus Rhagis
Parzer, ein Fischer
Mäulchen, eine Fischerin
Ungeld, ein Netzknüpfer

Die Bewohner des westlichen Silbermeeres
Tarnac der Grausame, König von Gyr
Der Schattenspieler, seltsamer Reisender zwischen den Schatten
Schalim der Prasser, zwielichtiger Gastwirt am See Velubar

Das Verlies der Schriften
Glam, ein Geisterwesen
Bathos der Scharfzüngige, berühmter Priester der Tathrilya, Gründer der Bathaquar

Die einstigen Fürsten Sithars
Scorutar Suant, letzter Fürst von Swaaing, in Vara ermordet
Arkon Fhonsa, letzter Fürst von Thoka, in Vara ermordet
Perjan Lomis, letzter Fürst von Morthyl, vor Fareghi ertrunken
Hamalov Lomis, letzter Fürst von Varona, Bruder von Perjan, in Vara ermordet
Ascolar Suant, letzter Fürst von Vodtiva, ein Vetter Scorutars, in Vara ermordet
Vildor Thim, letzter Fürst von Palgura, in Vara ermordet
Stanthimor Imer, letzter Fürst von Aroc, in Vara ermordet

Weitere lebende und verstorbene Persönlichkeiten
Akrin Thayrin, früherer Kaiser von Sithar, der Vater Torsunts
Ceyla Illiandrin, einstige Geliebte Akendors, in Thax ermordet
Charog, früheres Oberhaupt der Universität von Larambroge
Cyrmor, ein Silberschmuggler aus Galbar Arc, von Ashnada erschlagen
Duane, ehemalige Aufständische aus dem Rochenland und frühere Geliebte Baron Eldroms

Eldrom von Crusco, der Baron von Surgissa, selbsternannter ›König des Silbermeeres‹
Eshandrom, König von Kathyga, Verbündeter der Goldéi
Gadon Geneder, Baniters verstorbener Vater, Norgons Sohn, einstiger Fürst von Varona
Garalac, troublinischer Leibwächter Akendors
Hynerc, ein Schnapsbrenner aus Rhagis
Lyndolin Sintiguren, Dichterin und Astrologin, in Praa zurückgeblieben
Magro Fargh, einstiger Hoherpriester der Kirche, ermordet von Nhordukael
Mestor Ulba, Siegelmeister des Kaisers, hingerichtet in Arphat
Mhadag, ein Schiffsjunge der Südsegler
Norgon Geneder, Baniters Großvater, der ›Verräter‹, einstiger Fürst von Varona
Schnappes, ein Krabbensammler aus Rhagis
Solcyr, Ashnadas Vater, gyranischer Feldherr
Sorturo, einstiger Lehrmeister von Laghanos in der Universität von Larambroge
Stolling, Wirt der *Roten Kordel* in Rhagis, Anführer der Erben Varyns
Suena Suant, die Tochter der Baronin Tundia, in Thax von Akendor Thayrin ermordet
Syllana Thayrin, einstige Gattin Akendors, Tochter eines Goldschmieds, in Thax ermordet
Tira Aldra, frühere Kaiserin von Sithar, nach dem Bündnis mit der Bathaquar von dieser ermordet
Torsunt Thayrin, früherer Kaiser von Sithar, der Vater Akendors, der Großvater Ulimans
Turic Turr, früherer Kaiser von Sithar, letzter Fürst der Gründerfamilie Turr

Historische und legendäre Persönlichkeiten

Durta Slargin, der Bezwinger der Quellen, bekannt als ›Weltenwanderer‹ und ›Sternengänger‹
Mondschlund, der ›Blender‹, legendärer Zauberer und einstiger Gefährte Durta Slargins
Kahida, legendäre Zauberin auf der Insel Tyran
Varyn der Seefahrer, Entdecker der Insel Morthyl, Erbauer des Leuchtturms auf Fareghi
Lysron der Schmied, einstiger Kurator der Tathril-Kirche aus Vara

Einige auf Gharax verehrte Götter

Tathril, alleiniger Gott der Tathrilya-Loge, verehrt in Sithar und Troublinien

Agihor, oberster Gott der Arphater, Gott der Sonne und des Regens
Kubeth, einer der Todesgötter von Arphat
Saj, arphatische Göttin der Nacht
Tudi, arphatischer Gott der Dämmerung
Zordis, arphatischer Gott der Reisenden und Bettelnden
Balah-Sej, arphatischer Gott des Gesetzes
Gharjor, Gott der Stürme, höchster Gott der Gyraner
Candra, Meergott, höchster Gott der Candacarer

Bilmephal
Atrevo
Nordmeer
Siccelda
AROC
Suuls Hauch
Tyran
Straße von Tyran
CANDACAR
KATHYGA
ARPHAT
Stirging
PALIDON
PALGURA
Troublinische See
Loana
GYR
THAX
VARONA
GANATA
TROUBLINIEN
Letha
SWAAING
Tula
Scar
Strega
Suan
KAISERREICH SITHAR
Phatal
THOKA
Vrynn
VODTIVA
Fareghi
Thatra
Throdot
Pendekowin
Silbermeer
MORTHYL
Phaly

LEGENDE

Königreich Gyr
1 – Nagyra
2 – Gharjas, *Hauptstadt*

Königreich Candacar
3 – Kyrion, *Hauptstadt*

Königreich Arphat
4 – Praa, *Hauptstadt*
5 – Harsas
6 – Pryatt Parr – Golganor (Grenze Arphat / Palidon)
7 – Adep-Epta

Königreich Kathyga
8 – Larambroge, *Hauptstadt*
9 – Ghasren
10 – Crusco
11 – Tarosage

Rochenland (Teil von Kathyga)
12 – Surgissa
13 – Der Steinkreis von Ilmora
14 – Oors Caundis (Logenburg der Malkuda)

Kaiserreich Sithar
15 – Nandar (Palidon)
16 – Ronamot (Palidon)
17 – Jocasta (Palidon)
18 – Condul (Palgura)
19 – Persys (Palgura)
20 – Thax (Thax)
21 – Movimar (Thax)
22 – Narva (Thax)
23 – Amos, der Brennende Berg (Thax)
24 – Blanvart (Thax)
25 – Travid (Thax)
26 – Mehnic (Varona)
27 – Vara (Varona), *Hauptstadt*
28 – Gehani (Ganata)
29 – Bolmar (Ganata)
30 – Serys (Thoka)
31 – Galbar Arc (Morthyl)
32 – Miras Arc (Morthyl)
33 – Venetor (Vodtiva)
34 – Sawaar (Swaaing)

Troublinien
35 – Taruba, *Hauptstadt*
36 – Oublin
37 – Torquiat
38 – Iarac

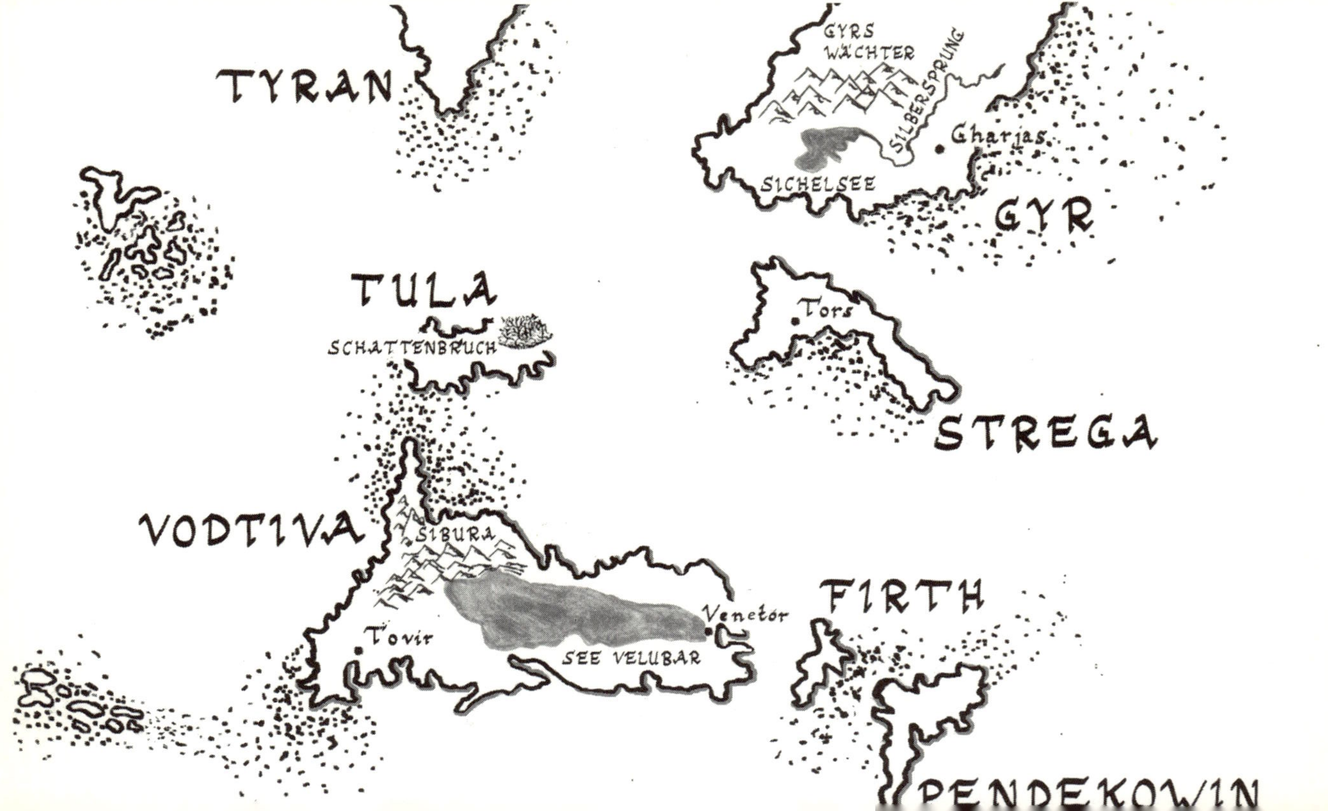

TYRAN
GYRS WÄCHTER
SILBERSPRUNG
Gharjas
SICHELSEE
GYR
TULA
SCHATTENBRUCH
Tors
STREGA
VODTIVA
SIBURA
FIRTH
Venetor
Tovir
SEE VELUBAR
PENDEKOWIN

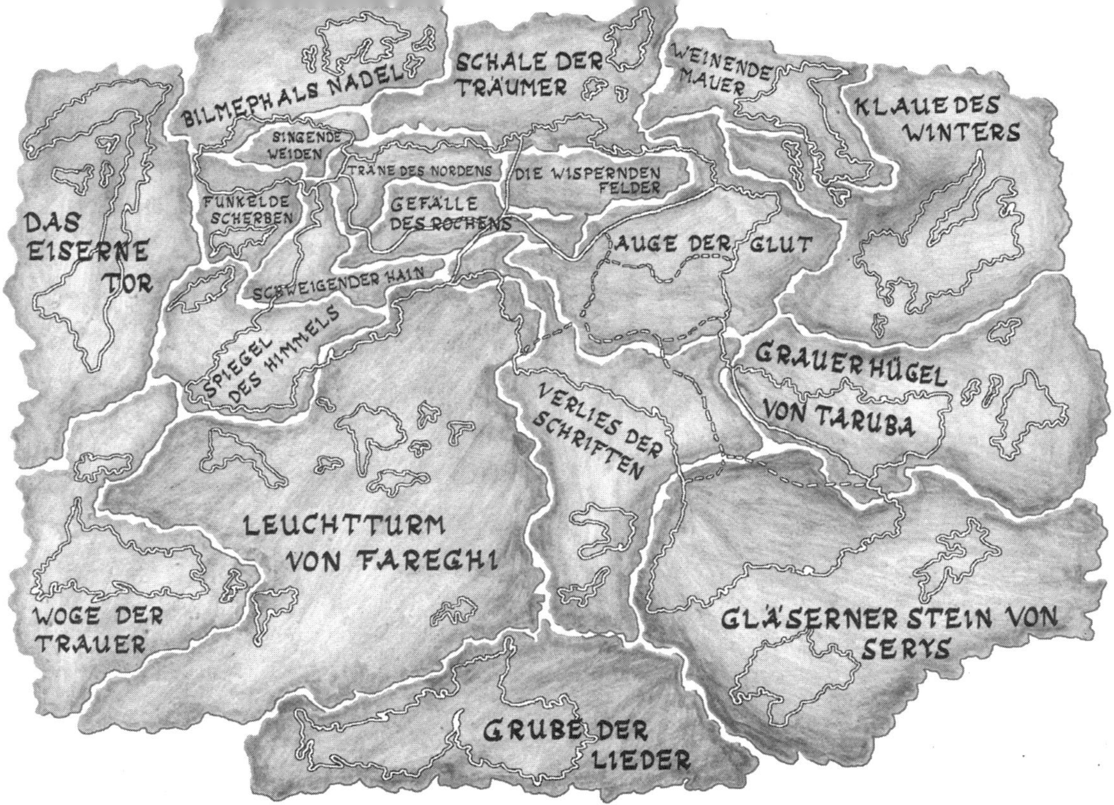

Bilmephals Nadel
Schale der Träumer
Weinende Mauer
Klaue des Winters
Singende Weiden
Träne des Nordens
Die wispernden Felder
Funkelde Scherben
Gefälle des Rochens
Das eiserne Tor
Auge der Glut
Schweigender Hain
Spiegel des Himmels
Grauer Hügel von Taruba
Verlies der Schriften
Leuchtturm von Fareghi
Woge der Trauer
Gläserner Stein von Serys
Grube der Lieder

PROLOG

Tief im Gestein schwelt uralter Haß. Zwischen Schichten aus Erz und Granit, Ton und Kies wohnt eine Kraft, die uns Menschen verachtet, unser Fleisch, unser pochendes Herz, das Blut, das durch unsere Adern peitscht. Es scheint, als neide uns der Fels die Wärme unserer Körper und ihre Vergänglichkeit, die wir als Fluch empfinden. Und während wir arglos über das Erdreich wandeln, wächst in steinernen Tiefen der Zorn auf unser Tun.

Die Palidonier, das alte Volk des Hochlandes, wußten von jenem verborgenen Feind. Sie fürchteten das Gestein und verehrten es als mächtigen Gott. Vier Geister des Felsens kannten die palidonischen Priester: den grünen Zindrast, dessen poröse Brocken auf den Feldern des Hochlandes zu finden waren; den gelben Salphur, dessen Funkeln die Höhlen des Splittergebirges schmückte; den roten Padril, geädert wie wundes Fleisch; und das schwarze Sithalit, dessen schimmernde Oberfläche einem dunklen Spiegel glich. Viermal im Jahr tränkten die Priester den Boden mit Blut, um die Geister des Felsens zu besänftigen. Trotzdem blieb ihnen das Gestein feindlich gesinnt, suchte Palidonien mit Erdbeben heim, begrub ganze Dörfer unter Lawinen und ließ Pässe und Brücken einstürzen.

Erst Durta Slargin, der erste Zauberer der Menschheit, beendete die Schreckenszeit und machte sich die Quellen des Hochlandes untertan. Er unterwies seine Schüler in der Kunst der Magie, damit sie die Kräfte der Erde in Zaum halten konnten. Er verbot die Verehrung der alten Götter und lehrte den Menschen einen neuen Glauben. Tathril, der Gott der neuen Zeit, zog in die Tempel der palidonischen Städte ein. In Thax und Movimar, Ronamot und Jocasta gerieten die Geister des Felsens in Vergessenheit. Nun prangten an den Stadttoren Mosaike aus grünem Zindrast. Frauen schmückten ihre Kleider mit Fibeln aus geschliffenem Padril. Kaufleute trugen Siegelringe aus Salphur. Und in Palästen und Tempeln wohnte der dunkle Glanz des Sithalits, das aus Palidons Steinbrüchen in die Metropolen von Gharax geschafft wurde.

Allein in Nandar, der Stadt über den Klippen im Nordosten des Hochlandes, bewahrte das Volk einen Teil der Legenden. Hier entsann sich manch einer der Furcht seiner Vorväter und betrachtete das Gestein zu seinen Füßen mit Argwohn. Denn Nandar war auf schwarzem Grund gebaut. Wer es wagte, seine Sinne den Schatten der Vorzeit zu öffnen, der konnte unter sich noch immer den stummen Haß des Sithalits spüren.

Dreimal bebte die Erde in Nandar …

Das erste Beben nahmen nur wenige der Bewohner wahr. Eine leichte Erschütterung in der Nacht, verhaltenes Grollen aus dem Untergrund. Kinder fuhren aus dem Schlaf und riefen nach der Mutter. Hunde heulten auf, ließen sich weder durch Stiefeltritte noch durch Knüttelhiebe zur Ruhe bringen. In den Schenken sprangen Tonkelche vom Tisch und zerschellten auf dem Steinboden.

Seit Jahrhunderten hatte es in Nandar kein Erdbeben mehr gegeben. Die Stadt wurde durch das Auge der Glut geschützt, die Quelle von Thax. Ihre Macht wirkte im ganzen Hochland, selbst hier in Nandar. Doch nun, da die Kirche sie an einen Abtrünnigen aus den eigenen Reihen verloren hatte – den Priester Nhordukael, der sich zum Nachfolger des verstorbenen Hohenpriesters erklärt und somit die Kirche gespalten hatte –, ging in Nandar Furcht um. Das Auge der Glut verhieß keinen Schutz mehr, sondern Vernichtung. Thax, die Hauptstadt des Kaiserreiches, war ihm bereits zum Opfer gefallen; Nhordukael hatte die Stadt mit den Flammen der Quelle versengt. Und obwohl seine Anhänger, die Weißstirne, inzwischen einen Waffenstillstand mit Kaiser und Thronrat geschlossen hatten, fürchteten Nandars Bewohner, es könnte ihnen bald ähnlich ergehen wie den Bürgern von Thax.

Dreimal bebte die Erde in Nandar …

Sechs Tage nach dem ersten Beben spürte Nandar die zweite Erschütterung; diese war stärker, bedrohlicher. Mächtige Stöße jagten durch Nandars Straßen, ließen den Putz von den Mauern bröckeln. Das Sithalit, es brüllte, erzitterte in seiner Schwärze und Bosheit. Die Menschen spürten die Gewalt des Felsens bis ins Mark; klammerten sich aneinander, lauschten dem Dröhnen aus der Tiefe.

Dann aber setzte das Beben urplötzlich aus, als wäre der Felsen selbst erschrocken über seine Kraft. Voller Panik rannten die Menschen aus ihren Häusern, riefen nach Tathril, nach dem Kaiser, nach Gnade und Erbarmen. In einer Gasse entglitt einem Kind die Hand seines Vaters; es stürzte und fand den Tod unter den Stiefeln der Umherirrenden. Wieder tränkte Blut das Sithalit, sickerte hinab in die Tiefe; und das Gestein witterte den gehaßten Feind, der es so lange geknechtet hatte. Fleisch und Stein, ein ewiger Gegensatz: der Kampf zwischen Leben und Starrheit, er dauerte fort.

Dreimal bebte die Erde in Nandar, und das dritte Beben versetzte der Stadt den Todesstoß.

»Kommt, kommt herein«, rief der Schattenspieler und winkte die Männer und Frauen zu sich, die durch die offenstehende Tür in den Keller spähten. »Kommt und ergötzt euch an der Kunst der gewobenen Schatten, die euch das Schicksal Sithars verraten!« Kerzen flackerten in der Tiefe, warfen ihr Licht auf die Stufen einer verfallenen Treppe, die in das Gewölbe hinabführte. Ein paar Schemel und Bänke waren unten zu erkennen und ein weißes Leintuch, das vor den Sitzreihen aufgespannt war und sich im Luftzug des Kellers bauschte. »Kommt und staunt über die Welt der Schatten – die der Toten und der Todgeweihten. Hört die Geschichte der Fürsten Sithars, die in Vara ihr Ende fanden! Seht ihre sterbenden Hüllen, die im Schattenreich wandeln. Kommt, kommt zu mir … «

Mißtrauisch spähten die Menschen in den Keller hinab. Niemand von ihnen hatte den Mann je gesehen, dessen Gesicht im Kerzenschein nur undeutlich zu erkennen war. Er war von drahtiger Gestalt, seine Hände dürr, das Haar zottig; die Kleider – ein zerschlissenes Lederwams und flekkige Hosen – wirkten armselig. Auch den Keller kannte niemand der Anwesenden; viele fragten sich, warum sie nie zuvor dieses uralte Gebäude bemerkt hatten, das im Südviertel Nandars aufragte und dessen Baustil eigentümlich wirkte und fremd. Doch ihre Neugier siegte. Einer nach dem anderen stieg die Treppe hinab und nahm vor dem gespannten Leintuch Platz. Kinder drängten sich an ihre Eltern, starrten mit großen Augen auf den Schattenspieler, der nun von seinem Publikum ein paar Kupfermünzen forderte. Mit geübten Fingern ergriff er die Münzen und ließ sie in seinen Hosentaschen verschwinden. Dabei ging ein Leuchten über sein längliches Gesicht. Er war jünger, als die meisten erwartet hatten, wohl dreißig Jahre alt; der Körper gelenkig, die Haut sonnengebräunt, doch der Blick unstet, von einem dauernden Blinzeln zerrissen, als wäre er ein Käuzchen, das im Dunkeln nach Beute linste. Ein strenger, doch nicht unangenehmer Geruch ging von seinen Kleidern aus, der Duft nach Harz und Kiefernadeln. Seinen dürren Hals verdeckte ein Seidentuch; das einzige Kleidungsstück, welches halbwegs sauber schien.

Mit gewichtiger Miene löschte der Mann die Kerzen. Der Keller versank in Dunkelheit. Nur vom Eingang drang noch Tageslicht in das Gewölbe. Der Schattenspieler zog sich hinter sein Leintuch zurück, und die Menschen vernahmen ein Klicken, als öffne sich eine Metallklappe. Kurz darauf erstrahlte die Leinwand in orangefarbenem Licht, das mit Hilfe einer Laterne auf die Rückseite des Tuchs geworfen wurde.

»Laßt nun die Schatten sprechen«, rief der Mann seinen Zuschauern aus dem Hintergrund zu. Kurz huschte der Schemen seiner feingliedrigen Hand über die Leinwand. »Den Bildern, die unsere Augen erhaschen, können wir nicht länger trauen. Es wird Zeit, hinter die Kulissen zu schauen; dort sehen wir nichts als die Scherenschnitte, gefertigt von alten Händen, die unser Schicksal formen wollen. Ja, meine Freunde – die Wahrheit, an die wir geglaubt haben, gilt nicht länger. Unsere Augen sind unzuverlässig geworden, unsere Sinne schweifen ab und wollen die Welt von morgen erfassen. Was uns vertraut ist, geht dahin im Zeitalter der Wandlung. Tathril hat sich von uns abgewandt, und die Quellen, die wir so lange beherrscht haben, zerren an ihren Fesseln. Selbst die Fürsten des Thronrats, die unseren Kampf gegen die Goldéi anführen sollten, sind von uns gegangen.« Er senkte die Stimme. »Ja, meine Freunde – die Gerüchte sind wahr: Der Thronrat Sithars ist vernichtet, der Silberne Kreis zersprengt. Laßt die Schatten sprechen; nur sie können euch diese Geschichte erzählen.«

Ein Rascheln, dann wandelte sich das Licht, wurde heller und weißer. Schatten begannen auf der Leinwand zu tanzen: kunstvolle Figuren aus Stäben und Papier. Sie stellten die Fürsten Sithars dar; deutlich waren ihre markanten Profile zu erkennen, ihre Mäntel und Halsketten. Einige Einzelheiten waren besonders gut getroffen: die massige Gestalt des thokischen Fürsten Arkon Fhonsa oder die Lockenpracht Scorutar Suants, des Fürsten von Swaaing. Den größten Schatten warf der Herrscher von Palidon, Binhipar Nihirdi; die Zuschauer erkannten ihren Fürsten sofort anhand der breiten Schultern und der geflochtenen Enden seines Bartes.

»Die Fürsten Sithars«, hob der Schattenspieler wieder an, »die mächtigen Herren des Kaiserreiches ... sie flohen nach

Vara, der alten Kaiserstadt, nachdem Thax in Flammen untergegangen war. Nhordukaels Feuersturm hatte den Silbernen Kreis vertrieben. In Vara wollte dieser in neuer Stärke zusammentreten, um das Reich zu bewahren: vor Nhordukaels blindem Zorn und vor den Goldéi, deren Schiffe die Küsten bedrohten. Den wahren Feind aber erkannten sie nicht. Denn er wohnte in ihrer Mitte …«

Zu den neun Schattengestalten gesellte sich eine weitere: ein Kind auf einem Thron, den Kopf herrisch emporgereckt. Die übrigen Schatten senkten die Häupter und hoben ehrfürchtig die Hände. Deutlich waren die feinen Holzstäbe zu sehen, mit denen der Schattenspieler die Glieder der Scherenschnitte bewegte. Wie nur gelang es ihm, die filigrane Mechanik aller zehn Figuren zu bedienen? Jede von ihnen bewegte sich unabhängig voneinander, war von Eigenleben erfüllt. Die Kinder staunten mit offenen Mündern, und die Erwachsenen tuschelten miteinander, während der Schattenspieler in seiner Erzählung fortfuhr.

»Uliman Thayrin, Fürst von Thax und neuer Kaiser des Reiches: Erbe des Throns, den sein Vater Akendor verwaist zurückgelassen hatte. Zwölf Jahre alt war der Knabe, als er zum Kaiser ernannt wurde und die Hand der arphatischen Königin nahm.«

Einige Männer im Publikum nickten verbittert. In der Tat, Uliman Thayrin hatte Inthara von Arphat zur Frau genommen: die Königin jenes Landes, das einst ein unversöhnlicher Gegner Sithars gewesen war. Nun zogen die früheren Todfeinde vereint gegen die Goldéi ins Feld. Die Heirat zwischen Uliman und Inthara war im Volk umstritten, doch die Furcht vor den echsenhaften Wesen, die Gharax bedrohten, hatte alle Widerworte fürs erste verstummen lassen.

»Uliman versammelte die Fürsten im Kaiserpalast von Vara; sie glaubten, er wolle mit ihnen Rat halten über den Feldzug gegen die Echsen. Welch Irrtum!« Das Licht im Gewölbe änderte sich schlagartig; blutiges Rot tränkte das Tuch. »Verrat! Rachsucht und Mord! Der Kaiser hatte sie in eine Falle gelockt. Seht, seht wie sie sterben, erwürgt von des

Kaisers Hand. Einem nach dem anderen schnürt Uliman die Kehle zu, meuchelt sie dahin in blindem Wahn. Seht, wie sie fallen ... «

Die Figuren begannen zu tanzen: ein Todesreigen, wildes Umhertaumeln, die dünnen Arme fuhren zu den Kehlen, als rangen die Fürsten nach Luft. Dort ging einer von ihnen zu Boden, streckte flehend die Hand empor, bis alles Leben aus ihm wich. Auch die übrigen Fürsten sanken nieder, einer nach dem anderen. Nur der Kaiser, Uliman Thayrin, saß weiterhin auf seinem Thron; er schien zu lachen, schwenkte die Arme und pries unsichtbare Mächte.

Angewidert betrachteten die Menschen das Schauspiel auf der Leinwand, das eine Spur zu echt war. Sie alle kannten die Gerüchte der letzten Wochen: daß die Fürsten in Vara ermordet worden seien, vermutlich von des Kaisers Hand, und Uliman nun als alleiniger Herrscher in Vara regiere. Auch Binhipar Nihirdi, der Fürst von Palidon und Schutzherr von Nandar, sollte dem Mord zum Opfer gefallen sein. Doch es gab auch andere Berichte; manche hielten das Ende des Silbernen Kreises für eine Lüge, oder sie sahen nicht Uliman hinter dem Mord, sondern Nhordukael. Dann wieder hieß es, einer der Fürsten habe den Thronrat dahingemeuchelt: Baniter Geneder, Fürst von Ganata. Nur Binhipar sei dem Anschlag entronnen. Letztlich wußte niemand Genaues, und die Familie Nihirdi widersprach allen Gerüchten um Binhipars Tod, ohne einen Gegenbeweis zu erbringen.

»Seht, wie sie fallen«, wiederholte der Schattenspieler, während sich ein düsteres Blau über die Leinwand legte. »Der Silberne Kreis ist zersprungen. Ein wahnsinniges Kind herrscht über Sithar, und keiner kann das Reich vor dem Untergang bewahren.«

Die Schattenfigur des Kaisers hatte sich vom Thron erhoben. Er wandte den Kopf der Leinwand zu, als wollte er durch sie auf das Publikum blicken. Für einen Moment schien es, als wandle der Schatten nicht hinter dem Tuch, sondern davor, als habe er das Tuch durchdrungen. Das blaue Licht umspielte Ulimans Konturen wie Flammen, und die Stäbe, die seine Arme hielten, verblaßten.

In diesem Augenblick bebte die Erde unter Nandar ein drittes Mal, sechs Tage nach der letzten Erschütterung. Die Mauern des Gewölbes begannen zu zittern; uralter Mörtel knirschte zwischen den Steinen, Staub rieselte von der Decke auf das Publikum herab. Aus der Erde drang ein Stöhnen, als erwache das Gestein aus langem Schlaf. Dann jagte ein erster Stoß durch die Stadt, ein Fausthieb aus der Tiefe, und die Schemel und Bänke im Gewölbe flogen umher wie Spielzeug.

Schreiend rappelten sich die Menschen auf, rafften ihre Kleider zusammen, stürmten zur Treppe, die unter dem Nachbeben des Erdstoßes schwankte. Kinder klammerten sich an ihren Eltern fest, Frauen an ihren Männern, und im Pulk drückten sie sich die Treppe hinauf, glitten auf den Stufen aus, zogen sich an den Rockschößen der Vorauseilenden voran.

»Wartet!« Der Schattenspieler war hinter der Leinwand hervorgetreten, in den Händen die winzigen Figuren, deren Arme nun leblos herabhingen. »Bleibt stehen, ihr Narren! Draußen erwartet euch der Tod. Hier unten seid ihr sicher, hier im Verlies!«

Sie hörten nicht auf ihn. Ihr einziger Wunsch war es, nach draußen zu gelangen, dem Gewölbe zu entkommen und den Himmel zu erblicken, einmal noch, ein letztes Mal. Schon hatten die ersten die Straße erreicht. Keiner von ihnen half den Nachstürmenden. Doch auch diese gelangten endlich ins Freie. Als ein zweiter Stoß Nandar erzittern ließ, waren die letzten dem Keller entflohen.

Der Schattenspieler stand allein vor der Leinwand. Seine Augen blinzelten, während er die Kupfermünzen hervorholte, den Lohn für sein Schauspiel. Achtlos ließ er sie zu Boden fallen.

»Blind seid ihr«, murmelte er. »Ihr lauft den Trugbildern nach, die man euch vorgaukelt. Wer soll euch schützen, wenn selbst die Schöpfer der Sphäre Gharax längst aufgegeben haben?«

Er tastete nach dem Tuch, das seinen Hals bedeckte, und sein Gesicht verzerrte sich, als litte er Schmerzen. Hinter ihm erlosch das blaue Licht seiner Laterne. Das Gewölbe versank im Dunkeln, während ein dritter Erdstoß Nandar in Trümmer schlug.

Palidon, der Nordosten des Hochlandes, galt seit jeher als ein Gebiet, das seine menschlichen Bewohner nur duldete, nicht aber liebte. Von schroffer Schönheit waren die Hügel und Täler: das Splittergebirge mit seinen scharfkantigen Felsnasen; die gefährliche Seenlandschaft von Jocasta, aus der selten ein Reisender zurückkehrte; die Meeresküste, über die Suuls Hauch streifte, jener von Osten her wehende eisige Wind. Das Sithalit aber war der stumme Wächter Palidons; je weiter das Land gen Osten zum Meer abfiel, desto dunkler und felsiger wurde der Grund. Die Schwärze des Sithalits färbte auf das Gemüt der Menschen ab, und so galten die Palidonier als finster und schweigsam. Vor allem den Einwohnern Nandars sagte man ein mürrisches Wesen nach, und zweifellos wurde in Nandars Straßen weniger gelacht und gesungen als andernorts im Kaiserreich.

Die Stadt zerfiel in zwei Teile: das am Wasser gelegene Hafenviertel, Palideyra genannt, und die auf dem Felsrükken errichtete Hochstadt. Hier lebte ein Großteil der Einwohner; ihre Häuser drängten sich um die Fürstenburg Nirdun, einen grauen Steinbau, dessen Wehrturm wie eine gereckte Faust aufragte. Seine hellen Mauern hoben sich deutlich vom Untergrund ab; denn auch Nandars Straßen waren aus dem dunklen Felsen geschlagen und die meisten Gebäude aus Sithalit gebaut. Wenn die Sonne eine Lücke zwischen den Wolken fand und ihre Strahlen das Gestein trafen, glomm die Stadt wie ein Funkenmeer auf. Doch es war ein freudloser Glanz, der die Herzen nicht wärmte.

Auch an diesem Tag schien über Nandar die Sonne, während das dritte Beben die Stadt erschütterte. Die Menschen, die von den Erdstößen aus den Häusern getrieben wurden, strömten durch die Gassen, verängstigt, verzweifelt. Ihr Geschrei mischte sich mit dem Grollen des Untergrundes. Sie drängten zur Burg hin; dort hofften sie auf Hilfe. Doch der vorgelagerte Platz war abgeriegelt. Ritter schirmten die Zugänge ab: schwere Rüstungen, dunkle Helme und Kriegskeulen … die Ritter der Schwarzen und der Weißen Klippen! Als die Kunde von Binhipars Ermordung umgegangen war, hatten sie ihre Stellungen an der Küste verlassen und sich nach Nandar zurückgezogen. Die Klippenritter hatten die kaisertreue Stadtgarde entwaffnet, und jene Bürger, die den Staatsstreich Ulimans beklatscht hatten, waren kurzerhand hingerichtet worden. Die Familie Nihirdi – bestehend aus Binhipars Gemahlin und seinem Sohn – dachte offenbar nicht daran, vor dem Kaiser das Haupt zu senken. Statt sich seiner Macht zu beugen, verbreiteten die Nihirdi in der Stadt das Gerücht, der Fürst sei noch am Leben, habe den Anschlag überlebt und werde bald nach Nandar zurückkehren, um Uliman den Kampf anzusagen. Viele Menschen glaubten dies, sehnten Binhipars starke Hand herbei; und wer daran zweifelte, fand sich in Ketten wieder.

Unbarmherzig drängten die Klippenritter das Volk in die Gassen zurück. Bald staute sich die Menge; die Eingepferchten versuchten zur westlichen Straßenmündung zu gelangen und sich zum Stadttor durchzukämpfen. Doch ein neuer Stoß erschütterte das Erdreich; der Boden schwankte, schleuderte die Menschen umher wie Puppen. Ein ohrenbetäubendes Krachen: der Seitenflügel der alten Münzerei sackte in sich zusammen. In einer Wolke aus Staub begrub er Unzählige. Das Gedränge wurde endgültig zum Chaos, entmenschte Leiber, deren Beine und Füße, Arme und Fäuste vom Körper unabhängig zu werden schienen, die um sich traten und schlugen ohne Rücksicht auf Umherstehende; entmenschte Leiber, die sich an den Schultern der Aufrechtstehenden emporzogen und die Köpfe der Niedersinkenden hinabdrückten, um selbst nicht im Menschenmeer unterzugehen. Nur vereinzelt durchdrangen Stimmen den allgegenwärtigen Lärm. Ein junger Mann hatte sich auf den Fenstersims eines Hauses gerettet. Seine Stirn schmückte ein weißes Band, und seine Augen leuchteten, während er auf die Menschen einbrüllte.

»Nhordukaels Zorn ... spürt ihr ihn? Er schickt euch das Beben, er straft euch für die Weigerung, ihm zu folgen! Er herrscht über die Quelle des Brennenden Berges, er reinigte Thax mit Feuersglut und zeigte uns Tathrils Machtlosigkeit. Wir sind lange genug einem falschen Gott gefolgt! Nicht Tathril lenkt unser Schicksal! Nicht Tathril wird uns beschützen, sondern ein Mensch wie wir! Nhordukael ging für uns in die Sphäre, um uns zu retten. Betet nicht länger zu Tathril – fleht Nhordukael um Schutz an! Wer ihm folgt, wird überleben!«

Manche hörten auf ihn, klammerten sich an diese letzte Hoffnung wie Ertrinkende und riefen lauthals den Namen des jungen Hohenpriesters: »NHORDUKAEL! NHORDUKAEL!« Doch während in den Augen des Weißstirns Zuversicht leuchtete, zeugten ihre Blicke nur von Verzweiflung.

Die Erde beruhigte sich. Zurück blieb ein Knirschen; das Sithalit sammelte Kraft für den nächsten Angriff. Sofort kam Bewegung in die Menge; sie strömte auf die rettende Gasse zu, fort, fort von hier, fort zu den Toren, die aus der Stadt führten. Bald war die Straße verstopft. Doch halt! – in der Menge war eine Gestalt zu erkennen, ein breitschultriger Mann in einem Kapuzenumhang, der die entgegengesetzte Richtung eingeschlagen hatte. Er überragte die Umherirrenden um einen Kopf, ein Bär von einem Mann. Aufrecht schritt er durch die Massen, die Hände drohend erhoben. Zwei Klippenritter folgten ihm, duckten sich hinter seinem breiten Rücken und füllten die Lücke, die er in das Menschenmeer riß.

»Sie rennen wie die Lämmer«, knurrte der Breitschultrige, während er eine Frau zur Seite stieß, die gegen seine Brust gedrückt worden war. »Wohin wollt ihr fliehen, feiges Gesindel? In den Norden, wo euch die Goldéi in Stücke reißen? Oder in den Süden, wo euch Nhordukaels Flammen versengen? Wollt ihr euch gar dem wahnsinnigen Kind ausliefern, das in Vara auf dem Thron sitzt?« Er fegte die Anstürmenden beiseite wie Gestrüpp.

Bald hatte er sich zum Vorplatz der Burg vorgekämpft. Dabei war er seitlich abgedrängt worden, in die Nähe der eingestürzten Münzerei. Dort redete noch immer der Weißstirn auf die Menge ein. »Nhordukaels Zorn … nur er kann euch retten! Tathril hüllt sich in Schweigen, und eure Anführer, die Fürsten, wurden von Nhordukael gerichtet. Sithar steht am Abgrund! Nur Nhordukael kann uns vor den kommenden Schrecken bewahren!«

Der Breitschultrige schnaubte. Er kämpfte sich zu dem Jüngling vor, riß ihn mit beiden Händen vom Fenstersims herab.

»Was weißt du schon von kommenden Schrecken? Du hast keine Ahnung, Bursche! Dein Nhordukael ist ein Schlächter, einer von jenen, die Sithar zugrunde richten.« Er versetzte dem Jungen einen Fausthieb ins Gesicht. Ohne einen Laut sank der Unglückliche zu Boden. Schon erfaßten ihn die Stiefel der Vorbeidrängenden, trafen den Kopf, den Brustkorb, stießen ihn hinab auf das blutdürstende Gestein.

»Dies alles muß ein Ende haben«, schnaubte der Breitschultrige, »das üble Spiel der Priester und Zauberer, die den Echsen die Tore nach Gharax geöffnet haben.« Er gab seinen Begleitern ein Zeichen und setzte den Weg zur Burg fort. Wenige Schritte trennten ihn noch von den Klippenrittern. Diese hatten inzwischen einen Großteil des Platzes geräumt. Nun bildeten sie eine Reihe, die Kriegskeulen fest im Griff.

»Geht zur Seite!« Der Breitschultrige schubste die letzten Umherirrenden fort und baute sich vor den Rittern auf. »Und ihr – laßt mich hindurch!«

Unbeeindruckt hoben die Wächter ihre Keulen, um den Mann niederzuknüppeln. Dann aber bemerkten sie die zwei Klippenritter, die ihn begleiteten.

»Wer seid Ihr? Niemand darf in die Burg hinein! Niemand darf zur fürstlichen Familie vordringen!«

Der Mann riß sich die Kapuze vom Kopf. Schwarze Haare quollen hervor; und nun erkannten die Ritter ihn, trotz seiner eingefallenen Gesichtszüge und des auf eine Fingerlänge gestutzten Vollbartes; denn seine Augen glommen so zornig wie eh und je.

»Niemand außer mir«, sagte Fürst Binhipar Nihirdi und scheuchte die Klippenritter mit herrischer Geste beiseite.

An der Ostseite der Burg Nirdun, geschützt von den hohen Mauern, lag ein Garten. Er war verwildert; die Familie Nihirdi machte sich wenig aus Blumen und Ziersträuchern. Ein paar Birken spendeten Schatten, Farne wehten im Wind, Hecken säumten die überwucherten Grasflächen. In der Mitte des Gartens stand ein alter Pavillon. Der Urgroßvater Binhipars hatte ihn erbauen lassen, ein Liebhaber der Schönen Künste, der unter den Birkenzweigen gern den Balladen seiner Harfenspieler gelauscht hatte. Doch Leidenschaft und Feinsinn dieses Fürsten waren nicht auf seine Nachkommen übergegangen, und so war der ovale Steinbau seit langem verfallen.

Zerbröckelte Stufen führten zum Pavillon empor. Sein Inneres lag in Finsternis. Nun aber schob sich eine Gestalt aus dem Dunkeln und ließ sich auf der Treppe nieder. Es war der Schattenspieler; lächelnd zog er die Scherenschnitte hervor, mit denen er zuvor die Menschen ergötzt hatte. Er bewegte mit den Hölzchen ihre Glieder; sein Blick aber war auf die Burg gerichtet, auf ein vergittertes Fenster im mittleren Stockwerk.

»Nun, meine Freunde – was glaubt ihr, wer sitzt dort hinter den Gitterstäben? Wer sitzt dort im Dunkeln und preßt seine Stirn gegen das kalte Gemäuer?« Er hielt sich eine der Figuren vor die Augen, linste durch die Löcher des Scherenschnitts zum Fenster. »Ob er wohl das Beben hört, das Knirschen unter der Stadt? Oder ist sein Geist zu verwirrt, um den Untergang Nandars zu bemerken?«

Der Schattenspieler spitzte die Ohren. Trotz des anhaltenden Grollens vernahm er eine Stimme, ein Schluchzen, erkannte einige Wortfetzen. Doch sie wurden von einem zweiten Geräusch überdeckt, einem Knurren, das aus dem hinteren Teil des Gartens drang. Der Schattenspieler wandte den Kopf und entdeckte unweit des Pavillons einen Holzverschlag. Er war mit einem Gatter umzäunt; dahinter lauerten zwei Hunde: zottiges Fell, gedrungene Körper, grobe Tatzen und Zähne. Wildhunde! Das Wölfische ihrer Bewegungen, ihr Zähnefletschen und die starren Blicke waren schrecklich anzuschauen. Sie blafften ihn an und schlichen hinter dem Gatter umher; doch das Erdbeben hatte auch sie eingeschüchtert.

Er ließ die Scherenschnitte sinken. »Binhipar, du Schurke! Warum quälst du deinen Gefangenen so? Du führst ihm diese Meute vor Augen, mutest ihm zu, sie Tag für Tag zu sehen und ihr Gebell anzuhören. Hast du kein Herz in deiner Brust, du Lump? Hast du ihn nicht genug leiden lassen?«

Sein Blick kehrte zum Fenster zurück. Eine Bewegung hinter den Gitterstäben – dort, ein bleiches Gesicht; ein Mann, die Augen weit aufgerissen. Ihre Blicke trafen sich. Der Schattenspieler hob die Hand und winkte dem Gefangenen zu. Doch dieser schreckte vom Fenster zurück.

»Ich komme, um dich zu holen«, wisperte der Schattenspieler. »Du mußt mir folgen, hinab ins Verlies, bevor Nandar untergeht – ja, ich werde dein Retter sein!« Er strich sein zottiges Haar zurück. Dann sprang er auf und kehrte ins Innere des Pavillons zurück. Die Schatten verschluckten ihn. Nur seine Schritte waren zu hören: Stiefel auf steinernen Treppenstufen, die in die Tiefe führten.

Auch in der Burg waren die Erschütterungen des Bebens zu spüren. Nirduns Fundamente ächzten, Risse krochen an den Decken entlang, Ziersäulen gaben dem Druck nach und fielen in sich zusammen. Doch schließlich kam der Untergrund wieder zur Ruhe.

Im Rundsaal von Nirdun knieten die Angehörigen der Fürstenfamilie, umringt von Klippenrittern, die mit Schilden ihre Köpfe schützen. Nun richteten sich alle auf und lauschten dem Nachhall des Bebens.

»Ihr müßt von hier fort, Herrin!« Ein Mann in der grünen Tracht der Malkuda-Loge, der sich während des Erdstoßes auf dem Boden des Saals zusammengekauert hatte, stürzte auf die Fürstin zu. »Wir können den Zorn der Quelle nicht länger aufhalten.«

»Wir bleiben.« Darna Nihirdi, eine untersetzte Frau mit weichen Gesichtszügen, wirkte entschlossen. »Solange mein Gemahl nicht zurückgekehrt ist, kann ich die Stadt nicht verlassen. Ihr habt geschworen, ihren Untergang hinauszuzögern, Zauberer – nun haltet Euer Wort!«

Der Zauberer tupfte sich den Schweiß von der Stirn. Seine Gesichtszüge waren unter der weißen Schminke kaum zu erkennen. »Ich habe alles versucht, Herrin. Gemeinsam mit meinen Schülern habe ich mächtige Schutzzauber über die Burg gelegt; doch wenn die Magie einer Quelle entfesselt ist, sind auch sie wirkungslos. Das Auge der Glut ist unberechenbar.«

»Ihr sprecht wie ein Feigling!« Blidor Nihirdi, der Sohn Binhipars, klopfte sich den Staub aus dem Mantel. Er war ein Mann von vierzig Jahren, breitschultrig und grimmig wie sein Vater, beinahe Binhipars Ebenbild, wenn man von den helleren Augen und dem glattrasierten Kinn absah. »Wir haben Euch hier in Nandar aufgenommen, als Eure Logenburg im Arkwald zerstört wurde. Nun zahlt Eure Schuld zurück und verteidigt die Stadt gegen diesen Angriff!«

Der Zauberer wirkte verzweifelt. »Nhordukael ist zu stark. Anfangs glaubte ich, er habe sich die Quelle von Thax mit Gewalt unterworfen – in diesem Fall hätte es genügt, ihre äußere Schicht zurückzudrängen. Doch wie es scheint, gehorcht das Auge der Glut ihm aus freiem Willen. Die Quelle wird durch keine Zauber in Bann gehalten, und ihre

Macht wirkt in Nandar ebenso wie in Thax. Wir können die Stadt nicht mehr retten.«

Darna Nihirdi zögerte. »Vor sechs Wochen erreichte uns die Botschaft, daß mein Gemahl das Attentat von Vara überlebt habe und sich auf dem Weg nach Nandar befinde. Er wird kommen ... und so lange werde ich hier ausharren.«

Blidor nickte zustimmend. »Vaters Nachricht war eindeutig; er befahl uns, auf ihn zu warten. Wenn er nicht auf der Flucht gefangen oder erschlagen wurde, wird er kommen! Wir müssen Geduld haben ... «

Schritte auf dem Flur; die Türen des Saals wurden aufgerissen. Darna und Blidor wandten die Köpfe. Sie erblickten eine breitschultrige Gestalt – ein Mann in einem Kapuzenmantel, der auf sie zuschritt; obwohl das Gesicht verdreckt und sein Bart geschnitten war, erkannten sie ihn sofort.

»Binhipar!« In Darnas Stimme mischten sich Freude und Unglauben. Sie stürzte auf ihren Gemahl zu und fiel ihm um den Hals. Die Umarmung des Fürstenpaars hatte etwas Sanftes, zeugte von dem Vertrauen ihrer langjährigen Ehe.

Als Binhipar sich schließlich von seiner Gattin löste, fiel sein Sohn Blidor vor ihm auf die Knie. Die anwesenden Ritter taten es ihm gleich.

»Vater ... es ist also wahr, du lebst!« Blidors Stimme zitterte. »Unsere Hoffnung war nicht vergebens.«

Wieder grollte der Untergrund. Putz rieselte von der Decke.

»Hoffnung!« fauchte Binhipar. »Was kann sich der Mensch in diesen Tagen noch erhoffen?« Er bedeutete seinem Sohn, sich zu erheben.

»Die Nachricht von Eurem Tod habe ich nie geglaubt«, sagte Blidor. »Als Eure Botschaft aus Vara uns erreichte, fiel uns ein Stein vom Herzen.«

Darna Nihirdis Augen hatten sich mit Tränen gefüllt. »Wir hatten zuvor nur Gerüchte vernommen und jenen schrecklichen Brief des Kaisers erhalten, in dem er mit der Zerschlagung des Silbernen Kreises prahlte und uns zur Unterwerfung aufrief. Niemand konnte Ulimans Behauptung widerlegen; alle Berichte aus Vara bestätigten vielmehr, daß dort Schreckliches geschehen war.«

»Uliman ... dieser Mörder! Ich sehe ihn vor mir auf dem Thron sitzen, als er sich die Fürstenkette vom Hals riß, seine Hand um die silberne Plakette schloß.« Binhipar atmete schwer. »Die Ketten der Ahnen brachten uns den Tod! Das Silber gehorchte Uliman, die Glieder zogen sich zusammen und schnürten uns die Luft ab. Scorutar und die anderen gingen zu Boden ... und dieses gräßliche Kind lachte, es lachte uns aus!« Sein Gesicht färbte sich kalkweiß, er tastete nach seiner Kehle. Deutlich war die verschorfte Wunde an seinem Hals zu erkennen. »Nur mir gelang es, die Kette zu zerreißen und aus dem Thronsaal zu fliehen. Ulimans Ritter verfolgten mich durch den Palast, doch ich konnte mich verbergen und ins Freie gelangen. Ich floh aus der Stadt. Dort hielt ich mich eine Weile verborgen; Uliman ließ alle Straßen, alle Wälder auf der Suche nach mir durchkämmen. Erst nach Tagen konnte ich die Klippenritter um mich sammeln und euch eine Botschaft senden.« Seine Augen verdüsterten sich. »Uliman hat die Macht der Ahnen mißbraucht! Er hat sich des Silbernen Kreises entledigt, um allein in Vara zu herrschen – an der Seite der Kirche. Denn die Tathril-Priester stecken hinter dieser Verschwörung! Sie waren es, die den Prinzen in Troublinien erzogen und gegen uns Fürsten aufgehetzt haben. Ich glaubte, mit Uliman besteige ein Hoffnungsträger den Thron – ein Herrscher, der in dieser chaotischen Zeit dem Volk neuen Mut einhaucht. Wie sehr habe ich mich getäuscht!«

»Sind die anderen Fürsten allesamt tot?« fragte Darna beklommen.

»Alle bis auf einen. Sie sanken zu Boden, rangen nach Luft und wälzten sich im Todeskampf. Er aber stand aufrecht, ohne daß Ulimans Zauber ihm etwas anhaben konnte – Baniter Geneder! Seine Kette widerstand dem Angriff; er sah zu, wie wir vor dem Thron verreckten!« Binhipar ballte die Faust. »Der Luchs von Ganata hat seinen Kopf aus der Schlinge gezogen! Uliman hat ihn verschont, aus welchem

Grund auch immer.« Er blickte zur Decke des Saals, von der sich wieder Mörtelsteinchen lösten. »Warum haben die Ahnen mich verlassen? Seit die Kette zersprungen ist, schweigen sie. Warum warnten sie mich nicht? Warum retteten sie Baniter?«

»Wir werden es herausfinden«, beruhigte ihn Darna. »Doch jetzt, Binhipar, müssen wir uns in Sicherheit bringen! Das Erdbeben wird Nandar verschlingen.«

Binhipar nickte. »Ich habe dem Waffenstillstand der Weißstirne von Anfang an mißtraut. Nhordukael will uns seine Macht vor Augen führen. Damit ist Nandar verloren – doch das Kaiserreich längst nicht!« Mit rauher Stimme erteilte er Befehle. »Die Klippenritter sollen sich am Südtor sammeln. Führe sie aus der Burg, Darna, und vergiß auch die Hunde nicht. Du hingegen, Blidor« – er wies auf seinen Sohn – »bleibst bei mir. Ich muß noch das Schwert unserer Vorväter aus dem Südturm retten ... und unseren hohen Gast. Er ist doch hoffentlich wohlauf?«

»Er lebt«, antwortete Blidor, »doch wohlauf ist er nicht. Sein Geist ist noch immer verwirrt.«

»Das dachte ich mir. Wir brauchen ihn dennoch; nur mit seiner Hilfe können wir Uliman loswerden. Komm jetzt!«

Gemeinsam eilten Vater und Sohn die Treppe zum nächsten Stockwerk empor, während Darna Nihirdi die Anweisung gab, Nirdun zu räumen. All jene, die aus Treue zur fürstlichen Familie in der Burg ausgeharrt hatten, stürmten nun ins Freie, und die schweren Stiefel der Klippenritter hallten auf zersprungenen Steinplatten wider.

Ein Ruf aus der Tiefe ... ja, das Sithalit hörte ihn, antwortete mit Grollen. Das Auge der Glut hetzte das Gestein auf, befahl ihm, allen Haß gegen Nandars Bewohner zu richten. Die Quelle brachte die Gesteinsschichten in Wallung, füllte die Spalten des Sithalits mit böser Kraft. Noch wartete das Sithalit auf den rechten Augenblick, um die in ihm kochende

Wut hervorbRRRechen zu lassen, um die Stadt unter seinen STTTTößen zu zerschmeTTTern, die verhaßten Bauten einstürzen zu lassen … ja, Nandars Gebäude sollten fallen, die Menschen zermalmt werden, zermalmt … das Sithalit wollte Blut schmecken, zerborstene Knochen auf seinem geschändeten Rücken spüren! Noch lag in der Sphäre ein letzter Schleier, der die Wut des Felsens zurückhielt. Doch der Ruf der Quelle schürte den Zorn. Jene, die sich so lange als Herren der Welt aufgeführt hatten, mußten hinweggefegt, ihre Körper zerquetscht, ihre Spuren für immer getilgt werden. Frei wollte das Sithalit sein – frei wie in jener Zeit, als die Quellen ohne Fesseln gewesen waren.

Die Stunde der Abrechnung war gekommen.

Drei große Räume umfaßte der goldene Käfig, in den man ihn eingesperrt hatte; die Wände mit Teppichen geschmückt, die Möbel aus edlem Holz. Ein prächtiger Kerker, der Stellung seines Insassen angemessen. Und doch war und blieb es ein Kerker, und er ein Gefangener, ein Häftling. Man brachte ihm köstliche Speisen, sorgte für edle Kleider und regelmäßige Bäder; und doch ließ man ihn nicht gehen, ganz gleich, wie oft er seine Wächter anbrüllte, sie schlug, trat und biß, und trotz ihrer höflichen Worte wußte er, daß sie ihn für wahnsinnig hielten – und für gefährlich!

»Wahnsinnig und gefährlich«, sprach er langsam zur Wand, »wahnsinnig gefährlich … das bin ich wohl, ja, das bin ich!« Er legte sich die Hand auf die Stirn, schloß die Augen und genoß die Kühle seiner Finger. »Das Fieber … es glüht noch immer. Es frißt mich auf, Garalac?« Er sprang auf, sah sich im Zimmer um. »Du spürt es auch, dieses Fieber … ich habe dich angesteckt!« Er taumelte auf den rothaarigen Mann zu, der vor der verschlossenen Tür Wache hielt – ein Troublinier mit wäßrigen Augen, der die Haare zu einem Zopf gebunden hatte. »Hier, leg deine Hand auf meine Stirn … sie glüht, nicht wahr? Und der Boden schwankt unter mir – es muß das Fieber sein!« Er brach vor dem Troublinier zu Boden.

»Ihr habt kein Fieber, mein Kaiser.« Die Stimme des Troubliniers klang angespannt. »Es ist ein Erdbeben; deshalb schwankt der Boden. Doch keine Sorge, man wird Euch von hier fortbringen.« Er wandte sich zur Tür und hämmerte zum wiederholten Mal mit den Fäusten auf sie ein. »He! Ihr dort draußen! Macht endlich auf!«

»Pssst … sei still, Garalac!« unterbrach ihn der Gefangene. »Hörst du nicht … sie bellen, sie bellen schon wieder – die Hunde! Sie rufen nach mir – ja, ich kann meinen Namen hören! ›Akendor‹, so bellen sie – ›Akendor‹, hörst du es nicht?« Er richtete sich auf. »Ein Erdbeben, sagst du … nein, es ist etwas anderes! Der Fluch ist mir aus Thax gefolgt … und die Hunde, sie wollen mich richten, so wie sie Syllana und Ceyla gerichtet haben! Bring mich zu ihnen, Garalac … damit ich meine Schuld sühnen kann.« Er kicherte, fiel dem Troublinier in den Arm, der weiterhin auf die Tür einschlug. Schließlich stieß Garalac ihn zurück.

»Seid vernünftig, Akendor! Ich werde Euch hier herausholen; es ist meine Pflicht, Euch zu beschützen, so wie ich es Eurem Vater versprochen habe.«

»Ja, du hast mich schon einmal befreit, aus jener Zelle in Thax«, erinnerte sich Akendor, lächelte und klopfte Garalac lobend auf die Schulter. »Das hast du gut gemacht. Die Fürsten wollten mich umbringen, war es nicht so? Sie wollten mich für meine Aufmüpfigkeit strafen. Aber du hast mich befreit, Garalac, mein treuer Diener!« Er kicherte erneut. »Binhipar hat dir den Schlüssel zum Kerker gegeben; auch er wollte nur mein Bestes und mich in Sicherheit bringen. Er hat mich in Nandar versteckt, damit der Silberne Kreis mich für tot hält. Nicht einmal seinem Spießgesellen Scorutar hat er dieses Geheimnis anvertraut.«

»Ja, und er wird Euch weiterhin beschützen.« Garalac linste durch einen Spalt in der Tür auf den dahinterliegenden Gang. »Was immer Ihr auch getan habt, Ihr seid der Sohn seines besten Freundes – meines einstigen Herrn.«

»Torsunt«, entfuhr es Akendor. »Mein lieber, guter Vater Torsunt!« Er spuckte auf den Boden. »Warum kann er nicht wie andere Väter in der Erde verrotten und mich in Frieden lassen? Habe ich darum gebeten, sein Erbe anzutreten? Habe ich darum gebeten, der Kaiser dieses Reiches zu werden? Oh, es wäre besser gewesen, die Fürsten hätten mich in Thax erschlagen ... « Er preßte beide Fäuste gegen den Kopf. »Die Hunde ... sie bellen schon wieder! Ich höre sie, ganz in der Nähe ... «

Tatsächlich drang das Geheul der Wildhunde aus dem Garten empor. Garalac versuchte den Kaiser zu beruhigen. Immer wieder sah er sich nach der Tür um und lauschte. Doch das Grollen des Erdbebens war stärker geworden, und so überhörte Garalac die Schritte auf dem Gang.

»Die Hunde!« Akendor klammerte sich an seinen Diener. »Und die Schatten ... Vorhin im Garten war dieser Mann, am Pavillon ... er kam mir bekannt vor. Mir ist, als hätte ich vor Jahren ein Bild von ihm gesehen ... dort, Garalac, sieh! – in der Ecke – er ist es! Er lauert in den Schatten!«

Garalac kniff die Augen zusammen. Tatsächlich lag eine Ecke des Raums im Dunkeln; Akendor hatte den schweren Vorhang zugezogen, um das aus dem Garten dringende Hundegebell zu dämpfen.

»Siehst du ihn, Garalac? Seine Hand – dürre Finger, die mir aus der Dunkelheit zuwinken!« Akendor drückte sich gegen die Wand neben der Tür. »Was will er von mir?«

Das Beben war so stark geworden, daß Garalac den Halt verlor und zu Boden stürzte. Über ihm knirschte die Decke. Aus der Ferne war ein Rumpeln zu hören, als ob eine Wand in sich zusammenkrachte.

»Wann holen sie uns endlich?« fluchte er. »Will Binhipars Familie uns hier verrecken lassen?« Fieberhaft suchte er nach einer Fluchtmöglichkeit. Doch dann drehte sich ein Schlüssel im Türschloß. Die Tür schwang zurück – und dort stand Fürst Binhipar, in Begleitung seines Sohnes.

»Binhipar ... Ihr lebt!« Garalacs Augen hellten sich auf. »Ich wußte, daß Ihr nicht so leicht zu ermorden seid.«

»Geh mir aus dem Weg, Troublinier«, knurrte der Fürst. Er entdeckte den Kaiser, der sich auf dem Boden zusammengekauert hatte. Akendor keuchte; er wies in die Ecke, schien nach etwas zu greifen.

»Sein Zustand hat sich also nicht gebessert«, sagte Binhipar kühl. »Das wundert mich nicht. Er ist ebenso verrückt wie sein Sohn.« Er gab Blidor ein Zeichen, und gemeinsam zerrten sie Akendor auf die Beine. »Nun, Majestät, erkennt Ihr mich noch?«

»Die Schatten«, flüsterte Akendor. »Ich weiß, was sie von mir wollen … mich fortbringen, fort von hier!« Nun erst wandte er den Kopf. Er war während der Gefangenschaft stark abgemagert, seine Wangen hohl, die blonden Haare klebten an den Schläfen. Die Augen glänzten fiebrig. »Binhipar … Ihr seid es! Welch eine Freude! Wir haben uns lange nicht mehr gesehen … zuletzt in Thax, wenn ich nicht irre. Wie steht es um die Stadt, mein Bester?«

»Thax wurde zerstört«, stieß Binhipar hervor, »und der Palast Eures Vaters ist in Feuersglut zerschmolzen. Hat man Euch nichts davon erzählt?«

Akendor schien diese Botschaft nicht zu beunruhigen. »Thax ist zerstört … wie traurig!« Er lächelte. »Diese Welt ist aus den Fugen geraten. Der Boden duldet unsere Füße nicht mehr … wir haben zu sehr auf ihm gewütet!« Er legte einen Finger auf den Mund, als wollte er Binhipar ein Geheimnis anvertrauen. »Der Mann in den Schatten verspricht, mich an einen Ort des Friedens zu bringen, wo Ruhe herrscht und die Hunde schweigen. Was meint Ihr, Binhipar – soll ich mit ihm gehen? Ihm in die Schatten folgen?«

Blidor Nihirdi beugte sich zu seinem Vater. »Wir sollten ihn zurücklassen. Er ist vollkommen irrsinnig. Welchen Nutzen hat er noch für uns?«

Binhipar warf ihm einen strafenden Blick zu. »Er ist Torsunts Sohn und zudem der rechtmäßige Kaiser Sithars. Wenn wir Uliman stürzen wollen – und das müssen wir, um das Reich zu retten –, brauchen wir ihn. Akendor muß auf den Thron zurückkehren, zumindest für einige Zeit …

nicht wahr, Akendor? Ihr wollt doch zurück auf den Thron!«

Akendor wirkte belustigt. »Aber Binhipar – was sollte ein Irrer wie ich auf dem Thron? So nanntet Ihr mich doch – einen Irren ... dabei seid Ihr der Wahnsinnige, von Machtgier zerfressen.« Er krallte sich in Binhipars Gewand fest. »Ich bin es leid, Euren Plänen zu dienen! Ihr habt mich stets verachtet, weil ich nicht der würdige Nachfolger Torsunts war. Ihr habt mich vom Thron gestoßen und meinen Sohn hinaufgezerrt – so soll es bleiben! Und falls Euch Uliman nicht paßt, setzt Euch selbst die Krone auf ... das Kaiserreich geht ohnehin vor die Hunde!« Er versuchte sich aus den Griffen der Nihirdi zu befreien. »Laßt mich! Ich will dem Mann in die Schatten folgen. Seht, er winkt mir zu ... laßt mich gehen!«

Ein ohrenbetäubendes Krachen. Der Boden unter ihnen sackte weg. Steinplatten sprangen aus den Fugen. Die Außenwand des Zimmers rutschte hinab wie die Spielkarte eines Kartenhauses, riß den Fensterrahmen, die Gitter, den Vorhang mit sich und füllte den Raum mit Staub. Garalac warf sich auf Akendor und zerrte ihn zur Tür. Auch Binhipar und Blidor retteten sich in den Gang.

»Wir müssen von hier verschwinden, Vater«, rief Blidor unter starkem Husten.

Binhipar blickte auf Akendor, der wimmernd am Boden lag. Dann wandte er sich an Garalac. »Du bist für ihn verantwortlich, Troublinier. Und nun kommt – wir nehmen die südliche Treppe!«

Sie verschwanden in der Staubwolke, die durch den Gang waberte. Die einstige Zelle Akendors war nun verlassen; Sonnenstrahlen fielen durch die klaffende Lücke der Außenmauer und tauchten den Raum in milchiges Licht. In der Ecke, inmitten des aufwirbelnden Staubs, hockte der Schattenspieler; er hatte das Seidentuch von seinem Hals hochgeschoben, um Mund und Nase zu schützen.

»Zu spät ... ich kam zu spät«, murmelte er durch den Stoff. »Wie bedauerlich! Ich hätte Akendor gern nach Schattenbruch mitgenommen – dort hätte er Frieden gefunden.« Nachdenklich blickte er auf den Gang, in dem die Männer verschwunden waren. »Nun hat Binhipar ihn in seinen Krallen. Wer hätte gedacht, daß dieser Schuft den Anschlag von Vara überlebt hat? Er ist bestimmt nicht gut auf den kleinen Uliman zu sprechen. Er wird sich an ihm rächen wollen – das könnte sehr interessant werden!«

Seine Augen blinzelten voller Vorfreude. Er strich sein Lederwams glatt. Dann erhob er sich, huschte zur offenstehenden Tür, die im Takt der Erdstöße gegen die Mauer schlug. Kurz darauf schlüpfte er in den dunklen Spalt zwischen Tür und Wand und verschwand in den Schatten.

Eine Stadt in Trümmern. Die Bewohner vertrieben, die Häuser zerrüttet; Staub wehte über Nandars Gassen. Zwischen Steinen, Schutt und Geröll lagen die Leichen all jener, die nicht schnell genug hatten fliehen können.

Triumphierend grollte der Untergrund. Das Sithalit feierte seinen Sieg, barst vor Freude über den Befreiungsschlag. Felskeile schnellten aus der Tiefe empor, rissen die Straßendecke auf wie Stacheln. Doch noch war die Jagd nicht vorbei, noch war es zu früh, den Zorn abklingen zu lassen.

Vier Männer wankten durch die Straßen – Binhipar und sein trauriges Gefolge. Das Gesicht des Fürsten war starr, als er über die gefallenen Mauern hinwegstieg. Die Stadt seiner Väter und Vorväter war ein Trümmerfeld. Obwohl Binhipar sich zusammennahm, war ihm die Verbitterung anzumerken.

Gelegentlich hielt er inne und sah sich nach seinen Begleitern um. Blidor folgte ihm dicht auf den Fersen; doch die zwei anderen Männer waren zurückgefallen. Akendor stürzte immer wieder zu Boden, mußte von seinem Diener Garalac mitgeschleift werden.

Ununterbrochen murmelte der Kaiser vor sich hin – unverständliche Sätze, nur wenige Worte waren zu erkennen, »Syllana … Ceyla, süße Ceyla … was trieb mich? Was trieb mich? … Suena, armes Kind, armes Mädchen … ich Mörder! Ich elender Mörder!«

Immer wieder riß Garalac den Kaiser mit sich, doch sie kamen nur langsam voran.

Binhipars Brustkorb hob und senkte sich; die Verzweiflung drohte ihn zu überwältigen. In den Staubschwaden war unvermittelt der Umriß eines Überlebenden zu erkennen; er kniete auf der Straße, stöhnte, streckte die Arme nach Binhipar aus … blutige Stümpfe, zerquetscht unter Gesteinsbrokken. Binhipar erbleichte. Rasch schritt er weiter. Sie mußten fort … hinaus aus der Stadt – und dann würde er Rache an jenen üben, die dieses Unglück verantwortet hatten, o ja, das würde er!

Unter ihm erwachte das Sithalit. Es spürte, daß noch Leben in der Stadt herrschte, daß noch immer Menschen in den Straßen umherirrten. Das Grollen wurde bösartiger, und ein neues Beben ließ Nandar erzittern. Einige zerrüttete Häuser brachen endgültig in sich zusammen; Binhipar erklomm eine zerfallene Mauer, schrie nach seinen Begleitern, »kommt, beeilt euch!«, reichte Blidor die Hand, doch dieser glitt mit dem Fuß in eine Spalte, die sich plötzlich unter ihm aufgetan hatte.

Das Sithalit brüllte vor Freude auf. Der Riß weitete sich; Steinsplitter schossen aus dem Felsen empor, klirrten wie Geschosse aus Glas. Binhipar warf sich zu Boden, und auch Garalac und Akendor ließen sich fallen. Blidor schrie um Hilfe, »Vater! Vater!«, er flehte und bettelte. Binhipar raffte sich auf, kroch über den bebenden Erdboden auf seinen Sohn zu, der den Fuß nun aus der Spalte gezogen hatte.

»Steh auf!« herrschte er Blidor an. »Steh auf, ich befehle es dir!«

In Blidors Brust hatten sich messergroße Steinsplitter gebohrt, ein weiterer steckte in seinem Hals. Blut quoll aus den Wunden, und seine Schreie wurden zu einem Gurgeln. Er klammerte sich an Binhipar fest wie ein Kind.

»Vater … bring mich fort … fort …«

Dann erstarb Blidors Stimme.

Binhipars Kiefer verkrampfte sich. »Steh auf!« stieß er ein letztes Mal hervor, hob die Faust, als wollte er seinem Sohn einen Hieb versetzen. Doch dann fielen seine Schultern nach vorn; er preßte die Hand vor den Mund, keuchte.

»Fürst Binhipar … wir müssen weiter!«

Garalacs Stimme brachte ihn zur Besinnung. Binhipar nickte, riß sich den Umhang vom Leib und bettete ihn über Blidors leblosen Körper. Dann folgte er Garalac und Akendor; nahm weder das Gelächter des Felsens wahr noch das ohrenbetäubende Krachen hinter ihm, als die Burg Nirdun in sich zusammenfiel. Stumm schritt Binhipar durch die Gassen von Nandar – ein Mann, der sein Fürstentum, seinen Sohn, seinen Mut verloren hatte; dem nichts weiter blieb, als aufrecht durch die Trümmer jener Stadt zu schreiten, über die er so lange geherrscht hatte.

Ein letztes Mal bebte die Erde in Nandar … dann herrschte Stille. Der Fels kam zur Ruhe. Das Blut der Getöteten erkaltete, die zermalmten Körper rutschten hinab in die Tiefe. Steinerne Ruhe hing über der Stadt. Das Sithalit hatte über die Menschen gesiegt. Eine neue Zeit war gekommen, in der alles Leben dem Leblosen weichen mußte, in der die Geister des Felsens auf ewig über schwarze Ruinen gebieten sollten.

VORREDE DES DRITTEN BUCHES

Als die Welt noch jung war, die Meere aus Eis und das Land aus erkalteter Lava, entstand im Wechselspiel der Naturgewalten die Sphäre. Wie ein Schleier wehte sie über Gharax, den Sinnen der Menschen verborgen. Nur wenige vermochten sich ihr zu öffnen, und auch sie wußten nichts über ihren Ursprung.

Viele Legenden rankten sich um den Kampf gegen die Sphäre. Die Quellen, die das unsichtbare Netz der Magie zusammenhielten, waren den Bewohnern von Gharax feindlich gesinnt. Wo immer der Mensch sich niederließ, wurde er von Stürmen und Fluten, Dürren und Plagen heimgesucht; die Natur machte ihm das Leben zur Qual. Es schien, als fürchteten die Quellen ihn, da er durch seine Klugheit die Welt zu formen verstand.

Einem Kind war es schließlich vergönnt, den Bann zu brechen: Kahida, der Tochter eines Fischers auf der Insel Tyran, wo viele Menschen Heimat gefunden hatten. Von Geburt an besaß Kahida ein fröhliches Wesen, so daß jeder sie ins Herz schloß. Selbst die Wesen der Sphäre gewannen sie lieb; sie spielte mit den Geistern der Wälder, lachte mit den Dämonen der Winde und tauchte mit den Wellengängern durch die Meere. Bald gelangte sie in die Welten jenseits der Sphäre, die kein Mensch zuvor gesehen hatte, und lernte die Sphärenströme zu lenken.

Als Kahida zur Frau heranwuchs, schloß sie einen Pakt mit den Völkern der Sphäre. Fortan ließen die Quellen die Menschen in Frieden; überall auf Gharax erblühten neue Dörfer und Städte. Dreihundert Jahre lang herrschte Kahida auf der Insel Tyran, verehrt und geliebt von Menschen und Sphärenwesen zugleich.

Dann aber kam es zum Krieg. Über Nacht verwüsteten die Sphärenwesen Tyran, zerstörten die Dörfer und mordeten wahllos. Kahida sah sich gezwungen, die Tore zwischen Gharax und den Sphärenwelten zu versiegeln, um die Menschen zu schützen. Damit war die Macht der Sphäre gebrochen, und obwohl die Quellen in ewiger Feindschaft auf Gharax zurückblieben, konnte der Mensch nun gegen sie bestehen.

Die Legenden waren sich uneins, wie es zu jenem Zwist auf Tyran gekommen war. Manche behaupteten, die Sphärenwesen hätten den Pakt aus Mordlust gebrochen; andere glaubten an ein Mißverständnis und bezeichneten den Krieg als tragisches Unglück.

Eine Überlieferung aber lautete so: Zwei Schüler Kahidas – Mondschlund und Sternengänger – hätten um die Herrschaft über die Sphäre gerungen und dabei die fremden Wesen erzürnt. Kahida sei von einem der beiden erschlagen und des Schlüssels beraubt worden, mit dem sie die Tore der Sphärenwelten verschlossen hatte. Jahrhunderte später sei der Schlüssel in die Hand Durta Slargins gelangt, des ersten Zauberers von Gharax, der die Quellen bändigte und der Menschheit die Magie schenkte.

Welchen dieser Erzählungen man auch Glauben schenken wollte – sie alle zeugten von einer tiefsitzenden Furcht des Menschen: der Furcht, daß sich eines Tages die Macht der Sphäre erneuern und die Schatten der Vergangenheit zurückkehren würden.

KAPITEL 1

Augen

»Das Gefüge ruft nach Euch, Haubenträger!«
Darsayn öffnete die Augen. Sie wirkten müde, entzündet; seine Pupillen waren geweitet, die Augäpfel von Äderchen durchzogen. Verwirrt sah sich der alte Mann in der Höhle um und entdeckte am Eingang eine breitschultrige Gestalt.

»Benris!« Darsayn erhob sich. Sein faltiges Gesicht war vor Schmerzen verzerrt. »Ich war in Gedanken, habe geträumt … ich wähnte mich in der Halle der Erhabenheit; sie war durchzogen vom Netz des Gefüges.« Er rückte die Flickenhaube zurecht, unter der seine schlohweißen Haare hervorquollen. »Es war furchtbar – ein Alptraum … Die Drähte funkelten grell, und zwischen ihnen hingen zerschnittene Körper. Es waren die Unbeschlagenen … leblos, tot …«

»Ihr dürft so nicht sprechen«, ermahnte ihn Benris. Sein kantiges Gesicht, auf dessen Stirn ein kryptisches Zeichen prangte, verriet Besorgnis. »Oder wollt Ihr weitere Unruhe im Heiligen Spektakel verbreiten? Unsere Brüder und Schwestern sind voller Angst. Noch immer ist der Wandelbare nicht erwacht. Warum berichtet er uns nicht von der Schlacht, in die er die Beschlagenen führte? Warum hüllt er sich in Schweigen?«

»Ihr müßt Geduld mit ihm haben. Laghanos trat für uns den Weltengang an; die Verschmelzung mit dem Gefüge kostet ihn viel Kraft.«

»Wir müssen Klarheit gewinnen, ob er den Kampf um die Sphäre gewinnen kann. Ihr müßt mit dem Gefüge sprechen,

Haubenträger!« Benris wies auf den silbernen Draht an der Höhlendecke. »Hört doch – es ruft nach Euch! Und die Bosnickel sind in heller Aufregung, ihre Pfiffe hallen durch alle Gänge. Irgend etwas geht vor sich.«

Darsayn lauschte dem Sirren des Drahtes. »Ja, die Sphäre tobt. Der Wandelbare rüstet sich für seinen nächsten Feldzug.« Er reichte Benris den Arm, ließ sich von ihm stützen. »Bringe mich zum Herz des Gefüges.«

Das Gefüge … seit Jahrhunderten wachte es über das Heilige Spektakel, tief unter dem Rochengebirge. Seine Silberdrähte zogen sich durch alle Kammern und Höhlen; im Herzen des Gefüges bündelten sie sich zu einem unsichtbaren Strang, der die Welt mit der Sphäre verband. Den Abgrund, über den er führte, konnte allein der Haubenträger sehen, doch dies war mit Qualen verbunden. Das Gefüge mußte Darsayns Augen der Sphäre öffnen, und je älter er wurde, desto mehr litt er unter der Prozedur.

Zitternd kniete er auf dem Boden der Kammer. Er spürte Benris' Hand auf der Schulter. Die Berührung half gegen die Angst, die ihm die Kehle zuschnürte. Vor ihm lag das Herz des Gefüges: ein Wirrwarr zitternder Stangen und Speichen, Ketten und Kolben – sie alle aus Silber, dem magischen Metall, mit dem sich die Sphärenströme lenken ließen. Sirrend schlugen die Stäbe aneinander, als fochten sie gegen unsichtbare Gegner. Inmitten des Gewirrs war der Umriß eines Körpers zu erkennen: ein Kind! Starr hing es in den Silberdrähten, die Glieder von Schrauben umfaßt, das Gesicht hinter einer Maske aus goldenen Spornen verborgen; auch diese waren in Bewegung und peitschten um sich. Gold und Silber, verbunden zu klirrender Magie …

»Du bist für uns in die Sphäre gegangen«, flüsterte Darsayn. »Für uns hast du dieses Opfer auf dich genommen. Nur du kannst das Werk des Weltenschmieds vollenden.« Er hob die Hände und pries den gefangenen Körper. »Sprich zu mir, Laghanos! Ich muß wissen, wann der Plan sich erfüllt und der Weltenschmied zurückkehrt.«

Laute schreckten ihn auf. In den Ritzen der Steinwände funkelten Augenpaare: die Bosnickel, Wächter des Gefüges, Geister des Rochens. Mißtrauisch beäugten sie den Haubenträger und tuschelten in der Finsternis. Einer von ihnen richtete die Faust auf Darsayn, fletschte die Zähne. Es wirkte grotesk; das Wesen war kaum eine Handspanne groß. Doch der Haubenträger hütete sich, die Wächter zu unterschätzen. Sie waren der Sphäre enger verbunden als jeder Zauberer.

Sein Blick kehrte zum Gefüge zurück. Aus dem Gewirr hatten sich zwei Drähte gelöst; wie Fühler tasteten die nadelspitzen Enden nach Darsayn.

»Du rufst mich ... ja, ich höre dich!« Auf Knien rutschte Darsayn voran. »Ich will mit dir sprechen ... es ist meine Pflicht.«

Zärtlich tasteten die Drähte seine Wangen ab, strichen über die Nase, berührten die faltigen Lider. Dann federten sie zurück, und mit einem Sirren bohrten sie sich in seine Augäpfel. Darsayn stöhnte auf, drohte zur Seite wegzusinken, doch sofort schnellten Stäbe hervor und fingen den Körper auf. Blut sammelte sich in seinen Augenwinkeln. Die Umgebung der Höhle zerrann. Die Sphäre brach sich in seiner Netzhaut; die Welt in Silber getaucht, die Pupillen glühende Lichter, die das Metall tausendfach widerspiegelte. Dort glänzte die goldene Maske des Wandelbaren; sie schwebte vor ihm, ihre Sporne gespreizt wie Klauen. Der restliche Körper des Kindes verschwamm im Glanz der Sphäre.

»Darsayn!« Das Singen der Silberdrähte formte sich zu Worten; das Gefüge lieh dem Wandelbaren seine Stimme. »Wo bin ich? Wo ...«

»Du bist im Heiligen Spektakel. Viele Wochen warst du ohne Bewußtsein. Du kehrtest mit den Beschlagenen zurück; sie trugen Spuren eines Kampfes, und einige von ihnen hatten schwere Verbrennungen erlitten.«

»Ein Kampf ... ich erinnere mich.« Die Sporne der Maske

verschränkten sich. »Ich führte die Schiffe der Goldéi durch die Sphäre, so wie der Rotgeschuppte es mir aufgetragen hatte. Ich brachte sie in eine Bucht im Silbermeer. Doch dann … ein Feuer … es stieg aus dem Wasser auf, tauchte die Schiffe in Glut. Sie zerschmolzen vor meinen Augen.«

»Sicherlich waren es Mondjünger, die dieses Feuer entzündeten! Sie wollten dich aufhalten, dich töten …«

»Ich sah eine Flammengestalt … es war ein Mann. In seinen Adern pochte Glut, und die Augen waren grell wie die Sonne. Er rief mir etwas zu, doch seine Worte waren unverständlich!« Die Maske schwebte näher. »Wer war dieser Mann? Sag es mir, Darsayn … ich glaubte, ihn zu kennen.«

»Nur ein Mondjünger besitzt die Macht, die Schiffe der Nebelkinder zu zerstören.« Darsayns Stimme überschlug sich vor Aufregung. »In unseren Schriften ist von dem Feind des Weltenschmieds die Rede: Mondschlund, der Blender! Er erkannte die Herrschaft des Schmieds nicht an und drohte, die Formung der Welt zu verhindern. Bis zur letzten Stunde wird er versuchen, uns aufzuhalten … der Mann, den du sahst, handelte gewiß in seinem Auftrag.«

»Er trat mir in den Weg, doch ich spürte keinen Hass. Er wollte zu mir sprechen, doch ich konnte nichts verstehen.« Laghanos hielt inne. »Das Gefüge will, dass ich ihn finde und vernichte …!«

»Ja, vernichte ihn! Die Sphäre muß von seiner Gegenwart befreit werden; erst dann kann der Weltenschmied zurückkehren.«

Der Gesang des Gefüges wurde schneidend. »Das Spektakel muss mir bei dieser Suche helfen.«

»Aber … was können wir tun?« stotterte Darsayn. »Wir wachen über dich und deinen Körper, wir schützen die Hallen des Gefüges. Was erwartest du noch von uns?«

Die Drähte in seinen Augen begannen zu glühen. Der Schmerz war unerträglich. Darsayn versuchte, sich die Nadeln aus den Augäpfeln zu reißen, zerrte vergeblich an ihnen, spürte den unbarmherzigen Widerstand des Gefüges.

»Quäle mich nicht … ich will tun, was du verlangst; doch

du siehst selbst, wie machtlos wir Unbeschlagenen sind. Wir können nur warten, bis der Weltenschmied zurückkehrt – bis du ihn zu uns führst.«

»Ihr wartet vergebens«, tönte der Gesang der Drähte. »Er wird nicht kommen, er hatte nie vor zurückzukehren.«

»Was meinst du damit?«

»Ich weiss alles über ihn ... über den Weltenschmied, wie ihr ihn nennt. Als ich mit dem Gefüge verschmolz, gelangte ich durch die Sphäre in die Welt der Goldéi. Sie erwarteten mich, so wie ihr den Weltenschmied erwartet habt ... sie nennen ihn Drafur, und das Gefüge kennen sie als Drafurs Mantel. Ich streifte den Mantel über und wurde eins mit ihm. Dies war der Plan des Weltenschmieds: jenen zu erschaffen, der sein Werk vollendet. Ich wandele zwischen den Welten, bin weder Mensch noch Sphärenwesen. Dem Spektakel bin ich keine Rechenschaft mehr schuldig.«

»Aber der Schmied hat uns seine Rückkehr versprochen!«

»Sein Geist wohnte immer schon im Gefüge ... er schuf es, damit mein Körper in die Sphäre übertreten kann. Dies tat ich – nun ist es an mir, die Welt zu formen.« Die Maske glomm auf, während Darsayn sich in den Armen des Gefüges wand. »Es macht mir Angst, Darsayn – ich weiss nicht, ob ich diese Aufgabe erfüllen kann. Das Gefüge flüstert mir Befehle zu ... verlangt von mir, die Welt zu gestalten, sie in einen Ort zu verwandeln, an dem Menschen und Goldéi in Frieden leben können. Und es verspricht mir ein Ende aller Qualen.« Nun trat auch Laghanos' Körper aus der Sphäre hervor, kaum sichtbar im silbernen Geflecht. »Jener Mann, der das Feuer in die Bucht brachte, gleicht mir. Er kann wie ich die Sphäre durchschreiten. Deswegen muss er sterben. Er steht meiner Wandlung im Weg. Doch um ihn zu besiegen, benötige ich mehr Beschlagene.«

»Das ist unmöglich! Wir können niemanden mehr entbehren.«

»Es gibt keinen Grund, diese Höhlen länger zu bewachen. Die Angehörigen des Spektakels müssen mir folgen – alle!«

Darsayn hielt den Atem an. »Es benötigt Jahre der Vorbereitung, bis ein Mensch die Schmerzen der Beschlagung ertragen kann.«

»Folgt mir in die Sphäre, und es wird Euch nichts geschehen. Weigert Ihr Euch aber, ist dies Euer Tod.«

Ein Schrei löste sich aus Darsayns Kehle, als das Gefüge ihn von sich stieß. Die Nadeln glitten aus seinen Augen, und er brach auf dem Boden der Höhle zusammen. Blut rann an den Nasenflügeln des alten Mannes herab.

»Was hat er gesagt?« rief Benris, der an seine Seite eilte. »Sprecht, Haubenträger!«

Darsayn gab keine Antwort. Er preßte die Handflächen auf die blutenden Augen. Das Gefüge zog unterdessen seine Drähte zurück. Die blutigen Spitzen scharrten auf dem Felsengrund – ein Geräusch, das Darsayn durch Mark und Bein ging.

Die Zähmung der Quellen war Durta Slargins Vermächtnis an die Menschheit gewesen. Vier magische Logen sahen sich in seiner Nachfolge. Dennoch hatten sie verschiedene Ansichten über das Wesen der Magie. Die Solcata glaubte an die Überlegenheit des menschlichen Geistes, versuchte die Sphäre durch Meditation zu beeinflussen. Die Calindor vertraute auf das Zusammenspiel der Metalle Silber, Eisen, Kupfer und Zinn; ihre Zauberer schmückten sich mit Ringen und Ketten, um die Magie durch ihre Körper fließen zu lassen. Die Malkuda wiederum sah das Wirken der Sphäre durch Gesetze bestimmt, deren Erforschung sie sich widmete. Sie erstellte komplizierte Karten, auf denen die Wechselwirkungen zwischen der Inneren Schicht, der Äußeren Schicht und den Herzen der Quellen verzeichnet waren, und untersuchte den Aufbau der Sphäre; für sie waren die Quellen Lebewesen, die den Menschen sowohl Fluch als auch Segen bringen konnten.

Die Tathrilya aber war die seltsamste Loge von Gharax. Für sie war Magie eine göttliche Kraft und die Sphäre ein

Geschenk Tathrils, dessen Kommen Durta Slargin verkündet hatte. So hatte sich die Tathrilya zu einer Kirche gewandelt und in weiten Teilen von Gharax den Glauben an die alten Götter verdrängt. Längst zählten nicht nur Zauberer zur Priesterschaft, und auch das einfache Volk verehrte Tathril, ohne die Geheimnisse der Sphäre zu kennen.

Die Sphäre, so lehrten die Priester, verknüpfte Tathril mit den Menschen; sie übermittelte dem Gott die Gedanken, Gefühle, Sorgen und Nöte der Gläubigen. Nichts blieb ihm verborgen, denn die Sphäre lag über allem, durchdrang die gesamte Welt. Viele Priester beschrieben sie deshalb als Auge Tathrils – ein Auge, das niemals geschlossen war, das mal mit Milde, oft aber im Zorn das menschliche Tun betrachtete.

Wenn Nhordukael an diese Lehren zurückdachte – vor allem an die Vorträge des einstigen Kirchenoberhauptes Magro Fargh, der ihm den Glauben an Tathril mit der Knute eingebleut hatte –, mußte er unwillkürlich lächeln. Wie absurd kamen ihm die Sprüche heute vor, wie töricht! Wie wenig hatte Magro Fargh von der Sphäre gewußt, geblendet durch die Verehrung jenes Gottes, den es nicht gab, der nichts als eine Erfindung Durta Slargins war, um die Menschen in Abhängigkeit zu halten. Nun, da Nhordukael mit der Sphäre verschmolzen war, wußte er mehr über sie, als er sich jemals hätte träumen lassen.

Sie war schön. Sie war gräßlich. Sie war fremd und vertraut, verworren und wohlgeordnet. Und gewaltig ... anfangs hatte ihre Ausdehnung Nhordukael erschreckt. Doch seit er aufgegeben hatte, sie mit dem Verstand erfassen zu wollen, und sich ihren Strömen einfach hingab, bot sie sich seinen Sinnen in faszinierender Klarheit dar.

Flammen umspielten Nhordukaels Hände, züngelten wie Geister an den Fingerkuppen empor. Ihr Schein erhellte den Grund, auf dem er wandelte und dessen Ränder in lichtloser Unendlichkeit zerfaserten. Er wies nur wenige Rillen oder Erhebungen auf. Sein Leuchten, ein Zusammenspiel vieler Farben, kannte Nhordukael noch aus den Tagen, als er ein

Zögling des Hohenpriesters gewesen war. Im Auge der Glut, der Quelle von Thax, hatte er die magischen Ströme als schimmernde Fäden wahrgenommen. Nun sah er die Sphäre in ihrer Ganzheit; jede Quelle ein Leuchtfeuer, jedes Glühen pulsierende Magie. Und der Untergrund, auf dem er schritt, war die Welt Gharax – geschrumpft zu einer überschaubaren Bühne, über die sein Blick schweifen konnte.

Auch in ihm brannte ein verzehrendes Feuer. In Nhordukaels Adern kochte geschmolzenes Gestein, seine Haut loderte, Funken sprühten aus Mund und Augen. Sein Körper war ein Gefäß für die Magie der Quelle geworden. Das Auge der Glut hatte es ihm ermöglicht, in die Sphäre überzutreten – eine Reise, die die meisten Zauberer das Leben gekostet hätte. Sein Körper hatte schon immer den Sphärenströmen Widerstand geleistet; vermutlich hatte Magro Fargh ihn deshalb zu seinem Leibdiener berufen, und nur deshalb war Durta Slargin auf ihn aufmerksam geworden. Beide hatten versucht, ihm seinen Körper zu rauben … erfolglos!

»Du machst Fortschritte!« Der weiche Klang einer Stimme erfüllte den Raum. »In wenigen Wochen hast du die Sphäre erschlossen. Selbst Sternengänger hat dafür Jahrzehnte gebraucht.«

Nhordukael kannte die Stimme nur zu gut; sie gehörte Mondschlund. Er hatte Nhordukael in der Sphäre aufgespürt und in den Krieg gegen Sternengänger hineingezogen; denn Sternengänger, so hatte Nhordukael erfahren, war kein Geringerer als Durta Slargin. Seit Jahrhunderten rangen Mondschlund und Sternengänger um die Vorherrschaft in der Sphäre. Nhordukael war weit davon entfernt, Mondschlund zu trauen. Doch im Kampf gegen Durta Slargin war er sein Verbündeter – vorerst!

»Ich sehe die Sphäre mit anderen Augen.« Nachdenklich blickte Nhordukael auf die Ebene zu seinen Füßen.

»Die Welt ist in meiner Wahrnehmung zur Landkarte geschrumpft, ich kann sie im Ganzen überblicken und begreife die Sphärenströme, die sie umfließen. Und doch fällt es mir schwer, in sie einzutauchen oder sie zu verändern.«

»Sie sind in Wallung geraten.« Mondschlunds Stimme glich einem Gesang, umwarb Nhordukael mit verhaltenen Tonfolgen. »Viele Quellen wurden von den Goldéi befreit. Doch einige befinden sich noch in menschlicher Hand: die Weinende Mauer von Siccelda und die Klaue des Winters auf Aroc; die Wispernden Felder von Praa und die Gruben der Lieder in Miras Arc; der Graue Hügel von Taruba und der Gläserne Stein von Serys; im Westen die Woge der Trauer auf der Insel Vodtiva und der Leuchtturm von Fareghi, der durch deine Hilfe befreit wurde ...«

»Tatsächlich?« fragte Nhordukael mit beißendem Unterton. »Ich verhinderte lediglich, daß die Schiffe der Goldéi in der Flammenbucht anlegen konnten. Offenbar kam dir mein Eingriff gelegen.«

Mondschlund ging auf diesen Spott nicht ein. »Dank dir konnte der Leuchtturm den Goldéi entrissen werden. Sie mußten sich aus dem Silbermeer zurückziehen; die Sphäre duldete ihre Schiffe nicht länger. Doch neben dem Leuchtturm bewahrt eine weitere Quellen den Menschen vor dem Zusammenbruch der Sphäre: der Spiegel des Himmels im Süden von Gyr. Er wird das nächste Ziel der Goldéi sein, denn nun, da der Leuchtturm verloren ist, müssen sie einen anderen Weg ins Silbermeer finden.«

»Du scheinst über ihre Pläne gut Bescheid zu wissen. Zwei Quellen hast du bei deiner Aufzählung allerdings vergessen: das Verlies der Schriften und das Auge der Glut. Sind sie nicht die mächtigsten Quellen, die von uns Menschen verteidigt werden?«

Mondschlund ließ einen Augenblick verstreichen, bevor er antwortete. »Das Verlies der Schriften ist seit jeher umkämpft, Nhordukael. Es wurde einst von meinem Schüler Varyn errichtet; allerdings gelang es Sternengänger, Teile des Verlieses in seine Gewalt zu bringen. Auch wenn ein Großteil der unterirdischen Kammern in meiner Hand blieb, mußte die Quelle sich ihrem Bezwinger fügen. Seitdem herrscht die Tathrilya über das Verlies. Doch nun wurden tiefere Kammern geöffnet; eine meiner Getreuen erkundet die verborgenen Hallen und wird sie für mich zurückerobern.«

Der Triumph in Mondschlunds Stimme war nicht zu überhören. »Betrachtest du etwa das Auge der Glut auch als deinen Besitz?« fragte Nhordukael mit spitzer Stimme.

»Niemand kann eine Quelle besitzen – dies glaubte Sterngänger, doch er bezahlte bitter für seinen Irrtum. Das Auge der Glut duldete die Herrschaft der Priester mit Widerwillen und wartete lange auf seine Befreiung.«

»Ist es dann nicht erstaunlich, daß diese Quelle keineswegs nach Freiheit strebte, sondern sich mir unterwarf – mir, einem Zögling der Kirche?« Funken sprühten aus Nhordukaels Augen, während er die Finsternis nach Mondschlund absuchte. Doch der Zauberer blieb im Verborgenen; Nhordukael konnte nicht ergründen, aus welcher Richtung die körperlose Stimme zu ihm drang. »Zweimal rettete mich das Auge der Glut: als ich in Thax mit geschmolzener Bronze überschüttet wurde und als Magro Fargh meinen Körper in Besitz nehmen wollte. Warum stand die Quelle mir bei?«

»Sie erkannte deine außergewöhnliche Gabe. Nur selten werden Menschen geboren, die die Quellen durchschreiten können. Kahida war die erste von ihnen, ich und Sternengänger die nächsten. Varyn, mein Schüler, trug als letzter die Gabe in sich. Sie verlieh ihm die Macht, den Leuchtturm von Fareghi und das Verlies der Schriften zu erbauen. Auch ihm fügten sich die Quellen aus freiem Willen.«

»Dennoch – das Auge der Glut hätte einen anderen Weg wählen können. Als ich Magro Fargh tötete, hätte es sich befreien können.«

»Es erkannte in dir einen Auserkorenen.« Mondschlunds Gesang klang verschwörerisch. »Doch täusche dich nicht, Nhordukael – eine Quelle wird dem Menschen niemals für immer dienen. Sie besitzt einen eigenen Willen. Warum, glaubst du, unterwarf Sternengänger sie mit Gewalt? Weil ihre Freiheit ihm gefährlich schien. Auch dir wird die Quelle von Amos nur so lange Kraft schenken, wie es ihr sinnvoll erscheint. Diese Zeit mußt du nutzen, um Sternengänger zu besiegen. Denke daran: er hat bereits einen der Auserkorenen auf seine Seite gezogen, und beinahe wäre es ihm gelungen, auch deinen Körper zu rauben.«

Nhordukael dachte an den Augenblick zurück, als er in der Ruinenstadt am Nesfer dem Auserkorenen begegnet war: eine Gestalt, umwirkt von einem Netz aus Silberfäden, welches die Sphäre durchsponnen hatte, sein Gesicht aus Gold. Ohne Gnade hatte der Auserkorene unter den Arphatern gewütet, und er würde es wieder tun, wenn Nhordukael ihn nicht aufhielt. Ja, Sternengängers Pläne mußten durchkreuzt werden. Doch welche Absicht verfolgte Mondschlund in diesem Spiel?

»Ich will dir eine Frage stellen.« Nhordukael deutete auf den Grund zu seinen Füßen. »Wenn dies die Welt ist, so wie ich sie aus der Sicht der Sphäre wahrnehme – was befindet sich dann oberhalb dieser Ebene? Und was liegt unter ihr?«

Mondschlund stieß ein perlendes Lachen aus. »Das ist eine gute Frage! Die Welt ist so, wie der Mensch sie geformt hat. Doch wie du siehst, ist die Sphäre unendlich; aus ihr kann etwas Neues entstehen, dort oben in lichtlosen Weiten, um eines Tages auf die Welt herabzusinken wie schwerer Nebel ...«

»... oder es könnte aus der Tiefe hervorbrechen«, ergänzte Nhordukael. »Das Zeitalter der Wandlung – das ist damit gemeint, nicht wahr?«

»Sternengänger will die Welt ein zweites Mal formen. Ich aber will sie retten. Der Rachefeldzug der Goldéi muß ein Ende finden, die Sphäre dem Einfluß Sternengängers entrissen werden. Deshalb mußt du den zweiten Auserkorenen aufhalten.«

Nhordukael bemerkte wohl, daß Mondschlund nur einen Teil seiner Frage beantwortet hatte. Was befand sich also unterhalb der vorhandenen Welt? Konnte er Mondschlund deshalb nicht sehen, weil seine Stimme aus der Tiefe zu ihm empordrang?

Er mußte auf eigene Faust nach einer Antwort suchen. Seine Gestalt glühte auf; Flammen umwaberten Nhordukaels Körper, und schon verwehten ihn die Sphärenströme, rissen ihn hinab in den kochenden Strudel, dem er entstiegen war: dem Auge der Glut, dessen Herz seit Jahrhunderten im Brennenden Berg Amos pochte.

Sie standen still, Seite an Seite, über ihnen die kristallfunkelnde Decke der Erhabenen Halle, die prächtigste Kaverne des Heiligen Spektakels; zweihundert Männer und Frauen, ein Heer stummer Krieger, die dem Wandelbaren in die Schlacht gefolgt waren. Ihre rechten Arme waren bis zum Ellbogen mit Silberstangen umwirkt; sie durchdrangen das Fleisch, stützten die Sehnen, verstärkten die Finger zu Spornen und Schneiden. Es waren ihre Waffen, ein Geschenk des Gefüges, mit dem sie seit ihrer Beschlagung verschmolzen waren. Das Gefüge verlieh ihnen Kraft in der Schlacht und bewachte ihre Körper, die in der Erhabenen Halle zurückblieben, während die silberbewehrten Klauen in die Sphäre übertraten.

Ein Surren … die Sporne der Beschlagenen schabten aneinander, spreizten sich wie Insektenflügel; das Vibrieren der Silberdrähte, der Ruf des Gefüges setzte sie in Bewegung. Drohte eine neue Schlacht? Wollte Laghanos erneut in die Sphäre ziehen? Die Beschlagenen warteten, stumm und ergeben. Einige von ihnen verdrehten die Augen, doch diese waren weiß und leer, der Welt entrückt. Seit Laghanos den Weltengang angetreten hatte, verharrten sie in diesem Zustand. Ihre Brüder und Schwestern, die Unbeschlagenen, pflegten sie unterdessen; träufelten ihnen Wasser in die Münder, gaben ihnen Nahrung, wuschen sie und wechselten ihre Kleidung. Doch welche Qualen die Beschlagenen erlitten, konnten sie nur erahnen. Der Krieg um die Sphäre forderte ein furchtbares Opfer.

Unweit des Turms, der sich in der Erhabenen Halle erhob, stand mit gebeugtem Haupt eine Beschlagene – eine junge Frau mit braunem Haar, ihr Gesicht blaß. Die Augen waren geschlossen; die Lippen bebten, und die rechte Hand war zur Faust geballt, öffnete und schloß sich in regelmäßigem Takt. Unter den Silberstangen war der Arm entzündet, und ihre Stirn glühte im Fieber. Ihre Beschlagung war erst wenige Wochen her; überstürzt hatte sie den Haubenträger gebeten, Laghanos in die Sphäre folgen zu dürfen. Nun litt auch sie im Heer des Wandelbaren; hatte an seiner Seite gegen die Arphater gekämpft und in der Flammenbucht in vorderster Reihe gestanden, als Laghanos durch die Feuersglut vertrieben worden war. Sie hatte die Schmerzen der Beschlagung ertragen – doch nicht aus Gefolgstreue zum Spektakel. Nein, sie diente einer anderen Macht …

»Tyra! Endlich finde ich dich!«

Sie riß die Augen auf. Der Schleier, der ihre Sinne verhängte, löste sich; ein Schatten dämpfte das Funkeln des Silbers, und angenehme Kälte ergriff Besitz von ihren Gliedern.

»Meister …« Sie schluckte; ihre Kehle war trocken. »Bist du es wirklich? Oh, ich habe mich so nach dir gesehnt.«

»Ja, ich bin es, Tyra.« Eine Stimme, weich wie der Klang einer Harfe, hallte in ihrem Kopf. Nur Tyra konnte sie vernehmen: die Stimme Mondschlunds, ihres Herrn. Er besaß die Macht, sich der Aufmerksamkeit des Gefüges zu entziehen. »Es war tapfer, dich zur Beschlagung zu melden. Der Haubenträger hätte bemerken können, daß du eine Jüngerin des Mondes bist.«

»Ich mußte es tun, Meister … ich hatte versagt. Es war meine Pflicht, Laghanos zu töten, bevor er mit dem Gefüge verschmolz, doch ich scheiterte. Deshalb bestimmten die Mondjünger mich, ihm in die Sphäre zu folgen.« Tyra wisperte die Worte, um nicht von den anderen Beschlagenen gehört zu werden. »Nun, da ich selbst zu einer Beschlagenen geworden bin, sprichst du zu mir – nach all den Jahren!«

»Erst jetzt konnte ich den Weg zu dir finden«, säuselte Mondschlund. »Doch wir müssen uns beeilen; wenn ich deinen Geist zu lange verhülle, wird das Gefüge mißtrauisch.« Seine Stimme durchdrang ihren gesamten Körper, wusch den Schmerz fort, betäubte das brandige Fleisch. »Bald wird Laghanos durch das Tor der Tiefe schreiten. Er wird nach Tyran gelangen – dort, wo alles seinen Anfang nahm – und dann auf seinen größten Gegner treffen ...«

»Der Mann, der die Flammen beherrscht«, flüsterte Tyra. »Ich sah ihn im Kampf um Fareghi!«

»Sein Name lautet Nhordukael. Er hat sich Laghanos in den Weg gestellt und wird es wieder tun; doch solange Laghanos mit dem Gefüge vereint ist, kann er ihm nur Steine in den Weg legen, ihn aber nicht besiegen. Erst wenn Laghanos sich nach Tyran begibt – und glaube mir, dies wird er schon bald tun –, ist sein Körper verwundbar genug.« Ein goldenes Leuchten wanderte über Tyras Hand; es schien das Silber von innen zu durchdringen. »Wenn diese Stunde gekommen ist, mußt du die Entscheidung herbeiführen; denn ich bin mir nicht sicher, ob Nhordukael stark genug ist. Blende Laghanos mit dem Glanz des Mondes, den ich in deine Hand webe. Seine Maske wird für kurze Zeit ihre Kraft verlieren und Nhordukael den Sieg erleichtern. Es ist ein sicherer Plan; Laghanos wird niemals mit einem Angriff aus den Reihen der Beschlagenen rechnen.«

Tyra starrte auf das goldene Schimmern, das sich in ihren Fingerspitzen verlor. »Schon einmal hat die Maske mich gewittert. Sie wird mich wieder entlarven.«

»Sei unbesorgt, dieses Mal wird Laghanos die Verhüllung nicht durchschauen. Denke daran: nur mit deiner Hilfe kann ich diesen Wahn beenden und das Gefüge zerstören. Dann wirst auch du wieder frei sein ... das möchtest du doch, nicht wahr?«

Die Worte klangen süß; Tyra wollte sie gerne glauben. Tapfer nickte die Mondjüngerin. »Ich folge dir schon seit langem; durch dich habe ich erkannt, wie unwürdig unser Leben im Spektakel ist. Es wäre schrecklich, wenn das Gefüge die gesamte Welt durchdränge.«

»Es liegt in deiner Hand, dies zu verhindern. Vertraue dem Glanz des Mondes ... halte ihn geheim und warte auf die Stunde, in der Laghanos sein Ende finden muß.«

Mondschlunds Worte verebbten. Das Glitzern des Silbers kehrte zurück, und Tyras Hand begann wieder zu brennen und zu jucken. Doch trotz der Schmerzen hatte sie Mut gefaßt und wartete nun darauf, von Laghanos in die Schlacht gerufen zu werden.

Im Inneren des Brennenden Berges, umfaßt von Steinbekken, brodelte die Lava. Flammen jagten über sie hinweg, zuckten wie Blitze empor, und das Herz der Quelle – ein Schleier aus flimmernder Luft – wallte vor Hitze.

Seit Nhordukael in das Auge der Glut eingetaucht war, waren die Kräfte der Quelle gewachsen. Immer wieder brachen sie an einem Ort des Hochlandes hervor; die Erdkruste zerbarst, Lava spritzte empor, brannte Dörfer nieder und begrub Felder unter dampfender Schlacke. Der Zorn der Quelle wuchs von Tag zu Tag; wer kein weißes Stirnband um den Kopf trug und sich somit zu Nhordukael bekannte, war seines Lebens nicht mehr sicher. Denn nur die Weißstirne wurden von den Feuern verschont. Alle anderen mußten fliehen, oder sie starben in den Trümmern ihrer Häuser.

Auch Drun, der Anführer der Weißstirne, erfüllte das Toben der Quelle mit Sorge. Zwar hatten die Anhänger Nhordukaels den Silbernen Kreis aus Thax vertrieben und einen Waffenstillstand mit den kaiserlichen Truppen ausgehandelt. Doch seit die Stadt Nandar von einem Erdbeben vernichtet worden war, griff auch in den eigenen Reihen Furcht um sich. Was brachten all ihre Siege, wenn die Quelle das palidonische Hochland als Trümmerfeld zurückließ? Das Kaiserreich fiel auseinander – was würde ihm folgen? Mit wachsender Ungeduld warteten die Weißstirne auf ein Zeichen Nhordukaels, das Drun ihnen tagtäglich versprach.

Drun war ein junger Mann, kaum zwanzig Jahre alt, auch wenn sein Gesicht seit dem Kampf um Thax gealtert war. Die jüngsten Ereignisse beunruhigten ihn. Der Mord an den Fürsten verhieß nichts Gutes; nun herrschte Kaiser Uliman allein in Vara, und dieser Knabe war in Druns Augen ein Geschöpf der Bathaquar-Sekte. Er unterstützte den falschen Hohenpriester Bars Balicor, der die Kirche in den Schoß der Bathaquar geführt hatte. Sithar war zerrissen, und die Zerschlagung des Silbernen Kreises konnte nur eines bedeuten: die Bathaquar holte zu einem neuen Schlag gegen die Weißstirne aus.

Beunruhigt blickte Drun in das bläuliche Flackern über dem Lavabecken. Wann würde Nhordukael zurückkehren? Für ihn hatten sie dem Gott Tathril abgeschworen, ihm hatten sie ihr Schicksal anvertraut. Wo war er nun, da sie ihn brauchten?

»Zuversicht«, flüsterte Drun. »Du hast gesagt, wir sollen mit Zuversicht auf die kommende Zeit blicken. Jetzt aber sind wir ratlos – und du bist noch immer fort. Wie oft haben wir dich gerufen, Nhordukael … eine Antwort bist du uns schuldig geblieben.«

Eine Feuergarbe schoß aus der Lava empor. Drun sah eine Bewegung in der Glut. Das flüssige Gestein warf Wellen auf; schwerfällig schwappten sie gegen den Rand des Steinbekkens. Dann erhob sich etwas aus dem Feuer – ein Kopf! Flammen umzüngelten ihn, Lava perlte von der Haut und legte die Gesichtszüge eines jungen Mannes offen. Er öffnete die Augen; zwei Feuerbälle, die in den Höhlen brannten.

»Nhordukael!« Drun fiel auf die Knie. »Du hast meine Rufe erhört!«

»Drun … es freut mich, dich zu sehen.« Nhordukaels Stimme klang erschöpft. »Ich habe deine Stimme oft gehört, doch ich war zu schwach, um zu antworten. Nun stehe auf. Niemand soll vor mir das Haupt senken und mich anbeten. Ich bin nur ein Mensch, der auf seltsamen Pfaden wandelt.«

Rasch erhob sich Drun. »Du hast recht, verzeih mir. Wir mußten lange auf deine Führung verzichten. Seit Wochen warten wir auf deine Rückkehr. Wir haben den Brennenden Berg verteidigt, wie du es uns aufgetragen hast; nun wissen wir nicht, wie der Kampf weitergehen soll.« Seine Stimme zitterte. »Die Quelle ist unberechenbar geworden. Sie hat die

Stadt Nandar zerstört und weite Teile des Hochlandes verwüstet. Welches Ziel verfolgt sie damit?«

»Sie erobert das Land zurück, das der Mensch ihr abrang. Ich ahnte bereits, daß es so kommen würde.« Nhordukaels glühende Augen ruhten auf Drun. »Die Quelle verspürt noch immer rasenden Haß auf uns Menschen. Ich hatte gehofft, sie würde langsam zur Ruhe kommen, nachdem wir die Bathaquari aus dem Hochland vertrieben hatten.«

»Im restlichen Kaiserreich sitzen diese Verräter um so fester im Sattel. Uliman Thayrin hat der Kirche alle Macht in die Hände gegeben. Nun strömen aus Troublinien zahllose Priester herbei und besetzen die wichtigsten Ämter.«

»Die Bathaquar-Sekte kehrt nach Sithar zurück«, murmelte Nhordukael. »Ich nehme an, daß auch der Dom von Vara in ihrer Gewalt ist.«

»Bars Balicor hat ihn uns entrissen«, bestätigte Drun. »Viele Weißstirne starben vor dem Dom, als wir die Quelle verteidigten. Es heißt, der Kaiser selbst habe sie mit seiner Magie getötet – und Bars Balicor stand ihm zur Seite.«

Nhordukael hob den Kopf höher aus der Glut. »Dann lebt dieser Schurke Bars Balicor also noch.«

»Das weiß niemand; er hat sich lange nicht der Öffentlichkeit gezeigt. Weißstirne aus Vara berichten, er sei in das Verlies der Schriften hinabgestiegen und seitdem nicht zurückgekehrt.«

»Das wäre eine Erklärung für den Zorn der Quelle. Wenn Balicor das Verlies der Schriften beherrscht, könnte er dessen Kräfte gegen das Auge der Glut richten.« Nhordukael sog die flimmernde Luft ein, die ihn umgab. »Ja, ich bin überzeugt davon, daß Balicor das Verlies gegen uns aufhetzt. Ich spüre die Kraft einer fremden Quelle; das wird der Pesthauch der Bathaquar sein. Noch schützt uns das Auge der Glut ... doch wenn sein Zorn weiter wächst, wird es mir nicht mehr gehorchen.«

»Was sollen wir tun?« Drun rückte näher an Nhordukael heran, ungeachtet der aufwallenden Hitze. »Sollen wir Vara belagern? Den Dom zurückerobern?«

»Es würde euch nicht gelingen; das Verlies der Schriften ist zu mächtig. Nein, jemand muß dort hinabsteigen, in die Katakomben des Doms. Ich selbst werde gehen; mir kann Bars Balicor nichts anhaben.« Er ließ langsam den Kopf zurückfallen. »Suche mir ein geeignetes Versteck in Vara; ich werde mich eine Weile dort aufhalten müssen, um das Rätsel des Verlieses zu lösen. Doch zuvor gilt es eine letzte Schlacht zu gewinnen. Halte Wache … ich kehre bald zurück.«

Die Glut verschluckte seine Gestalt. Drun blieb allein am Rande des Lavabeckens zurück. Seine Augen waren auf die Stelle gerichtet, an der Nhordukael ihm erschienen war, und Zuversicht flackerte in ihnen, heller noch als alle Flammen des Brennenden Berges.

KAPITEL 2

Klagen

Grauer Himmel über dem Silbermeer, die Wolken verdichtet zu einer bleiernen Front. Die Ahnung eines Sturms lag in der Luft, aber noch verhielt der Wind sich still. Behäbige Wellen rollten über die See; das Licht verlieh ihnen einen metallischen Glanz.

An einer Stelle warfen die Wogen sich auf und klatschten aneinander wie riesige Hände. Das Wasser nahm die Farbe der Gischt an; Blasen schäumten empor, und ein Dröhnen ließ die Brandung erzittern. Drei Köpfe schoben sich aus der Tiefe des Meeres – wuchtige Häupter, von Hautlappen umgeben, zwischen denen die Augen hervorlugten. Seetang hing aus den Mäulern, Schwanzflossen peitschten das Wasser. Es waren Silberfänger, die Riesen des Meeres, halb Fisch, halb Reptil; mit den Klauen ihrer Vorderbeine konnten sie ein ganzes Schiff vom Heck bis zum Bug aufreißen. Es hieß, daß den Meeresriesen Menschenfleisch besonders mundete, aber das war freilich Seemannsgarn – tatsächlich griffen sie nur dann ein Schiff an, wenn sie sich bedroht fühlten, und der Muschelbewuchs der Planken reizte sie mehr als die Leiber ersaufender Seeleute.

Die Silberfänger zogen westwärts, wie immer zu dieser Jahreszeit. Nur außerhalb des Silbermeeres konnten sie sich ungestört paaren und ihre Jungen zur Welt bringen. In der Nähe des Leuchtturms von Fareghi war dies unmöglich; sein Licht blendete die Meeresriesen, wenn sie zu lange an der Oberfläche schwammen.

Auch diese drei waren nur aufgetaucht, um Luft zu holen. Am Horizont, wo der Himmel eine blaue Färbung annahm, blinkten Lichter. Die Silberfänger bemerkten sie nicht; unbeirrt bahnten sie sich ihren Weg durch die Wellen. Doch die Lichter mehrten sich – Schiffe! Eine Flotte kreuzte auf dem Meer: zwanzig Karacken mit mächtigen Segeln. Die Sturmlampen gaben Signale, eine Warnung: *Silberfänger voraus! Silberfänger in Sicht!*

Sie erkannten die Gefahr zu spät; ihre Augen waren zu schwach, wurden von der Magie des Turms in die Irre geführt. Erst als die Segelschiffe den Kreis um sie schlossen, stießen sie klagende Rufe aus; wild peitschten die Flossen, als sie in die Tiefe tauchen wollten. Doch schon heulten die Sehnen der Schiffsschleudern; Bolzen jagten über das Wasser, bohrten sich in das Fleisch der Silberfänger. Sie wanden sich im Todeskampf, das aufschäumende Wasser durchmischt mit Blut, und ihr Klageruf hallte über das ganze Meer.

Das größte der Schiffe – fünf Maste, der Bug hoch aufragend – hißte ein geschlitztes Segel, das Siegeszeichen der gyranischen Flotte. Und wieder glommen die Sturmlampen auf. *Triumph,* bedeutete das Aufblitzen diesmal, *ein Hoch auf den Herrn der See!* Sie priesen den Anführer der Flotte, denn ihm zu Ehren hatten sie die Silberfänger erlegt – für Gyrs göttlichen König, Tarnac den Grausamen, dessen Name im ganzen Silbermeer gefürchtet war und der seine Flotte nun zu neuen Ufern führte.

»Wir sind zu schnell!«

Der Ruf hallte über das Schiff, verebbte jedoch im brausenden Wind. Es bauschten sich die Segel, die Wanten knirschten, und Wassertröpfchen stoben über das Deck. Der Mann am Steuerrad, ein Kerl mit Kinnbart und schielenden Augen, hielt mit der rechten Hand lässig das Schiff auf Kurs, während er die andere emporstreckte. Am Handgelenk glänzte ein Armband – der goldene Turmbinder. Mit seiner Hilfe beschwor er die Kräfte des Leuchtturms von Fareghi.

»Zum Kuckuck, Parzer – wir sind zu schnell!« Fluchend klammerte sich Aelarian Trurac an einem Leitseil fest. Während das Schiff in einen Schlingerkurs geriet, erschallte ringsum das Johlen der Besatzung, die ihren Spaß an Parzers Kapriolen hatte.

»Er kann Euch nicht hören, Großmerkant.« Cornbrunn, der Leibdiener Aelarians, rappelte sich von den Planken auf, nachdem Parzers Manöver ihn von den Füßen geholt hatte. »Oder er will Euch nicht hören, in Verkennung Eurer naturgegebenen Führungsstärke, die man allerdings schon in Troublinien anzweifelte.«

»Was soll ich mit meinem Leibdiener über Führungsstärke diskutieren!« Mit säuerlicher Miene wandte sich Aelarian seinem Begleiter zu. Cornbrunn – ein gewitzter Bursche von dreißig Jahren, der wie der Großmerkant feuerrotes Haar hatte – stellte sich neben ihn an die Reling. Sein kantiges Gesicht war von Sommersprossen übersät; sie hatten sich in den letzten Wochen gebildet, die er überwiegend an Deck zugebracht hatte. Aelarian hingegen hatte sich eine noble Blässe bewahrt; sie kaschierte die Falten um seine Augen und Mundwinkel, die der Tribut für die vierzig wilden Lebensjahre waren, die er in Troublinien zugebracht hatte.

»Es war ein Fehler, die Fischer aus Rhagis zu verpflichten«, fuhr der Großmerkant fort. »Sie sind ein Haufen Wahnsinniger – und dieser Parzer ist der Schlimmste von allen. Der Turmbinder verleitet ihn zu gefährlichen Manövern. Mehr als einmal wäre unser Schiff beinahe gekentert.«

»Einen besseren Kapitän hättet Ihr auf Morthyl kaum auftreiben können. Wir haben den Menschen aus Rhagis eine Menge zu verdanken, und daß sie uns auf diese selbstmörderische Fahrt begleiten, zeugt von Edelmut. Allerdings frage ich mich, warum sie ihr Leben für einen geltungssüchtigen Troublinier aufs Spiel setzen ... Doch diese Frage könnte ich ebensogut an mich selbst richten, also lasse ich es besser sein.«

»Ja, laß es besser sein. Zuviel Grübelei schadet dir nur.« So sehr sich Aelarian über Cornbrunns Mundwerk ärgerte – in der Sache selbst mußte er ihm recht geben. Auch er war überrascht, mit welcher Begeisterung die Fischer ihm gefolgt waren. Die geheimnisvollen Erben Varyns waren maßgeblich an der Befreiung des Leuchtturms beteiligt gewesen. Fareghi war den Klauen Eldrom von Cruscos entrissen und der Bruderschaft Varyns zurückgegeben worden. Nun hütete Stolling, der wohl fragwürdigste Gastwirt Morthyls, im Namen der Erben den Leuchtturm. Die magischen Feuer von Fareghi hatten die Goldéi wieder aus dem Silbermeer vertrieben; so bald würden ihre Schiffe nicht mehr den Weg in diese Gewässer finden.

Derweil hatte Parzer das Schiff in eine stabile Lage gebracht. Die Matrosen applaudierten; sie stammten allesamt aus Rhagis – das halbe Dorf hatte sich darum gebalgt, einen Platz auf dem Schiff zu ergattern. Nur fünfzehn von ihnen war die Ehre zuteil geworden, darunter Parzer, Mäulchen und Ungeld, die das süße Blut der Abenteuerlust geleckt hatten. Der alte Schnappes hingegen hatte zu Hause bleiben müssen, obwohl er sich für einen begnadeten Seemann hielt und heftig gegen die Zurücksetzung gewettert hatte.

»Mit dem Turmbinder wird uns Parzer in Windeseile nach Tyran bringen, und anschließend vielleicht sogar zurück nach Troublinien. Dort dürft Ihr dem Gildenrat erklären, warum Ihr unser erstes Schiff versenkt habt und auf Morthyl ein neues erwerben mußtet – auf Kosten der Gilde, versteht sich.«

»In dieser Frage ist wohl eher unser graubärtiges Großväterchen in Erklärungsnot.« Aelarian grinste. »Rumos hat den Segler vor Fareghi auf die Klippen gesetzt. Ohne meine Hilfe müßte er noch immer nach einem neuen Schiff samt Kapitän fahnden. Baron Eldrom hat in seinem Eifer fast alle Seeleute, die einen Turmbinder besaßen, ermorden lassen – und welcher der Überlebenden wäre so tollkühn gewesen, den Echsenschiffen entgegenzufahren?«

»Niemand außer den Fischern von Rhagis.« Cornbrunn beobachtete, wie Parzer die Mannschaft auf ein neues Manöver einschwor. »Doch weder ihnen noch mir habt Ihr verraten, warum wir eigentlich dieses entlegene Eiland ansteuern. Tyran ... was gibt es dort zu entdecken? Und was sucht der Priester auf der Insel?«

»Selbst einem Hohlkopf wie dir müßte die Legende der Kahida vertraut sein.« Aelarian wischte sich die Wassertropfen aus dem roten Bart. »Sie war eine Zauberin, die vor Jahrtausenden auf Tyran lebte, voller Güte über Menschen, Geister und Dämonen herrschte und schließlich, als die Sphärenwesen den Frieden aufkündigten, die Tore der Sphäre verschloß. Auch wenn Kahidas Reich vergangen ist, sollen auf Tyran noch die Trümmer ihrer einstigen Residenz zu finden sein.«

»Rumos Rokariac wirkt nicht wie ein Mann, der aus Leidenschaft Ruinen besichtigt.« Cornbrunn betrachtete den Großmerkanten aufmerksam. »Mir könnt Ihr nichts vormachen – Ihr ahnt, was den Priester zu der Insel zieht, und wollt es mir nicht sagen. Ist es der Wille Eures Herren Mondschlund, der Eure Lippen versiegelt?«

»Du bist verärgert, weil ich dir seinen Namen verschwieg. Was hätte es schon geändert, dich in dieses Geheimnis einzuweihen ...«

»Hatte ich kein Recht, es zu erfahren? Für Euch setzte ich mich zahlreichen Gefahren aus; ich folgte Euch nach Morthyl, soff mir in der *Roten Kordel* den Verstand weg, kletterte auf Fareghi eine steile Felswand empor, keilte mich mit Baron Eldroms Kriegern – und Ihr verschweigt mir, warum dies alles geschah!« Cornbrunn deutete auf das Mondamulett, das Aelarian um den Hals trug. »Ich hielt Euch für einen Träumer, der aus Narretei dem Gildenrat auf der Nase herumtanzt. Tatsächlich seid Ihr in dieses üble Spiel verwickelt. Ihr dient einem Zauberer, der die Sphäre in seine Gewalt bringen will: Mondschlund, den man in Troublinien auch den Blender ruft oder den Herren der Täuschung – ein Kinderschreck, mit dessen Namen man Gören zwingt, ihre Kohlsuppe auszulöffeln.«

»Mache mich nicht für die Züchtigungen deiner Mutter

verantwortlich.« Aelarian ergriff die Hand seines Freundes. »Ich konnte es dir nicht sagen. Als wir uns kennenlernten, war ich erst seit kurzem ein Anhänger Mondschlunds geworden. In Troublinien hatte Rumos die Führung der Tathril-Kirche übernommen und begann damit, den Gildenrat mit seinen Anhängern zu durchsetzen. Ich ahnte, daß er der Bathaquar-Sekte angehörte, und so suchte ich nach Verbündeten ...«

»... unter Euren einstigen Genossen aus Haus Moorbruch«, erriet Cornbrunn.

Aelarian nickte. »Unter ihnen waren einige, zu denen Mondschlund im Traum gesprochen hatte. Sie gaben mir dieses Amulett, und bald wurde auch ich im Schlaf von ihm heimgesucht.«

»Hört, hört«, entfuhr es Cornbrunn. »Nun ja, nächtlichen Gästen wart Ihr noch nie abgeneigt.«

Der Großmerkant fuhr unbeirrt fort. »Im Gespräch mit Mondschlund begriff ich, daß der Welt eine große Veränderung bevorsteht und die Bathaquari diese Gelegenheit nutzen werden. Ich behielt Rumos im Auge; als ich von seinem Plan erfuhr, nach Tyran zu reisen, wies Mondschlund mich an, ihm zu folgen.« Er ließ Cornbrunns Hand los. »Es gibt eine geheime Prophezeiung der Bathaquar, in der von zwei Auserkorenen die Rede ist. Sie sollen dem Sturm der Wandlung widerstehen; einer von ihnen, so glaubt Rumos, wird auf der Insel Tyran zu finden sein. Er wird versuchen, ihn auf seine Seite zu ziehen ...«

»Und was beabsichtigt Mondschlund?« Es fiel Cornbrunn sichtlich schwer, den Namen des Zauberers auszusprechen.

»Er will den Auserkorenen erlösen, um die Welt vor einer Katastrophe zu bewahren.« Aelarian seufzte. »Du siehst, Cornbrunn – Rumos und mich eint ein gemeinsames Ziel; wir wollen beide den Auserkorenen für unsere Sache gewinnen. Doch während die Bathaquar nur ihre Macht festigen will, gedenkt Mondschlund die Schreckenszeit zu beenden – dazu muß er den Auserkorenen auf seiner Seite wissen. So sind Rumos und ich Gefährten wider Willen. Ohne mich wäre er ohne Schiff, ohne Kapitän, ohne die Macht des Leuchtturms; und ich könnte den Auserkorenen ohne seine Hilfe niemals finden, da ich den Wortlaut der Prophezeiung nicht kenne. Doch sobald wir den Machtbereich des Leuchtturms verlassen, wird unsere traute Reisegemeinschaft zerbrechen – dann wird Rumos versuchen, mich loszuwerden.«

Die beiden Männer schwiegen. Zu ihren Füßen schnauften Grimm und Knauf, die Kieselfresser, die durch das stetige Rütteln des Schiffs erwacht und an den Hosenbeinen ihrer Herren herabgeklettert waren. Nun begannen sie, auf den Bohlen miteinander zu balgen.

»Ich weiß nicht, warum Ihr Euch dieser Sache verschrieben habt, Aelarian. Es ist nicht gut, sich in das Ringen höherer Mächte einzumischen; und ich wünschte, ich wäre kein solcher Narr und könnte Euch verlassen.« Cornbrunn legte den Arm um Aelarian. »Es wird kein gutes Ende nehmen. Vor Tyran wurden damals die ersten Schiffe der Goldéi gesichtet. Wir fahren dem Unheil entgegen.«

»Schwarzmalerei ist sonst nicht deine Art.« Der Großmerkant zwinkerte Cornbrunn zu. »Gräme dich nicht – diese Kette um meinen Hals ist ein lebloses Ding, ein einfaches Zeichen. Ich kann sie jederzeit abstreifen, falls sich Mondschlunds Pläne als fragwürdig erweisen sollten. Dich freilich werde ich so schnell nicht los; du bist zu wichtig für mich – auch wenn ich wünschte, deine Mutter hätte dir mit der Kohlsuppe etwas mehr Mumm eingetrichtert.«

Cornbrunn schnappte empört nach Luft. Doch bevor er eine Antwort ersinnen konnte, wurde er von Parzer unterbrochen.

»He, Gildenpack – bewegt eure faulen Hintern ... Land in Sicht!«

Die Troublinier stürzten zur Reling. Am westlichen Horizont war ein dunkler Punkt zu erkennen – eine Insel.

»Tula«, murmelte Aelarian. »Vor drei Tagen haben wir Strega passiert; nun verlassen wir bald das Silbermeer. Wir sind auf dem richtigen Weg!«

»Äch ne!« Parzer, der das Steuerrad einem Matrosen überlassen hatte, grinste vom Steuerpodest auf die Troublinier herab. »Hast wohl gedacht, ich lenke das Schiff im Wendekreis nach Morthyl zurück! Aber Pustekuchen. Wir sind stramm auf Kurs, Rotbauch!«

»Stramm glaube ich gerne«, feixte Cornbrunn. »Man riecht deine Fahne bis hierher, Parzer. Wie viele Rasche hast du dir heute schon genehmigt?«

Der Fischer leckte sich über die strahlend weißen Zähne. »Dem Durst wurde Genüge getan. Warum knausern, wo uns der flinke Hynerc doch so gut versorgt hat? Sechs Fässer Raschen hat er für die Reise springen lassen; das sollte bis nach Tyran reichen.«

Aelarian lächelte zurückhaltend. »Bei deinem Durst bezweifle ich es. Vergiß nicht, der letzte Abschnitt der Reise wird sich ziehen. Die Magie des Leuchtturms wirkt nur im Silbermeer; hinter Tula beginnt die Straße von Tyran, und die Insel selbst unterliegt der Macht einer anderen Quelle – der Woge der Trauer. Somit wird unser Schiff bald in gemächliches Fahrwasser einlaufen, was meinem Magen nur recht sein kann.«

»Äch ne!« Parzer zwirbelte seinen Bart. »Seinen Magen sollte man frühzeitig mit Schnaps zur Demut erziehen, sonst macht er dem Hirn die Herrschaft streitig.«

»Das wäre im Falle des Großmerkanten begrüßenswert«, sagte Cornbrunn. »Allerdings spricht er die Wahrheit – wenn wir den Machtbereich des Leuchtturms verlassen, werdet ihr Erben Varyns beweisen müssen, ob der große Seefahrer euch mehr als seine Trinkfestigkeit vermacht hat.«

»Zweifelst du an unserer Seetüchtigkeit? Ha, wir kommen auch ohne Turmbinder zurecht!« Parzer strich über das goldene Armband. »Es ist wahr, die Verbindung mit Fareghi schwächelt ein wenig. Entweder sprecht ihr Schlickrutscher die Wahrheit, oder Stolling gießt aus Geiz zu wenig Öl in die Flammen des Leuchtfeuers.« Er horchte auf das Flattern der Segel. »Wir werden bereits langsamer.«

»Parzer!« Der Matrose am Steuerrad fuchtelte mit den

Händen. »Dort, in nördlicher Richtung ... das riecht nach Ärger!«

Auf offener See waren Schiffe zu erkennen; zwei Dutzend Karacken in Reihenformation.

Aelarian erblaßte. »Eine Flotte! Wie konnten wir sie übersehen?«

»Parzers Wellentänze haben uns abgelenkt«, sagte Cornbrunn. »Die Schiffe sind noch etliche Seemeilen entfernt, halten aber mit großer Geschwindigkeit auf uns zu.«

Parzer pfiff durch die Zähne. »Ich erkenne gyranische Segel; sieht so aus, als schaukelte dort König Tarnacs Flotte auf den Wellen. Die Schmeißfliegen des Silbermeeres schwärmen aus.«

Aelarian nickte. »Ja, du hast recht ... aber was treibt Gyrs König auf die offene See hinaus? Ich dachte, er verteidige den Süden seines Reichs gegen die Goldéi!«

»Er hätte sich den Echsen ergeben sollen, so wie die Kathyger«, erwiderte Cornbrunn. »Kein Land konnte ihnen bisher standhalten.«

»Offenbar sucht Tarnac sein Heil auf dem Meer. Ich frage mich, wohin seine Flotte steuert.« Aelarian dachte nach. »Will der gerissene Hund etwa die Gunst der Stunde nutzen, um die Inseln des Silbermeeres zu besetzen? Das Kaiserreich ist zu sehr mit sich selbst beschäftigt, um Widerstand leisten zu können.«

»Das wäre ein wahres Schurkenstück.« Cornbrunn bückte sich, um seinen Kieselfresser Knauf zurück auf die Hand zu nehmen. »Nun, wir haben damit nichts zu schaffen. Laßt uns von hier verschwinden.«

Parzer knirschte mit den Zähnen. »Nichts leichter als das. Diese lahmen Pötte trudeln auf den Wellen wie Treibholz; ich werde sie zu einem Tänzchen herausfordern.« Er spitzte die Lippen und küßte den Turmbinder. Dann scheuchte er den Fischer vom Steuerrad fort. »Weg da, Kaulquappe! Laß dir zeigen, wie Parzer der gyranischen Seuche das Fürchten lehrt.«

Würfel tanzten auf der Tischplatte; trudelten umher, schlugen mit klickerndem Laut aneinander und kamen schließlich zur Ruhe.

»Zweimal die Zwei, Mäulchen – was sagst du jetzt?« Mit überlegenem Grinsen malte Ungeld, Krabbensammler aus Rhagis und leidenschaftlicher Spieler, mit einem Stück Kreide einen Kringel auf den Tisch. »Das wäre ein Vorsprung von drei Kreisen … sieht so aus, als ob du auch morgen in den Genuß der Nachtwache kommst.« Sein feistes Gesicht glänzte vor Siegesgewißheit.

»Spar dir dein Sprüchlein.« Mäulchen, die junge Fischerin, grabschte nach den Würfeln und ließ sie in den Händen klackern. »Noch steht ein letzter Wurf aus; dann sehen wir mal, wer am Ende seinen Ranzen über das Deck schiebt.« Sie wischte sich die Strähnen aus dem Gesicht, damit Ungeld ihre tödlichen Blicke erhaschen konnte.

»Einen Ranzen habe nur ich«, kicherte Ungeld und massierte seinen Kugelbauch, »es sei denn, du verbringst weiterhin deine Nächte in Parzers Koje. Mein Wanst wird morgen abend in Frieden die Schnäpse verdauen, während du dürres Gerippe im Nachtfrost klapperst.«

»Ich sollte dir deine gezinkten Würfel in den Arsch schieben. Diesmal gilt's!« Schwungvoll entließ Mäulchen die Würfel aus ihren Händen. Sie prallten von der Tischplatte ab, fielen zu Boden und rollten auf den Bohlen weiter, bis ein Lederstiefel sie stoppte.

»Zweimal die fünf«, sagte eine Frauenstimme. »Du hast aufgeholt, Mäulchen.«

Mäulchen feixte. Ungeld aber sprang auf und richtete den Zeigefinger auf die Frau, die soeben in die Kajüte getreten war. »Das ist gegen die Regeln, Ashnada. Siebenwurf ist ein heiliges Spiel; niemand darf in den Flug der Würfel eingreifen, sonst geschieht ein Unglück.«

»Das glaube ich gern, denn mit diesem Ergebnis hast du verloren.« Ashnada hob die Würfel auf und zeigte die oben liegenden Flächen. »Die Nachtwache geht an dich. Zieh dich warm an; es ist kalt an Deck, wenn die Sonne untergeht.«

Ungeld schritt auf Ashnada zu und entriß ihr die Würfel, um sie in seinen Turban zu stopfen. »Ich habe letzten Winter eine ganze Woche vor Morthyls Küste festgesessen, als mein Boot im Eis festfror; obwohl ich fast nackt war, habe ich mich mit einer Handvoll Krabben und ein paar Raschen am Leben gehalten. Nein, von dir muß ich mir gewiß nichts über eisige Nächte erzählen lassen!«

Hinter ihm kicherte Mäulchen. »Daß du nicht erfroren bist, wundert mich bei deiner Wampe wenig. Aber was, bitteschön, hast du da draußen im Boot gemacht – fast nackt?«

»Darum geht es doch gar nicht«, keifte Ungeld. »Diese Braut hier glaubt mich belehren zu müssen.« Er musterte Ashnada; ihre schwarzen Augen, das verhärmte Gesicht und die kurzen rotgefärbten Haare verliehen ihr ein fremdartiges Aussehen. »Ich habe dich auf Fareghi beobachtet. Du hast nicht gekämpft wie eine einfache Leibwächterin. Diesen Kerl vor dem Leuchtturm hast du kaltblütig mit deiner Klinge zersäbelt ...»

»Kein Wort davon!« Ashnadas Stimme klang bedrohlich. »Das ist allein meine Angelegenheit.«

»... so wie man Rogen aus einem Stör schneidet – präzise und gewissenlos. Du kanntest das Bürschlein, nicht wahr?« Ungelds Mund verzog sich zu einem Eichhörnchengrinsen. »Ja, ja, das geht mich alles nichts an. Aber da wir Leute aus Rhagis ein argwöhnisches Völkchen sind, behalte ich dich und deinen Brötchengeber Rumos im Auge, nimm's mir nicht übel.«

»Sei nicht so selbstgerecht«, tadelte Mäulchen ihren Dorfgenossen. »Der Priester bezahlt auch unsere Brötchen. Wir haben versprochen, ihn und den Großmerkanten nach Tyran zu bringen. Und ohne Rumos hätten wir auch den Leuchtturm nicht befreien können; schließlich zwang er Eldrom mit seinen Zauberkräften in die Knie.«

Ungeld grinste. »Es war zu komisch, als der Baron wie ein winselnder Köter die Stufen herabkroch. Dort haben ihn seine Gefolgsleute gesehen … und aus war's mit dem Königreich des Silbermeers – ihr Anführer dem Irrsinn verfallen und die verbündeten Goldéi spurlos verschwunden. Also streckten die Kathyger ihre Waffen, der Baron und sein Weibchen kamen ins Turmverlies, und die dort einsitzende Gefangene, Duane aus dem Rochenland, nahm das Reichsschwert in Verwahrung. Sobald sie ein paar Schiffchen zusammengezimmert haben, werden die Kathyger unter Duanes Führung in ihr Königreich zurückkehren; damit wäre Eldroms Überfall auf Fareghi endgültig Geschichte.«

»Morthyl wird an den Folgen noch lange zu knabbern haben.« Mäulchen seufzte. »Fürst Perjan ist vor Fareghi ersoffen, die Hafenzunft hat sich durch ihren Verrat selbst entmachtet, und die Tathril-Kirche vergrößert ihren Einfluß. Als wir Morthyl verließen, tobten auf der ganzen Insel Scharmützel zwischen selbsternannten Heerführern, Tathril-Gläubigen und Plünderern. Zum Glück ist wenigstens der Leuchtturm in guten Händen.«

»Du meinst wohl: in Stollings gierigen Pfoten! Sicher nimmt er bald Eintritt für den Turm, um das Fernbleiben seiner trinkfreudigsten Gäste in der *Roten Kordel* auszugleichen.« Ungeld blickte wieder Ashnada an. »Fest steht eines – ohne die Erben Varyns könnte Rumos keine müde Meile auf dem Silbermeer zurücklegen. Ob er's uns dankt, bezweifle ich. Wenn wir Tyran erreichen, wird der Lump uns loswerden wollen; dann setzt uns seine Häscherin die Klinge an den Hals – ritsch ratsch, Licht aus. So ist es doch geplant, nicht wahr, Ashnada?«

Geräusche drangen aus der benachbarten Kajüte: ein Keuchen, das in Schreie überging. Ungelds Miene hellte sich auf.

»Rumos will selbst seine Meinung kundtun; leider schafft er's nicht aus seiner Koje, in der er seit Wochen vor sich hindämmert. Parzers Segelkünste machen ihm wohl zu schaffen … du schaust wohl besser nach ihm, Ashnada, bevor er uns die Planken vollkotzt.«

Die Stimme des Priesters war deutlich zu vernehmen; ein Stöhnen und Gebrabbel. Ashnada eilte auf den Gang und hämmerte mit der Faust gegen die angrenzende Kabine. Als sie keine Antwort erhielt, riß sie die Tür auf.

Das Fensterloch der Kajüte war mit einem Tuch verhangen. Dennoch erkannte Ashnada die Gestalt des Priesters. Rumos, ein auffallend großgewachsener Mann von hohem Alter, kauerte inmitten eines Kreises, den er mit Ruß auf die Bohlen gezeichnet hatte; er sprach zu sich selbst, wisperte und weinte, sein Bart verfilzt, das Gewand zerschlissen.

»Fort ... fort mit dir, du schwaches Ding ... ich will dich ausreißen wie einen faulen Zahn ... dich brenne ich mit allen Feuern aus meinem Leib, wenn du mir nicht gehorchen willst!« Rumos wimmerte und fiel vornüber; sein Kopf traf mit dumpfem Laut auf den Boden. »Es muß ein Ende haben ... wer ist Herr in meinem Körper, ich oder Carputon? ... füge dich endlich!«

Nun erst bemerkte er Ashnada und starrte sie aus blutunterlaufenen Augen an. »Ashnada! Du bist es!« Er hustete. »Bin ihn nicht losgeworden ... als wir Fareghi verließen, wollte ich ihn erneut ins Salz verbannen, zurück in seine Höhle auf dem Friedhof.« Er rang mit den Händen. »Carputon widersetzte sich ... wollte nicht weichen ... nistete sich in meinem Herzen ein.« Er preßte beide Fäuste gegen die Brust. »Ich Nichtsnutz ... glaubte tatsächlich, ein zweites Mal die Ewige Flamme herausfordern zu können. Nun siegt Carputon, und die Flamme zehrt mich auf.« Er erhob sich schwankend. »Der Auserkorene ... nur er kann mich retten, nur er besitzt die Kraft dazu. Bald sind wir in Tyran ... dann reiß ich mir Carputon aus dem Leib, mit Stumpf und Stiel ... ein zweites Mal, für immer!« Seine Züge veränderten sich, wurden weich und jämmerlich. »Mein Herr, mein Herr ... ich bin doch dein, ein Teil von dir ... sehn mich nach deinem Herzschlag, deinen Atemzügen ... und jeder stärkt mich, bringt mich meinem Herren Rumos näher ...«

»Ihr seid erbärmlich, Priester.« Ashnada schloß die Tür der Kabine, um den lauschenden Fischern das Schauspiel zu verderben. »Seht Euch an; seit Wochen schließt Ihr Euch ein, wälzt Euch in Selbstmitleid und laßt Aelarian und seine

Freunde Possen über Euch reißen. Ich wünschte, wir wären alle auf Fareghi umgekommen. Warum folge ich Euch noch? Ihr seid am Ende und wollt mich mit in den Abgrund reißen.«

Rumos wankte auf sie zu. »Der Abgrund … ja, Morthyl hat auch dich an deine Bestimmung erinnert. Das, was du bist und so lange verleugnet hast – es brach aus dir hervor … der Wunsch zu töten, der Pesthauch der Igrydes.« Er blieb vor ihr stehen, packte ihre Hand. »Du und ich, wir können unserem Schicksal nicht entgehen. Doch bald ist es vorbei; wenn ich den Auserkorenen gefunden habe, werde ich frei sein. Mit seiner Hilfe wird die Bathaquar die Sphäre beherrschen, die Welt retten … und uns, Ashnada, Frieden bringen. Frieden unseren gequälten Geistern.«

Angewidert stieß sie ihn von sich. »Mit Euch habe ich nichts gemein. Ich stehe nur deshalb an Eurer Seite, weil ich eine Rechnung zu begleichen habe. Ihr verspracht mir, mich zu Tarnac von Gyr zu bringen und mir bei meiner Rache zu helfen. Nun befinden wir uns in der Nähe der gyranischen Küste.«

»Tarnac von Gyr, ja … er ist nicht fern. Doch zuvor ein letzter Auftrag; ein kleiner Gefallen, meine Teure.« Verstohlen blickte sich Rumos um und verfiel ins Flüstern. »Den Großmerkanten … er hat mir lange genug ins Handwerk gepfuscht. Er ist ein Diener Mondschlunds; deshalb muß er sterben. Schaff ihn mir vom Hals, Ashnada – dann erfülle ich dir deinen Wunsch.«

Sie stutzte. »Warum dieser Sinneswandel? Ihr selbst habt mich damals zurückgehalten, als ich Euch Aelarians Kopf anbot.«

»Ich habe meine Meinung geändert. Der Mondjünger muß sterben, sein Amulett ins Meer geworfen werden!« Furcht glitzerte in Rumos' Augen, und er murmelte wie im Fieber. »… du darfst Aelarian nicht trauen, Herr … der Knecht des Blenders ist ein ewiger Gefahrenquell, den nur ein Schwertstreich zum Versiegen bringt … hättest schon damals im Haus Moorbruch diesen Mann vernichten sollen …«

Ashnada legte die Finger auf die Lippen. »Seid still; die Fischer könnten Euch hören.« Sie rang sich zu einem Entschluß durch. »Dieses eine Mal will ich das Schwert noch für Euch ziehen, Rumos. Zwar hat der Großmerkant mir nichts getan, im Gegenteil, er rettete mich bei Fareghi aus den Fluten. Doch ob er lebt oder stirbt, ist mir gleich. Ich will meine Rache!«

Rumos nickte hastig. »Es muß wie ein Unfall aussehen. Die Fischer aus Rhagis dürfen nichts bemerken, denn ohne sie kann ich nicht nach Tyran gelangen.« Er griff in die Tasche seines Lumpengewandes und holte einen Gegenstand hervor. Rauch stieg zwischen den Fingern des Priesters empor, als er sie Ashnada entgegenstreckte. Auf der Handfläche lag ein vergilbtes Knochenstück – Ashnada hatte es schon einmal gesehen, in Thax, in einer Truhe in Rumos' Versteck. Seitdem rätselte sie über die Bedeutung des Knochens.

»Nimm es ... dies ist dein Lohn für deine Treue.« Rumos kicherte. »Es wird dich zu Tarnac führen, denn in ihm brennt die Ewige Flamme. Sie liest in deinem Herzen und nährt sich von deinem Haß; so führt sie dich zu deinem größten Feind – zu Tarnac von Gyr. Wenn du eines Tages vor ihm stehst, wirf den Knochen vor ihm zu Boden. Dann wird die Flamme ihn verschlingen. Aber benutze seine Macht nur einmal, sonst endest du wie ich.« Wieder streckte er Ashnada die Hand entgegen; der Rauch war inzwischen verweht. Zögernd nahm sie das Knochenstück an sich; es war warm, glattgeschliffen von der Berührung vieler Hände, und auf einer Seite prangte das Zeichen der Bathaquar, die verblühende Rose.

»Pack es fort!« Rumos wich zurück, seine Augen sprangen wild umher. »Pack es fort, bevor ich es mir anders überlege. Und kümmere dich um Aelarian, diesen Hund ...«

Ein Ruck ging durch das Schiff; der Boden unter ihnen neigte sich. Ein Stuhl, eine Kiste, eine erloschene Laterne kamen ins Rutschen, und auch Rumos und Ashnada konnten sich kaum auf den Beinen halten. Das Segelschiff gewann an Fahrt.

Rumos' Gesicht verzerrte sich. »Der Turm … o mein Herr Rumos, spürst du seine Kraft? So gleißend hell sein Licht, und doch erlischt der Glanz … Magie trifft auf Magie am Scheideweg der Macht, und in uns stirbt die Flamme, zehrt uns auf, o mein Herr Rumos …«

Die Tür der Kabine wurde aufgerissen. Mäulchen stürmte herein. »An Deck mit euch! Parzer läßt ausrichten, daß eine Flotte uns eingekreist hat … wenn der Feind uns aufbringt, brauchen wir oben jede Klinge!«

»Eine Flotte – in diesem Teil des Silbermeers?« Ashnada blickte sie entgeistert an. »Woher kommt sie?«

»Woher, woher? Aus Gyr natürlich, oder glaubst du, die Goldéi seien zurückgekehrt?« Mäulchen machte wütend kehrt. »Nach oben jetzt! Parzer ruft nach uns.«

Die Wolkendecke war aufgerissen, Sonnenstrahlen fielen auf das Meer. Die gyranischen Karacken durchpflügten die Wellen. Sie hatten einen Halbkreis gebildet; die drei größten Segler zogen voran, gaben die Richtung vor. An ihren Bugspriets baumelten die Köpfe der erlegten Silberfänger – blutige Trophäen für Tarnac den Grausamen.

Und wieder war die Hatz eröffnet; ein kleines Segelschiff floh vor der Übermacht. Es schnellte über das Wasser wie ein Pfeil. Doch immer wieder ballten sich Wellen vor seinem Bug; das Schiff polterte über sie hinweg, geriet ins Trudeln und driftete in eine falsche Richtung ab. Dann war das Gebrüll des Kapitäns zu hören: lauthals verfluchte Parzer den Leuchtturm – und Stolling, den er für die schwindende Kraft der Leuchtfeuer verantwortlich machte.

»Ersaufen sollst du in deiner eignen Pisse, Stolling!« Parzer hieb mit der Faust gegen das Steuerrad. »Wo bist du, wenn man dich braucht? Hier, der Turmbinder an meinem Arm, das Erbe Varyns! Hast es doch lange genug mit deinen Seidenhemden gewienert! Schimmert es dem Herrn Wirt nicht hell genug, hä?« Grimmig streckte er das Armband empor, damit es vom Leuchtturm aus gesehen werden konnte. Doch dann rollte die nächste Woge auf sie zu; die Wucht des Aufpralls hob das Schiff in die Luft. Parzer rutschte aus und krachte zu Boden.

»Du bringst uns noch alle um!« Aelarian kroch auf der Treppe zum Steuerpodest empor; in den Händen barg er seinen verängstigten Kieselfresser. »Wenn du so weitermachst, bricht das Schiff auseinander.«

»Äch ne, Rotbauch; ich soll wohl warten, bis die Gyraner uns eingeholt haben!« Parzer rappelte sich auf. »Da kommen sie … ich will Ungelds Turban fressen, wenn sie nicht ebenfalls Magie benutzen. Sieh, wie schlaff ihre Segel herabhängen – und doch jagen sie uns hinterher wie die Haie!«

Gyrs Flotte hatte sie fast eingeholt; schon schlossen sich die Außenflügel des Halbkreises. Ihre Schiffslampen gaben unablässig Signale, um das Manöver abzustimmen.

»Es ist aus, Parzer! Der Leuchtturm ist zu weit entfernt, um uns noch Schutz zu geben. Wir müssen die weiße Fahne hissen.«

»Nur über meine Leiche! Ich werde ihnen zeigen, was Wagemut bedeutet.« Parzer ballte die Hand zur Faust; die Sehnen unter dem Turmbinder spannten sich. Das Schiff hielt ächzend inne; dann rissen die Wellen es herum, zwangen es zur Kehrtwendung. Es steuerte nun direkt auf die gyranischen Karacken zu.

»Bist du toll, Parzer?« Aelarian stellte sich vor Parzer auf. »Das ist die falsche Richtung! Sie werden uns einkreisen …«

Parzer schubste ihn zur Seite, griff in die Speichen des Steuerrads und hielt den Kurs. Nun gab Aelarian auf; er steckte den Kieselfresser zurück in seine Tasche und sah sich nach Cornbrunn um. Um diesen hatten sich die Matrosen gesammelt; auch Mäulchen und Ungeld, Ashnada und Rumos waren an Deck erschienen. Der Tathril-Priester wirkte elendig; er zitterte am ganzen Leib, während er die näher kommende Flotte beobachtete.

»Die Woge der Trauer … die Quelle von Vodtiva steht ihnen bei. Sie bricht die Macht des Leuchtturms … ewiger

Widerstreit der Magie.« Er taumelte zum Hauptmast, lehnte sich erschöpft gegen ihn. »Zu viele Kräfte wirken auf dieses Schiff … muß mich sammeln … ich muß …«

Er schloß die Augen. Aus seinem Mund und seinen Nasenlöchern kroch dunkler Rauch, schwarz wie Tinte.

In der Ferne war ein Krachen zu hören.

»Schiffsschleudern!« schrie Mäulchen. »Duckt euch!«

Kurz darauf wurde das Schiff erschüttert. Eisenbolzen bohrten sich in die Treppe des Steuerpodests; vermutlich hatten sie auf Parzer gezielt. Aelarian rettete sich mit einem beherzten Sprung vor dem Beschuß, kauerte sich vor der Treppe zusammen. Er versuchte zu erkennen, wohin Parzer das Schiff steuern wollte. Dort – zwei Karacken der gyranischen Flotte waren ausgeschert; eine Lücke klaffte im Halbkreis. Offenbar wollte Parzer an dieser Stelle die Formation durchbrechen, wohlwissend, daß ein Wendemanöver der Gyraner längere Zeit in Anspruch nehmen würde. Doch der Plan war irrwitzig: sie mußten an mehreren Karacken vorbeiziehen. Diese setzen den Angriff fort: ein Zischen in der Luft, der Geruch brennenden Pechs … Brandpfeile! Unzählige flogen über das Schiff hinweg; einige blieben jedoch in den Segeln hängen, flackerten unheilvoll im Tuch.

»Los, los – alle Kletteraffen an die Wasserschläuche!«

Die Matrosen kamen Parzers Befehl nach, schwangen sich an den Seilen empor, packten die an den Masten baumelnden Lederbeutel und löschten die Brände. Doch schon setzte ein zweiter Pfeilhagel ein; einer der Seeleute wurde getroffen, seine Kleidung ging in Flammen auf, und schreiend fiel er hinab auf das Deck.

Parzer korrigierte den Kurs. Das Schiff neigte sich zur Seite. Scharf pfiff der Fahrtwind, erstickte die Rufe der Mannschaft. Wieder donnerten die gyranischen Schiffsschleudern; eine Steinkugel riß ein Loch in die Reling. Aelarian glitt auf den nassen Planken aus und wurde über das halbe Deck geschleudert. Er rutschte geradezu auf die klaffende Lücke zu, konnte sich nur unter Mühen an den Leitseilen festhalten.

»Da hast du es, Parzer!« keuchte er. »Jetzt schaufelst du mir ein Grab auf dem Meeresgrund …«

Eine Hand packte seine Schulter; sie gehörte Ashnada. Die Gyranerin war trotz der Schräglage des Schiffs zu Aelarian herübergeschlittert. Erleichtert blickte er zu ihr auf.

»Endlich macht Ihr Euch nützlich, Ashnada. Fast hätte mich Parzers Segelkunst ins Wasser befördert.« Er zog sich an ihrer Hand empor. »Was muß noch geschehen, bis dieser Kerl erkennt, wie sinnlos eine Flucht ist?«

Ashnada warf einen raschen Blick über die Schulter. Niemand befand sich in ihrer unmittelbaren Nähe. »Ganz einfach, Aelarian: dazu brauchen wir Verluste.«

Sie versetzte dem Großmerkanten einen Stoß. Er taumelte, stürzte durch die zersplitterte Reling hinab in die Tiefe. Die Wellen verschluckten ihn.

Zufrieden drehte sich Ashnada um. Welch einmalige Gelegenheit, den Großmerkanten zu beseitigen, ohne auch nur das Schwert ziehen zu müssen. Höhnisch beobachtete sie, wie Cornbrunn und Mäulchen auf den schrägen Planken herbeieilten. Cornbrunn war außer sich.

»Aelarian … wo ist er? Wo?«

»Er ist über Bord gegangen. Ich wollte ihn festhalten, doch der Wind war zu stark.« Die Lüge ging Ashnada leicht über die Lippen.

Entsetzen grub sich in das Gesicht des Troubliniers. »Nein! Das darf nicht wahr sein …« Er beugte sich über die Reling, suchte auf den Wellen nach Aelarians rotem Schopf.

»Wir können nichts tun«, beschwor ihn Mäulchen. »Duck dich lieber; die Gyraner schießen wieder …«

»Da! Ich sehe ihn! Er treibt in den Wellen!« Cornbrunn deutete aufgeregt auf das Meer. »Er geht unter … ich kann ihn nicht im Stich lassen! Ich muß … ich muß …«

Mit einem verzweifelten Schrei stürzte er sich über Bord. Fassungslos blickten die zwei Frauen ihm nach.

»Dieser Spinner«, fluchte Mäulchen. »Jetzt ersaufen sie beide! Ist das nun Romantik oder bloße Dummheit?«

Auf der anderen Seite des Schiffs zischten wieder

Brandpfeile durch die Luft. Einer von ihnen traf das Großmastsegel, rutschte jedoch am Tuch abwärts, schwarzen Rauch hinter sich herziehend. Mit der Spitze voraus raste er auf Rumos zu, der unter dem Segel stand, und bohrte sich durch einen Zipfel seines Gewands. Die Fetzen fingen sofort Feuer. Rumos riß die Hände empor wie ein Kind.

»Die Ewige Flamme ...« Seine Stimme klang weinerlich. »Sie bricht hervor!«

Er brannte mit einem Mal lichterloh. Das Feuer nahm eine dunkelrote Farbe an, und die Haut des Priesters schälte sich in Flocken von den Knochen. »Carputon ... rette mich! Rette mich!«

Ungeld, der neben dem Priester stand, erwachte aus seiner Erstarrung; er griff nach einem Eimer, den die aufspritzenden Wellen gefüllt hatten, und leerte ihn über dem brennenden Greis aus. Dampf zischte empor, hüllte Rumos ein. Er schrie wie am Spieß, und in den Schwaden zeichnete sich eine Kontur ab – eine Figur aus schwarzen Strichen, der Kopf ein leeres Oval ... Rumos' Schreie aber wurden zu einem Geheul, das keiner menschlichen Stimme glich.

»Widerwärtig«, entfuhr es Ungeld. »Von mir aus verbrenne, alter Hexenmeister!«

Als der Dampf verwehte, erlosch auch die schwarze Kontur. Nur der verkohlte Körper des Priesters blieb zurück; leblos lag er auf den Bohlen, sein Kopf zu einem Klumpen zusammengeschrumpft. Die Ewige Flamme hatte Rumos Rokariac zu sich geholt ...

Nun bäumte das Schiff sich auf und geriet erneut ins Trudeln. Am Steuerrad ließ Parzer erschöpft den Arm sinken.

»Aus und vorbei.« Er streifte den Turmbinder ab. »Die Gyraner haben uns zur Strecke gebracht. Hißt die weiße Flagge, zählt die Toten – und dann liegt unser Schicksal in Tarnacs Schwielenklaue.«

Wenn ein Silberfänger stirbt, hallt oft sein letzter Ruf, sein letztes Klagen über das Meer, und alle Artgenossen schwimmen an die Oberfläche, um in den Todesgesang einzustimmen.

Auch dieses Mal war er an vielen Orten zu vernehmen: an den Küsten Vodtivas und Morthyls, vor Swaaing und Varona. Selbst in fernen Gewässern, im tiefen Südmeer, sangen Meeresriesen das Klagelied. Jundala Geneder lauschte ihnen; sie stand an der Bordwand eines Schiffs und blickte auf das Meer. Der Wind trug die dumpfen Baßtöne an ihr Ohr; zwar waren keine Silberfänger zu erkennen, doch sie mußten ganz in der Nähe sein. Der Schmerz der tiefen Stimmen rührte Jundalas Herz, als sängen die Silberfänger von ihrem Schicksal, ihrem Leid.

Seit Wochen segelte das Schiff gen Süden. Längst hatte es die Insel Phaly hinter sich gelassen. Sein Ziel blieb ungewiß; gewöhnliche Seekarten verzeichneten südlich von Phaly kein Land. Dennoch erkundete ein Seefahrerorden diese Gewässer: der Bund der Südsegler aus Sithar. Er war vor Jahrhunderten gegründet worden, als der damalige Südbund seinen Einfluß auf den Meeren ausgeweitet hatte; im Krieg gegen die Königreiche hatte der Orden eine wichtige Seeschlacht entschieden und bezog seitdem Zuwendungen vom Thronrat. Doch anders als die Ritterorden, denen er gleichgestellt war, verstand sich der Bund der Südsegler nicht als Streitmacht des Kaiserreiches. Er verfolgte eigene Ziele. Seit jeher suchten die Südsegler nach einem verschollenen Kontinent im Südmeer, von dem Legenden kündeten; und auch wenn ihre Suche erfolglos blieb, gaben sie sie nicht auf. Allerdings gebarten sie sich im Lauf der Jahrhunderte immer seltsamer; nur selten legten ihre Schiffe noch in Sithars Häfen an, und ihre Geschäfte wickelten sie über Mittelsmänner ab, um ungestört zu bleiben.

Die Suche, die Suche muß weitergehen ... Wie oft hatte Jundala diese Worte vernommen. Seit sie sich mit den Südseglern eingelassen hatte – und Jundala verfluchte diesen Tag –, wußte sie um deren Besessenheit. *Die Suche* war ihr einziges

Ziel, sie allein gab ihrem Dasein einen Sinn. Für *die Suche* hatten sie dem Südbund beigestanden, für *die Suche* hatten sie sich Kaiser und Thronrat verpflichtet, und für *die Suche* hatten sie auch Jundala verraten. Die Fürstin war ihre Gefangene, verschleppt im Auftrag der Intrigantin Sinustre Cascodi; und während Jundala auf dem Schiff der Südsegler in die Fremde reiste, war ihr Gemahl Baniter in Vara zurückgeblieben. Jundala fragte sich, ob er noch lebte und den Ränken des Thronrats entronnen war; auch um ihre Kinder sorgte sie sich, die sie vermutlich nie mehr zu Gesicht bekommen würde.

Anfangs hatten die Südsegler die Fürstin eingesperrt. Erst seit sie das offene Meer erreicht hatten, konnte Jundala sich frei auf dem Schiff bewegen. Sie machte ausgiebig davon Gebrauch, auch wenn es an Deck unheimlich war. Das Schiff war tot, menschenleer; kein Matrose war an Bord zu sehen. Wie sie den Kurs hielten, war Jundala schleierhaft. Nur in der Nacht, wenn sie in ihrer Koje lag, hörte sie die Stimmen der Seefahrer, hörte Seile singen und Segel flattern; und wenn sie durch den Türspalt spähte, sah sie den einen oder anderen Südsegler: bleiche Gesichter, auf deren Wangen ein brennendes Schiff tätowiert war, die Augen mit Tüchern verbunden. Oft standen sie im Kreis beisammen und raunten sich Botschaften zu; sie sprachen in Reimen, doch ihre Worte waren stets eine Abwandlung derselben Litanei: *Die Suche, die Suche muß weitergehen …* Dann strömten sie wieder auseinander. Ihr ganzes Wesen hatte etwas Flüchtiges; wenn Jundala sie beobachtete, glaubte sie stets durch eine Glasscheibe zu blicken.

Während sie auf das Wasser starrte, schweiften ihre Gedanken zu Baniter und den Kindern. Würde sie eines Tages zu ihnen zurückkehren? Nein, dies war eine Fahrt ohne Wiederkehr; an die Existenz eines Südkontinents glaubte Jundala nicht, und *die Suche* würde früher oder später auf dem Meeresgrund enden. Von den sechs Schiffen, die aus Vara aufgebrochen waren, hatte bereits eines umkehren müssen, nachdem ein Sturm es leck geschlagen hatte. Die verbliebenen Segler aber steuerten beharrlich gen Süden.

Der Zorn über ihre Machtlosigkeit trieb Jundala Tränen in die Augen. Diese waren groß und dunkelblau, so wie das Meer, und beherrschten das ansonsten unscheinbare Gesicht der Fürstin. Die Trauer der letzten Wochen hatte Spuren hinterlassen; ihre Wangen bleich, der Mund zu einem schmalen Strich geschrumpft. Auch ihr blondes Haar hatte an Glanz verloren; sie hatte es deshalb zu einem einfachen Zopf zusammengebunden. So stand sie an Deck, lauschte dem Gesang der Silberfänger und haderte mit dem Schicksal. *Wie töricht war es, mich hinter Baniters Rücken an diese Fanatiker zu wenden, als wäre mit ihnen ein Handel möglich. Sinustre hatte ganz recht: Wer sich mit den Südseglern einläßt, sollte wissen, daß sich jede Summe überbieten läßt. Sie hat mich überboten – und mich aus Vara fortschaffen lassen, bevor ich Baniter aus diesem Schlangennest befreien konnte. Glaubt sie tatsächlich, ihn leichter beeinflussen zu können, wenn ich nicht in seiner Nähe bin? Will sie Baniter in die Arme dieser arphatischen Hure führen?* Jundalas Hände krallten sich an der Reling fest. *Königin Inthara will ihn für sich gewinnen; ich habe in diesem Plan gestört. Nun bin ich fern von Vara … ich kann Sinustres Intrige nichts entgegensetzen.*

Ihre Gedanken wurden unterbrochen, als Schritte erklangen. Der Schiffsknabe schlenderte über das Deck, ein vierzehnjähriger Bursche namens Mhadag, der Jundala stets mit Nahrung und Kleidung versorgte. Er war das einzige Mitglied der Besatzung, das auch tagsüber an Deck zu sehen war; auf seinem Hemd prangte zwar das Abbild des brennenden Schiffes, doch er unterschied sich von den erwachsenen Südseglern. Seine Sprache war klar und verständlich, sein Gesicht – wenn auch von frühreifem Ernst geprägt – nicht tätowiert. Er hatte weiches blondes Haar, und die grünen Augen erinnerten Jundala an ihren Gatten.

»Mhadag … welchen Tag haben wir? Wie lange sind wir nun aus Vara fort?«

»Seit sechzig Tagen.« Mhadag neigte den Kopf. »Meine

Gebieter fragen, ob Ihr wohlauf seid. Je weiter wir nach Süden dringen, desto belastender wird die Fahrt für jene, die nicht sehen können.«

»Meine Augen sehen scharf, sei unbesorgt. Was mich belastet, ist der Umstand meiner Entführung – das richte deinen Herren aus.« Jundala hielt inne, ergriff das Kinn des Knaben und zwang ihn, ihr in die Augen zu blicken. »Wo sind sie, die Südsegler? Niemand richtet die Segel nach dem Wind aus, niemand lenkt dieses Schiff. Wohin steuern wir, Mhadag?«

»Zu den Dunklen Warten.« Der Blick des Knaben wirkte verträumt. »Vier Inseln liegen im Südmeer, die Vorboten der kommenden Entdeckung. Vor hundert Jahren sahen einige Südsegler mit an, wie sie aus dem Meer geboren wurden.«

»Es wurde schon lange gemunkelt, daß euer Orden im Südmeer auf eine Inselgruppe gestoßen ist – doch von dem Kontinent, den ihr sucht, fehlt noch immer jede Spur.«

»Er ist nicht mehr fern. Die Dunklen Warte bewachen ihn; bald öffnen sich die Tore.« Mhadag nahm Jundalas Hand und zog sie zur Südseite des Schiffs. »Ich will sie Euch zeigen. Zwar seid Ihr blind, doch in diesen Tagen paßt sich die Wirklichkeit rasch unseren Augen an.«

Er deutete auf das Meer. Tatsächlich war unweit des Schiffs ein Archipel zu erkennen; vier Inseln aus dunklem Gestein, die dicht beieinander lagen. Sie schienen unbewohnt; weder Bäume noch Sträucher wuchsen auf den Felsen, keine Vögel kreisten in der Luft. Eine unheimliche Ausstrahlung ging von der Inselgruppe aus, die so weit entfernt von aller Zivilisation lag. Jundala fröstelte es; zugleich spürte sie einen bohrenden Schmerz in ihrem Schädel. Als sie die Augen niederschlug, verebbte er, um dann mit neuer Stärke einzusetzen.

»Habt keine Angst.« Mhadags Stimme klang tröstend. »Es dauert eine Weile, bis wir uns an ihre Nähe gewöhnt haben.«

Jundala preßte die Fäuste gegen ihre Stirn, um die Qual zu lindern. Rote Punkte tanzten vor ihren Augen; doch sie hielt dem Druck stand, zwang sich, den Blick erneut auf die Inseln zu richten. Die Küstenlinien schienen sich zu bewegen, barsten mal wie splitterndes Glas, um dann wieder als weiche Masse zusammenzufließen – oder war dies Einbildung? Erschrocken starrte sie auf das Wasser.

Nun bemerkte sie neben sich eine Bewegung, und eine Stimme war zu hören, flüsternd, drängend, verzückt. »Die vier Dunklen Warte, gezeugt von den Wellen; Verkünder der Zukunft, so düster und kalt.« Eine zweite Stimme fiel ein: »Wir spürten und fanden die Boten der Rettung; die Suche, die Suche, sie endet schon bald.«

Als Jundala sich umsah, erblickte sie die Südsegler, ein knappes Dutzend stand hinter der Fürstin, ihre Augen wie immer verbunden. Jundala hatte weder ihre Schritte noch ihren Atem gehört. Wie hatten sie so rasch an Bord kommen können? Nie zuvor hatte sie so viele Südsegler zugleich gesehen, und nie zuvor am hellichten Tag. Die Sonne mied ihre Körper; die weiße Haut der Hände und Wangen reflektierte die Strahlen nicht, war glanzlos, stumpf. Jundalas Herz zog sich zusammen, als sie bemerkte, daß keiner der Männer einen Schatten warf.

Ihre Augen brannten, als sie wieder auf die Inseln blickte; durch einen Tränenschleier erkannte sie die vier Dunklen Warte – und einen fünften, größeren Punkt, der auf dem Wasser auf sie zusteuerte. Jundala kniff die Augen zusammen.

»Mhadag ... ich kann nicht sehen ... ich kann nichts erkennen ...«

Der Knabe hielt ihre Hand und streichelte sie, doch er gab keine Antwort. Nur die Stimmen der Südsegler waren zu hören; sie sprachen im Chor. »Wir folgten den Worten der Weisen von Yptir, wir suchten den Schlüssel in Varas Verlies; wir flochten die Barke der Schwarzen Erkenntnis, die uns der Retter in Vara verhieß.«

Sie drängten an Jundalas Seite; sie spürte ihre Nähe und spürte sie nicht, sah aus den Augenwinkeln ihre fahlen Gesichter und sah sie nicht; starrte auf den Punkt, der näher und näher kam: dunkler als jeder Schatten, alles Licht verneinend: ein riesiges Schiff, seine Form langgestreckt wie eine Barke, gefertigt aus einem ihr fremden Material, porös und von widernatürlicher Schwärze.

»Was ist das? Was …« Jundalas Stimme versagte.

Wie aus weiter Ferne hörte sie Mhadags Antwort. »Das Schiff, das uns in die neue Zeit bringt; zu den letzten Ufern, die den Menschen noch bleiben.«

Jundala schloß die Augen. Wie heißes Blei tropfte der Schmerz in ihr Hirn, und ihr Angstschrei gellte über das Meer wie zuvor die Klagen der Silberfänger.

KAPITEL 3

Lichter

Still lag der See; sein Wasser eine pechschwarze Fläche, auf die der Wind zaghaft sein Muster zeichnete. Die gekräuselten Wellen reflektierten den Feuerschein, der aus Eisenkörben am Seeufer drang – ein bläuliches Licht, zu dunkel, um die Schatten der Nacht zu vertreiben. Überall in Varas Häuserfluchten schwelten die Feuerkörbe; sie wurden von der Gemeinschaft der Flammenhüter entzündet. Seit Sonnenuntergang drehten sie ihre Runden. Gelegentlich waren in der Dunkelheit ihre schwankenden Laternen zu sehen, begleitet vom Scharren der Speerschäfte auf dem Pflaster.

Inmitten des Sees lag eine künstliche Insel. Auf ihr erhob sich ein ovaler Turm: Gendor, der Stammsitz der Familie Geneder, entworfen von dem genialen Baumeister Sardresh von Narva. Fackeln tauchten ihn in Zwielicht; der kupferne Dachfirst glomm in der Finsternis wie Feuersglut. Aus dem obersten Fenster – es gehörte zum Turmzimmer – blickte Baniter Geneder auf das nächtliche Vara; sein Gesicht bleich, Kinn und Wangen von Bartschatten umgeben, die grünen Augen freudlos, und der Mund, der sonst von Spottlust kündete, voller Verbitterung zusammengepreßt.

Einundsechzig Tage waren seit der Thronratssitzung verstrichen, der letzten Zusammenkunft des Silbernen Kreises. Baniter hatte jeden Tag gezählt, jeden einzelnen … einundsechzig Tage, seit die Fundamente des Kaiserreiches für immer zerstört worden waren. Einundsechzig Tage, seit Uliman Thayrin die Halsketten der Fürsten belebt und zu magischen Würgeschlingen gemacht hatte. Nur zwei Fürsten hatten das Massaker überlebt: Binhipar Nihirdi, der die Kette durch schiere Kraft gesprengt und danach die Flucht ergriffen hatte; und Baniter Geneder, dessen Kette dem Zauber widerstanden hatte. Unwillkürlich fuhr Baniters Hand zur Kehle; er glaubte noch die kalten Glieder der Kette auf seiner Haut zu spüren – doch nein, sie war fort, man hatte sie ihm gleich nach der Gefangennahme abgenommen. Die Fürstenkette der Geneder, das Erbstück seiner Familie, welches vor ihm sein Vater Gadon getragen hatte, und vor Gadon …

»… niemand«, flüsterte Baniter in die Nacht. Die Kette war eine Fälschung gewesen, und sein Großvater Norgon der letzte Geneder, der die wahre Kette getragen hatte. Nach Norgons gescheitertem Staatsstreich war sie an Hamalov Lomis weitergereicht worden, dem Nutznießer des tiefen Falls der Geneder. Nicht nur das halbe Fürstentum war in Hamalovs Besitz übergegangen, sondern auch das alte Erbstück – eine zusätzliche Demütigung für Baniters Familie. Denn die zehn Ketten der Gründer galten als Sinnbild des Silbernen Kreises. Durch ihre Magie hatten die Gründer einst ihre Gedanken geteilt und sich über weite Entfernungen verständigen können. Silberne Ketten, um die Einheit des Silbernen Kreises zu festigen, das Symbol des Widerstandes gegen die nördlichen Königreiche … und als man Baniters Großvater die Kette abgenommen hatte, war dies dem Ausschluß der Geneder aus dem Silbernen Kreis gleichgekommen. Welche Ironie, daß die Ketten nun ihren Trägern zum Verhängnis geworden waren, während ausgerechnet ein Geneder dank einer Fälschung das Attentat überlebt hatte.

Letzten Endes ist Hamalov Lomis der Raub meines Fürstentums nicht allzugut bekommen, dachte Baniter. *Wer den Hals nicht voll genug bekommt, erstickt in seiner Gier.* Doch er war weit entfernt davon, Häme zu empfinden. Zu gräßlich war der Tod der Fürsten gewesen; selbst seinem alten Feind Scorutar Suant hatte er ein solches Ende nicht gewünscht. Der Kaiser hatte gezeigt, was sich hinter der Maske des harmlosen Kindes verbarg. Um so erstaunlicher war es, daß er Baniter am Leben gelassen hatte. Der Fürst blieb Ulimans Gefangener, eingesperrt in Gendor, dem Stammsitz seiner Familie. Der Turmsaal, in dem Norgon Geneder einst Umsturzpläne geschmiedet hatte, war seine Gefängniszelle. Hier saß Baniter, krank vor Sorge um seine Frau, von der er seit einundsechzig Tagen nichts mehr gehört hatte. Er wußte nicht, ob Jundala noch lebte, ob sie aus Vara geflohen oder selbst in Gefangenschaft geraten war. Und seine drei Töchter – waren sie in Sicherheit? Befanden sich Sinsala, Banja und Marisa noch im sicheren Ganata, oder hatte man sie nach Vara verschleppt? Die Ungewißheit: sie setzte Baniter am schwersten zu.

Ein Plätschern riß ihn aus den Gedanken. Seine Augen suchten den See ab, und er erkannte die Umrisse eines Bootes, das sich aus dem westwärts gelegenen Tunnel schob. Baniter vernahm das Geräusch eintauchender Stangen, mit denen die Bootsführer den Kahn voranstießen. Es mußten Kahnleute sein; die Staker, eine Gemeinschaft verschworener Zulieferer, welche auf Varas Kanälen umherkreuzten. Man sagte den Stakern eine Nähe zur Halbwelt nach. Nicht selten beförderten sie Waren zweifelhafter Herkunft, und ihr Wissen um unterirdische Wassertunnel und vergessene Kanalarme machte sie verdächtig.

Das Boot steuerte die Insel an. Die Staker zogen ihre Stangen aus dem Wasser und bremsten die Fahrt. Nun erst konnte Baniter ihre Schemen ausmachen; er zählte fünf Personen. Eine von ihnen sprang an Land – eine Frau, wie Baniter aufgrund der zierlichen Gestalt vermutete. Die Kahnleute stießen das Boot eilig vom Ufer ab, als wären sie froh, den Fahrgast losgeworden zu sein.

Eine seltsame Stunde, um Gendor einen Besuch abzustatten. Offenbar handelte es sich um das Liebchen eines Wachpostens; einer der Gardisten löste sich aus dem Schatten des Turms und schritt auf sie zu. Ein kurzer Wortwechsel, dann begleitete er die Frau zum Eingang.

Plötzlich erkannte Baniter die Besucherin. Obgleich das Gesicht unter einer Kapuze verborgen war, verriet sie ihr tänzelnder Gang, ihre selbstsicheren Gesten. *Sinustre Cascodi!* Die geheime Stimme der Bürgerschaft Varas, jene raffinierte Strippenzieherin, die in der Halle der Bittersüßen Stunden die einflußreichen Bürger der Stadt um sich versammelte. Mit dem Rückhalt dieser Männer hatte sie sich eine Position erkämpft, die durch die Rückkehr des Thronrats zusätzlich gestärkt worden war. Sinustre war es gelungen, die Absetzung von Hamalov Lomis zu erzwingen; sie hatte vom Silbernen Kreis verlangt, Varona und Ganata wiederzuvereinigen und in Baniters Hände zu legen. Ja, die Erfüllung seines Traumes war zum Greifen nah gewesen, der Triumph, auf den Baniter seit Jahren hingearbeitet hatte: die Teilung des Fürstentums zu überwinden, den Namen seines Großvaters reinzuwaschen … doch dann hatte Uliman Thayrin all dies zunichte gemacht.

Sinustres Anwesenheit verblüffte Baniter. Nach der Zerschlagung des Thronrats hatte er nicht mehr mit der Unterstützung der Großbürger gerechnet, doch offenbar hatte ihn Sinustre Cascodi noch nicht fallengelassen. *Auch sie wird sich längst die Frage gestellt haben, warum Uliman mich am Leben ließ.* Baniter kamen die Worte in den Sinn, die er im Hinrichtungsprotokoll seines Großvaters entdeckt hatte, niedergelegt in der geheimen Luchsschrift, die nur die Familie Geneder lesen konnte: *Der Schlüssel sprengt den Stein, der Tod ein Trug.* Was immer Norgon Geneder mit diesem Satz hatte sagen wollen – er hatte ihn an seine Nachkommen gerichtet. Die Worte waren Norgons Vermächtnis, und er, Baniter Geneder, mußte sie enträtseln.

Sinustre war unterdessen im Turm verschwunden; nach einer Weile hörte Baniter Schritte auf der aufwärtsführenden Wendeltreppe. Dann drehte sich ein Schlüssel im Schloß, die Tür schwang zurück. Der Hauptmann der Wachgarde, ein älterer Haudegen mit schwammigen Gesichtszügen, warf einen Blick in den Turmsaal.

»Fürst Baniter … man wünscht Euch zu sprechen.«

»Zu so später Stunde? Ich hoffe, es ist jemand von Bedeutung, der mir die Nachtruhe rauben will.«

Der Hauptmann wies die Besucherin in den Raum. Sinustre Cascodi hatte die Kapuze des Umhangs zurückgeschlagen; ihre dunkelbraunen Locken waren mit zwei Haarnadeln aus edlem Holz hochgesteckt, das Gesicht dezent geschminkt, so daß die wenigen Falten auf den Wangen kaum auffielen. Ihre Schönheit war mit dem Alter nur gereift; Gerüchten zufolge hatte Sinustre lange als Varas begehrteste Kurtisane gegolten, und die Raffinesse dieser Profession war ihr noch immer anzumerken.

»Denkt an unsere Vereinbarung«, mahnte der Hauptmann. »Bevor die Ablösung kommt, müßt Ihr von Gendor verschwunden sein.«

Sinustre Cascodi drückte dankend seine Hand. Der Mann errötete; hastig zog er sich zurück und verschloß die Tür. Doch Sinustre wartete, bis seine Schritte sich entfernt hatten; erst dann richtete sie das Wort an den Fürsten.

»Baniter! Ich kann nicht sagen, wie sehr es mich freut, Euch wohlauf zu sehen. Lange Zeit hielt ich Euch für tot, bis mir vor einigen Tagen zugetragen wurde, daß Euch der Kaiser an diesem Ort gefangenhält.«

Baniter lachte auf. »Und ich glaubte, Euch bliebe nichts verborgen, was in dieser Stadt vor sich geht. Einundsechzig Tage bin ich nun schon in kaiserlichem Gewahrsam – sind Eure sonst so eifrig sprudelnden Quellen nach dem Gemetzel im Thronsaal versiegt?«

Sie streifte den Kapuzenumhang ab. Darunter trug sie ein weißes Kleid aus einem dünnen, nahezu durchsichtigen Stoff. Er floß an ihrem Körper herab, war jedoch unterhalb der Brust gerafft, so daß die Falten den Busen verdeckten. Die Träger des Kleides lagen an den Oberarmen an und ließen die Schultern frei. Um ihre Taille hatte Sinustre einen goldgelben Schal gelegt; ihr Aufzug wirkte dadurch noch anzüglicher, die kaum verhüllte Nacktheit noch offensichtlicher.

»Ihr seid verärgert Baniter; doch glaubt mir, wir konnten nichts für Euch tun. Nach dem Staatsstreich herrschte in Vara Tumult. Der Kaiser machte kurzen Prozeß mit den

Gesinnungsgenossen der Fürsten. Bis sich die Wogen geglättet hatten, mußten wir Großbürger uns still verhalten. Es wäre unklug gewesen, allzu genaue Fragen über die Vorgänge im Thronsaal zu stellen.«

»So denkt ein jeder zuerst an die eigene Haut«, sagte Baniter. »An einem Abend wollen mich die Bürger von Vara zu ihrem Fürsten ernennen; am nächsten verkriechen sie sich in der Halle der Bittersüßen Stunden und verschließen die Augen vor dem Gemetzel im Thronsaal – aus Angst, der Kaiser könnte weitere Köpfe rollen lassen.«

»Könnt Ihr es ihnen verdenken? Nichts in Vara ist mehr so, wie es war. Laßt mich berichten, was vor sich gegangen ist, damit Ihr …«

Baniter schnitt ihr das Wort ab. »Zunächst muß ich erfahren, was mit meiner Frau geschehen ist. Lebt Jundala? Wißt Ihr, wo sie sich aufhält?«

Sie schüttelte den Kopf. »Jundala Geneder verschwand an dem besagten Tag. Niemand weiß etwas über ihr Verbleiben. Es tut mir unendlich leid, Baniter.« Tatsächlich ließ Sinustres Stimme jegliche Anteilnahme vermissen. »Doch was Eure Kinder angeht – sie sind wohlauf. Eure älteste Tochter war weise genug, sich dem Kaiser nicht in den Weg zu stellen und zugunsten der Tathril-Priester abzudanken. Uliman hat sie in Gehani unter Bewachung stellen lassen – doch sie und ihre Schwestern leben, und dies läßt sich nicht von allen Angehörigen der Fürstenfamilien sagen.«

Baniter atmete auf. *Mein kluges, kleines Kätzchen … während der Luchs in der Falle sitzt, beschützt du den Rest unserer Familie.* Doch so sehr ihn diese Nachricht freute, desto mehr beunruhigte ihn Jundalas Verschwinden. *Es sieht ihr nicht ähnlich, Sinsala in dieser Lage allein zu lassen. Sie hätte nach meiner Gefangennahme sofort nach Gehani zurückkehren müssen. Es muß ihr etwas zugestoßen sein.* »Uliman Thayrin hat also im Kaiserreich gründlich aufgeräumt …«

»Wer sich nicht unterwarf, wurde beiseite gefegt. Mehrere Familien probten den Aufstand; die Suant auf Swaaing und die Fhonsa in Thoka – doch in beiden Fürstentümern gab es genug Verräter, die sich bei dem neuen Kaiser beliebt machen wollten. Die Flotte verweigerte den Suant die Gefolgschaft und lief zu Uliman über, ebenso die meisten Ritterorden. Schließlich übernahm die Tathril-Kirche in ganz Sithar die Macht, und die letzten Angehörigen der Fürsten wurden eingekerkert. Andere Familien waren weiser und ergaben sich, so wie Eure Tochter. Die Thim und Imer heuchelten gar Zustimmung für den Fürstenmord. Inzwischen haben in nahezu allen Fürstentümern die Priester aus Troublinien das Sagen.«

»Das war zu befürchten«, knurrte Baniter. »Doch warum haben die Gegner der Kirche dies zugelassen? Setzten sich die Weißstirne nicht zur Wehr?«

»Nhordukael und seine Anhänger verhielten sich still. Die einzige Nachricht, die uns aus dem Hochland erreichte, war jene von Nandars Zerstörung.«

»Nandar wurde zerstört?«

»Ein Erdbeben ... das Auge der Glut richtete seine Magie gegen die Stadt und legte alles in Trümmer. Die Nihirdi – auch sie hatten sich gegen den Kaiser gewandt – mußten fliehen. Sie haben sich in der Seenlandschaft von Jocasta versteckt; seitdem gibt es kein Lebenszeichen von ihnen. Dem Kaiser freilich kam Nhordukaels Eingreifen gelegen, denn die Nihirdi waren die einzigen, die ihm hätten gefährlich werden können. Denn der Klippenorden hat bittere Rache für Binhipars Ermordung geschworen. Er zog seine Einheiten von den Küsten ab und kehrte nach Palidon zurück. Hätte Nhordukael nicht kurz darauf Nandar vernichtet, wäre die Stadt ein lästiges Widerstandsnest für den Kaiser geworden.«

Nachdenklich strich sich Baniter über die kurzgeschorenen Haare. Er bezweifelte, daß Nhordukael die palidonische Hauptstadt aus taktischen Erwägungen in Trümmer gelegt hatte. Wollte der junge Priester erneut seine Macht unter Beweis stellen? Oder war ihm die Herrschaft über das Auge der Glut entglitten? Ebenso erstaunlich war der Aufstand des Klippenordens. Denn dies konnte nur eines bedeuten:

Binhipar Nihirdi war tatsächlich aus dem Palast entkommen; nur er besaß genügend Einfluß, um die Ritter gegen Uliman aufzuhetzen. *Zwei Mitglieder des Thronrats leben also – verfeindet bis aufs Blut und doch die einzigen, die sich dem Kaiser in den Weg stellen können.*

»Ihr seht, Fürst Baniter – Sithar befindet sich in einer außergewöhnlichen Lage. Der Kaiser hat das Undenkbare gewagt und die Nachfahren der Gründer ermordet. Er hat dies keineswegs vertuscht, sondern offen als Akt der Rache vertreten; er hat den Fürstenfamilien die Macht entzogen und sie der Kirche übertragen. Das Volk sah dem Umsturz schweigend zu; kaum jemand wagte es, Uliman anzuprangern.«

»Das wundert mich nicht. Der Ansturm der Goldéi lähmt die Menschen. Was kümmert es sie, ob Kaiser oder Thronrat das Reich regieren, solange ein Echsenheer unsere Länder bedroht? Wer nicht aus Verzweiflung zu den Weißstirnen übergelaufen ist, wartet in Ohnmacht auf das Ende der Schreckenszeit.«

»Ein solches Ende ist nicht in Sicht. Zwar haben die Goldéi ihre Schiffe aus dem Silbermeer zurückgezogen, doch in Arphat hat sich das Blatt zu ihren Gunsten gewendet. Sie sind bis nach Praa vorgedrungen; bisher konnte das vereinigte Heer der Arphater und Sitharer die Stadt halten – aber wie lange noch? Wenn die Verteidigungslinie von Praa fällt, sind wir verloren. Dann ist Sithar den Echsen ausgeliefert – zumal sich das Heer nach dem Tod der Fürsten kaum zusammenhalten läßt.«

»Hat Uliman nichts unternommen, um es zu stärken?«

Sinustre schüttelte den Kopf. »Er war damit beschäftigt, seine Macht in den Fürstentümern zu sichern. Das Schicksal des Heeres kümmerte ihn nicht. Varas Bürgerschaft ließ er ausrichten, daß er keine Truppen benötige, um die Goldéi zurückzuschlagen.«

Was mag im Kopf dieses Kindes vorgehen? Baniter blickte Sinustre fest in die Augen. »Jemand muß ihn aufhalten. Seine magischen Kräfte machen Uliman unberechenbar, und er begreift nicht, in welcher Gefahr wir schweben. Es gibt nur einen Weg, um Sithar zu retten – der Kaiser muß beseitig werden, je eher, desto besser.«

Sinustre Cascodi wirkte erleichtert. »Ich hatte auf diese Antwort gehofft. Auch wir Bürger von Vara wollen nicht zusehen, wie ein Kind unser Reich zugrunde richtet. Doch einen solchen Aufstand kann nur einer anführen – Ihr, Baniter! Deshalb bin ich gekommen … um Euch zu befreien.«

Baniter glaubte seinen Ohren nicht zu trauen. »Ihr wollt mich auf den Arm nehmen! So sehr Euch der Hauptmann meiner Wachgarde auch zu verehren scheint – er wird gewiß nicht seinen Kopf riskieren und mich entkommen lassen.«

»Natürlich nicht. Ihm wäre der Galgen sicher, und mir ebenso. Doch es gibt andere Möglichkeiten, Euch herauszuholen. Unterschätzt niemals meine Beziehungen.«

»Dann seid so liebenswürdig und weiht mich in Eure Pläne ein.«

Spielerisch zupfte Sinustre an dem gelben Schal, der ihre Hüften umgab. »Es ist besser, wenn Ihr nichts davon wißt. Vertraut mir einfach – so wie ich Euch vertraue.«

Nur mühsam hielt Baniter seinen Zorn zurück. »Eure Geheimniskrämerei in Ehren, aber in diesem Fall verzichte ich auf eine Befreiung. Ich werde mein Leben nicht sinnlos aufs Spiel setzen.«

»Euch wird nichts anderes übrigbleiben«, erwiderte Sinustre. »Wir brauchen Euch, das wißt Ihr nur zu gut. Ihr seid neben Uliman der letzte Fürst des Silbernen Kreises, der einzige Nachfahre der Gründer. Wenn der Kaiser stürzt, wird das Volk alle Hoffnung auf Euch richten.«

Baniter verwarf endgültig den Gedanken, Sinustre sein Wissen um Binhipars Flucht anzuvertrauen. *Soll sie ruhig in mir den einzigen Überlebenden des Fürstenmordes sehen. Denn falls sie von Binhipar erfährt, könnte sie ihm diesen Pakt anbieten und mich in Gendor versauern lassen.*

»Nun, Baniter – können wir auf Eure Hilfe zählen?«

»Mir bleibt wohl nichts anderes übrig«, knurrte Baniter. »Verratet mir wenigstens, wie Ihr Euch den Aufstand gegen

Uliman vorstellt. Immerhin kann der Kaiser auf die Unterstützung der Kirche und der Ritterorden zählen.«

»Das ist richtig, doch hier in Vara ist seine Position schwach. Zwar lagern rund um die Stadt einige hundert kaisertreue Ritter, doch der Hafen und die wichtigsten Viertel werden von der Stadtgarde kontrolliert – und die setzt sich aus Bürgern von Vara zusammen. Selbst im Palast hat Uliman nicht das Sagen. Fast tausend Arphater beschützen das Leben ihrer Königin, die sich im Südflügel verschanzt hat; es heißt, Inthara habe seit dem Fürstenmord kein Wort mehr mit ihrem reizenden Gatten Uliman gewechselt.«

Ob Inthara weiß, daß ich noch lebe? Baniter entsann sich des Abends, an dem ihm die arphatische Königin ihre Leidenschaft gestanden hatte. *Für dich nahm ich diese ganze Bürde auf mich – den Krieg gegen die Goldéi, das Bündnis mit Sithar, die lächerliche Eheschließung mit einem zwölfjährigen Knaben.* Dies waren ihre Worte gewesen; Inthara liebte ihn, liebte Baniter seit seinem Aufenthalt in Praa, und der Verdacht, daß er in jener rauschhaften Nacht im Norfes-Tempel ein Kind mit ihr gezeugt hatte, ließ ihn nicht los.

»Es heißt, die Königin sei Euch sehr zugetan«, fuhr Sinustre mit süffisanter Stimme fort. »Wenn wir sie auf unsere Seite ziehen könnten, wäre Uliman erledigt. Ein Mann wie Ihr weiß bestimmt, wie sich Intharas Gunst gewinnen läßt …« Sie ließ ihren Schal ein winziges Stück nach unten rutschen.

»Eure Methoden sind nicht die meinen«, sagte Baniter knapp. »Zunächst muß ich meinem Gefängnis entrinnen. Ich frage Euch noch einmal, Sinustre – wie wollt Ihr mich befreien? Und wann?«

»Wir werden eine günstige Gelegenheit abwarten.« Mit eleganter Drehung wandte sie sich von ihm ab. »Habt Geduld, Baniter. Wir Bürger von Vara wissen, was wir der Familie Geneder schuldig sind.«

Sie hämmerte mit der Faust gegen die verschlossene Tür. Baniter betrachtete ihren wohlgeformten Rücken, den weißen Nacken, die Rundung ihrer Hüften unter dem goldgelben Schal. *Diese Frau weiß um ihren Einfluß, und die Geheimnisse, die sie zwischen den Laken von ihren Liebhabern erfahren hat, machen sie unberechenbar.* Zudem wurde er den Gedanken nicht los, daß Sinustre ihm etwas verschwiegen hatte; und er, der einundsechzig Tage von allen Geschehnissen im Kaiserreich abgeschottet gewesen war, war ihr ausgeliefert.

Draußen hallten die Schritte des Hauptmanns. Noch ehe er die Tür öffnete, wandte sich Sinustre ein letztes Mal zu ihm um.

»Vielleicht gelingt Euch, was Eurem Großvater mißglückte, Fürst Baniter. Denkt stets daran: das Schicksal dieser Stadt ist mit dem Eurer Familie verknüpft.«

Nun erst begriff Baniter, daß der Pakt mit Sinustre über eine bloße Verschwörung hinausging. Es war ein Pakt mit Vara, der Stadt seiner Vorfahren, und das Rätsel, welches die alte Metropole umgab, harrte der Entschleierung. *Der Schlüssel sprengt den Stein … ich muß die Bedeutung dieser Worte ergründen, bevor es zu spät ist.*

Und wieder drehten die Flammenhüter ihre Runde; die Nacht war halb vergangen, das Öl vieler Feuerkörbe aufgezehrt. Nun füllten die Hüter sie wieder; blaue Flammen leckten an den Eisenstreben empor, und ihr Knistern klang wie ein Raunen – die Sprache der Nacht und des trügerischen Lichts.

Eine Gegend aber mieden die Flammenhüter; sie lag in Finsternis, kein Feuerkorb baumelte in ihren Gassen. Westlich des Gorjinischen Kanals führten ausgetretene Stufen zu einem verlassenen Stadtteil hinab, den man »Das Sterbende Vara« nannte. Vor rund hundert Jahren waren die Straßenzüge nach heftigen Regenfällen in die Tiefe gesackt, vom Wasser überflutet, vom aufquellenden Lehm verschlungen worden. Unzählige waren in ihren Betten ertrunken oder im Schlamm erstickt. Seitdem wagte sich niemand hierher, nicht einmal die Kahnleute und ihre zwielichtigen Verbündeten. Modergeruch hing in den Straßen; diese waren uneben, das Pflaster mit Moos bedeckt. Die Hauswände waren weiß vor Schimmel, Schwämme wucherten auf verrottenden Fensterbänken, auf Türen und Dächern. Wo einst die Kanäle geflossen waren, stand eine zähe Brühe, umwachsen von Schilf; tagsüber zogen Mückenschwärme über das Wasser hinweg, nachts quakten Frösche ihr Lied. Nässe und Fäulnis herrschten über das sterbende Vara; eine schwärende Wunde, die jederzeit die anderen Stadtteile anzustecken drohte.

Fackelschein huschte über die abwärtsführenden Stufen. Eine Gruppe von sechs Männern stieg die Treppe hinab; langsam, um nicht auf den feuchten Steinen auszugleiten. Sie trugen weite Umhänge und Lederkappen. Ihr Anführer, ein Arphater mit harschen Gesichtszügen, rümpfte die Nase, als ihm der Fäulnisgeruch entgegenschlug.

»Bei Kubeth, diese Stadt stinkt wie ein Leichnam.« Grimmig sah er sich nach seinem Gefolge um. »Sind wir tatsächlich auf dem richtigen Weg?«

Einer der Männer eilte an seine Seite. »Großer Ejo, die Anweisungen des Briefs sind eindeutig.« Er studierte die fleckige Pergamentrolle in seinen Händen. »Laut der Wegbeschreibung müßten wir bald die besagte Tür erreichen.«

»Die Peitsche ist dir sicher, wenn du dich irrst.« Der Große Ejo hatte die letzte Stufe erreicht; seine Stiefel sackten in das Moospolster ein. »Wie kann man einen solchen Pfuhl in seiner Hauptstadt dulden? Diese Südländer leben wie die Mistkäfer, sie fühlen sich dort am wohlsten, wo es stinkt und dreckig ist.« Verächtlich spuckte der Schechim der Anub-Ejan auf den Boden. »Wie kann Sai'Kanee es wagen, uns in diese verkommene Gegend zu locken?«

Seine Begleiter antworteten ihm nicht. Seit die arphatische Königin den Ehebund mit Uliman Thayrin geschlossen hatte, war Ejos Wut auf die Sitharer noch gewachsen. Die Flucht des Thronrates aus Thax hatte sein Mißtrauen genährt, der Mord an den Fürsten ihn endgültig in seiner Meinung bestätigt. Für ihn war Sithar ein abtrünniger Landesteil, das Volk ein Haufen sittenloser Gestalten und der Kaiser trotz seines zarten Alters ein Verbrecher. Um so mehr beunruhigten ihn die Vorgänge in Vara. Mehr als einmal hatte er Inthara angefleht, nach Praa zurückzukehren, auch wenn dort der Krieg gegen die Echsen tobte.

»Wir hätten die Herrin heute nacht nicht allein lassen dürfen«, murmelte er. »Wer weiß schon, was Uliman Thayrin im stillen ausheckt? Wir haben gesehen, zu welchen Untaten er fähig ist.«

»Die Königin wird Tag und Nacht von unseren Brüdern bewacht«, beruhigte ihn einer der Mönche. »Uns hingegen hat sie befohlen, im Schutz der Nacht Sai'Kanee aufzusuchen, so wie es dieses Schreiben vorsieht.«

Vor über sechzig Tagen war Sai'Kanee, die oberste Geweihte des Gottes Kubeth, verschwunden; auf Weisung der Königin war sie in die Katakomben des Doms hinabgestiegen, zusammen mit dem Hohenpriester Bars Balicor. Sie war nicht zurückgekehrt, und lange Zeit waren die Arphater davon ausgegangen, daß Sai'Kanee umgekommen war, zerrissen von der Magie der Quelle, die in Varas Untergrund verborgen lag. Dann aber war vor Intharas Gemach eine Schriftrolle gefunden worden, verfaßt in Sai'Kanees Handschrift. Die Priesterin behauptete darin, am Leben zu sein, die Katakomben jedoch nicht verlassen zu können. Sie warnte von einer großen Gefahr, die sich in der Tiefe zusammenbraute, und eindringlich beschwor sie die Königin, sich im Palast einzuschließen und Varas Straßen zu meiden. Zudem enthielt der Brief die Bitte, einen Vertrauten in das Sterbende Vara zu entsenden; hier wollte Sai'Kanee ihm etwas übergeben.

»Fast wäre Inthara selbst in diesen Sumpf hinabgestiegen«, zischte Ejo. »Hätte ich sie nicht im Namen aller Götter angefleht, im Palast zu bleiben, wäre sie losgezogen. In ihr brennt die Hitze des Sonnengottes, Mut und Leichtsinn mischen sich in ihrem Blut.« Vorsichtig kämpfte er sich auf dem feuchten Grund voran. »Auf, auf – laßt uns diese elende Tür finden, von der Sai'Kanee schrieb; und wenn sie dort auf uns wartet, schleife ich sie an den Haaren durch den Dreck dieser Gassen, um sie für ihre undurchsichtigen Zeilen zu strafen.«

Der Weg vor ihnen brach jäh ab; der Grund war um zwei Schritt abgesackt. Feine Rinnsäle liefen an der Kante der Pflasterung herab. Zwei Mönche ließen sich hinab und verkündeten, daß der Boden unten zwar weich sei, aber trage. Ejo und die anderen folgten. Der Geruch war in diesem tieferen Straßenabschnitt noch fauliger, das Moospolster durchbrochen von Pfützen. Einer der Mönche zog seinen Krummsäbel; er hatte eine Wasserschlange erspäht, die sich in den Pfützen wand. Sie kroch in den Spalt einer verfallenen Mauer.

»Dort drüben«, wisperte der Mönch, der die Schriftrolle trug. »Wir sind ganz in der Nähe!«

Ejo übernahm die Führung. Schlamm hatte den Moosbewuchs abgelöst; mit jedem Schritt sackten die Arphater bis zu den Knöcheln ein. Gelegentlich hinderten die Ranken eines Sumpfgewächses ihr Fortkommen; doch schließlich erreichten sie ein Gebäude, das dem Verfall einigermaßen widerstanden hatte. Im schrägen Winkel ragte es aus dem Schlamm, sein Dach von Schwämmen befallen, die Mauern von Wandrosen gezeichnet. Schachtelhalme schirmten den düsteren Eingang ab, zwei rostige Angeln verrieten, wo einst die Tür gehangen hatte.

»Hier muß es sein.« Aufgeregt drängte sich der Mönch an Ejos Seite. »Aber die Tür ... ich kann sie nicht sehen.«

»Will Sai'Kanee ein Spiel mit uns treiben?« Der Schechim hob die Fackel und leuchtete den zugewachsenen Eingang aus. »Los, geht hinein ... seht nach, ob sich diese Tochter einer Kröte dort versteckt hält.«

Ehe die Mönche dem Befehl nachkommen konnten, wehte plötzlich ein Luftstrom aus dem Loch; der Schachtelhalm rauschte und wogte, und die Fackeln der Arphater erloschen. Erschrocken wich der Schechim zurück.

»Ejo ... ich höre dich ... ich höre deinen Atem ...«

Das Flüstern hallte aus dem Gebäude. Zugleich wanderte ein silbriger Glanz an den Steinbogen des Eingangs entlang, und für einen Lidschlag erkannte Ejo eine dürre Gestalt mit verformten Gliedern. Der Schechim riß seinen Säbel aus der Scheide.

»Wer ist dort? Zeige dich, wer du auch bist!«

»Glam … nenne mich Glam … so hat auch sie mich genannt, jene, die du suchst.«

»Sprichst du von Sai'Kanee?« Ejo bemühte sich, Fassung zu bewahren. »Wenn du in ihrem Auftrag kommst, dann zeige dich.«

»Ich darf nicht ins Licht kommen.« Das Flüstern mischte sich mit dem Rauschen der Halme. »Mein Herr hat es verboten.«

»So, und wer ist dieser Herr, du Ratte?« Ejo teilte mit dem Säbel das Halmdickicht. »Wer hat uns hierhergelockt?«

»Mein Herr ist der Herr deiner Herrin«, flüsterte Glam, »auch wenn sie es selbst nicht weiss. Mich aber sendet Sai'Kanee … ich begegnete ihr im Verlies der Schriften, und sie bat mich, Euch jene Botschaft zu überbringen. Es hat mich grosse Kraft gekostet, die Schriftrolle in den Palast zu bringen; selbst in der Nacht gibt es zuviel Licht in den Strassen von Vara …«

»Sai'Kanee lebt also?« Vergeblich versuchte Ejo, das Wesen zu erkennen, doch abgesehen von dem silbrigen Schimmern der Steinbogen war nichts zu sehen. »Was hat sie unter dem Dom entdeckt? Wann kehrt sie zurück? Und was für Gefahren drohen uns?«

»Das Reich der Schatten … eine Welt unter der Welt, eine Stadt unter der Stadt … die Tore des Verlieses wurden geöffnet; nun gibt es kein Zurück mehr.« Das Leuchten wurde heller, und Ejo erkannte eine dürre Hand; sie waberte wie schwerer Rauch. Ihre Finger umschlossen ein Kästchen; dieses sandte das unwirkliche, silbrige Licht aus. »Der alte Plan tritt in Kraft; nichts hält uns auf. Doch dies wird schreckliche

Folgen haben. Inthara muss geschützt werden – sie und das Kind, das sie mit Baniter Geneder zeugte ...«

Ejos Blick verdüsterte sicht. Schon seit langem wußte er von der Schwangerschaft der Königin; ihr Bauch ließ sich auch unter weiten Kleidern kaum noch verbergen. Daß Intharas zwölfjähriger Ehemann nicht der Vater sein konnte, war offensichtlich, und so hatte Ejo eines Tages Sai'Kanee nach dem wahren Erzeuger gefragt. Die Antwort hatte ihn erschüttert. Ausgerechnet Baniter Geneder, dieser Inbegriff der Verschlagenheit, hatte die Tochter des Sonnengottes geschwängert.

»Kein Wort von diesem Kind, verfluchter Dämon! Und nun sage mir auf der Stelle, was im Verlies vor sich geht!«

»Meine Zeit ist fast um. Das Kästchen ... nimm es an dich. Bringe es Inthara; doch sie darf es nicht öffnen. Sein Inhalt ist zu wertvoll. Er wird die Königin beschützen, wenn die Schatten empordringen. Bis zu dieser Stunde muss der Schatz verborgen bleiben; die Goldéi könnten ihn wittern. sie fürchten, was dieses Kästchen birgt, und werden es vernichten wollen. Inthara soll es immer bei sich tragen ... diese Botschaft lässt Sai'Kanee dir ausrichten.«

Ejo starrte auf das Kästchen und steckte den Säbel fort. »Und warum hast du das Kästlein nicht zusammen mit dem Brief in den Palast gebracht? Was soll dieses Versteckspiel?«

»Ich bin Glam ... ausserhalb des Verlieses schwindet meine Macht. Einen Brief konnte ich überbringen, doch es war ein mühsamer weg. Denn wo das Licht herrscht, bin ich schwach, und einen so mächtigen Gegenstand hätte ich nicht zu tragen vermocht. Ich wäre verblichen ...«

Glams Flüstern wurde schwächer. Seine Hand löste sich auf, und das Kästchen fiel herab. Ejo fing es in der Luft auf. Es war recht schwer; fast riß das Gewicht den Schechim zu Boden.

»Bleib, Dämon!« keuchte er. »Woher weiß ich, daß dieses Kästchen keinen Fluch enthält und tatsächlich von Sai'Kanee stammt?«

Glams Stimme war kaum mehr zu hören. »Es braucht keinen Beweis. Inthara wird die Wahrheit erkennen. Ich aber muss fort ... das Verlies ruft mich.«

Der Windhauch legte sich. Mißtrauisch betrachtete Ejo das Kästchen in seiner Hand. Dann befahl er den Mönchen, ihre Fackeln zu entzünden. Zündsteine rieben aneinander, Flammen prasselten auf, und schließlich brannten die Fackeln wieder.

Der Schechim ließ seine Finger über die Oberfläche des Kästchens gleiten. Eine goldene Mondsichel war in das Silber eingearbeitet. Ejo runzelte die Stirn.

»Was mag dieses häßliche Zeichen bedeuten?« Er warf einen letzten Blick auf den Hauseingang; die Schwärze der Öffnung ließ ihn erschauern. »Zurück zum Palast! Die Königin muß gewarnt werden!«

Der Käfig bestand aus geflochtenen Binsen; seine Form erinnerte an eine geschlossene Dolde. Unter der von Drähten zusammengehaltenen Spitze klafften Luftschlitze; aus ihnen drang ein Fauchen, boshaft und angriffslustig.

»Wir haben ihn zuletzt vor zwei Stunden gefüttert, Majestät.« Angewidert setzte der Priester den Käfig vor dem Thron ab; dann trat er einen Schritt zurück. Der rote Saum der Priesterkutte verriet seine Herkunft; er war ein Mitglied der troublinischen Tathril-Kirche. »Er ist gefräßig, und wenn er nicht rechtzeitig versorgt wird, erfaßt ihn Raserei. Einer meiner Novizen büßte sein rechtes Auge ein, als er ihm eines Nachts zu spät zu fressen gab.«

Schweigend blickte der Kaiser von seinem Thron herab. Dieser stand auf einem Podest in der Mitte des Saals, flankiert von Kandelabern, deren Licht den Saal in Zwielicht tauchte. Der Thron wirkte zu groß für den Knaben; Uliman versank nahezu in den Polstern. Auch die Krone auf seinem Haupt wirkte grotesk, obwohl das Gewicht ihn nicht zu stören schien.

»Ich muß Euch warnen, mein Kaiser. Diese Kreatur ist bösartig. Ihr Wesen widerspricht der Natur und Tathrils göttlichem Willen.« Der Priester tupfte sich den Schweiß von der Stirn. »Laßt mich den Käfig wieder mitnehmen; ich werde ihn verbrennen lassen. Es war ein Irrtum, dieses Biest nach Vara zu bringen …«

»Nein.« Uliman Thayrin hatte sich erhoben. »Ich selbst befahl dir, es aus Troublinien herbeizuholen. Willst du behaupten, mein Befehl sei ein Irrtum gewesen?« Seine Stimme klang hell und kindlich, doch sein Blick ließ alle Unschuld vermissen. »Mein Lehrmeister Rumos züchtete ihn; er zeigte ihn mir in Taruba, und ich erwarb sein Vertrauen.« Uliman nahm die Krone vom Haupt und legte sie auf das Polster; dann sprang er vom Podest und legte die Hände auf den Käfig. »Rumos ermahnte mich, ihn nicht leichtfertig freizulassen, doch nun muß ich es tun. Das Verlies der Schriften wurde geöffnet.« Nachdenklich blickte er den Priester an. »Man hat gestern Nacht in der Stadt zwei tote Flammenhüter gefunden; sie lagen in einer Gasse, Schaum auf den Lippen und die Hände gegen die blutenden Augenhöhlen gepreßt. Sie hatten sich selbst geblendet, Priester.«

Der Priester schluckte. »Es war gewiß ein Raubmord, Majestät …«

Uliman schüttelte den Kopf. »Wenn du die Leichen gesehen hättest, würdest du anders sprechen. Die Männer haben sich selbst die Augen herausgerissen; aber sie verbluteten nicht, sondern starben aus Furcht. Sie müssen etwas Schreckliches gesehen haben.« Er lauschte dem anhaltenden Fauchen aus dem Käfig. »Die Mächte des Verlieses haben die Jagd auf mich eröffnet. Ich muß mich schützen.«

»Laßt den Käfig geschlossen«, flehte der Priester. »Wer immer diese Morde begangen hat – man wird ihn auf andere Weise fassen. Dieses Untier aber … Rumos Rokariac beging eine große Sünde, als er es schuf. Ihr dürft es nicht freilassen!«

Uliman hob die Hand und machte eine beiläufige Geste. Ein Ruck ging durch den troublinischen Priester; seine Fußgelenke knirschten, und von jähem Zwang erfaßt, stolperte er rückwärts zur Tür, jeder Schritt von knackenden Lauten begleitet, als splitterten die Knochen in seinen Beinen. Er brüllte vor Schmerzen; die anwesenden Gardisten verfolgten seinen Gang mit Entsetzen.

»Geh, Priester«, sagte Uliman mit sanfter Stimme. »Ich muß mich und diese Stadt verteidigen. Rumos hat mich auf alles vorbereitet.«

Als der Priester endlich verschwunden war, beugte sich der Kaiser erneut zum Käfig hinab.

»Sei ruhig«, wisperte er. »Ich weiß, was du fühlst. Rumos hat dich mit Hilfe der Ewigen Flamme erschaffen; er nahm dir alles Reine und Lebendige und ließ dir nur den Schmerz.« Er wickelte den Draht von der Käfigspitze ab. »Wir sind Verbündete, vereint durch Rumos' Zauber. Deshalb sollst du frei sein.«

Die Binsenstränge sanken wie Blütenblätter zu Boden. Im flackernden Kerzenlicht richtete sich ein Tier auf; ein Schwan mit majestätischen Schwingen, die er an den Körper preßte. Sein Gefieder war schwarz, schwärzer noch als Sithalit. Der Schnabel, scharf und spitz, funkelte wie Kristall; und ebenso hell glänzten die Augen. Unruhig wandte der Vogel den Kopf hin und her und betrachtete Uliman. Ein Fauchen drang aus seiner Kehle.

»Still, mein Gefährte.« Uliman strich behutsam über das sich sträubende Gefieder. »Du hast eine lange Reise hinter dir. In den Mooren Troubliniens hat Rumos dich aufgezogen; nun bist du in Vara, um mir beizustehen. Unsere Feinde sind nah, ganz nah.« Er lauschte dem Fauchen des Vogels. »Die Tore des Verlieses stehen offen; Bars Balicor ist in die Tiefe hinabgestiegen, doch er ist zu schwach und kann die Schatten nicht aufhalten. Zum Glück habe ich dich … du wirst mich beschützen.«

Der Schwan entfaltete seine Schwingen. Er stieß sich vom Boden ab und flatterte auf den Thron; dort ließ er sich nieder, reckte den Hals. Der Blick seiner Kristallaugen war entsetzlich; es ging eine Kälte von ihnen aus, die jeden im Saal frösteln ließ. Einige Gardisten zogen aus Abscheu ihre Schwerter, doch der Kaiser gebot ihnen Einhalt.

»Er wird euch nichts tun.« Uliman stieg zurück auf das Podest; der Schwan streckte den Schnabel aus und nestelte in den blonden Haaren des Kaisers. »Von nun an soll er mein alleiniger Wächter sein; er kann mich besser schützen als ihr.«

Die Männer wirkten verunsichert. Doch ehe sie Einspruch erheben konnten, stieß der Schwan einen schrillen Ruf aus. Ulimans Blick fiel zur Flügeltür. »Seht ihr? Er spürt, wenn ein Feind sich nähert.« Er griff nach der Krone und setzte sie wieder auf sein Haupt. »Sie will mich überraschen; aber der Schwan hat sie längst gewittert.«

»Es ist die Kaiserin«, rief einer der Gardisten an der Tür.

Rasch bildeten die Männer ein Spalier. Kurz darauf waren Schritte zu hören. Inthara von Arphat betrat den Thronsaal; die Königin des Reichs der Ewigen Sonne, Tochter des Sonnengottes Agihor, Gemahlin des sitharischen Kaisers. Ein Dutzend Mönche begleiteten sie, Angehörige der priesterlichen Kriegerorden: Bena-Sajif in blauen Waffenröcken, Anub-Ejan in gelben Gewändern, Bena-Kubith in goldbestickten Mänteln. Der Aufmarsch wirkte bedrohlich; ihre Zahl überstieg jene der kaiserlichen Gardisten.

»Ich habe meine Frau lange nicht zu Gesicht bekommen«, begrüßte Uliman die Kaiserin. Er stand vor dem Thron, so daß sein Rücken den Schwan verdeckte. »Seit Wochen hast du den Südflügel des Palastes nicht verlassen. Fürchtest du meine Nähe?«

Inthara verharrte vor dem Thron. Sie trug ein wallendes Kleid; es war aus grobem Stoff und weit geschnitten, so daß es ihre Figur kaschierte. Ihrer Schönheit tat dies keinen Abbruch; jung und stolz war ihr Gesicht, die nachtschwarzen Haare strichen über die Schultern, und ihre Haltung verriet Selbstsicherheit. »Nenne es Furcht oder Weisheit, Uliman Thayrin – die Nähe eines Herrschers, der die Fürsten des eigenen Reiches hinrichtet, ist mir zuwider. Ich ziehe es vor, aus sicherer Entfernung die Folgen deines Staatsstreichs abzuwarten.«

Uliman blickte ihr fest in die Augen. »Du hast deine Herrschaft ebenso verteidigen müssen wie ich. Als du Königin wurdest, kamen viele arphatische Würdenträger ums Leben; auch deine Geschwister, so erzählt man sich, mußten ihr Leben lassen.«

Intharas Gesicht rötete sich, und die feine Narbe auf ihrer Wange trat deutlich hervor. »Du scheinst über mich gut Bescheid zu wissen. Ja, Uliman, auch ich bestieg den Thron im Kindesalter. Ich war vierzehn, und zahlreiche Feinde wünschten meinen Untergang, da sie meinen jüngeren Bruder als König einsetzen wollten. Meine eigene Mutter wollte mich umbringen, und hätte ich ihre Ränke nicht mit dem Schwert durchtrennt, wäre ich nicht lange Herrscherin geblieben.«

»Dann verstehst du mich sicher.« Uliman lächelte. »Du verstehst, warum ich die Fürsten töten mußte. Sie hätten mich nicht auf dem Thron geduldet und bald wie meinen Vater beseitigt.«

»Ja, ich verstehe dich. Deshalb weiß ich, wie gefährlich du bist.« Inthara ließ den Kaiser nicht aus den Augen. »Auch ich haßte jene, die um meinen Thron schlichen, die mir zuflüsterten, was ich zu tun und zu lassen hatte; und als ich meine Machtfülle begriff, schaffte ich sie mir vom Hals. Doch es gibt einen Unterschied zwischen uns: Ich kämpfte um mein Leben, während du dunklen Befehlen folgst.« Sie senkte die Stimme. »Magst du auch aussehen wie ein zwölfjähriger Knabe – ich erkenne den Dämon in dir. Vom ersten Tag an habe ich gespürt, welches Unheil von dir ausgeht, selbst wenn ich nur vermuten kann, was die Priester in Troublinien mit dir angestellt haben.«

»Das kannst du auch nicht wissen.« Innere Qual verzerrte Ulimans Gesicht. »Ich hatte in Troublinien zwei Lehrmeister. Der erste war ein seltsamer Mann, der mich auf Reisen mitnahm, mir Geschichten erzählte und bunte Steine schenkte; ich habe nie verstanden, was er mir eigentlich beibringen wolle. Dann aber übernahm der Priester Rumos meine Ausbildung und machte mich zu dem, der ich bin.«

Ein zischendes Geräusch begleitete seine Worte; es drang hinter Ulimans Rücken hervor. Inthara glaubte, auf dem Thron eine Bewegung zu sehen. »Der Priester hat dich nach Vara gesandt, damit die Kirche die Macht erobern kann. Es war nicht der Wunsch nach Rache, der dich zum Mord an den Fürsten trieb – es war ein Befehl deines Lehrmeisters.«

»Was kümmert es dich, warum ich den Thronrat zerschlagen habe?«

Intharas Antwort kam rasch. »Baniter Geneder … mir wurde zugetragen, daß er noch lebt. Du hältst ihn gefangen! Sage mir, wo er sich befindet, und dann gib ihn frei.«

»Ist sein Schicksal von solcher Bedeutung für dich?« Uliman deutete auf Intharas Bauch. »Du kannst deinen Zustand vor mir nicht verbergen. Auch wenn ich erst zwölf bin, weiß ich, wie ein Kind gezeugt wird. Ist Baniter der Vater des Bastards?«

Inthara legte die Hände vor den Bauch. »Bastard … in Arphat gibt es ein solches Wort nicht. Es ist wahr, ich bekomme ein Kind; es wird mein Erbe sein.«

»Und der meine, falls das Volk mich für den Vater hält – auch wenn ich zu jung bin und nie das Bett mit dir geteilt habe.« Der Kaiser trat zur Seite; nun erblickte Inthara den schwarzen Schwan, der auf dem Thron saß. Seine gläsernen Augen waren auf sie gerichtet. »Du darfst das Kind nicht bekommen. Ich bin der letzte Nachfahre der Gründer. Mir folgt niemand auf dem Thron.«

»Außer diesem häßlichen Vogel, wie es scheint.« Ein kalter Schauer lief über Intharas Rücken. »Was, bei allen Göttern, ist das? Was ist mit seinem Gefieder? Es ist so schwarz …«

»Die Farbe der Rache«, erwiderte Uliman, »die Verneinung des Lichts. Die Herrschaft der Schatten bricht an. Der

Schwan wird mich retten, wenn Vara zugrunde geht.« Er ballte die Fäuste. »Du weißt also, daß Baniter lebt, und ich ahne auch, von wem du es erfahren hast. Ja, ich habe ihn verschont, um ein Geheimnis in Erfahrung zu bringen – das Geheimnis, warum er meinen Kräften widerstehen konnte. Sobald ich es herausgefunden habe, werde ich über sein Schicksal entscheiden. Du kannst es nicht beeinflussen.«

»Da irrst du dich, mein teurer Gemahl. Tausend arphatische Krieger lagern vor deinem Palast. Wie viele Schwerter hast du um dich versammelt? Fünfhundert? Sechshundert? Wenn du Baniter nicht freiläßt, lasse ich dich in deinem eigenen Palast aufknüpfen. Das Volk wird dich nicht verteidigen; seit dem Fürstenmord lebt es in Angst vor dir. Also wage es nicht, mir zu drohen. Nur unser gemeinsamer Feldzug gegen die Echsen hält mich davon ab, mir deinen Kopf zu holen.«

Sie hatte die Worte im Zorn gesprochen, und das Funkeln ihrer Augen verriet, wie ernst sie es meinte. Uliman schwieg für einen Augenblick. Fast schien es, als spiele er mit dem Gedanken, Inthara von seinen Gardisten ergreifen zu lassen, doch diese waren in der Unterzahl. Schließlich streckte er die Hand nach dem Schwan aus, und dieser rieb gurrend seinen Hals an Ulimans Fingern. »Begeh keinen Fehler, Inthara. Meine Macht ist groß, und deine einzige Vertraute, die magische Kräfte besaß, stieg in das Verlies der Schriften hinab. Sie wird niemals von dort zurückkehren. Wenn ich erst die Quelle beherrsche, wird dich keiner mehr verteidigen.«

»Deine Drohungen lassen mich kalt. Ich sage es dir ein letztes Mal: Laß Baniter frei, sonst wirst du es bereuen.«

»Du wirst ihn nie mehr zu Gesicht bekommen.« Uliman wies auf die offenstehende Tür. »Wir haben uns nichts mehr zu sagen. Wage dich nicht wieder hierher.«

Ohne eine Antwort wandte sich Inthara zum Gehen. Die arphatischen Mönche schützten ihren Rückzug.

Als sie die Tür des Saales durchschritt, hörte sie hinter sich das Kreischen des Schwans, das Flattern schwarzer Flügel, doch sie sah sich nicht um. Nur ihre Schritte wurden schneller, und ihr Herz raste, obwohl sie sich zur Ruhe zwang.

Ein wiederkehrendes Geräusch: Holz schlug gegen Stein mit hohlem Laut. Das Boot schaukelte auf dem Kanal; es war an einer Mole vertäut, doch sanfte Wellen schoben es immer wieder gegen die Mauer. Im Inneren räkelte sich ein Mann; sein Atem ging pfeifend, wechselte sich mit Gebrabbel ab. Er stank nach Schnaps, sein Hemd war fleckig. Auf den Kragen war ein Symbol gestickt, zwei gekreuzte Bootsstangen; der hehre Zecher gehörte zu den Stakern und hatte in einer nahen Kaschemme den Tageslohn umgesetzt. Wie er es in seinem Zustand zurück in sein Boot geschafft hatte, war kaum zu sagen; hier lag er nun und wollte sich von den Wellen in den Schlaf wiegen lassen. Doch der Schnaps ließ ihn nicht zur Ruhe kommen; immer wieder schlug er mit den Händen um sich, als wollte er Mücken vertreiben.

»... du Hundesohn ... dir zahl ich's heim ... mich einfach rauszuwerfen ...« Der Staker wälzte sich auf den Rükken und blinzelte in den Sternenhimmel. »Ein Glas noch, ein einziges ... was? ... du Hurensohn von einem Wirt! Dir fakkele ich dein Drecksloch ab!« Er gähnte und betrachtete seine Hände, die im Schein des nahen Feuerkorbes schimmerten. »Was? ... betrunken soll ich sein? Könnte kein Geheimnis bewahren? ... ah, ich kann schweigen wie ein Grab ... hab nichts gesehen, hab nichts gehört ... aber ihr laßt euch kaufen von dieser Dirne ... dieses stinkreiche Aas! Auf daß die Garde ihren feinen Arsch mit Pfeilen spickt ... ha, ihr werdet's noch bereuen, Staker, euch mit der Schlampe aus dem Badehaus eingelassen zu haben. Die bringt nur Unglück ... ich seh euch bald am Stadttor baumeln!«

Das Licht des Feuerkorbs flackerte; dann erlosch es plötzlich. Mißmutig blickte sich der Betrunkene um. »Bei Tathril

… ausgebrannt«, murmelte er, »so wie wir alle … ganz Vara dorrt dahin, jeder Funke Hoffnung verglüht.« Er rieb sich die Augen, um sie an die Dunkelheit zu gewöhnen. »Die Flammenhüter … faules Pack! Was knausern sie so mit dem Laternenöl? Kein Wunder, daß in der Nacht Mörder umherschleichen. Ich wünschte, ich könnte sie …«

Ein Geräusch ließ ihn verstummen; es klang, als schleiften Ketten über das Pflaster. An der Kaimauer – dort, wo die Häuserschatten sich kreuzten – verdichtete sich die Finsternis zu einer unnatürlichen Schwärze; sie waberte wie Rauch, und das Rasseln wurde lauter, bedrohlicher.

Der Staker richtete sich im Boot auf. »Psst … ganz ruhig … das träumst du nur … ist nur der Schnaps in deinem Schädel …« Er tastete nach der Bootsstange. Die Schatten begannen sich zu wölben, wuchsen, schoben sich über den Kahn. Über dem Staker verglühten die Sterne, das Licht der fernen Fackeln schwand. »Nein … fort! Geh fort von mir!« Das Ende der Bootsstange zischte durch die Luft. »Was willst du? Nein … nicht!« Er ließ sie fallen, riß die Hände empor. »Jetzt sehe ich dich … nein, will dir nicht folgen … kann es nicht … nicht das!«

Das Boot schwankte, drohte sich zu überschlagen. Der Staker preßte beide Hände vor die Augen, warf den Kopf hin und her, wie von Sinnen; dann gruben sich seine Fingerspitzen in die Augenhöhlen, unter die Augäpfel. Blut klatschte gegen die Kaimauer, rann in den Steinrillen herab.

Und nun sah er, sah die Herrlichkeit einer kommenden Welt. Seine Schreie verstummten, die besudelten Hände sanken auf die Bootswand herab. Blut rann von den Fingern ins Wasser, tropf, tropf – er atmete ruhig und glücklich, sein Geist von den Schatten entführt, in die Tiefe gelockt. In seinem Gesicht klafften zwei leere Höhlen, schwarze Löcher …

»Ich wußte nicht«, flüsterte er, »wie schön sie ist, unsere Stadt.«

So starb er.

Ruhig schaukelte das Boot auf dem Wasser. Die Zusammenballung der Schatten löste sich auf, floß zurück in graue

Dunkelheit. Stille kehrte auf dem Kanal ein; nur das Plätschern der Wellen war zu hören. In der Ferne ein erster Silberstreif; der Morgen nahte.

Dann huschte ein Lichtstrahl über das Boot; es drang aus einer Laterne. Ein Mann war aus den dunklen Winkeln zwischen den Häusern hervorgetreten; sein Haar zottig, die Kleider verdreckt – der Schattenspieler. Er leuchtete mit der Laterne auf das Wasser, betrachtete den Leichnam des Stakers. Traurig schüttelte er den Kopf.

»Die Bewohner des Verlieses sind gierig geworden«, murmelte er. »Erst töteten sie die Flammenhüter, nun greifen sie einen harmlosen Säufer an. Sie wollen sich nicht bis zur Stunde des Umbruchs gedulden. Aber diese Morde sind sinnlos und stören das Gleichgewicht.« Er hielt seine Hand vor die Laterne, formte die Finger zu einer Schattenfigur und ließ diese auf dem Gesicht des Toten tanzen. »Vier Flammenhüter in dieser Nacht und zwei in der letzten … vielleicht sollten wir dem Verlies Einhalt gebieten, Freunde. Ja, wir müssen achtgeben – müssen sehen, wie die Dinge sich entwickeln.« Er zupfte an einem Haken der Laterne. Eine Klappe bewegte sich im Inneren und löschte den Docht. »Zurück in die Dunkelheit, wo wir sicher sind! Wir brauchen Verbündete; sonst sind wir machtlos.«

Er verschwand in der Finsternis. Zurück blieb ein Duft von Harz und Kiefernadeln; doch er verwehte bald über Varas Kanälen.

KAPITEL 4

Melodien

Sonnenlicht verfing sich in den Harfenseiten; silbriger Glanz, der die Klänge des Instruments vorwegnahm. Behutsam strichen die Hände der Sängerin über den Holzrahmen.

»Es ist ein schrecklicher Anlaß für ein Lied; doch ich darf mich meiner Pflicht nicht entziehen. Die dunklen Stunden der Menschheit waren stets ein Stoff für große Balladen, und so muß auch ich heute die Stimme erheben.«

Lyndolin Sintiguren hockte auf einem Schemel, den die Priester des Agihor für sie aufgestellt hatten. Ein Fächerschirm schützte das Haupt der Sängerin vor der Sonne, die hoch über Praa stand. Lyndolin Sintiguren war über siebzig Jahre alt, eine kleine Frau, das Gesicht eingefallen und von Falten gezeichnet. Ihr Haar – graue Locken, zwischen denen die Kopfhaut hindurchschimmerte – wirkte so brüchig, als könnte es jeden Augenblick im glühenden Wind Feuer fangen. Die Hitze war mörderisch; zwar kühlte der Fluß Nesfer die am Ufer gelegenen Straßen, doch oberhalb der Stadt, auf dem Gipfel des Yanur-Se-Gebirges, flimmerte die Luft.

Sie waren in den Morgenstunden emporgestiegen. Es war Lyndolins Wunsch gewesen, dic Schlacht um Praa von diesem erhöhten Punkt aus zu beobachten. Wie eine Wand riegelte das Gebirge den Nesfer von der südlichen Wüste ab; auf seinem Gipfel lag Talanur, die Stirn der Zornigen: eine Festung aus dunklem Gestein, errichtet von einem König, der die aufsässigen Wüstenstämme hatte einschüchtern wollen. Von der Burg aus konnte man die Wüste beobachten, und auch Praa ließ sich gut überblicken. Dennoch war Talanur vor Jahrhunderten aufgegeben worden; längst war Arphat unter der Knute des Sonnenthrons vereint, die Wüstenstämme stellten keine Gefahr mehr dar. Der neue Feind des Königreichs drang aus dem Westen; ihn konnte keine Festung einschüchtern.

Lyndolins Augen – sie waren trotz des Alters klar und wach – ruhten auf Praa. Der Nesfer teilte die Stadt als ein funkelndes Band, und die goldenen Dächer der Prunkbauten schimmerten in der Sonne. Die Stadt aus Gold und Eisen … Seit Lyndolin hierhergekommen war – als Mitglied einer Gesandtschaft des Fürsten Baniter Geneder –, bewunderte sie die Schönheit der arphatischen Hauptstadt. Das riesige Aru'Amaneth, die Stufenpyramide der Königin, über der stets feiner Dunst hing; die kubusförmigen Aru'Kahnar aus Sithalitgestein, in denen Intharas Vorfahren beigesetzt waren; die Inseln inmitten des Nesfers, auf denen üppige Felder gediehen – all dies zeugte von Arphats Größe, Arphats Reichtum, Arphats Stolz. Viele Städte hatte Lyndolin Sintiguren in ihrem Leben gesehen; sie, die berühmte Sängerin und Sterndeuterin aus Sithar, war an vielen Orten zu Gast gewesen. Ihre letzte Reise hatte sie nach Praa geführt, und da sie immer gebrechlicher wurde, wollte sie in dieser Stadt ihren Lebensabend beschließen.

Die Priester hatten sie in einer Sänfte zur Festung emporgetragen. Talanur war verfallen; das Fundament bröckelte, einige Außenmauern waren eingestürzt. Vor der Burg erstreckte sich eine Felsenebene; von ihr aus wollte Lyndolin den Angriff der Goldéi beobachten. Seit Tagen wußten die Bewohner von Praa, daß die Echsen kommen würden. An der Grenze zu Kathyga hatten sie die Heereslinie durchbrochen; die hastige Aufstellung neuer Truppen hatte den Vorstoß nicht aufhalten können. Dann waren sie am Nordufer des Nesfers entlang nach Osten marschiert; langsam, ohne Hast hatten sie die Flußstädte besetzt: Yptir, Salaun, Harmanth und all die anderen Siedlungen am Nesfer. Die Gegenangriffe der Mönchsorden waren allesamt gescheitert; zu stark waren die Echsen und zu entschlossen, Arphat zu erobern. Die Kunde von ihren magischen Kräften eilte ihnen voraus; angeblich begleitete sie ein Geisterheer aus silbernen Klauen, die aus dem Nichts angriffen und ohne Rücksicht ihre Feinde niedermetzelten.

Nun standen die Goldéi dicht vor Praa. Das Heer der Arphater und Sitharer war auf die Verteidigung vorbereitet; nach Westen hin war die Stadt abgeriegelt. Wälle waren errichtet und der Nesfer mit Flößen abgeschottet worden. Zwischen den Ahru'Kanar hatten sich die vereinigten Heere versammelt; die Schwerter der Sitharer glänzten weiß im Sonnenlicht, die Säbel der Arphater grün – so konnte Lyndolin sie aus der Ferne gut unterscheiden.

Ihre Hand ruhte auf der Harfe. »Viele sind im letzten Kalender gefallen. Arphat verlor an der Grenze die Hälfte seiner Krieger, und Sithar büßte dreitausend Mann bei der Rückeroberung von Thesma ein. Die Verwundeten starben auf der Flucht durch die Wüste ... Tod und Verderben, wohin ich auch blicke.« Sie sah sich nach der verlassenen Festung um. »Die Augen von Talanur ... als ich mit Fürst Baniter über dieses Gebirge zog, erzählte ich ihm von einem Traum. Ich sah in den Trümmern von Talanur einen König, dunkel sein Gesicht und seine Augen voller Grausamkeit, der an den eigenen Thron gekettet war; in den Händen hielt er einen Reif aus Silber und einen schwarzen Schlüssel. Mein Lied erweckte ihn und seine toten Krieger zum Leben.« Sie wandte sich wieder der Stadt zu. »Was mag der Traum bedeuten? Ist dieser König ein Feind in unserem Inneren, der aus Arphats Trümmern auferstehen wird? Oder erwacht er, um uns zu retten?« Sie deutete auf das Heer am Ufer. »Die Goldéi werden kommen, und der Blutzoll wird hoch sein. Wir werden Zeugen einer Schlacht, die nur Verlierer kennt.«

Der Wind blies ihr seinen glühenden Hauch ins Gesicht, als wollte er die Sängerin verspotten. Zugleich trug er ein Geräusch mit sich; ein seltsames Raunen. Die Sängerin blickte nach Osten. Am Horizont – dort, wo der Nesfer sich zwischen den Ausläufern der Stadt verlor – flimmerte die

Luft über einem hellgrünen Uferstreifen. Von dort drang das Flüstern.

»Die Wispernden Felder von Praa … sie spüren die Magie der Goldéi.« Lyndolin wußte nur wenig über die Quelle am Ufer des Nesfers; nur einmal hatten die Priester sie zu ihr geführt. Die Felder zogen sich über eine Länge von zwei Meilen am Nordufer entlang – hellgrüne Gräser, die Tag und Nacht rauschten, gleich ob Wind wehte oder nicht. In ihrer Nähe verstummte ein jeder Mensch, lauschte dem Flüstern, versuchte ihm einen Sinn zu geben; und wer es wagte, die Felder zu betreten, den schnitten die Halme in Fetzen. Deshalb hütete die Calindor-Loge das Ufer, gab auf passierende Boote acht und tränkte den Lehm rund um die Felder mit Öl, um die Quelle in ihren Grenzen zu halten. Doch nun, da die Goldéi nahten, waren die Wispernden Felder in Aufruhr; seit Tagen schwoll ihr Flüstern an, als wären sie in froher Erwartung. Würden sie Praa verraten wie die übrigen Quellen, die von den Goldéi befreit worden waren?

»Es wird ein trauriges Lied sein, das ich singen muß.« Lyndolins Stimme klang müde. »Wo ist die Hoffnung, die uns am Leben hält? Ich wünschte mir, jung zu sein; dann trüge ich sie noch in mir.«

Ihre Hand wischte über die Saiten. Warme Klänge mischten sich mit dem Wispern der Felder. Die Priester rückten näher an Lyndolin heran; sie schätzten die alte Frau. Vor allem die Agihor-Priester suchten oft ihren Rat, ließen sich von ihr das Schicksal Arphats prophezeien – auch wenn Lyndolins Vorahnungen düster waren. Und in vielen Tempeln wurden die Balladen gesungen, die sie in den vergangenen Wochen gedichtet hatte; Lieder der Wehmut und Furcht. Heute würde ein neues Lied entstehen – und Praa überdauern, falls der Sieg den Goldéi zufiel.

Dumpfe Klänge hallten aus dem Westen zu ihnen herüber.

»Trompeten«, murmelte Lyndolin. Ihre Finger dämpften den Harfenklang. »Die Schlacht beginnt.«

Schreie gellten durch das Heilige Spektakel. Es war, als hätte ein Geisterreich die Tore aufgestoßen, um mit seinen Schrekken die Kavernen des Spektakels zu erschüttern.

Von Benris' Hand tropfte Blut. Der glatzköpfige Mann war auf einem Felsen im Höhlengang zusammengesunken; Öllampen erhellten sein Gesicht. Über ihm sangen die Silberfäden des Gefüges. Ein Messer entglitt seinen Fingern, klirrte auf dem Gestein.

»Darsayn – ich kann nicht mehr ... ich kann sie nicht mehr leiden hören!« Benris' Stimme war voll des Grauens. Er blickte auf den Haubenträger, der unweit von ihm an der Felswand lehnte. Darsayn keuchte, seine Augen waren geschwollen, und die Lippen zitterten, als spräche er zu sich selbst. Auch er lauschte den Schreien.

»Sie sterben wie die Fliegen, krümmen sich in Schmerzen, schlagen um sich ... ich habe Euch gewarnt. Sie waren nicht bereit für die Beschlagung; nun bringt das Gefüge sie um, foltert sie zu Tode.« Benris deutete auf das blutige Messer. »Soeben mußte ich einem Knaben den beschlagenen Arm abtrennen; er war kaum zwanzig Jahre alt. Wir verlieren sie, Darsayn!«

Der Haubenträger fuhr zu ihm herum. »Der Wandelbare hat es befohlen – das gesamte Spektakel muß ihm in die Sphäre folgen. Der Weltengang – es gibt nichts, was wir daran ändern können.« Er blickte auf den summenden Draht an der Decke; dann brach er zu Boden. »Wie lange haben wir auf diesen Tag gewartet? Wir ersehnten ihn; doch ahnten wir, welche Schrecken er mit sich bringen würde?« Er kroch auf Benris zu. »Hörst du? Laghanos ruft nach uns, ruft uns in die Schlacht.«

Benris zerrte den Haubenträger auf die Beine. »Zweihundert Beschlagene nahm Laghanos mit in die Sphäre; nun haben wir nochmals dreihundert Männer und Frauen dem Gefüge übergeben, sämtliche Unbeschlagenen. Kaum jeder dritte wird es überleben. Ist es wirklich das, was der Weltenschmied von uns fordert?«

»Alle müssen folgen! Dies waren Laghanos' Worte. Alle

… auch du, auch ich.« Darsayn riß sich das Hemd vom Leib, zeigte Benris seinen rechten Arm. »Wir tragen beide keine Prägungen; vermutlich werden auch wir sterben, wenn das Gefüge uns zu sich holt. Doch dies ist der Wille des Weltenschmieds.«

Über ihnen summte der Draht, bedrohlich und abwartend. »Ich kann das nicht tun«, flüsterte Benris. »Ich kann es nicht, Darsayn.« Er ließ den Haubenträger los. »Ich will das Spektakel verlassen, jetzt gleich. Dies alles ist ein böser Traum!« Verzweifelt versuchte er das Blut von seinen Händen zu wischen und wich zum hinteren Ausgang der Höhle zurück.

»Das Gefüge läßt dich niemals gehen«, rief Darsayn. »Du hast dem Weltenschmied einen Eid geschworen; willst du ihn nun verraten und dich auf Mondschlunds Seite schlagen?«

Ein Rascheln ringsum; hastige Bewegung in allen Winkeln der Höhle. Grün funkelten die Augen der Bosnickel, als sie aus den Felsritzen sprangen. Sie huschten zwischen Darsayns Beinen hindurch. Der Haubenträger wirkte erleichtert; mit erhobenen Händen schritt er auf den anderen Höhlenausgang zu, der zur Halle der Erhabenheit führte. »Sie lassen uns nicht gehen, Benris – sieh es endlich ein! Laghanos ruft uns zu sich, und wir müssen folgen.«

Die Bosnickel hatten Benris umstellt, zerrten an seinen Hosenbeinen, stießen ihn mit den Fäusten und kicherten. Er wollte sie mit Tritten fortscheuchen und fliehen, fort von hier, fort aus den Höhlen des Spektakels – doch der Klang des Drahtes brachte ihn zur Besinnung.

»Wir müssen folgen«, wiederholte er Darsayns Worte. »Ja … vergib mir meine Zweifel.«

Er wandte sich dem Haubenträger zu, durchschritt das Felsentor. Der Gesang des Gefüges wurde freundlicher; ein Funkeln blendete Benris, als er in die Halle der Erhabenheit trat. Der Metallboden warf das Licht der Kristalldecke zurück, verstärkt durch das Schimmern der Silberfäden, die sich durch die Kaverne zogen. Das Gefüge hatte sie längst übernommen; die Drähte waren aus den Wänden und der Decke gewuchert, spannten sich zwischen dem Turm und den Schächten, am Boden entlang und quer durch die Luft. Und in ihrem Netz: die starren Körper der Beschlagenen … sie hingen in den Drähten wie verpuppte Larven. Ihre rechten Arme waren silbern umfangen, verkrustet mit Blut vom letzten Kampf. Und dort waren die jüngst Beschlagenen; sie wanden sich in den Silberfäden, zappelten, brüllten vor Pein; aus ihren beschlagenen Händen rann eitriges Wundwasser …

Benris stöhnte auf. Er erblickte Darsayn; dieser hatte seine Flickenhaube abgestreift, sie hing neben ihm wie ein toter Nachtfalter in den Drähten. Darsayns Arm war von silbrigem Glanz umgeben; das Gefüge streckte die Finger nach ihm aus. Die Fäden schnitten sich in seine Haut. Er stöhnte; in den offenen Augen war nur Weiß zu erkennen. Sein Arm zuckte; die Drähte zurrten sich fester, fester – und Darsayn stimmte ein in die Melodie der Schmerzen, kreischte, warf sich umher, wollte sich losreißen. Blut klatschte auf den Boden, als das Gefüge den Haubenträger emporriß, in die Luft schleuderte, mit erbostem Sirren seinen Widerstand brach.

Benris fiel auf die Knie. »Verschone mich, Laghanos … bitte verschone mich.« Er stammelte, und seine Augen füllten sich mit Tränen. »Laß mich zurück … ich werde das Spektakel hüten, dich beschützen … hab Mitleid!«

Die Drähte pochten gegen seine Schultern; er spürte ihre Vibration, hörte ihr Summen. Schloß die Augen. Senkte das Haupt vor dem Unvermeidlichen.

So fügte sich der letzte Unbeschlagene in den Plan des Weltenschmieds.

Lyndolin sang. Ihre Stimme war klar, vom Alter unberührt. Harfenklänge umwoben ihre Worte, lösten sich aus den Saiten wie Tau von einem Zweig. Ihr Blick war auf Praa gerichtet. Die Priester des Agihor umringten sie und lauschten ihrem Lied.

»Noch steht die Sonne hoch über der Stadt aus Gold und Eisen
noch glänzen ihre Dächer stolz im Licht
doch bald werden die Strahlen weiterreisen
die Nacht kehrt ein und zeigt uns Wachenden ihr Angesicht.

Vom Horizont dringt schon der tosende Gesang der Klingen
es scheppern Rüstungen, und Schilde glimmen auf
das Heer der Echsen sucht nach Praa zu dringen
in Gold getauchte Feindesschar in schnellem Lauf.«

Die Hand der Sängerin ließ die Saiten ausklingen; dann setzte sie zu einer neuen Tonfolge an, schneller und höher, wie Schritte im Wüstensand.

»Trompetenruf mischt sich mit dem Geschrei der Krieger
Erleichterung mischt sich mit Angst und Wut
denn diese Schlacht um Praa kennt keine Sieger
bald führt des Nesfers Strom nur Tränen und vergoßnes Blut.

In Todesmut voran die tapferen Arphater, Praa zu Ehren
die Mönche vieler Götter sind im Kampf vereint
mit Lanzen, Schwertern wollen sie dem Feind verwehren
im Sturm zu nehmen, was bereits zum Greifen nahe scheint.

Sie stehen in sechs Reihen, schlachterprobt, und Sithars Heer im Rücken
die Bogen singen, Pfeile schwirren durch die Luft
während die Echsen unbeirrt nach Osten weiterrücken
am Fluß entlang, vorbei an Arphats schwarzer Königsgruft.

Und bilden einen Keil – hört ihr die fauchenden Befehle?
Voran, voran, die kupferroten Krallen ausgestreckt
bis wildes Kampfgeschrei aus jeder Kehle
das Schwerterklirren am gesamten Ufer überdeckt.«

Ja, das Kampfgeschrei hallte bis zur Festung empor. Erschüttert blickten die Priester auf das Schlachtfeld. Lyndolins Tonfall wurde drängender; ihre Hand sprang über die Saiten und ließ den Rausch der Harfe zum Donner werden.

»Der Aufprall ist geschehen, es mengen sich die Farben
der blaue Waffenrock der Bena-Sajif tränkt sich rot
es spritzt der Wüstensand empor in Garben
goldgelb, während die Heeresordnung zu zerfallen droht.

Nun tobt die Schlacht zwischen den heiligen Begräbnisstätten
in denen Arphats Herrscher schlummern, tief und fest
erwachen sie, um die bedrohte Stadt zu retten? –
falls Praa sich vor dem Ansturm der Goldéi retten läßt.

Denn sehe ich die Feindesscharen, die uns überfallen
gelenkt von einem Zorn, der uns entsetzt
so fürcht' ich um das Schicksal von uns allen
während das Blut der Sterbenden das Schlachtfeld rot benetzt.«

Sie erhob sich; ihr Kopf zitterte. Die Priester stützten sie, als sie an den Felsenrand trat und auf die tobende Schlacht hinabsah. Wie viele Strophen würde Lyndolin Sintiguren der Ballade hinzufügen? Noch war nicht abzusehen, wer den Sieg davontragen würde; unten am Ufer nichts als Gewirr, Geschrei, aufstäubender Sand. Und von Osten her erhob sich das Flüstern der Gräser: die Wispernden Felder von Praa. Auch sie lauschten dem Lied der Sängerin und warteten auf den Ausgang der Ballade.

In Nhordukaels Adern pulsierte die Glut. Rot glimmte das Feuer unter der Haut und erhellte die Sphäre. Seine flammenden Augen schweiften umher und suchten nach einer Spur. Denn Nhordukael wartete auf die Rückkehr des zweiten Auserkorenen – auf Sternengängers Geschöpf.

Die Sphäre wandelte sich mehr und mehr. Mit jeder Quelle, die von den Goldéi befreit wurde, wuchs die Unordnung der magischen Ströme. Dort, wo die Echsen die Sphärengrenzen niedergerissen hatten, richtete sich die Natur in neuerwachter Grausamkeit gegen den Menschen. In Candacar, dem Land der sanften Hügel, ließ die Magie die Pflanzen wuchern; Sträucher, Flechten, knotiges Wurzelwerk brachen unter der Scholle hervor, verdarben den Boden, schotteten Siedlungen vom Umland ab. Im Nachbarland Kathyga färbten sich die Sandflure schwarz; Landstriche sackten in den Untergrund, andere wurden von Erdlawinen überrollt, und auf den Feldern bildeten sich Salzkrusten, in denen die Saat verkümmerte. Aus dem Dickicht des angrenzenden Rochenwaldes drangen Wölfe und Bären bis in die Dörfer vor; die einst so scheuen Tiere verfielen in Raserei, rissen Mensch und Vieh ohne Unterschied. In Gyrs Norden jagten Stürme über die Farnebenen hinweg, entwurzelten ganze Wälder, und Regenfälle prasselten tagelang auf die Täler ein, bis alles Leben ersoff.

All dies sah Nhordukael: sein Blick erfaßte die ganze Welt, auch wenn im Umkreis der befreiten Quellen seine Sicht getrübt war. Was er sah, erschreckte ihn; er kannte die zerstörerische Kraft der Magie nur zu gut, bezog er doch selbst seine Macht von dem Auge der Glut. Die Sphäre drohte Gharax zu zerstören, während die Goldéi voranrückten und die in Menschenhand verbliebenen Quellen an ihren Ketten zerrten.

Seit seinem letzten Wortwechsel mit Mondschlund wartete er auf ein Zeichen des zweiten Auserkorenen. Er mußte eines Tages zurückkehren; mit seiner Hilfe wollte Sternengänger den Widerstand der Menschen brechen. Erst wenn die Goldéi auch die letzten Quellen erobert hatten, war der Weg für eine neue Formung der Welt frei. Dann würde Durta Slargin erneut durch Gharax wandern und sich als Herr der Sphäre aufspielen, als allmächtiger Gott.

Ich werde es verhindern. Zorn wallte in Nhordukael auf. *Dieses Ringen zwischen Sternengänger und Mondschlund muß ein*

Ende finden. Noch immer zerbrach er sich den Kopf über Mondschlunds Worte – und über die Möglichkeit, daß seine Wahrnehmung nicht das ganze Bild der Sphäre erfaßte und er seine Sichtweise ändern mußte, um die wahren Zusammenhänge zu begreifen. *Die Welt ist das Spielbrett und wir Menschen die Figuren – doch wo sitzen die Spieler?* Wieder schweiften seine Augen über Gharax, jene lachhaft winzige Bühne, auf der die Zauberer ihr makaberes Stück aufführten. *Was befindet sich oberhalb dieser Ebene, Mondschlund – und was liegt unter ihr? Eines Tages werde ich die Antwort wissen.*

Nhordukaels Blick verengte sich auf das Land Arphat; wie im Sturzflug rasten seine Sinne auf das nördliche Königreich herab, richteten sich auf die Stadt Praa. Dort hatten sich die magischen Ströme verdichtet. Ein Kampf tobte an diesem Ort! Die Goldéi hatten Arphats Hauptstadt erreicht, wagten den Vorstoß – und in der Sphäre vibrierte die Macht des zweiten Auserkorenen. Nhordukael konnte seine Gegenwart spüren.

Flammen umzuckten seine Hände, als er die Innere Schicht der angrenzenden Quelle teilte. Sie wehrte sich kaum gegen den Eindringling, schien durch die Nähe der Goldéi abgelenkt. *Die Wispernden Felder …* Unter ihm lag die Stadt Praa; und dort sah er verschwommen die feindlichen Heere aufeinanderprallen. Der Haß der Goldéi, die Verzweiflung der kämpfenden Krieger, das Leid der Sterbenden: all dies schwappte in die Sphäre über, doch diese magischen Erschütterungen konnten Nhordukael nichts anhaben. Angestrengt suchte er nach seinem Gegner. Wo war Sternengängers Geschöpf? Wo …?

Ein Schmerz in seiner Kehle, ein Stich in seinem Herzen. Nhordukael riß den Kopf empor. Über ihm war die Dunkelheit einem silbernen Glanz gewichen; dort, wo die Sphäre sich zuvor seinen Blicken entzogen hatte, BRACH etwas hervor: ein Netz! Spinnwebenartig sank ein Gewirr silberner Drähte herab, als stürzte der Himmel auf Gharax nieder. Nhordukael war wie gelähmt; doch als sich aus dem Netz das Heer der Klauen löste – geschliffene Metallsporne, zum

Angriff gespreizt –, erwachte er aus der Erstarrung. Es waren Hunderte; sie griffen nach ihm, wollten ihn packen, in Stücke reißen – doch Nhordukael brrrrrrrrüllte auf, bis die Sphäre erbebte. Die Glut in ihm kochte und drang aus allen Poren; grellbrennende Funken spritzten auf die Angreifer, trafen zischend die Klingen. Silber schwärzte sich und schmolz dahin. Nhordukael durchbrach das Klauenheer und schwebte zum Netz empor, das den Himmel überspannte.

»Hör mich an! Hör mich an!« Nhordukaels Stimme hallte wie Donner. »Halt inne, wer immer du auch bist.«

Er erblickte nun eine Gestalt im Netz – war sie in den Silberdrähten gefangen, oder zog sie an ihnen wie ein Marionettenspieler? Nhordukael winkte ihr zu, versuchte die Aufmerksamkeit des Auserkorenen zu erregen.

»Sei vernünftig … rufe die Klauen zurück. Ich werde kein zweites Mal ein Massaker dulden, so wie damals in der Ruinenstadt am Nesfer. Wenn du kämpfen willst, suche dir einen Gegner, der sich wehren kann – hier in der Sphäre!«

Die Drähte gaben das Gesicht des Auserkorenen frei: eine Maske aus Gold. Durch die Augenschlitze betrachtete er Nhordukael, doch er regte sich nicht.

Er kann mich nicht verstehen, begriff Nhordukael. *Seine Macht stammt aus einem Teil der Sphäre, der mir fremd ist – alle Worte sind sinnlos!*

Um ihn tönte das Rasseln der Silberklauen; sie sausten erneut auf ihn zu. Eine Klinge durchbrach Nhordukaels Deckung, ritzte seinen Arm. Glut schoß aus der offenen Wunde, perlte in brennenden Tropfen durch die Sphäre. Nhordukael brüllte auf. Verzweifelt beschwor er das Auge der Glut, hörte den Vulkan im fernen Sithar erbeben. Purpurnes Feuer tanzte auf seinen Fingerspitzen; ihre Hitze raubte selbst ihm den Atem. Er hob die Hände und wollte die Flammen gegen die Klauen schleudern. Doch dieses Mal gehorchte das Feuer ihm nicht: es rann an seinen Fingerspitzen herab wie Öl, zerfloß in seinen Handflächen, und ein Gefühl der Kälte breitete sich in seinen Armen aus.

Die Quelle zieht ihre Macht zurück ...

Die Erkenntnis ließ Nhordukael erstarren. Die Klauen spürten seine Unsicherheit; rissen sich in sein Fleisch; trafen die Schulter, den Rücken, das linke Bein. In Fetzen flog seine Haut davon, und glühendes Blut schoß hervor. Verzweifelt duckte sich Nhordukael. Hatte das Auge der Glut ihn verraten? Nein, noch immer spürte er die Magie der Quelle, doch sie wurde schwächer. *Sie kämpft gegen einen anderen Feind ... gegen das Verlies der Schriften! Ja, so muß es sein; dieser Hund Bars Balicor hat einen Weg gefunden, mich in der Sphäre anzugreifen.*

Ihm blieb nur die Flucht. Nhordukael warf einen letzten Blick auf den Auserkorenen. *Sternengänger hat sein Geschöpf gut abgerichtet. Ich kann ihm nicht mehr helfen.*

Müde wehrte er die Angriffe der Klauen ab und schloß die Augen. Dann GRIFF er nach den schwindenden Sphärenströmen, die ihn mit dem Auge der Glut verbanden. Sein Geist wurde fortgerissen, und der Körper folgte nach: geschunden und vom Kampf schwer gezeichnet.

Das silberne Netz aber sank hinab auf das Schlachtfeld von Praa; und die Klauen der Beschlagenen suchten sich ein neues Ziel.

Die Sängerin brachte die Saiten der Harfe zum Schwingen; es waren traurige Töne, die sie dem Instrument entlockte. Die gegnerischen Heere am Fluß hatten sich entzerrt, ordneten sich für den nächsten Zusammenprall. Klagend sang Lyndolin Sintiguren die nächsten Strophen ihrer Ballade.

»Der Sand, von tausend Stiefeln aufgewirbelt, sinkt zu Boden nieder
der erste Angriff wurde tapfer abgewehrt
doch dort, am Königsgrab, sammeln sich wieder
die kaum geschwächten Echsen, in den Pranken Schild und Schwert.

Am blutgetränkten Ufer, halb in Schlamm und Schilf versunken
die Körper der Gefallenen, groß ihre Zahl
wie viele der Verwundeten sind wohl im Fluß ertrunken?
wie viele leben noch und winden sich in Todesqual?

Und Pfeil um Pfeil – die kaiserlichen Bogenschützen zielen
auf jenen Echsentroß, der wieder vorwärts dringt
ein sinnloser Beschuß, da von den vielen
Schüssen keiner einen Feind zur Strecke bringt.«

Ihre Hand wechselte zu den oberen Saiten, wob einen hellen Klangteppich, den sie immer wieder mit dunklen Akkorden zerriß.

»Wie rasend schnell sie durch die Heeresreihen der Arphater pflügen
woher kommt ihre Kraft, woher ihr Zorn?
Die Hoffnungen auf einen Sieg, sie trügen
die Flanke bläst zum Rückzug! Hört das Horn!«

Hörnerschall drang vom Nesfer empor. Lyndolins Harfe antwortete mit einer Folge dunkler Töne. Kurz verharrte die Hand der Sängerin in der Luft, um dann mit roher Gewalt erneut in die Saiten zu greifen. Ein Klanggewitter brach über die lauschenden Priester herein; sie traten einen Schritt zurück, während Lyndolin das Lied fortsetzte.

»Das stolze Heer Arphats, es flieht zur Stufenpyramide
verfolgt vom Feindesschwarm, der es umkreist
und selbst dem Tapfersten sitzt nun die Furcht im Gliede
es scheint, als ob der Tag auch ihm den Tod verheißt.

Doch halt! Es prescht das kaiserliche Heer mit Schwert und Lanze
voran zum Aru'Amaneth in wildem Haß
die Klingen der Sitharer blitzen auf im Glanze
und fordern die Goldéi nun zum Aderlaß.

Die Kämpfenden, sie wogen auf dem Feld umher wie Halme
im blutgetränkten Boden, und die Ernte naht
auf daß der nächste Schlag den Feind zermalme!
Ihr Götter, stärkt den Zorn der Krieger, treibt sie an zur Tat!«

Eine der Saiten riß; die Enden peitschten empor, zogen einen roten Strich über Lyndolins Gesicht. Sie wandte den Kopf und blickte nach Osten. Entsetzen flackerte in ihren Augen.

»Und seht! Der Nesfer ändert plötzlich seine Farbe
das Wasser schillert grün – und lauscht dem Wind!
Er trägt herbei das Wispern jener Felder
die ihrer Knechtschaft überdrüssig sind.

Stromaufwärts dringt das grüne Licht durch aufgewühlte Fluten
quer durch die Stadt und bis zum Kampfplatz vor
und Ranken peitschen durch den Fluß wie Ruten
quellen am Grund des Nesfers auf und schnellen dann empor.

Sie wuchern wild – die Quelle ist aus Menschenhand entkommen
die Macht der Felder zwingt den Nesfer in den Bann
ihr Wispern tränkt das Flußtal – und benommen
wanken die Kämpfer dort am Ufer, fallen Mann um Mann.«

Ihre Hand vergriff sich; die Melodie wurde schräg, überschlug sich. Vergeblich versuchte Lyndolin das anschwellende Wispern der Felder zu übertönen.

»Der Himmel reißt – wie aus dem Nichts sinkt silbernes Geschwader
gleich einem Vogelschwarm herab ins Schlachtgewirr
metallne Klauen, körperlos – am schwarzen Quader
des Königsgrabs verebbt das Schwertgeklirr.

Sie schlagen sich durch Rüstung, Fleisch, ja selbst durch Knochen
das Heer, es irrt umher im wilden Reigen

das Wispern hat den Kampfgeist längst gebrochen
wie Vieh den Klingen ausgeliefert – nun herrscht Schweigen.«

Lyndolins Stimme wurde heiser; die Harfe entglitt ihren Händen, prallte auf das Gestein. Der Holzrahmen sprang, die Saiten fetzten auseinander. Lyndolin tastete nach dem Schemel und ließ sich auf ihm nieder. Das ohrenbetäubende Wispern der Quelle erstickte die letzte Strophe, die sie hervorpreßte.

»Es ist vorbei. Der grauenhafte Todesstoß drang aus der Sphäre
vergebens war der beiden Heere Widerstand
ich wünschte, daß dies Lied niemals erklungen wäre
da es aus einem Blutbad, nicht aus einer ehrenhaften Schlacht entstand.«

Sie schwieg. Vom Nesfer drang allein das Wispern der magischen Quelle zu ihr empor; die Schlacht war geschlagen, die Goldéi hatten gesiegt. Die körperlosen Klauen schwirrten triumphierend über das Schlachtfeld – und vor der Festung Talanur standen die Priester des Agihor und starrten auf das Bild, das sich ihren Augen bot: ein Gemälde des Grauens.

Lyndolin atmete schwer. Ihr Herz war aus dem Takt geraten, sie preßte die Hand gegen die Brust. Dann glaubte sie auf einmal, Blicke im Rücken zu spüren, stechende Augen, die sie beobachteten. Sie wandte den Kopf zur Festung. Zwischen Talanurs Trümmern, in einem Spalt zwischen den eingefallenen Mauern, sah sie ein Gesicht – irgend jemand lauerte dort und hatte ihr Lied mit angehört. Keuchend wies Lyndolin auf die Festung, um die Priester auf den Lauscher aufmerksam zu machen; doch vor ihren Augen tanzten Schleier, und ohne noch ein Wort hervorzubringen, brach sie zusammen, sank vom Schemel herab auf den Felsengrund. Ihr Herz setzte aus.

Lyndolin Sintiguren, die berühmteste Stimme des Kaiserreiches, war für immer verstummt, und der verborgene

Zeuge ihrer letzten Ballade verharrte im Schatten des Gemäuers, bis die Priester den Leib der Sängerin fortgebracht hatten.

KAPITEL 5

Aufbruch

Gähnend wälzte sich Grimm im Sand, streckte die Glieder. Mit der Schnauze stupste er Knauf an, der neben ihm schlummerte; dieser hob den Kopf, fauchte und schlug mit der Tatze nach Grimm. Er wollte in Ruhe gelassen werden, doch Grimm triezte ihn so lange, bis er sich erhob. Nach einer kurzen Balgerei rasten die Kieselfresser über den Strand, lieferten sich zwischen Muschelschalen und Tangresten herrliche Gefechte und genossen die Sonnenstrahlen, die ihnen auf den Pelz brannten.

»Seht doch, Aelarian.« Cornbrunn wies auf die spielenden Tiere. »So wild habe ich die zwei lange nicht erlebt. Vor drei Tagen glaubten wir noch, wir müßten am Strand ein Loch für sie buddeln; aber wir haben die Zähigkeit eines Kieselfressers unterschätzt – sie sind nun mal Kreaturen der Moore und nicht so leicht tot zu kriegen! Jetzt tollen sie herum, als wären sie nicht um ein Haar in unseren Taschen ersoffen.« Er lächelte dem Großmerkanten zu, der neben ihm auf dem großen Stein saß und auf das Meer blickte. »Ihr solltet Euch ein Beispiel an Grimm und Knauf nehmen. Sie haben den kleinen Zwischenfall längst vergessen.«

»Kleiner Zwischenfall!« Aelarian schnaubte auf. »Für mich ist es kein kleiner Zwischenfall, wenn ich heimtückisch ins Meer geschubst werde – und das von einem Weib, welches ich vor nicht allzu langer Zeit selbst aus dem Wasser gezogen habe! Es hätte mein Tod sein können ...«

»... wenn ich nicht zur Stelle gewesen wäre!« Cornbrunn sonnte sich im Glanz seiner Heldentat. Als Aelarian ins Meer gefallen war, hatte er sich todesmutig hinterhergestürzt, den

Kopf des Großmerkanten über Wasser gehalten und ihn hukkepack aus der Reichweite der gyranischen Schiffe gebracht. Die Wellen hatten ihr Übriges getan und die beiden Troublinier zur nahen Küste von Tula gespült, der westlichsten Insel des Silbermeers. Hier hatte Cornbrunn seinen Herrn an Land gezogen. »In Zukunft werdet Ihr mir nicht mehr mangelnde Kühnheit unterstellen, Großmerkant. Ohne mich wäre die Welt um einen Mondjünger ärmer.«

Aelarian nickte. »Das hätte dem graubärtigen Großväterchen gefallen. Rumos gab den Befehl, mich zu beseitigen, und Ashnada gehorchte ihm, ohne mit der Wimper zu zukken. Ich hätte mich vor der Gyranerin in Acht nehmen sollen!«

»Ja, sie hat Euch übel mitgespielt. Allerdings war sie, wenn ich mich recht erinnere, nicht die erste Frau, die Euch ins Wasser stieß. Wie hieß gleich jene Maid aus Oublin, die sich an der Handelsakademie in Euch verschossen hatte? Sie war in den wenigen Kalendern, die Ihr im Auftrag des Gildenrates an der Akademie unterrichtet habt, Eure glühendste Anhängerin in der Studentenschaft – bis sie mitbekam, wie Ihr ihren gleichaltrigen Bruder verführt habt. Aus Enttäuschung schubste sie Euch in den Oubliner Fischtümpel, wo Ihr zwischen Karpfen und Aalen keine glückliche Figur abgegeben habt.«

Aelarian nagte an seiner Lippe. »Cornbrunn – ich bin nicht in der Stimmung für Wortgefechte. Ich bitte dich … bitte …« Er klang erschöpft.

Cornbrunn verstand. Er legte den Arm um Aelarian und zog ihn zu sich heran. Der Großmerkant bettete den Kopf auf seine Schulter, ergriff Cornbrunns Hand und drückte sie fest. Cornbrunn küßte seine Schläfe. Dann blickten beide auf das Meer, und sie schwiegen, während die Wellen gegen die sandige Küste schlugen.

Der Stein, auf dem sie saßen, war ein riesiger, zerklüfteter Findling, der einzige Felsbrocken am Strand. Ansonsten gab es hier nichts als grobkörnigen Sand, der an wenigen Stellen von Stranddisteln durchbrochen war. Hinter dem Findling stieg das Land rasch an, warf sich zu buckligen Höhen auf. Auf diesen wuchs mannshohes Gras; die Halme wogten im Wind.

Obwohl die zwei Troublinier bereits vor vier Tagen auf der Insel gestrandet waren, hatten sie die Anhöhe bisher nicht erklommen. Aelarian war zu geschwächt gewesen, er hatte die beiden Tage im Schutz des Findlings gelegen und sich die Seele aus dem Leib gehustet – das Salzwasser war ihm nicht gut bekommen. Cornbrunn hatte ihn versorgt; es wurden genug Muscheln, Krabben und Süßquallen angespült, und in einer Spalte des Findlings hatte sich Regenwasser gesammelt. Auch ihre Kleider waren inzwischen wieder trocken. Deshalb wollte Cornbrunn dem Ort so bald wie möglich den Rücken kehren, denn er fürchtete einen Wetterumschwung.

»Wir sollten die Insel erkunden, Aelarian. Es muß ein paar Dörfer geben, in denen man uns Unterschlupf gewährt. Und da Ihr endlich wieder bei Kräften seid …«

Aelarian löste sich aus seiner Umarmung. »Ich weiß, es ist töricht, hier am Strand auszuharren. Insgeheim hoffte ich wohl, daß Parzer der Flotte doch entwischt sei und nach uns suche.«

»Unmöglich. Die Gyraner hatten das Schiff eingekreist; gewiß war Parzer am Ende vernünftig und hat sich ergeben. Ich sah die gyranischen Segel am südlichen Horizont verschwinden.«

»Hm … dort liegt Vodtiva, das entlegenste Fürstentum Sithars, und eines der reichsten. Gut möglich, daß Tarnac von Gyr dieses Eiland als Beute ausgewählt hat. Die kaiserliche Flotte kann Vodtiva nicht beschützen, und so muß Tarnac lediglich die Woge der Trauer bezwingen, was ihm dank seiner Beziehungen zur Solcata-Loge leicht fallen dürfte.«

»Wir werden es nie erfahren. Unsere Freunde aus Rhagis wurden auf alle Fälle verschleppt, ebenso Rumos und die Leibwächterin.«

»Falls Rumos noch lebt, werden die Gyraner ihn kaum festhalten können. Er wird einen Weg finden, seine Reise nach Tyran fortzusetzen. Ich muß ihm zuvorkommen, Cornbrunn!« Aelarian erhob sich. »Dann nichts wie los. Tula ist groß und dünn besiedelt; es könnte ein langer Fußmarsch werden, bis wir auf Menschen treffen.«

Sie beschlossen, zunächst die Anhöhe zu erklimmen, um sich einen Überblick zu verschaffen. Der Aufstieg war mühsam, denn das Gras erwies sich als widerspenstig, ließ sich kaum zur Seite biegen. Nur die Kieselfresser hatten ihren Spaß; sie huschten zwischen den Halmen hin und her und erklommen wagemutig die höchsten Stengel.

»Was wißt Ihr über Tula, Großmerkant? Angeblich war die Insel lange umkämpft.«

»Tula hat viele Herren gesehen – und dies, obwohl hier keine Bodenschätze zu finden sind und nur minderwertiges Getreide gedeiht. Doch die Lage der Insel ist günstig; sie ist die Pforte zum Silbermeer, sitzt wie ein Keil zwischen Tyran, Vodtiva und Gyrs Südspitze. In ihrer Nähe fließen die Ströme von vier Quellen zusammen; der Leuchtturm ist die bedeutendste, doch auch die Woge der Trauer, der Spiegel des Himmels und die geheimnisvolle Quelle von Tyran gelten als machtvoll. Schon vor dem Südkrieg stritt Gyr mit Candacar um diesen Vorposten, und daß die Insel später dem Südbund zufiel, konnten die Gyraner nie verschmerzen. Als Sithar nach dem Umsturzversuch der Bathaquar in eine Krise geriet, holte Gyr sich die Insel zurück und setzte sich vierzig Jahre lang auf ihr fest. Erst unter Kaiser Hamir wurde Tula zurückerobert.«

»Jetzt schlägt das Pendel erneut um«, sagte Cornbrunn. »Sithar zerbricht, Gyr sendet seine Flotte aus, und die Goldéi lauern mit ihren Schiffen in der Nähe. Ich hoffe, wir geraten nicht zwischen die Fronten.«

Je höher sie stiegen, desto durchlässiger wurde das Halmenmeer. Die Gräser wichen Sträuchern und Baumgruppen, und das Erdreich wurde dunkler. Bald erreichten sie die Hügelkuppe, hinter der das Land abfiel. Cornbrunn erklomm sie zuerst; er war neugierig, wie weit die Insel sich von diesem Punkt aus überblicken ließ.

»Nicht so hastig«, keuchte Aelarian, der seinem Leibdiener hinterherstieg. Die Kieselfresser wuselten um seine Füße. »Ksch, ksch, fort mit Euch!«

Cornbrunn blieb auf der Anhöhe stehen und starrte ins Tal auf der anderen Seite. Seine Kinnlade klappte vor Erstaunen hinunter.

»Das müßt Ihr Euch anschauen, Aelarian! Es ist … unglaublich! Ich habe noch nie etwas Derartiges gesehen.«

Er reichte dem Großmerkanten die Hand und zog ihn empor. Nun blickten sie zu zweit ins Tal.

»Damit hätte ich nicht gerechnet«, entfuhr es Aelarian. »Sähe ich es nicht mit eigenen Augen, würde ich es nicht glauben.«

In der Talsenke lag ein Park. Mächtige Eichen rauschten im Wind, ihre Baumkronen ausladend und voll; sie warfen Schatten auf langgestreckte Rasenflächen, auf verwilderte Hecken und kleine Bäche, die mehrere Seen miteinander verbanden. Zwei sich kreuzende Alleen, von Birken gesäumt, führten an blühenden Rosengärten vorbei, um in der Ferne in einem Wald zu verschwinden. Ihren Anfang nahmen sie an zwei Felsblöcken, ähnlich beschaffen wie der Findling am Strand; ein dritter markierte den Schnittpunkt der gekiesten Wege. Unweit dieses Steins stand eine Ruine, die Überreste eines Tempels; zwei Turmfalken umkreisten das eingebrochene Dach, spähten nach Mäusen und anderer Beute. Und Vogelgesang: Schwalben zogen über den Park hinweg, zeichneten Muster in den bewölkten Himmel.

Es war ein eigenartiger Anblick. Der Park paßte nicht zu der dünn besiedelten Insel, war ebenso fehl am Platz wie die beiden Troublinier. Seine Größe übertraf alles, was Aelarian zuvor gesehen hatte; selbst der Stadtpark von Taruba – seit jeher Stolz des Gildenrates – war dagegen ein überschaubares Lustgärtchen.

»Wer mag ihn erbaut haben?« brach Cornbrunn das Schweigen. »Er muß sehr alt sein, wenn man die Höhe der Eichen betrachtet.«

»Eichen wachsen nicht in dieser Gegend; sie sind im

Rochenwald und im palidonischen Hochland beheimatet. Diese hier müssen vor Jahrhunderten eigens gepflanzt worden sein.« Aelarian nagte an seiner Unterlippe. »Der Park wirkt verwildert, allerdings nicht so sehr, wie man es auf einer nahezu menschenleeren Insel erwarten sollte. Es muß jemanden geben, der sich um ihn kümmert.«

»Dann ist Hilfe nicht weit«, freute sich Cornbrunn. »Ein weiches Bett, ein deftiges Essen und ein Schluck Bier – mehr brauche ich nicht. Laßt uns hinabsteigen.«

Aelarian zögerte. »Ich habe nie von diesem Park gehört, obwohl er ohne Zweifel zu den größten Wundern gehört, die von Menschenhand geschaffen wurden.« Er streifte das goldene Amulett von seinem Hals und steckte es in seine Tasche. »Falls wir auf jemanden treffen, sollten wir möglichst wenig von uns preisgeben. Man kann nicht wissen, wer sich hier in der Einsamkeit vor den Augen der Welt verbirgt.«

»Vorsicht ist die Mutter der Porzellankiste. Ich werde gewiß nicht ausplaudern, wer Ihr seid und warum wir gestrandet sind.« Cornbrunn scheuchte die wartenden Kieselfresser vor sich her. »Auf geht's! Ich bin neugierig, was uns dort unten erwartet.«

Hin und her, her und hin; das Schaukeln ihres Gefängnisses machte Ashnada fast wahnsinnig. Immer wieder rollten die Wellen gegen das Floß, schoben es empor und ließen es wieder zurückgleiten. Das stetige Plätschern war kaum zu ertragen.

Der Kerker, in dem sie und die Fischer aus Rhagis gefangengehalten wurden, bestand aus zusammengebundenen Holzstämmen. Er glich einem schwimmenden Holzkäfig; der Boden war notdürftig kalfatert, und an manchen Stellen drang Wasser ein. Durch die Ritzen der Wände fiel spärliches Licht auf die Gesichter der Eingepferchten, insgesamt fünfzehn Männer und Frauen, die sich eine Handvoll Kojen und einen stinkenden Abort teilen mußten. Wenn Ashnada durch einen Spalt nach draußen spähte, konnte sie dort den höherliegenden Steg erkennen, an dem das schwimmende Gefängnis vertäut war. Von ihm führten Bohlenbrücken ab; sie hingen zwischen Pfählen, schwankten und klapperten im Wind. In der Ferne war ein niedriger Felszug zu erkennen: Venetors Schere. Seine Arme umschlossen das Haff und schirmten es vom offenen Meer ab, so daß auch starker Wellengang den Steganlagen kaum gefährlich werden konnte. Die Stege waren berühmt; sie hatten es der Stadt ermöglicht, ihr Siedlungsgebiet zu verdoppeln, nachdem der morastige Grund des Hinterlandes eine weitere Bebauung nicht zugelassen hatte. Hunderte lebten in den Pfahlbauten des Haffs und waren nur durch Laufstege mit dem Festland verbunden.

»Mir ist übel«, stöhnte einer der Gefangenen hinter Ashnada. Es war der Netzknüpfer Ungeld; mit kreideweißem Gesicht hockte er auf den Bohlen, in seinen Händen ein Napf mit der heutigen Mahlzeit. »Der Fraß, den uns die Gyraner vorwerfen, ist das Letzte. Besteht er tatsächlich aus verkochten Fischinnereien, oder bilde ich mir das nur ein?«

»Auch nicht mieser als der Schmaus, den uns Stolling in der *Roten Kordel* kredenzt«, antwortete Mäulchen, die neben Parzer auf einer Koje lag. »Und was erwartest du schon von den Kochkünsten eines Gyraners? Die ernähren sich von Gräsern und gerösteten Heuschrecken, trinken Schweineblut und halten vergorene Milch für eine Köstlichkeit. Pfui Spinne, sage ich! Na, deiner Plauze wird es gut tun, eine Weile gyranische Küche zu genießen.«

Einmal am Tag bekamen sie zu essen. Die Ration reichte kaum für fünfzehn Personen, war allerdings nicht aus Bosheit so karg bemessen, wie Ashnada aus eigener Erfahrung wußte. Der Verzicht galt den Gyranern als eine Tugend, das Hungern als Übung für Körper und Geist. Als Ashnada noch am Hof in Nagyra gelebt und dort mit den anderen Igrydes gespeist hatte, war oft eine klare Suppe oder ein Hirsekeks ihre ganze Mahlzeit gewesen. Nicht selten war sie hungrig von der Tafel aufgestanden. Doch dies hatte Ashnada als Schicksal einer Igrydes aufgefaßt; die Geschworenen des Königs hatten alle dieselbe Kost gegessen, so wie der König selbst. Nicht Speisen sättigten die Igrydes, sondern die Ehre, mit dem König an einem Tisch sitzen zu dürfen; denn Tarnac von Gyr hatte seine Mahlzeiten stets in ihrem Kreis eingenommen.

»Ich frage mich, warum sie uns nach Vodtiva verschleppt haben«, moserte Ungeld. »Schlimm genug, daß Gyr wieder im Silbermeer auf Raubzug geht – aber müssen wir unbescholtenen Reisenden darunter leiden?«

»Sei froh, daß sie uns überhaupt verschleppt haben«, erwiderte Mäulchen. »Sie hätten uns auch mitsamt unserem Pott versenken oder den Troubliniern hinterherwerfen können, damit wir wie sie im Meer ersaufen. Was allerdings so oder so passiert wäre, wenn Parzer nicht im letzten Augenblick seine Pfoten vom Steuerrad genommen hätte.«

Parzer schoß von der Koje hoch, als hätte man ihm eine Nadel in den Hintern gestoßen. »Äch ne, das ist also der Dank für meine Dienste! Ich habe euch faule Sandwürmer bis nach Tula gebracht, und hätte der Turmbinder nicht seinen Dienst versagt, wäre ich Gyrs Flotte davongejagt wie ein Hecht.«

»Ein toller Hecht bist du gewesen! Ein Mann im Pfeilhagel umgekommen, zwei über Bord gegangen, ein dritter wie Zunder im Feuer verendet. Gratuliere, Parzer, dein Fluchtversuch war wirklich ein Meisterstück.«

Ashnada dachte an das Bild des brennenden Priesters zurück, den der gyranische Brandpfeil getroffen hatte. Sein Leichnam war völlig verkohlt gewesen. Sie hatte Rumos nicht helfen können – und war insgeheim erleichtert über den Tod des Zauberers. Lange hatte sie ihn für unsterblich gehalten; nun hatte ein schlichter Brandpfeil ihn dahingerafft.

Noch immer trug sie das Knochenstück bei sich; die Gyraner hatten es ihr nicht abgenommen, vermutlich, weil sie es für einen harmlosen Talisman gehalten hatten. Immer wieder tastete sie nach ihm, ließ die Finger über das eingravierte Zeichen der verblühenden Rose gleiten und dachte an Rumos' Worte. *Es wird dich zu Tarnac führen, denn in ihm brennt die Ewige Flamme.* Hatte er die Wahrheit gesprochen? Nun war Ashnada dem König tatsächlich ganz nah; sein Flaggschiff hatte die Flotte angeführt, die sie gefangengenommen und nach Vodtiva gebracht hatte. Vodtiva war den Gyranern wie eine reife Frucht in die Hände gefallen; die wenigen Karacken, die in Venetors Hafen vor Anker gelegen hatten, hatten sofort die Segel gestrichen, und auch an Land hatte es keinen Widerstand gegeben – zumindest hatte Ashnada keinen Kampflärm vernommen, sondern nur die triumphierenden Klänge der Brashii, der gyranischen Drehleiern, die von hochrangigen Kriegern nach einem Sieg gespielt wurden. Es gab keinen Zweifel: Tarnac hatte Vodtiva im Handstreich erobert, jenes Inselreich, das Gyr im Südkrieg verloren hatte. Es war eine späte Rache am Südbund … zu spät, wenn man den anhaltenden Gerüchten um die goldéische Bedrohung Glauben schenken wollte.

»Fragt sich nur, was die Kerle mit uns vorhaben«, setzte Ungeld wieder an. »Gyraner sind nicht für ihre Milde gegenüber ihren Gefangenen bekannt. Gewiß wird uns bald ein lauschiges Plätzchen in einem Silberbergwerk zuteil, in dem wir dann für König Tarnac ackern dürfen.«

»So weit lassen wir es nicht kommen«, knurrte Parzer und zeigte sein rechtes Handgelenk. »Schlimm genug, daß uns die Ratten den Turmbinder abgenommen haben; das werden sie noch bereuen! Geh in dich, Ungeld – es muß einen Weg geben auszubüchsen. Du hast doch sonst immer eine krumme Idee.«

Auch Ashnada hatte bereits an eine Flucht gedacht. Nur wenige Gyraner bewachten ihr schwimmendes Gefängnis; zweifellos hatten sie die Mannschaft des aufgebrachten Schiffes für eine einfache Handelsbesatzung gehalten, die unter troublinischer Flagge fuhr. Sie hatten sie weder verhört noch gefoltert, sondern lediglich eingesperrt.

»Wir könnten sie überrumpeln«, schlug Ungeld vor. »Die

Wachen kommen stets zu dritt; zwei bleiben mit gezückten Schwertern am Eingang stehen, während der dritte den Kessel mit dem Schlangenfraß hinunterreicht. Mein Plan: wir locken sie zu uns hinein, werfen uns auf sie – und sehen zu, daß wir Land gewinnen!«

»Und wie willst du sie hereinlocken?« spottete Mäulchen. »Indem du ihnen deinen blanken Hintern zeigst?«

»Mit deinem würde es vielleicht klappen. Nein, ich dachte mehr an ein Schauspiel, eine irrwitzige Vorstellung, die ihre Neugier erregt. Laß mich nachdenken ...«

Erneut fuhr Ashnadas Hand in die Tasche ihres Gewandes. Die Finger berührten das Knochenstück – und sie erstarrte. Der Knochen war heiß, glühte wie Feuer; als sie ihn hervorzog, umspielten dunkelrote Flammen die glattgescheuerte Oberfläche. Sie waren durchscheinend und fügten der Hand keinen Schmerz zu; es war jene, die Rumos ihr vor langer Zeit verbrannt hatte.

Erschrocken drehte sich Ashnada um, das Knochenstück in der geöffneten Hand. Sie wartete auf einen Aufschrei der Fischer, doch diese sahen das Feuer nicht, sondern verfolgten weiterhin das Geplänkel zwischen Ungeld, Mäulchen und Parzer.

Eine Flamme löste sich von dem Knochen, tropfte wie zäher Sirup auf den Boden und zerrann zu einer glühenden Lache. Diese nahm eine längliche gewundene Form an ... ein Fußabdruck! Ja, Ashnada erkannte deutlich den Ballen und die Fußzehen, und daneben brannte ein zweiter glühender Punkt, der Abdruck eines Stabs. Rot zuckten die Flammen, warfen Fünkchen empor, die weitersprangen und einen zweiten Abdruck bildeten. Dann einen dritten! Eine Spur legte sich durch den hölzernen Raum, führte zwischen den Beinen der Fischer hindurch bis zum versperrten Ausgang. Keiner von ihnen bemerkte die Flammen; niemand außer Ashnada konnte sie sehen, ihr Knistern hören oder die Hitze des emporschlagenden Feuers spüren.

Ashnadas Hand schloß sich um das Knochenstück. *In ihm brennt die Ewige Flamme*, rief sie sich Rumos' Worte in Erinnerung. *Sie liest in deinem Herzen und nährt sich von deinem Haß; so führt sie dich zu deinem größten Feind.* Ja, so mußte es sein: die Spur führte zu Tarnac von Gyr. Der Mann, der sie und die anderen ›Gnadenlosen‹ verraten hatte, war nah! Schweiß brach auf ihrer Stirn aus. Mit der linken Hand suchte Ashnada an der Wand nach Halt, ihre Lider flatterten; das Knistern der Flammen klang in ihren Ohren wie höhnisches Kichern. Dann wurde ihr schwarz vor Augen; ein Bild drängte sich in ihr Bewußtsein, ein dunkelhäutiger Mann, an einen Felsen gekettet, auf dem Haupt eine Flickenhaube und in den Händen ein Stab, mit dem er verzweifelt um sich schlug. Sein Blick fiel auf Ashnada, schwarz und schillernd, und in den Pupillen erkannte sie ihr Spiegelbild: ihr eigenes Gesicht, verzerrt in Furcht und Schrecken, die Augen naß vor Tränen, die Lippen zitternd, bleich …

»Ist dir nicht gut, Mädel?«

Ungelds Stimme brachte sie zur Besinnung. Rasch öffnete Ashnada die Augen, starrte auf die Fischer. Die Flammenspur war weiterhin deutlich zu sehen, das Knistern lauter als zuvor.

»Es ist nichts«, murmelte sie. »Nur ein Traum … ein Traum …«

»Sie ist ein wenig blaß um die Nase«, sagte Mäulchen besorgt. »Nicht, daß sie uns umkippt und den Fischbrei ausspuckt.«

»Ich könnte es ihr nicht verdenken. Allerdings …« Ungeld hielt inne. »Da haben wir ja schon unseren Plan!« Eifrig sprang er zur Tür – auch sie aus Holz, mit einem Riegel von außen geschützt – und rüttelte an ihr. »He, Gyranerpack! Hier liegt jemand im Sterben … kommt her!« Er zwinkerte Parzer zu, der sich schwerfällig von der Koje erhob.

»Das klappt nie und nimmer«, knurrte Parzer. »Wie oft hast du versucht, mit diesem Zinnober in der *Roten Kordel* ein Bier zu ergattern – und wie oft hat Stolling dir dafür eine Maulschelle verpaßt?«

»Von wegen, Parzer! Da kommen sie schon! Obacht!«

Ashnada war indessen an der Wand herabgesunken; sie hustete, ein stechender Schmerz in ihrer Kehle. Mäulchen eilte zu ihr und stützte ihren Kopf. Ashnadas Lippen bebten; sie bemühte sich, ein Wort hervorzupressen, doch der Husten erstickte jeden Versuch.

»Das machst du hervorragend«, wisperte Mäulchen. »Sie sind gleich hier!«

Vor der Tür waren Schritte zu hören. »Was ist da drinnen los?« bellte eine Stimme. »Wollt ihr Hunde wohl Ruhe geben?«

Ungeld hieb mit der Faust gegen die Tür. »Macht auf! Rasch! Eins unserer Weiber hat sich an einer Fischgräte verschluckt – sie stirbt, wenn sie nicht sofort einen Schluck Wasser bekommt. Macht auf!«

Die Wachen lachten. »Eine Fischgräte, soso!« Der Riegel wurde zurückgeschoben, die Tür geöffnet. Ein Gyraner spähte vom Steg aus in den Raum; sein weißblondes Haar schimmerte im Sonnenlicht, die Klinge seines Schwerts glänzte. »Wenn ihr uns zum Narren halten wollt, seht euch vor. Wir dulden keine Späße! Wo ist das Weib?«

»Seid ihr taub? Hört ihr nicht das Husten?« Aufgeregt wies Ungeld auf Ashnada, die sich am anderen Ende des Raumes auf dem Boden krümmte. »Daran ist euer Fraß schuld! Eine Gräte hat sich in ihrem Hals quergestellt ... unternehmt doch etwas.«

»Wenn sie erstickt, ist sie besser dran als ihr. Der König hat euch für die Galeere vorgesehen, die den See Velubar überqueren soll. Er liebt es, troublinische Freibeuter schwitzen zu sehen.«

»Äch ne, sehen wir aus wie Troublinier?« Parzer fuchtelte erbost mit den Händen. »Wir kommen von der Insel Morthyl! Dort wird frechen Gyranern ratzfatz die blonde Wolle vom Schädel gezupft, samt Kopfhaut, du Kerl!«

»Aber wir sind nicht auf Morthyl.« Die Wache deutete mit der Klinge auf Ashnada, die noch immer vom Husten geschüttelt wurde. »Kümmert euch selbst um die Schlampe. Wenn sie verreckt, holen wir gern ihre Leiche und werfen sie bei Firth ins Wasser, damit der Strom sie ins Südmeer trägt. Wenn sie überlebt, auch gut. Und nun haltet Ruhe, sonst könnt ihr morgen ganz auf euer Essen verzichten.«

Er wollte sich zurückziehen, doch etwas ließ ihn stutzen. Ashnada hatte sich aufgerichtet. Ihr Blick fiel auf den Gyraner. Schwarze, grausame Augen. Für einen Augenblick glaubte er, den Schein einer Flamme in ihnen zu sehen.

»Bei allen Göttern …«

Ashnada stieß Mäulchen zurück, die ihre Schulter festgehalten hatte. Mit wenigen Sätzen durchmaß sie das schwimmende Gefängnis, tapp, tapp, jeder Schritt in einem der glühenden Fußabdrücke, die nur für ihre Augen sichtbar waren. Der Gyraner verharrte am Eingang, gelähmt von ihrem Blick

Dann ging alles sehr schnell. Mit einem Brüllen warf sich Ashnada der Klinge entgegen, tauchte unter ihr hinweg und warf sich auf den Steg, so daß sie dem Mann die Beine wegfegte. Er stürzte. Das Schwert entglitt seiner Hand. Die beiden anderen Gyraner, die auf dem Steg gewartet hatten, erwachten aus ihrer Erstarrung und ließen wütend ihre Klingen auf sie niedergehen; doch Ashnada rollte sich zur Seite, packte mit der linken Hand die fallengelassene Waffe, rettete sich zum Ende des Stegs und zog sich an einem der Pfosten in die Höhe. Rasch wechselte sie Knochenstück und Schwert; die Waffe lag gut in ihrer Hand. Gyranischer Stahl, hervorragend ausbalanciert. Sie ließ die Klinge zweimal durch die Luft schnellen und fixierte ihre Gegner.

Diese zögerten. Ashnadas Körperhaltung verriet ihnen, daß sie es mit einer geübten Kämpferin zu tun hatten. Und ihr Blick: schwarz und gnadenlos … Nun sagte sie einen Satz: »Ysar dor Gharjesmin!« Er entstammte der altgyranischen Sprache, die vor Jahrhunderten durch die candacarische Zunge ersetzt worden war. Allein Gyrs Kriegerkaste gebrauchte einige ihrer Wendungen. Diese bedeutete: »Ihr Kinder des Gharjor, haltet Euch bereit.«

Es war die Aufforderung, zu sterben.

Als sie den Männern auf dem Steg entgegensprang – das

Schwert dicht am Körper –, schlugen beide in ihrer Furcht vorschnell zu. Die erste Klinge wischte Ashnada wie einen lästigen Zweig beiseite, die zweite ließ sie nach einem seitlichen Ausfall an sich vorbeisausen. Dann zog sie ihr Schwert schräg in die Höhe. Es öffnete dem ersten Gyraner den Brustkorb; röchelnd sackte er auf den Steg, eine Blutlache breitete sich unter ihm aus. Den zweiten traf die Schwertspitze in die untere Gesichtshälfte; das Geräusch der splitternden Zähne glich dem Bersten eines Tonkrugs. Die Wucht des Hiebs schleuderte ihn vom Steg; er klatschte auf das Wasser, ohne einen Laut von sich zu geben.

Ashnada wirbelte herum. Ihre Klinge zielte auf den dritten Gyraner, den sie zu Beginn entwaffnet hatte. Dieser hatte sich aufgerappelt, wich zur offenstehenden Tür des schwimmenden Kerkers zurück. Er zitterte vor Angst. Von hinten schnappten zahlreiche Hände nach seinen Beinen und zerrten ihn in das Innere des dunklen Raums, als wollten sie ihn vor Ashnada beschützen. Sein Hilferuf wurde rasch erstickt.

Kurz darauf kletterten Ungeld und Parzer zum Steg empor. Angewidert blickten sie auf die Leiche des Wachpostens. »Das wird man uns übelnehmen, Ashnada«, ließ Ungeld verlauten. »Die Gyraner kennen keinen Spaß, wenn man einen der ihren kaltblütig erschlägt.«

»Das ist wahr«, flüsterte Ashnada. Ihre Augen suchten den Steg ab, während sie das Knochenstück in der linken Hand umschloß. Dort waren sie wieder – die Fußstapfen! Sie schwelten auf dem Holz, ohne es zu verzehren, und führten zur angrenzenden Hängebrücke. Die Spur, der sie folgen mußte. Die Spur zu Tarnac von Gyr …

Parzer half derweil den anderen Fischern auf den Steg. Als letzte kletterte Mäulchen ins Freie; unruhig blickte sie um sich.

»Und was nun? Hier stehen wir im Nirgendwo, mit zwei Leichen und einem Gefangenen, und wissen nicht, wohin. Brillanter Plan, Ungeld.« Die Bretterstege waren nicht zu überblicken; sie führten in alle Richtungen. Im Süden des Haffs lag das Festland – dort waren die Häuser von Venetor zu erkennen, dem bedeutendsten Ort auf Vodtiva, berühmt für seine Silberschmiede und Edelsteinschleifer. »Wenn die Gyraner spitzkriegen, was hier geschehen ist, jagen sie uns auf den Stegen wie Hühner.«

»Hast du schon einmal versucht, fünfzehn Hühner zu fangen? Ich sage dir, das ist nicht einfach.« Ungeld rückte seinen Turban zurecht. »Wir teilen uns auf. Fünf Mann nehmen die linke und fünf die rechte Brücke, der Rest schlägt sich anderweitig durch. Dann sieht jeder zu, wie er auf eigene Faust aus der Stadt kommt, damit wir uns in, sagen wir, fünf Tagen an einem bestimmten Ort ...« Er stockte. »Halt! Wo willst du hin, Ashnada?«

Sie hörte ihn nicht, hielt Schwert und Knochen fest in den Händen und rannte los. Ihre Stiefel ließen die Hängebrücke schwanken. Sie hielt auf die Stadt zu, obwohl in dieser Richtung weitere Gyraner zu erkennen waren.

»Bleib stehen, dumme Pute«, zeterte Ungeld. »Allein kannst du ja doch nichts ausrichten!«

»Die kommt schon zurecht.« Parzer strich grimmig über seinen Ziegenbart. »Mir ist ohnehin wohler, wenn sie sich verkrümelt. Du hast ja gesehen, was sie mit ihrem Schwert anrichtet.«

»Und was wird aus uns? Wir sind unbewaffnet ... hilflos ...«

Parzer grinste. »Auf den Stegen mit Sicherheit; da fangen sie uns rasch wieder ein, und dann ergeht's uns dreckig. Aber seit wann wählen wir Leute aus Rhagis den üblichen Weg?«

Er nahm Anlauf und hüpfte in das brackige Haff. Ein Schwall Wasser spritzte empor und erwischte Ungeld mit voller Breitseite. Der verdatterte Blick des Netzknüpfers war Gold wert.

»Parzer hat recht«, rief Mäulchen. »In ihren Waffenröcken können uns die Gyraner kaum hinterherschwimmen. Los, los! Laßt uns keine Zeit verlieren.«

Begeistert warf sie sich Parzer hinterher, und auch die anderen Fischer folgten ohne großes Federlesen.

Auf einem Stein am Wegesrand saß eine Eidechse. Mit halb geschlossenen Lidern sonnte sie ihren geschuppten Leib, den Schwanz, die angewinkelten Füße. Sie thronte auf dem Kiesel als Verkörperung der Zufriedenheit und des Genusses.

Plötzlich schreckte sie empor und reckte den Kopf; ihr Hals legte sich in Falten. Sie hatte ein Fauchen vernommen – ja, ganz deutlich! Hastig sprang sie von dem Stein … keinen Augenblick zu früh! Denn durch die angrenzende Hecke preschten zwei bösartige Tiere, spitze Zähne, gierige Augen, zu allen Schandtaten bereit: Grimm und Knauf, die verwegensten Kieselfresser der troublinischen Moore.

Die Eidechse huschte auf eine nahe Wiese, schlug sich im Zickzack durch das Gras. Grimm und Knauf setzten ihr nach, versuchten sie in die Zange zu nehmen. Es war eine wilde Jagd; mehr als einmal schnappte der eine oder andere Kieselfresser nach dem Schwanz der Eidechse und verfehlte ihn nur knapp. Dann aber fand das flüchtende Tierchen ein schmales Erdloch. Rasch glitt es hinein; Knauf hingegen prallte mit voller Wucht gegen die Erdkante, griff zwar noch mit der Vorderpfote nach der Eidechse, doch vergebens! Der Leckerbissen war entwischt. Wütend stampfte Knauf mit den Hinterbeinen, bis Grimm ihn mit ein paar Tatzenhieben für seine Langsamkeit strafte. Eine große Rauferei war die Folge: schnaubend rollten die Kieselfresser wie ein Fellknäuel durch das Gras – und klatschten ins Wasser eines nahen Teichs, wo die Goldfische erschrocken zum Grund flohen, um den unerwarteten Tauchern auszuweichen.

Abseits des Tümpels, auf der Allee, schritten derweil Aelarian und Cornbrunn und bestaunten den Park, den sie schon von der Hügelkuppe aus gesehen hatten, aus der Nähe. Er war trotz – oder wegen – seiner Wildheit von unglaublicher Schönheit. Die alten Bäume rauschten im Wind, zwischen den Hecken sprossen Blumen in leuchtenden Farben, Schmetterlinge taumelten umher wie Blätter im

Herbst; und auf dem Weg sprang eine Heuschrecke mit purpurnem Rücken, die sich von der Wiese verirrt hatte. Sie wartete stets, bis die zwei Männer sie erreicht hatten, um dann mit einem weiten Sprung vorauszuhüpfen.

»Sie will uns etwas zeigen«, scherzte Aelarian. Seit sie von dem Hügel herabgestiegen waren, hatte er mit seinem Leibdiener kein Wort gewechselt; zu sehr hatte die Schönheit des Parks sie verzaubert.

Die Heuschrecke machte einen weiteren Satz – und nun waren sie am Schnittpunkt der Alleen angelangt. Der dort liegende Felsblock glich tatsächlich dem Findling am Strand, war jedoch kleiner. In den Stein war ein Zeichen eingemeißelt: ein Raubvogel mit ausgebreiteten Schwingen. Wind und Regen hatten die Ränder des Symbols ausgewaschen, dennoch war es gut zu erkennen.

»Ein Falke!« Aelarians Blick schweifte zur der nahen Tempelruine, über der noch immer das Falkenpärchen kreiste. »Ein solches Zeichen zeugt von Stolz. Der Herr des Parks muß von Rang sein.«

»Ein verwittertes Hühnchen auf einem Stein ist ein dürftiger Hinweis«, sagte Cornbrunn.

»Dürftig sind allenfalls deine Manieren.« Suchend blickte sich Aelarian um. »Wo sind eigentlich Grimm und Knauf? Sie sprangen vorhin noch zwischen den Hecken umher.«

»Sie waren gewiß Eurer Bevormundung überdrüssig«, mutmaßte Cornbrunn. Doch auch er schien sich Sorgen zu machen, denn er schlug einen Zweig der wilden Hecke beiseite und stieß einen Pfiff aus, um die Kieselfresser zu rufen. Die Hecke gab den Blick auf eine weitere Wiese frei; im hohen Gras blühten Dotterblumen und Veilchen. In der Mitte der Wiese lag ein pittoresker Teich; er wurde halb verdeckt von den ausladenden Zweigen einer Trauerweide. Ihre Äste hingen wie lange Zöpfe bis zum Boden herab und verdunkelten den Stamm.

Die purpurne Heuschrecke hüpfte an Cornbrunn vorbei auf die Wiese, froh, den Weg zurück ins Gras gefunden zu haben. Cornbrunn winkte den Großmerkanten zu sich.

»Ein eindrucksvoller Baum, nicht wahr? Er erinnert mich an die Weiden unserer Moorlandschaften.«

»Und nur dort wachsen solche Weiden auch«, gab Aelarian zu bedenken. »Ich habe sie noch nie außerhalb Troubliniens gesehen.«

Sie zwängten sich durch die Hecke und überquerten die Wiese. Vom Teich klang das Quaken eines Froschs; auf dem Wasser trieben Seerosen. Als sie das Ufer erreicht hatten, pfiff Cornbrunn erneut nach den Kieselfressern, nun bereits lauter. Doch dann packte der Großmerkant ihn am Arm.

»Cornbrunn! Sieh doch!«

Er deutete auf die Trauerweide. Hinter dem Vorhang der herabhängenden Äste herrschte Dunkelheit, der Stamm war nur als vager Umriß zu erkennen.

»Ich habe eine Bewegung gesehen«, flüsterte Aelarian. »Ich bin mir ganz sicher!«

Gebannt starrten die Troublinier auf die Weide. Die langen Zweige wurden vom Wind hin- und hergeweht, und die Sonne ließ die Blätter grün schimmern. Nun fiel mehr Licht in den verwunschenen Zirkel; Lichtstreifen tanzten auf dem Moos, das den Stamm umgab – und tatsächlich: dort stand eine Gestalt!

Die Troublinier fuhren gehörig zusammen, als plötzlich die Kieselfresser aus dem Schatten der Weide stürmten. Ihre Pelze waren klatschnaß. Ausgelassen tollten sie um die Beine ihrer Herren, sprangen an ihnen hoch und forderten sie zum Spiel auf. Doch Aelarian und Cornbrunn schüttelten sie ab und traten näher an die Weide heran. Der Großmerkant griff ein Büschel der Zweige und teilte das Dickicht.

Am Stamm lehnte ein Mann; er war dürr, sein Gesicht sonnengebräunt und mit Bartstoppeln übersät. Seine Kleidung war zerrissen, das lange Haar ebenso zottig wie das Geflecht der Weidenruten. Er blinzelte den beiden Troubliniern zu.

»Ich habe die zwei aus dem Teich gezogen. Sie plumpsten hinein, als sie miteinander stritten.« Er lächelte. Grimm und Knauf rasten auf ihn zu, schnaubten begeistert, als er sich niederkniete und sie an seinen Fingern lecken ließ. »Kluge Kerlchen. Sie wissen, daß ich sie gerettet habe.«

Aelarian räusperte sich. »Eure großherzige Absicht in Ehren, aber Kieselfresser kommen in der Regel gut im Wasser zurecht. Sie sind in den Sümpfen aufgewachsen und können schwimmen wie Fische.«

»Kieselfresser …« Der Mann zwinkerte erneut. »Solche Geschöpfe sehe ich zum ersten Mal. Sie sind niedlich, nicht wahr, meine Freunde?« Die Schatten der Zweige huschten über sein Gesicht und verliehen seinen Zügen etwas Maskenhaftes. Nun sahen Aelarian und Cornbrunn mehrere Holzstäbe, die vor dem Fremden im Moos steckten; sie hielten feine Scherenschnitte aus dunklem Papier – filigrane Figuren, Männer, Frauen, Tiere, allesamt sorgfältig gefertigt. Grimm schnüffelte an ihnen, stupste sie vorsichtig mit der Schnauze an. Der bewegliche Arm eines Scherenschnitts fiel samt dem an ihm befestigten Hölzchen herab, und Grimm sprang erschrocken zurück.

»Dann seid Ihr der Bewohner dieses Parks«, sagte Aelarian, ohne sich näher in den Schatten der Weide zu wagen. »Wir haben uns schon gefragt, wer wohl an diesem wunderlichen Ort lebt.«

»Wunderlich, ja, das ist er wohl.« Der Fremde hielt die Hand vor seine Augen, als wollte er sie vor dem Licht schützen. »Aber er gefällt Euch, nicht wahr? Er ist nicht mehr so schön, wie er einst war, doch schlägt er noch immer alle Besucher in den Bann.«

Cornbrunn drängte sich an Aelarians Seite. »Kümmert Ihr Euch allein um dieses Grundstück?«

Der Mann schüttelte den Kopf. »Nein, meine Freunde helfen mir in der Nacht. Im Mondlicht fahren ihre Sensen durch das Gras, kappen ihre Messer die wilden Triebe, glätten ihre Rechen die Kieswege.« Wie zur Bebilderung nahm er einen Scherenschnitt auf; es war die Figur eines Bauern, mit einem breitkrempigen Hut und einer Sichel, sein Rücken gebeugt, das Gesicht bärtig. Die Schattenfigur ließ erstaunlich viele Feinheiten erkennen: die Scharten der Sichel, das zerzauste

Ende des Bartes, der Faltenwurf des Mantels – ein filigranes Kunstwerk.

»Eure Freunde möchten wir gern kennenlernen.« Aelarian deutete eine Verneigung an. »Mein Name ist Aelarian, und dies ist mein Gefährte Cornbrunn. Wir sind – Reisende.«

»Reisende ...« Der Fremde spielte mit dem Arm der Figur, so daß die Sense des Bauern hin- und herfuhr. »Es kommen selten Reisende nach Tula. Eigentlich nie.« Er ließ den Scherenschnitt sinken. »In welchem Nest hat man Euch von diesem Park erzählt und Euch die Richtung gewiesen, meine Freunde?«

»Oh, das ist uns entfallen«, behauptete Aelarian. »Wir ziehen von Dorf zu Dorf, und nicht immer können wir uns die Namen all jener gastfreundlichen Weiler merken. Doch wo wir schon von Namen sprechen – wie war gleich der Eure?«

Der Fremde zwinkerte; es schien eine lästige Angewohnheit von ihm zu sein. »Mein Name? Der ist lange vergessen und wird ungern gehört. Nennt mich einfach den Schattenspieler, denn ein solcher bin ich.« Er deutete auf die Figuren. »Ich kann euch wundersame Dinge zeigen. Kinder lieben mein Spiel, und ihre Eltern ebenso, nicht wahr, Freunde?« Er blickte auf die Kieselfresser, die seinen Worten aufmerksam lauschten.

»Wo gebt Ihr denn Eure Künste zum Besten?« fragte Aelarian verwundert. »Diese Insel scheint mir doch recht verlassen zu sein.«

»Ihr zieht von Dorf zu Dorf, könnt Euch kaum die Namen all jener Weiler merken, und haltet Tula dennoch für verlassen?« Der Schattenspieler setzte einen Schritt auf Aelarian zu; ein harziger Duft ging von seinen Kleidern aus. »Ich glaube vielmehr, Ihr seid gestrandet. Ich sah Euch von der Seeseite her kommen, und vor Tagen zog eine gyranische Flotte an Tula vorbei. Kann das ein Zufall sein?« Er schmunzelte.

Cornbrunn mischte sich wieder in das Gespräch ein.

»Aelarian und ich suchen nach einem Unterschlupf, werter Herr Schattenspieler; die Reise hat uns ermüdet, und zu gerne würden wir in einem Bett die Beine ausstrecken. Würdet Ihr uns für ein paar Tage Eure Gastfreundschaft gewähren? Selbstverständlich werden wir Euch bezahlen; das Gold wird Euch der geschätzte Großmer …«

»Es wäre überaus freundlich«, fuhr Aelarian seinem Leibdiener ins Wort. »Vorausgesetzt, wir fallen Euch nicht zur Last.«

Der Schattenspieler dachte nach. »Ein paar Tage … nun, ich bin eigentlich sehr beschäftigt. Die Zeiten erfordern meine ganze Aufmerksamkeit. Denn auch ich bin ein Reisender, müßt Ihr wissen. Der Park ist meine Heimat, doch ich bin an vielen anderen Orten zu Hause.« Er kicherte. »Sei es drum, ich will Euch gern eine Weile lang aufnehmen. Ihr könnt mir erzählen, woher Ihr kommt und wohin Ihr geht; vielleicht kennt Ihr die eine oder andere Schnurre oder wißt von interessanten Begebenheiten, die sich in unserer Welt zutragen.« Er rupfte die Schattenfiguren aus dem Moos und verstaute sie in der Tasche seines Gewands. »Es ist lange her, daß ich Gäste hatte. Wenn Euch das nicht schreckt, so seid mir willkommen.«

Aelarian zögerte. Geheuer war ihm der Fremde nicht, doch er weckte seine Neugier. »Wir nehmen das Angebot gerne an. Aber wo steht Euer Haus, Herr Schattenspieler? Außer der Tempelruine konnten wir kein Gebäude entdekken.«

»Mein Haus steht überall und nirgendwo.« Belustigt strich der Schattenspieler sein wirres Haar zurück. Er war jünger, als Aelarian zunächst vermutet hatte, wohl um die dreißig Jahre alt. »Nein, verzeiht, ich treibe Schabernack mit Euch … dort hinten, am Ende der Alleen, geht der Park in einen Wald über. Dort befindet sich mein Schloß.« Er bemerkte die erstaunten Blicke seiner Gäste. »Es ist alt, ein wenig verfallen, doch einige Räume sind noch bewohnbar. Ich führe Euch gerne dorthin.«

Er blinzelte in das einfallende Sonnenlicht. Dann trat er

aus dem Schattenkreis der Weide, den Kopf gesenkt, und schlurfte langsam durch das Gras zur Allee. Die Troublinier beeilten sich, ihm zu folgen.

»Eine Frage noch, werter Herr Schattenspieler«, sagte Aelarian schließlich, als sie sich durch die Hecken zurück auf den Weg gekämpft hatten. »Wenn Ihr uns schon Euren Namen verschweigt, so sagt uns zumindest, wie man diesen wundervollen Park nennt.«

»Den Park?« Der Fremde blickte zu den Baumkronen der Eichen empor, die das Sonnenlicht über dem Kiesweg filterten. »Schattenbruch. Ich nenne ihn Schattenbruch.«

Das Turral, die Halle am Sund von Venetor, war seit jeher der Sitz der vodtivischen Herrscher. Erbaut hatten ihn die Turr, die Nachfahren des reichsten Gründers des Silbernen Kreises; sie hatten die Halle gleich hinter dem Haff errichtet, nah am Wasser. Turral war ein Gebäude von verschwenderischer Pracht: Fenster aus thokischem Glas, die Wände mit Blattgold belegt, ein Boden aus kostbaren Mosaiken und zwei silberne Statuen, die neben dem Eingang Wache hielten: ein Kranich, das Wappentier der Turr, und ein Otter, in dessen Gestalt der Legende nach Durta Slargin nach Vodtiva geschwommen war, um die Woge der Trauer zu besänftigen. Die Zähmung dieser Quelle hatte die Ströme um Vodtiva beruhigt, und der riesige Binnensee, der die Insel durchzog, trat nicht mehr über seine Ufer wie in der Alten Zeit.

Die Turr waren lange Vergangenheit. Ihr letztes Oberhaupt, Fürst Turic, der drei Jahrzehnte lang sitharischer Kaiser gewesen war, hatte keine Nachkommen gezeugt. Nach seinem Tod war der Thron der Familie Thayrin und das Fürstentum der Familie Suant zugefallen. Diese hatte Vodtiva gut verwaltet, den Reichtum der Insel gemehrt; dennoch hatten viele Bewohner den Turr nachgetrauert. Sie hatten die neue Fürstenfamilie respektiert, nicht aber geliebt. Vielleicht hatten sie deshalb keinen Widerstand gegen die Gyraner geleistet. Fürst Ascolar war Gerüchten zufolge in Vara vom Kaiser erdrosselt worden, seine Sippe kurz darauf von der Insel geflohen. Warum hätte die Bevölkerung den Anspruch der Suant verteidigen sollen, wo sie ihn doch selbst aus Feigheit aufgegeben hatten?

Mit dem Einzug der Gyraner war auch die alte Einrichtung aus der Halle verschwunden: die Tafel, an der Fürst Ascolar die Bergwerkseigner aus Sibura empfangen hatte, der goldene Sessel seiner hohen Gemahlin und die Teppiche aus Candacar, die in einem vergangenen Krieg erbeutet worden waren. Tarnac von Gyr hatte alles fortschaffen lassen. Nur ein einziges Möbelstück befand sich in der Mitte der Halle: ein Holzpult. Auf ihm ruhte eine gläserne Karaffe, bis zum Rand mit Wasser gefüllt. Und neben dem Pult stand der König, barfuß, nur mit einer schlichten Robe bekleidet. Tarnac von Gyr hatte die Augen geschlossen, die Arme waren über dem Kopf verschränkt, das linke Bein angewinkelt. Er atmete tief ein und aus, hob den bloßen Fuß und stützte ihn auf das rechte Knie. Dann wechselte er die Stellung, ging in die Knie, die Arme zu einer komplizierten Geste verschränkt. Es war eine Abfolge von Meditationsübungen; in Gyr nannte man sie die Bezwingung des Sturms. Sie umfaßte siebzig Figuren, manche davon einfach zu erlernen, andere kaum zu meistern. Tarnac von Gyr beherrschte sie alle; denn er galt als Nachfahre des Sturmgottes Gharjor, und die Übungen waren eine Form der Verehrung.

Auf den ersten Blick wirkte der König unscheinbar; er war nicht mehr jung – ein kleiner, magerer Mann, aber sehnig gebaut. Der Schädel war kahlrasiert, was seine schmale Kopfform betonte. Der kräftige Kiefer und das zulaufende Kinn verliehen ihm das Antlitz einer Raubkatze; wenn er lächelte, wirkte sein Blick hungrig.

Tarnac richtete sich wieder auf, ließ die Arme herabsinken. Von draußen waren Stimmen zu hören. Sie drangen durch die geöffneten Fenster: Rufe! Dann ein Aufschrei. Und Waffengeklirr, Metall auf Metall.

Aus dem Schatten der Tierstatuen lösten sich seine Leibwächter, ein Mann und eine Frau, aschblond. Es waren Igrydes – Geschworene des Königs. Sie wirkten nervös, ihre Hände lagen auf den Griffen ihrer Schwerter.

»Königlicher Bruder – hörst du das?«

Tarnac verzog keine Miene, ließ die Augen geschlossen. »Seht nach, was los ist.« Er gab den Befehl mit einer leisen, fast gleichgültigen Stimme. Ohne sich weiter um die Igrydes zu kümmern, versenkte er sich erneut in seine Übung.

Die Leibwachen zogen ihre Schwerter und stürmten aus der Halle. Die nietenbeschlagene Tür ließen sie offenstehen. Nun waren die Kampfgeräusche deutlicher zu hören: der Tanz der Schwerter, die erregten Rufe der Gyraner, das Aufeinanderprallen von Körpern.

Tarnac von Gyr wiegte den Kopf hin und her. Sein Atem wurde langsamer, schwerer. Als er die Augen aufschlug, war das Schwerterklirren verklungen. Schritte hallten auf dem Brettersteg, der zur Halle führte. Dann trat eine Frau durch die offene Tür: kurzes rotes Haar, tiefschwarze Augen, der Mund ein schmaler Strich. In der Rechten ein Schwert, die Klinge besudelt … und die linke Faust war geballt wie zum Schwur.

Ashnada blieb stehen. Sie hatte ihren König sofort erkannt, er hatte sich in all den Jahren kaum verändert. Und die Spur, die brennende Fußspur … sie führte durch die Halle geradewegs auf ihn zu, Schritt für Schritt für Schritt, bis vor Tarnacs Füße. Rumos hatte die Wahrheit gesprochen: die Flamme hatte sie zu Tarnac von Gyr geführt.

»Komm«, sagte der König leise, »komm zu mir.«

Der Knochen in Ashnadas Hand glühte; plötzlich empfand sie seine Hitze als schmerzhaft, doch sie ließ ihn nicht los. Sah Tarnac nur an, und in ihrem Blick lag eine Frage. *Warum? Warum hast du mich verraten … warum?*

Der König schwieg. Dann nahm er die Karaffe vom Pult und setzte sie an die Lippen. Er trank das Wasser mit knappen Zügen, setzte den Krug wieder ab. Nun erst betrachtete er Ashnada eingehend. »Du hast also meine Leute getötet. Das ist erstaunlich. Ich hatte nicht mit einem Angriff gerechnet, schon gar nicht von einer einzelnen Frau.« Er bemerkte, wie sie ihr Schwert fester umfasste. »Sechs Männer hielten draußen Wache, und zwei Igrydes stellten sich dir in den Weg. Nur eine geübte Schwerthand kann gegen eine solche Übermacht bestehen.«

»Du erkennst mich nicht«, flüsterte sie. »Du weißt nicht einmal mehr, wer ich bin.« Sie schritt langsam auf ihn zu. »Sieh mich an … sieh mich endlich an«

Tarnac musterte sie. »Was soll ich in dir sehen? Was, glaubst du, wäre so wichtig an dir, daß ich es erkennen müßte?«

Seine Gleichgültigkeit machte sie wütend. Ashnada hob die Klinge. »Blut von meinem Blut, Fleisch von meinem Fleisch … das waren deine Worte, all die Jahre lang. Es fühlte sich damals tatsächlich so an: ich glaubte, ein Teil von dir zu sein.« All die Bilder aus Nagyra kamen ihr wieder in den Sinn: die harten Jahre ihrer Ausbildung, die Entbehrungen, der stetige Hunger aufgrund der kargen Kost – und das Gesicht König Tarnacs, der stets in der Nähe der Igrydes geweilt hatte, jeder Blick von ihm eine Ehre, jede Berührung die höchste Auszeichnung. *Meine Schwester, Blut von meinem Blut, Fleisch von meinem Fleisch, beseelt von meinem Willen …*

»Jetzt erkenne ich dich«, sagte Tarnac langsam. »Ashnada, die Tochter des Solcyr!« Er schien weder überrascht noch betroffen. »Deine Augen habe ich nicht vergessen.«

»Meine Augen …« Sie spürte wieder das Aufglühen des Knochenstücks, doch es fachte ihren Zorn nicht mehr an, schürte nur ihre Verzweiflung. »Und außer ihnen nichts, königlicher Bruder? Gar nichts?«

Er nahm wieder die Karaffe zur Hand und trank bedächtig. Dann sagte er: »Du warst die jüngste Igrydes, und tüchtig dazu. Ich habe dich zur Anführerin der Gnadenlosen erhoben, die unser Anliegen in Morthyl vertreten sollten …«

»Ein Anliegen, das unser königlicher Bruder selbst verriet, als er uns an das Kaiserreich auslieferte.« Ashnadas

Stimme bebte. »Sechs Jahre lang haben wir auf Morthyl für dich gekämpft. Wir haben gemordet, so oft … es waren Kinder darunter, Greise und Frauen. Für dich! Wir taten es für dich!« Die Spitze ihres Schwerts näherte sich Tarnacs Hals, doch ihre Hand zitterte. »Warum hast du uns an Fürst Perjan verraten? Warum mußten wir sterben, wir, deine Brüder und Schwestern? So hast du uns doch genannt, als du …«

»Für wen hältst du dich?« In Tarnacs Stimme schwang ein gefährlicher Unterton mit. »Soll ich vor dir Rechenschaft ablegen?« Er warf die Karaffe zu Boden; sie zerschellte in tausend Stücke. »Dein Auftrag war es, das Volk von Morthyl in Panik zu versetzen, in stetiger Angst zu halten, bis ich eine Einigung mit den Sitharern erzielen konnte. Diese Einigung kam – und es war nur recht und billig, daß der Fürst von Morthyl als Ausgleich eure Köpfe forderte. Es war ein notwendiges Opfer, für Gyr, deine Heimat. Wie konntest du so vermessen sein, Schwester, ein solch geringes Opfer nicht leisten zu wollen?«

Sie wollte widersprechen, doch sein verachtender Blick nahm ihr die Kraft. Und der König war noch nicht fertig mit seiner Rede.

»Hast du nichts begriffen in der Zeit deiner Ausbildung? Wir dienen alle unserem Land, jeder nach seinen Möglichkeiten. Könnte ich Gyr vor den Goldéi retten, indem ich mich selbst in ein Schwert stürzte – keinen Augenblick würde ich zögern! Du aber wagst es, dich über dein Schicksal zu beklagen! Die anderen Igrydes haben auf Morthyl ihr Leben geopfert; du hingegen stehst hier und schämst dich nicht einmal.« Er hob die Hand, als wollte er Ashnada eine Ohrfeige versetzen. »Wie konnte das geschehen? Sprich!«

Sie erbleichte. »Ich … ich wurde von einem Priester verschont. Bars Balicor … er machte mich zu seiner Leibwächterin.«

»Du hast einem *Priester* gedient? Einem Tathril-Anhänger?« Tarnac schüttelte angewidert den Kopf. »Wie tief bist du gesunken, Schwester! Du beschmutzt das Ansehen deiner Familie. Dein Vater hätte sich aus Scham erdolcht, wenn er davon erfahren hätte. Er fiel im Kampf gegen die Goldéi, und bis zuletzt dachte er voller Stolz an seine Tochter zurück, die in Morthyl für unsere Sache starb.« Tarnac hielt inne. Dann wurde sein Blick plötzlich milde, seine Stimme weicher. »Ich erkenne meinen Fehler. Du warst zu jung; ich hätte die Aufgabe einem reiferen Gnadenlosen anvertrauen sollen. Ja, es war dumm von mir.« Er streckte die Hand aus und legte sie auf Ashnadas Wange, eine sanfte Berührung. »Du hättest damals sterben sollen, Schwester – so war es vorgesehen. Doch die Götter hatten anderes mit dir im Sinn. Wer bin ich, daß ich ihre Entscheidungen anzweifeln kann?«

Ashnada senkte die Augen. Spürte, wie Tarnac sie streichelte; seine Finger glitten über ihre Wange, ihre Schulter. Sie ließ das Schwert sinken. Atmete tief ein. *Denke nicht nach, nicht nach …*

»Blut von meinem Blut, Fleisch von meinem Fleisch«, hörte sie Tarnac wispern. »Das bist du noch immer, meine Schwester.« Seine Finger wanderten an ihrem linken Arm entlang, bis zum Handgelenk. »Was hast du da? Willst du es mir nicht zeigen?«

Sie spürte, wie er ihre Faust öffnete und das Knochenstück an sich nahm. Es war eine große Erleichterung für sie; ihr schien, als hätte Tarnac all den Zorn, den Haß, den Schmerz von ihr genommen. Sie schloß die Augen; eine Träne rann an ihrer Wange herab. Er wischte sie fort.

»Ein Knochen also … und dieses Zeichen hier – eine verblühende Rose.« Tarnac betrachtete den unscheinbaren Gegenstand, auf dem Blutspritzer klebten. »Ich kenne das Symbol. Der Gründer der Bathaquar, Bathos der Scharfzüngige, unterzeichnete mit ihm seine Anklagen gegen die Tathril-Kirche, schmähte im Zeichen der Rose das Andenken Durta Slargins. Was hast du mit dieser Sekte zu schaffen?«

Sie schmiegte sich gegen seine warme Hand. Dann begann sie zu reden; erzählte ihm von Bars Balicor, von der Spaltung der Kirche, von dem Auftauchen des unheimlichen Priesters Rumos, der sie in seine Dienste genommen hatte. Sie erzählte von der Befreiung des Leuchtturms, von den Erben Varyns, von Rumos' Tod, als Gyrs Flotte ihr Schiff aufgebracht hatte. Und sie erzählte von der Flamme, der Ewigen Flamme, die sie zu ihrem königlichen Bruder geführt hatte.

Tarnac lauschte geduldig. Unterdessen stürmten Wachen in die Halle; fast vierzig Gyraner mit gezückten Waffen, die voller Schrecken die gefallenen Wächter auf den Stegen bemerkt hatten und nun ihren König verteidigen wollten. Doch statt einer Attentäterin fanden sie nur jenes seltsame Paar in der Halle vor: der König, ruhig und gelassen neben dem Pult, und vor ihm die rothaarige Frau, mit gesenkter Waffe und gesenktem Blick. Als die Gyraner näher kamen, um sie von dem König zu trennen oder ihr zumindest das Schwert abzunehmen, gebot Tarnac ihnen Einhalt; er wollte hören, was Ashnada ihm zu sagen hatte.

Als sie geendet hatte, wiegte Tarnac noch immer das Knochenstück in seiner Hand. »Die Ewige Flamme … nun ahne ich langsam, was es damit auf sich hat. Dieser Bathaquari, Rumos Rokariac, hat etwas sehr Wertvolles entdeckt; einen Gegenstand von großer Macht, und er hat sich ihrer bedient, auch wenn es ihn den Verstand kostete.« Er hob das Knochenstück in die Höhe. »Als Bathos der Scharfzüngige vor vielen Jahrhunderten seine Schriften verfaßte, behauptete er, Durta Slargin habe die Menschheit belogen, und um dies zu beweisen, schickte er seine Jünger aus, nach dem Körper des Weltenwanderers zu suchen, der nach der Bändigung der Quellen in der Wüste von Arphat verschwunden war.« Der König hielt kurz inne. »Es scheint, als wären die Bathaquari tatsächlich fündig geworden. Dieser Knochen muß zu Durta Slargins Leichnam gehören; seine Gebeine waren durchdrungen von der Kraft der Sphäre, die er so viele Jahrzehnte durchschritten hatte. Die Kraft der Ewigen Flamme … dein Priester Rumos wagte es, sie zu nutzen. Es muß ihn innerlich zerrissen haben. Wer sich der Macht der Sphäre aussetzt, kann dem Wahnsinn nicht entgehen.«

»So wie Eldrom von Crusco, der den Feuern des Leuchtturms erlag«, murmelte Ashnada.

Tarnac wischte das Knochenstück an seiner Robe ab. »Die Gebeine des Weltenwanderers sind gefährlicher als der Leuchtturm; Slargins Fluch klebt an ihnen. Er, der die Quellen bändigte und die Sphäre unterwarf, gab seinen Körper nicht freiwillig auf; denn ohne den Körper ist der Geist rastlos, und wenn der Leichnam eines so mächtigen Zauberers nicht begraben wird, kann er niemals Frieden finden.«

Der König tat einen Schritt auf Ashnada zu, griff nach ihrer Taille, zog sie sich zu sich heran. Sie spürte seinen Atem an ihrem Ohr. »Meine Schwester, dein Priester Rumos ist gewiß nicht tot. Du sagst, sein Körper wäre verbrannt, doch ich glaube, daß die Ewige Flamme ihn verschont hat. Soweit ich weiß, warfen meine Männer den verkohlten Leichnam vor Firth ins Wasser, so wie man es hier mit allen Toten zu tun pflegt. Doch da Rumos so sehr danach gierte, Tyran zu erreichen, könnte sein Wunsch ihn wieder zum Leben erwecken.«

Ashnada erschauerte. »Nein, Rumos war tot! Er rührte sich nicht mehr, und sein Körper war im Feuer zusammengeschrumpft ...«

»Widersprich mir nicht«, sagte der König freundlich, aber bestimmt. »Es ist kein Zufall, daß er in Flammen aufging, als wir euer Schiff eroberten. Er will nach Tyran gelangen, auf welchem Weg auch immer; und dort hat er Übles vor. Die Bathaquar will das Zeitalter der Wandlung aufhalten und die Macht der Sphäre für sich gewinnen.« Er umarmte sie, bis ihre Wange auf seiner Wange lag, ihre Brüste an seiner Brust; nie zuvor war sie dem König so nahe gewesen, so eng verbunden. »Ich habe lange gegen die Goldéi gekämpft, um mein Land zu verteidigen – damals wußte ich nicht, daß der Krieg vergebens ist. Gyr war von Anfang an verloren, und die restliche Welt ebenso. Erst als ich mich in die Schriften der Zauberer vertiefte und mit den Mönchen der Solcata über die Veränderungen der Sphäre sprach, konnte ich den Schleier der alten Legenden fortreißen und erkennen, daß uns nur eine Rettung bleibt: der Aufbruch! Der Mensch muß weiterziehen, es ist alles vorbereitet für das kommende Zeitalter – und Gyrs Volk wird das erste sein, das den Schritt wagt. Hier auf Vodtiva, süße Schwester, wird alles beginnen; diese Insel wird von den Goldéi verschont bleiben und zugleich die größte Umwälzung erfahren, die unserer Welt bevorsteht.«

Sie weinte nun offen, schmiegte sich an ihren König. »Was soll ich tun, königlicher Bruder? Sage es mir, bitte …«

»Du weißt es längst.« Er drückte ihr das Knochenstück zurück in die Hand; es fühlte sich kalt an, seine Glut war vollständig erloschen. »Ich gebe dir ein Schiff, damit du nach Tyran übersetzen kannst. Der Knochen wird dich zu ihm führen, so wie er dich zu mir führte. Und dann – beende es.«

Er ließ sie los. Ringsum steckten die Gyraner ihre Waffen zurück in die Schwertscheiden; Tarnacs Umarmung hatte alle Bedenken zerstreut.

»Gebt ihr ein Schiff und einige Mönche der Solcata zur Begleitung, damit sie Tyran sicher erreichen kann.« König Tarnac verschränkte die Arme vor der Brust. »Dann kümmert euch um die Galeere. Ich will so bald wie möglich den See Velubar überqueren und das Herz der Quelle finden – die Woge der Trauer. Die Stunde des Aufbruchs naht.«

Die Kopfschmerzen … ein bohrender Druck hinter den Schläfen, ein Ziehen und Pochen in ihrem Schädel – und die Augen: sie juckten und tränten, der Blick von Schleiern getrübt. Je länger Jundala Geneder auf die Barke blickte, desto unerträglicher wurden dic Schmerzen. Ihre Nähe vernebelte Jundalas Sinne, ließ ihren Kopf fast zerspringen.

Schwer atmend stand die Fürstin auf dem Deck des Schiffs der Südsegler, das seit Tagen zwischen den Dunklen Warten umhertrieb, jenen vier Inseln, die sie im Südmeer entdeckt hatten. Zwischen den insgesamt fünf Schiffen ihres Verbands schwamm die Barke der Schwarzen Erkenntnis; die Südsegler hatten sie mit Seilen an ihren Schiffen vertäut, und sie selbst waren bereits am ersten Tag auf sie übergesiedelt. Seitdem waren sie beschäftigt, hievten Kisten, Fässer, Seile und Segel auf die Barke, arbeiteten Tag und Nacht, ohne Unterlaß. Keiner von ihnen achtete auf Jundala Geneder, die mit Schrecken das Treiben beobachtete.

Was wollten sie hier? Was suchten die Südsegler in diesem entlegenen Teil des Südmeers? Noch immer begriff Jundala nicht, was sie antrieb. Offenbar hatten sie selbst jenes schwarze Schiff gezimmert, aus einem Stoff, der so dunkel war wie die Nacht und fremd wie die Südsegler selbst. Jundala spürte die Magie, die dem schwarzen Metall innewohnte. *Das Licht meidet es, und die Sphäre weicht vor ihm zurück … Welchen Plan verfolgen die Seefahrer? Wohin soll dieses gräßliche Schiff sie tragen?*

Einmal hatte sie Mhadag gebeten, sie zu den Dunklen Warten hinüberzurudern. Sie wollte noch einmal auf festem Boden stehen, Land unter den Füßen spüren. Mhadag hatte sie gewarnt, doch Jundala hatte auf ihrem Wunsch beharrt. So waren Mhadag und Jundala auf einem Beiboot zu einer der Inseln gefahren; ein dunkler Fels inmitten des Meeres, leblos, stumm, seine Küste abweisend. Als das Boot die Klippen erreicht hatte, waren Jundalas Kopfschmerzen stärker geworden.

»Ihr könnt nicht SEHEN«, hatte Mhadag gewispert, während sie zitternd die Hand nach dem Felsen ausgestreckt hatte. »Eure Augen sind verschlossen, so wie die meinen. Wir sind noch nicht bereit.«

Dann hatte Jundala das Bewußtsein verloren. Erst auf dem Schiff war sie wieder zu sich gekommen, mit dröhnendem Schädel und pochendem Herzen. Ihre Hand hatte sich taub angefühlt, als wäre sie eingeschlafen. Mhadag hatte neben ihrer Koje Wache gehalten und der Fürstin ein wenig Wasser eingeflößt; als sie ihn schließlich gefragt hatte, was geschehen sei, hatte er nur geantwortet: »Es war zu früh, Herrin.« Seine grünen Augen so unergründlich und voller Rätsel …

Nun stand Jundala wieder an Deck und blickte auf die

vier Inseln. Die Dunklen Warte schienen ihre Lage stets zu verändern; wenn Jundala die Augen abwand und dann wieder zu ihnen schweifen ließ, war mal die eine, mal die andere Insel in den Vordergrund gerückt. Auch ihre Küstenlinien waren in stetiger Bewegung, wirkten mal glatt und mal rissig, mal matt und mal glänzend – doch all dies mochte auch ein Trugbild ihrer Augen sein, die unablässig tränten und schmerzten. Wenn Jundala sie mit einem Seidentuch abtupfen wollte, brannten sie nur noch schlimmer, und das Tuch färbte sich rot.

Der Wind blies durch Jundalas Haar. Sie trug es offen; jeder Versuch, es zu einem Zopf zu binden, scheiterte an dem stechenden Jucken ihrer Haarwurzeln. Vorsichtig strich sie es zurück – und bemerkte Mhadag, der an ihre Seite getreten war. Gemeinsam beobachteten sie, wie die Südsegler eine schwere Kiste über den Laufsteg zur Barke hinübertrugen. Auf der Kiste war das Symbol der varonischen Waffenschmiede zu erkennen – ein Hammer und ein Schwert.

»Es sind Schwerter«, stellte Jundala fest. »Ihr habt sie in Vara gekauft, hinter dem Rücken des Thonrats, obwohl seit Beginn des Feldzugs alle geschmiedeten Waffen dem Heer übergeben werden sollen.«

»Wir müssen gewappnet sein«, antwortete Mhadag. »Viele Jahrhunderte lang haben sich die Südsegler auf das Zeitalter der Wandlung vorbereitet. Auf der Barke befindet sich alles, was wir für die Überfahrt benötigen.«

»Aber wohin wollt ihr denn? Euer Kontinent ist nirgends zu sehen. Er ist nur ein Traum, Mhadag!«

Der Knabe nahm ihre Hand. Dann führte er sie zu der Planke, die das Schiff mit der Barke verband. Zwei Südsegler standen dort und wisperten miteinander. Ihre Augen waren verbunden, die Gesichter eingefallen und grau. Sie wandten sich der Fürstin zu, als sie ihre Schritte vernahmen.

»Zeigt ihr die Karte«, bat Mhadag. »Sie soll wissen, daß unsere Suche nicht umsonst ist.«

»Die Suche …«, flüsterten die Südsegler aufgeregt. Sie tasteten nach Jundala, und sie wich erschrocken zurück.

»Sie zweifelt und leugnet die Zeichen der Wandlung, verschließt ihre Augen den Wundern der Welt, die kommt und die war und die ewig bestehen wird, und sieht nicht das Licht, das den Pfad uns erhellt.«

Jundala wagte nicht zu antworten. *Sie haben keinen Schatten und sprechen in Reimen … warum nur? Was hat sie in so unwirkliche Wesen verwandelt?*

Einer der Südsegler griff nach einer länglichen Holzröhre, die er wie einen Köcher auf dem Rücken festgeschnallt hatte. Auf dem Verschluß prangte das brennende Schiff des Ordens. Er öffnete die Kartusche und zog eine lederne Rolle hervor: es war eine alte Karte, ihre Ränder zerschlissen.

Sie entrollten die Karte und ließen Jundala einen Blick auf sie werfen. Mit dünnen, fast verblaßten Strichen waren die Umrisse von Gharax eingezeichnet; der große Kontinent, die Inseln des Nord- und Südmeers, die eisbedeckten Gebiete unter Suuls Hauchs. Die Karte schien recht genau zu sein, allein ihre Beschriftung war unleserlich – fremde Zeichen, kaum zu entziffern.

»Ein wertvolles Stück, zweifellos – aber was ist so außergewöhnlich an ihr?« Jundala starrte abwechselnd auf die Karte und auf die ausdruckslosen Gesichter der Südsegler. »Ich verstehe nicht …«

Hinter ihr hörte sie Mhadag aufseufzen. »Sie kann nicht sehen.«

»Nicht sehen«, echoten die Südsegler enttäuscht. »Die Karte von Yuthir, so lange verschollen, am Ufer des Nesfers vergraben im Sand, wir suchten und fanden das Wissen der Alten, und halten die Karte nun stolz in der Hand.«

»Aber sie zeigt doch nur unsere Welt«, preßte die Fürstin hervor. Ihre Augen tränten, und der hämmernde Kopfschmerz ließ sie taumeln. »Sie zeigt das, was wir kennen – nicht, was ihr euch in eurem Wahn ersehnt.«

Einer der Südsegler riß die Karte an sich. Der andere packte Jundala am Handgelenk. Sein Griff war eisern. »Ihr sollt es begreifen, ihr werdet es sehen; nun folgt uns zur Barke, die Stunde ist nah. Wir müssen die Brücken für immer zerstören und lassen zurück, was uns hinderlich war.«

Sie wehrte sich nur schwach, als die Südsegler sie über die Planke zu dem schwarzen Schiff hinüberschleiften. Kalt ... so kalt ... der Schmerz kaum zu ertragen, ihr ganzer Körper wurde immer kraftloser, je näher sie der Barke kam. Hände streckten sich ihr entgegen und zogen Jundala von der Planke herab. Nun befand sie sich selbst auf der Barke. Das Licht ringsum wandelte sich, wurde zäh, dunkler. Und wieder war ihr, als blickte sie durch Glas in die Welt ... Sie befreite sich aus der Umklammerung und sah zum Schiff hinüber. Die letzten Südsegler hatten es verlassen, stiegen von der Planke auf die Barke herab. Auch der Knabe Mhadag war unter ihnen. Nun wurde die Planke zurückgezogen – und Jundala sah Rauch aufsteigen. Feuer! Ja, das Schiff der Südsegler brannte; aus der Luke des Unterdecks schlugen Flammen. Auch die anderen Schiffe brannten; das Feuer leckte an ihren Masten empor.

Verzweifelt beobachtete Jundala, wie die Südsegler alle Taue kappten und ihre brennenden Schiffe in der Flut treiben ließen. »Ihr legt eure eigenen Schiffe in Brand? Nimmt dieser Irrsinn denn kein Ende?«

Wieder wurde sie gepackt, fester diesmal. Die Stimmen drangen wie durch Watte an ihr Ohr. »Wir nahmen dich mit uns, wir ließen dich leben; so wird dir die Ehre des Ordens zuteil. Nun trag unsere Bürde und lerne zu sehen, und schneide das Band, das dich fesselt, entzwei.«

Zu spät sah sie Mhadags Gesicht vor sich auftauchen; sein Lächeln war tröstend und traurig zugleich. In den Händen hielt er einen Eisenhaken. Die Spitze glühte. Mhadag wisperte den Namen der Fürstin.

»Jundala Geneder... habt keine Angst. Ich folge Euch bald nach. Ihr seid nicht allein auf dem Weg in die Finsternis.«

Ein Südsegler packte ihren Nacken, hielt sie fest wie ein Schraubstock. Der Haken näherte sich ihrem Gesicht. Funken sprühten von der glimmenden Spitze.

Jundala schrie auf.

Mhadags Augen, leuchtend wie Smaragde, waren das Letzte, das sie in dieser Welt sah.

KAPITEL 6

Befreiung

Sie holten Baniter um Mitternacht. Er hatte sich bereits schlafen gelegt, als die vier Gardisten in den Turmsaal stürmten, ihn fesselten und mit sich schleiften. Kein Wort wurde gewechselt; sie sagten nicht, wohin sie ihn bringen wollten, und Baniter fragte nicht danach. Sein Schicksal lag in des Kaisers Hand, und es machte wenig Sinn, sich gegen die nächtliche Entführung aufzulehnen, auch wenn man ihn im schlimmsten Fall zu seiner Hinrichtung brachte, wie einst seinen Großvater.

Der Schlüssel sprengt den Stein, der Tod ein Trug …

Die Gardisten ruderten ihn in einem größeren Boot von der Eisernen Insel fort. Sie kreuzten durch mehrere Tunnel, bis sie den Kaiser-Hamir-Kanal erreichten. In der Nähe des Palastes legten sie an. Vara lag in tiefem Schlummer, nur wenige Feuerkörbe beleuchteten die Straßen. *Die Flammenhüter sind wohl zu faul, ihre Runden zu drehen*, dachte Baniter. *Wenn selbst diese biedere Zunft beginnt, ihre Pflicht zu vernachlässigen, steht es um die Stadt nicht eben zum Besten.*

Zumindest die zum Palast führende Prunkstraße wurde von zahlreichen Fackeln erhellt. Sie steckten im festgetretenen Boden der Gärten, die sich an der Straße entlangzogen. In den zertrampelten Blumenbeeten hatten die Arphater ihre Zelte aufgeschlagen; überall erblickte Baniter die olivfarbenen Gesichter der Bena-Sajif und Sajessin, die beim Umtrunk zusammensaßen, sich dem Würfelspiel hingaben oder gemeinsam zu ihren Göttern beteten. Fast wirkte es, als belagerten sie den Palast, obwohl sie doch als Verbündete nach Vara gekommen waren. *Sinustre hat recht – die Arphater stellen eine Gefahr für den Kaiser dar. Inthara könnte Uliman im Handumdrehen absetzen, wenn sie es nur will.*

Man führte Baniter durch das Tor und brachte ihn zum Kaisersaal. Nur eine Handvoll Gardisten bewachte den Eingang; *Uliman muß sich sehr sicher in seinem Palast fühlen …*

Der junge Kaiser hockte auf den Stufen des Thronpodestes und wartete bereits auf Baniter. Der leere Thron hinter ihm wirkte bedrohlich; seine Größe betonte, wie aberwitzig der Entschluß des Silbernen Kreises gewesen war, ein zwölfjähriges Kind zum Herrscher zu krönen. Vor dem hölzernen Ungetüm wirkte Uliman jünger, als er war; doch Baniter täuschte sich nicht über die Gefährlichkeit des Knaben.

Uliman beobachtete, wie die Gardisten Baniter vor den Thron schubsten. »Wir müssen miteinander reden«, begrüßte er den Fürsten. »Ich habe dich lange genug im Turm Gendor eingesperrt.«

»Ich muß Euch wohl dafür danken, auf dem Stammsitz meiner Familie einsitzen zu dürfen.« Baniter hob mit säuerlicher Miene die Hände und zeigte seine Fesseln. »Die anderen Fürsten sind nicht so glimpflich davongekommen.« Er rief sich ins Gedächtnis, was sich vor einigen Wochen in diesem Saal zugetragen hatte; hörte wieder das qualvolle Röcheln der Fürsten, die auf den Boden sanken, glaubte ihre aufgedunsenen Gesichter zu sehen …

»Sie verdienten den Tod.« Der Kaiser spielte mit einer seiner blonden Locken. »Der Thronrat ließ erst meine Mutter und dann meinen Vater beseitigen. Ich mußte Vergeltung üben.« Er sah Baniter prüfend an. »Nur bei dir wirkte meine Magie nicht. Ich habe viel darüber nachgedacht.«

»Ich bin äußerst gespannt auf Eure Erklärung, Majestät«, erwiderte Baniter.

»Der Zauber verschonte den einzigen Fürsten, der keine Schuld auf sich geladen hatte. Als Akendor Thayrin im Kerker ermordet wurde, befandest du dich noch auf der Rückreise aus Arphat. Du kannst an dem Beschluß, ihn zu töten, nicht beteiligt gewesen sein. Und als vor acht Jahren meine Mutter Syllana von einer Hundemeute im Wald zerrissen wurde, warst du noch nicht Fürst von Ganata.« Uliman erhob sich von dem Podest. »Am Tod meiner Eltern trifft dich keine Schuld. Kamst du deshalb mit dem Leben davon, Baniter?«

»Wenn dies so wäre, müßtet Ihr Fürst Binhipar ebenso zu den Unschuldigen rechnen. Auch er entkam Eurer blindwütigen Rache.«

»Ja, doch Binhipar zerriß die Kette mit Gewalt. Deine hingegen blieb vom Zauber gänzlich unberührt.« Uliman griff unter seinen Prunkmantel und holte eine silberne Kette hervor. An ihr baumelte die Plakette mit dem zum Sprung ansetzenden Luchs. »Die troublinischen Priester haben sie untersucht und konnten das Rätsel lösen. Die Kette der Geneder ist eine Fälschung. Sie gehört nicht zu den zehn Ketten, die der heilige Lysron für den Südbund schmiedete.«

»Das habt Ihr richtig erkannt«, lobte ihn Baniter. »Die echte wurde bei der Teilung Ganatas an Hamalov Lomis weitergereicht, meine Familie mit jener Nachbildung abgespeist. Im Nachhinein muß ich wohl dankbar sein für diese Schurkerei. Sie rettete mir das Leben.«

Uliman betrachtete das Kleinod. »Sie ist aus einfachem Silber gefertigt; die wahren Ketten hingegen bestanden aus einer Legierung. Ihr Silber war mit einem fremden Metall vermischt, das eine eigenartige Kraft besitzt. Der heilige Lysron verwendete es, um die Gründer zu einem Bund zu vereinen. Sie konnten von nun an ihre Gedanken miteinander teilen und spürten, wenn einem der Ihren Gefahr drohte …«

»Den eigenen Tod haben die Gründer dennoch nicht vorhergesehen. Nun wurden die Ketten auch ihren Nachfahren zum Verhängnis. Es war raffiniert und niederträchtig zugleich, sie als Mordwaffen zu verwenden.«

Der Junge überhörte die Provokation. »Es war leicht, sie mit einem Zauber zu beherrschen und die Mörder meiner Eltern zu strafen. Der Silberne Kreis fand ein letztes Mal zusammen, die Fürsten einte ihr gemeinsamer Tod. Ich habe ihnen einen würdigen Abgang beschert.«

Wieder fiel Baniter auf, wie erwachsen Ulimans Sprache klang; die Worte waren zu reif für ein Kind und deshalb besonders abstoßend. »Ihr freut Euch zu früh. Zwei von uns sind am Leben geblieben – ich und Binhipar.«

»Binhipar Nihirdi entkommt seiner Strafe nicht. Wenn er sich in meine Nähe wagt, wird er sterben.« Uliman warf Baniter die falsche Kette vor die Füße. »Ich besitze nun die letzte der magischen Ketten. Sie besiegelt meine alleinige Macht über Sithar.«

»Und wieder irrt Ihr Euch.« Baniter lächelte selbstzufrieden. »Vor einigen Jahrhunderten wanderte die Familie Aldra in die Verbannung, nachdem sie mit der Bathaquar-Sekte paktiert hatte. Die Söhne der Kaiserin Tira Aldra, die während der Machtergreifung der Bathaquar den Tod gefunden hatte, wurden auf die Insel Tula gebracht – und nahmen ihre Kette mit sich. Bis zur Teilung Ganatas bestand der Silberne Kreis nur aus neun Mitgliedern, und dementsprechend fehlt eine Kette in Eurer hübschen Rechnung.«

Der Kaiser starrte ihn ungläubig an. »Davon hat mein Lehrmeister Rumos nichts gesagt! Er befahl mir, den Silbernen Kreis auszulöschen und die Ketten zu vernichten. Von einer verschwundenen Kette war niemals die Rede.«

»Das unrühmliche Ende der Familie Aldra wird gerne vergessen. Schließlich gehört die Regentschaft Tira Aldras, die in den Umsturz der Bathaquar mündete, nicht zu den Ruhmestagen des Kaiserreiches. Doch sagtet Ihr nicht zuvor, der Fürstenmord wäre ein Akt der Vergeltung gewesen? Nun schiebt Ihr plötzlich einen Befehl Eures kruden Lehrmeisters vor ...«

»Rumos ist ein weiser Mann!« widersprach der Kaiser. »Ohne ihn hätte ich niemals erkannt, daß der Thronrat meine Eltern ermorden ließ; und ich hätte zugelassen, daß jener böse Geist, der die Fürsten zu ihren Taten trieb, eines Tages auch mich beherrschen wird. Denn die Ketten, Baniter – sie sind gefährlich! Durch sie spricht Durta Slargin zu den Erben der Gründer, um sie zu lenken und zu beeinflussen. Die Stimmen der Ahnen ...«

Baniter runzelte die Stirn. »Durta Slargin? Dieser uralte Zauberer ist lange tot – er verschwand neun Jahrhunderte vor der Gründung des Südbundes.«

»Er entrückte nur in die Sphäre«, behauptete Uliman. »Dort lauert er noch immer und steuert die Mächtigen der Welt mit seiner Magie. So hat es Rumos mir erzählt.«

»Das erscheint mir recht merkwürdig. Warum warnt dieser Priester Euch vor dem Begründer der eigenen Kirche? War Durta Slargin nicht ein treuer Diener Tathrils? Der Verkünder des wahren Glaubens?«

»Durta Slargin verriet die eigenen Grundsätze, als er die Tathrilya in eine Kirche verwandelte. Tathril ist nur ein Name, eine Bezeichnung für die Macht der Sphäre. Deshalb können allein Zauberer das wahre Wesen der Magie begreifen. Doch Durta Slargin ließ es zu, daß gewöhnliche Menschen in die Reihen der Priesterschaft aufgenommen wurden. Dies aber ist falsch, sagt Rumos.«

»Sagt Rumos dies?« äffte Baniter den Jungen nach. »In meinen Ohren klingen Eure Worte wie die Phrasen der Bathaquar-Sekte, die vor dreihundert Jahren über das Kaiserreich herrschen wollte. Auch sie hatte vor, alle Macht in die Hände der Magiebegabten zu legen. Zum Glück hat das Volk kurzen Prozeß mit diesen Irren gemacht.«

»Du weißt nichts über sie!« Ulimans helle Stimme überschlug sich fast. »Die Bathaquar wurde verleumdet, ihre Absichten verkannt. Dabei wird sie es sein, die Gharax rettet und die Sphärenströme besänftigt. Wenn die Goldéi nach Vara dringen und das Verlies der Schriften sein Gefolge aussendet, kann nur die Bathaquar die Unterjochung der Menschheit verhindern.«

Jetzt begreife ich, dachte Baniter. *Die Bathaquar steckt also hinter der Verwandlung dieses Kindes! Sie hat Uliman seine Kräfte verliehen, und sie hat die Spaltung der Kirche genutzt, um die Zügel im Kaiserreich an sich zu reißen.*

»Dann hat die Bathaquar also im Geheimen überdauert«, folgerte er. »Nicht alle Anhänger der Sekte wurden im Heiligen Prozeß ausgerottet.«

»Eine Idee kann man nicht ausrotten.« Ulimans Augen glänzten vor Eifer. »Nach dem Prozeß studierten neue Priester die Schriften des Bathos. Sie durchschauten die Pläne Durta Slargins und begriffen, daß er uns Zauberer nur als Spielsteine im Krieg gegen den Herrn der Schatten benutzt.«

Der Herr der Schatten? Baniter kannte die Legenden um den angeblichen Feind Durta Slargins. Man nannte ihn den Blender oder Verhüller, den Mondschlinger und Schattenherrscher; in den meisten Erzählungen wurde er als machtgieriger Zauberer dargestellt, der die Zähmung der Quellen verhindern wollte. Natürlich hatte Baniter nichts auf diese Märchen gegeben, doch Ulimans Worte stimmten ihn nachdenklich. *Irgend etwas geht in der Sphäre vor sich, das steht fest. Sollten einige der alten Legenden wahr sein?* Er rief sich den Traum in Erinnerung, der ihn in Arphat heimgesucht hatte; sah sich wieder auf jenem Felsen stehen, ein Schwert in der Hand, vor ihm die Leichen der Fürsten und hinter ihm ein dunkelhäutiger Mann mit einem Wanderstock, der ihn angesprochen hatte. *Ich halte nicht grundlos meine schützende Hand über dich* – so waren seine Worte gewesen; dann hatte er den Fürsten aufgefordert, ihm einen Schlüssel zu reichen, der in Baniters Handfläche gelegen hatte. *Gib ihn mir! Er gehört mir! Ich habe ihn erschaffen!* Steckte hinter jener Traumgestalt Durta Slargin? Hatte der Weltenwanderer im Traum zu ihm gesprochen? *Laß dich nicht auf solche Gedankenspiele ein, Baniter, sonst verlierst du den Verstand. Finde lieber heraus, was der Knabe im Schilde führt.* »Ihr glaubt also, daß Durta Slargin und der Herr der Schatten im verborgenen um die Sphäre ringen. Auf welcher Seite steht dann die Bathaquar, falls sie tatsächlich existiert?«

»Auf der Seite der Menschen.« Uliman winkte die Gardisten herbei und befahl ihnen, Baniter festzuhalten. »Die Bathaquar wird die Quellen zurück in ihre Grenzen zwingen. Wenn die Goldéi erst vertrieben sind, werden alle Zauberer im Schoß der Kirche vereint sein, und diese wird die Sphäre beherrschen, ohne Durta Slargins Einflüsterungen zu erliegen. Es wird eine Zeit des Friedens anbrechen, in der die

Macht in den Händen jener liegt, die mit ihr umzugehen wissen: in den Händen der Priester des Tathril.« Kurz hielt er inne und betrachtete den Fürsten nachdenklich. »Doch was soll ich mit dir anfangen, Baniter Geneder? Im Turm Gendor stellst du eine zu große Gefahr dar. Varas Bewohner verehren deine Familie noch immer; sie könnten auf den Gedanken kommen, dich auf den Thron zu setzen – zumal wenn sie erfahren, daß Inthara von Arphat ein Kind von dir erwartet.« Er bemerkte Baniters erstaunte Blicke. »Ja, ich kenne Intharas Geheimnis; sie konnte es vor mir nicht verbergen. Nun muß ich sie mir vom Hals schaffen, und dich ebenso. Doch da du als einziger Fürst nicht an der Verschwörung gegen Akendor beteiligt warst, will ich dein Leben schonen.« Die Gardisten zogen Baniter vom Thron zurück. »Bringt ihn zum Haus der Verschwiegenen Schwestern. Sie sollen ihm die Zunge herausschneiden und ihn in den tiefsten Kerker stecken, damit niemand ihn findet. Der Name Baniter Geneder muß für immer ausgelöscht werden.«

Baniter erbleichte. Die Verschwiegenen Schwestern waren der Tathril-Kirche unterstellt; sie hüteten in ihren Häusern die Wahnsinnigen, die Kindsmörderinnen und selbsternannten Propheten. Auch manch unliebsamer Priester war in den Häusern der Verschwiegenen Schwestern verschwunden, um seine Ansichten über Tathrils Natur zu überdenken. *Niemand kehrt von dort zurück. Der Tod wäre mir lieber!*

»Ihr werdet es bereuen, mich auf diese Weise mundtot zu machen«, stieß er hervor, während die Gardisten ihn aus dem Saal schleiften. »Meine Familie wird mich rächen.«

Der Kaiser verzichtete auf ein Widerwort. Er wartete, bis die Gardisten Baniter fortgebracht hatten. Dann stieg er zurück auf das Podest und setzte sich auf den Thron. Schloß die Augen. Horchte in die Stille. Außer ihm befand sich niemand mehr im Saal. Dennoch vernahm Uliman leise Geräusche: hörte das Knirschen des hölzernen Throns, den Wind, der die Glaskuppel umstrich, das feine Singen der Bleiverstrebung.

»Ist es ein Fehler, ihn am Leben zu lassen?« fragte er plötzlich mit besorgter Stimme. »Wieso gewähre ich Baniter diese Gnade?« Er öffnete die Augen, betrachtete seine kleinen Hände. »Als ich damals mit Aelarian Trurac durch Troublinien zog, gab er mir den Rat, all meinen Feinden mit Milde zu begegnen. Denn ein Herrscher wie ich, so sagte Aelarian, habe viele Rivalen und sei eines Tages selbst auf Milde angewiesen.« Ulimans Blick wanderte zu der Kette der Geneder, die noch immer vor dem Thron lag. »Rumos Rokariac hingegen lehrte mich, daß nur ein unvorsichtiger Herrscher Feinde besitzt. Deshalb riet er mir, die Erben der Gründer auszulöschen.«

Er wandte den Kopf zur Seite. Ein Fauchen war plötzlich zu hören; es drang hinter dem Thron hervor. Uliman rang sich zu einem Entschluß durch.

»Ja, du hast recht … das Wagnis ist zu groß. Selbst im Haus der Verschwiegenen Schwestern wäre Baniter eine stetige Gefahr für meine Herrschaft.« Er betrachtete die Gestalt, die sich neben dem Thron aufrichtete, den dürren Hals streckte und mit gläsernen Augen Ulimans Blicke erwiderte. »Kümmere dich um ihn, mein Gefährte. Die Nacht ist finster, niemand wagt sich auf die Straßen. Es darf keine Zeugen geben, wenn der letzte Geneder sein Ende findet.«

Der Bote war ein Mönch des Azir-Delim-Ordens, ein Geschworener des Gottes Zordis, den die Reisenden und Bettler verehrten. Die Azir-Delim dienten der arphatischen Königin als Kundschafter und Eilboten; ihr Gelübde verlangte allerdings, nur Botschaften von großer Bedeutung zu überbringen.

Schweißüberströmt stand der Mönch in der Haupthalle des Südflügels, umringt von den Leibwachen der Königin. Die Anub-Ejan reichten ihm einen Krug Wasser; er trank mit gierigen Zügen. Tagelang war er geritten, um Vara so schnell wie möglich zu erreichen; hatte den Nebelriß überquert, sich durch die brennenden Weiten des Hochlandes geschlagen und war an der palgurischen Küste bis nach Vara geprescht. Nun hatte er mitten in der Nacht sein Ziel erreicht und verlangte, zur Königin vorgelassen zu werden.

Trotz der späten Stunde wurde Inthara geweckt. Sie erschien im Nachthemd, die schwarzen Haare zu einem Zopf zusammengebunden. Der Große Ejo geleitete sie zu dem Boten, der erschöpft an einer der Säulen lehnte. Als er die Königin sah, fiel er auf die Knie.

»Göttliche Herrin, ich komme aus Praa, um Euch eine schreckliche Botschaft zu überbringen. Zordis war gnädig genug, meine Reise nicht zu behindern, damit Ihr die Kunde vom Untergang Eures Heeres nicht aus dem Mund eines sitharischen Boten erfahren müßt.« Er zog eine Pergamentrolle unter seinem Mantel hervor. »Der Priester Sentschake sendet Euch dieses Schreiben. Er verfaßte es am Abend nach der Schlacht, als unser versprengtes Heer am Nesfer entlang gen Osten floh.«

Mit bleichem Gesicht entrollte Inthara das Schreiben, überflog die Zeilen. Dann ließ sie das Pergament sinken. »Praa ist verloren. Die Stadt meiner Väter und Vorväter ... die Wiege Apethas, die strahlende Perle am Nesfer ...« Sie bemühte sich, Fassung zu bewahren. »Das vereinte Heer von Arphat und Sithar wurde geschlagen. Die Goldéi errangen mit ihren magischen Kräften den Sieg. Praa wurde besetzt, und die Wispernden Felder befinden sich in der Gewalt der Echsen. Der Krieg ist verloren.«

Der Große Ejo trat einen Schritt vor. Sein Gesicht war wutverzerrt. »Nun seht Ihr es, Herrin: unser Bündnis mit den Sitharern war zwecklos. Laßt uns nach Arphat zurückkehren, um den Rest des Landes zu verteidigen. Wir müssen die Kriegerorden im Osten sammeln und Praa zurückerobern – und wenn dies Arphats Untergang bedeutet, so ist es der Wille der Götter.«

Intharas Blick war noch immer auf den Boten gerichtet. »Wir können die Goldéi nicht aufhalten. Der Kampf entscheidet sich nicht in einer weiteren Schlacht; er entscheidet sich hier, in Vara. Es ist alles so geschehen, wie Sai'Kanee es vorausgesagt hat: Unser Heer wurde vernichtet, die Goldéi erobern Quelle um Quelle, und die Zauberer können ihrer Magie nichts entgegensetzen. Unsere einzige Hoffnung richtet sich auf das Verlies der Schriften, wo Sai'Kanee für unsere Rettung kämpft.«

»Wollt Ihr Euch auf die losen Worte einer Kubeth-Priesterin verlassen, auf magisches Blendwerk und unbewiesene Legenden?« Der Große Ejo legte entschlossen die Hand auf den Säbelgriff. »Ich bin bereit, für Arphats Ruhm in den Tod zu gehen, bis zum letzten Atemzug zu kämpfen. In dieser verkommenen Stadt will ich nicht zugrunde gehen. Denkt daran, Herrin – nun, da das Heer geschlagen wurde, ist auch unser Bündnis mit dem Kaiserreich hinfällig. Es gibt für das Kind Uliman keinen Grund mehr, Euch in Vara zu dulden. Es wird Euren Zustand als Vorwand nehmen, um die Ehe für ungültig zu erklären; sein Wahnsinn könnte gar zu einem neuen Blutbad in Vara führen. Ihr wißt, wie der Krämerkaiser mit seinen eigenen Fürsten verfuhr.«

»Ihr habt recht, Schechim – Uliman wird keine Rücksicht mehr auf das Bündnis nehmen. Auch er weiß, daß die Tore des Verlieses geöffnet wurden, und wird versuchen, all seine Widersacher in der Stadt rechtzeitig auszuschalten. Wir müssen in jeder Stunde mit seinem Verrat rechnen. Laßt uns die Zeit nutzen!« Intharas Hand wanderte zu ihrem angeschwollenen Bauch. »Habt Ihr Baniter Geneder ausfindig gemacht, Schechim? Ihm darf nichts geschehen, wenn in Vara das Chaos ausbricht. Wo hält Uliman ihn versteckt?«

Ejos Gesichtszüge wirkten wie versteinert. »Wir konnten den Luchs von Ganata nicht ausfindig machen. Die Gerüchte, daß er am Leben ist, sind falsch!«

»Das sind sie nicht! Uliman selbst hat es zugegeben.« Intharas Augen funkelten. »Ich weiß, wie sehr Ihr dem Fürsten mißtraut, Ejo. Als die Nachricht von seiner Ermordung umherging, konntet Ihr Eure Genugtuung kaum verbergen.«

»Der Luchs brachte damals einen Giftmörder nach Praa,

und er log, als er Euch Akendors Hand aufschwatzte.« Noch immer verfluchte sich der Schechim dafür, Baniter Geneder über den Nebelriß nach Arphat gelassen zu haben. Seine Hoffnung, daß Baniter dem kaiserlichen Attentat zum Opfer gefallen wäre, hatte sich ebenso zerschlagen wie der Versuch, die Liebschaft mit Hilfe der Gattin des Fürsten zu hintertreiben. Als Jundala Geneder damals im Palastgarten umhergeschlichen war, hatte Ejo den wachhabenden Anub-Ejan befohlen, sie nicht aufzuhalten. So hatte Jundala das Gespräch zwischen der Königin und Sai'Kanee belauschen können und von Intharas Schwangerschaft erfahren; doch bevor die Fürstin das Ende der Romanze herbeigeführt hatte, war sie in den wirren Tagen nach dem Fürstenmord spurlos verschwunden. Vielleicht hatte Baniter sie selbst beseitigen lassen, um seine Affäre mit der Königin fortsetzen zu können – Ejo traute ihm alles zu. »Warum habt Ihr diesem Heuchler die größte Ehre erwiesen, die einem Sterblichen zuteil werden kann?«

»Das würdet Ihr nicht verstehen.« Inthara bedeutete dem vor ihr knienden Boten, sich zu entfernen. »Das Schicksal hat ihn für mich ausersehen. In Praa verliebte ich mich in Baniter, und Sai'Kanee erkannte darin das Zeichen der Götter.«

»Sai'Kanee ist eine Priesterin des Todesgottes! Die Zeichen, die Kubeth offenbart, kündigen nur Verderbnis an.«

»Sie weiß mehr, als Ihr glaubt. Sai'Kanee hat die Geheimnisse der Sphäre studiert. So konnte sie in Erfahrung bringen, daß Arphats Schicksal sich in Vara entscheidet, im Verlies …«

Davon wollte Ejo nichts hören. »Sai'Kanee ist dort unten mit Dämonen im Bunde. Dieses Wesen namens Glam, das uns jenes silberne Kästchen überreichte, war von übler Natur. Ich beschwöre Euch, Herrin, laßt uns die Stadt verlassen und kämpfen!«

»Hört auf, mir zu widersprechen. Wenn Ihr kämpfen wollt, werdet Ihr bald die Gelegenheit dazu haben. Jetzt muß ich erst Rache üben … Praa ist in die Hand der Echsen gefallen. Es zerreißt mir das Herz.« Ihr Gesicht rötete sich vor Wut, und die Narbe auf ihrer Wange schimmerte hell. »Der Goldéi, den wir mit uns nach Vara brachten – ich will ihn noch einmal sehen! Er soll für den Untergang von Praa büßen.«

Ejo runzelte die Stirn. »Ihr habt ihn Eurem Gemahl zum Geschenk gemacht. Quazzusdon wird im Ostflügel des Palastes von den Sitharern gefangengehalten.«

»Dann werden wir ihn uns zurückholen.« Entschlossen wandte sich Inthara um. »Wartet, bis ich mich angekleidet habe, und sucht Eure besten Männer aus. Dies ist die Stunde der Vergeltung.«

Mit kräftigen Ruderschlägen steuerten die Gardisten das Boot durch den Kanal. Einer von ihnen summte ein Lied. Baniter glaubte die Melodie zu erkennen: *Die Türme von Dalal'Sarmanch* ... jene Ballade, die Lyndolin Sintiguren vor langer Zeit in Praa gesungen hatte. Offenbar war sie von den Arphatern nach Vara gebracht worden und dann auf die Stadtbevölkerung übergesprungen, die weder den Text noch den Ursprung des Liedes kannte. Ahnte der summende Gardist, daß kein Geringerer als Baniter Geneder die Worte zu dieser Melodie gedichtet hatte? Allein, seine Lage war zu trostlos, als daß er sich über die Verbreitung des Liedes hätte freuen können.

Das Haus der Verschwiegenen Schwestern, so wußte Baniter, lag im Süden von Vara; dort lebten die Ärmsten der Stadt. Nur wenige Kanäle zogen sich durch das Elendsviertel, und diese waren eng und schmutzig. Dennoch boten sie die einzige sichere Möglichkeit, in diesen Stadtteil zu gelangen; die Straßen hingegen waren mit Bettelnden und Verzweifelten verstopft. Viele von ihnen waren Flüchtlinge aus dem Hochland, die um jeden Bissen Nahrung kämpften. Der Krieg trieb den Brotpreis immer mehr in die Höhe.

Wieder klatschten die Ruderflächen auf das Wasser. Baniter saß rückwärts im Boot, mit Stricken an eine Ruderbank gefesselt. Links und rechts des Kanals erhoben sich Ziegelsteinbauten; die meisten Fenster waren schwarz, nur aus wenigen drang Kerzenschein. *Varas Bewohner schlafen in Frieden, während ihr Fürst an ihren Fenstern vorbeigleitet, auf dem Weg in sein neues Gefängnis.* In Baniters Hals saß ein Kloß. Bald würde er in den Händen der Verschwiegenen Schwestern sein, und diese wußten, wie man in kurzer Zeit einen Geist brechen konnte.

Das Boot schob sich in einen Tunnel. Einer der Bewacher hatte seine Laterne gehoben, um die Durchfahrt auszuleuchten. Ihr Schein huschte über die feuchten Wände. Baniter erkannte Kreidezeichen; die Staker pflegten die Tunnel mit ihren Symbolen zu kennzeichnen. Die Schnörkel und Striche erinnerten Baniter an die Luchsschrift. Er versuchte, einen Sinn in den Kreidestrichen zu erkennen, kniff die Augen zusammen …

Doch dann – ein Knall! Glas splitterte. Die Laterne erlosch. Ein gezielter Steinwurf hatte sie getroffen. Das Boot schwankte. Die Gardisten schrieen wild durcheinander, sprangen auf, griffen nach ihren Waffen. Baniter sah, wie aus dem Schatten am vorderen Tunnelmund zwei Kähne glitten. Sie schossen in hoher Geschwindigkeit auf ihr Boot zu. Vermummte Gestalten waren zu sehen, sie zogen die Bootstangen aus dem Wasser. Pfeifend zischten ihre Enden durch die Luft. Ein Gardist riß heulend die Hände vor sein Gesicht. Taumelte. Klatschte ins Wasser. Die Barken teilten sich auf, nahmen ihr Boot in die Mitte. Wieder wirbelten die Stangen umher; zwei Gardisten wurden am Kopf getroffen, sackten im Boot zusammen. Dem dritten gelang es, das Ende einer Stange zu packen. Er rang mit dem Angreifer. Das Boot schaukelte gefährlich. Wasser umspülte Baniters Knöchel. Er zerrte an den Fesseln, vergeblich! Nun sprang einer der Vermummten zu ihnen herüber, landete auf der hinteren Ruderbank. Seine Hand schnellte nach vorne. Der Messerstich traf den Gardisten in den Rücken. Keuchend fuhr er herum; dann beförderte ihn ein Fausthieb ins Wasser.

Mit klopfendem Herzen blickte Baniter zu dem Vermummten auf. Dieser wischte die Klinge des Messers an seinem Umhang ab, kniete sich dann nieder, um Baniters Fesseln zu zerschneiden. »Seid unbesorgt, Fürst Baniter. Ihr seid bald in Sicherheit.«

»Sinustre schickt euch!« Baniter konnte es noch immer nicht glauben. »Das ist Rettung im letzten Augenblick. Sie hätte sich früher bemühen sollen, mich ...«

»Still jetzt!« Der Fremde durchtrennte den letzten Strick. »Wir müssen fort, und zwar rasch.«

Seine Gefährten hatten ihre Barken neben das Boot gelenkt. Mehrere Hände halfen Baniter, in den Kahn umzusteigen.

»Ihr gehört zu den Stakern«, stellte er fest. »Ich dachte mir schon, daß Sinustre mit euch im Bunde steht.«

Die Männer – in jedem Kahn saßen drei – antworteten nicht. Ihre Bootsstangen tauchten ins Wasser; mit kräftigen Stößen stocherten sie zum Tunnelausgang. Der Kanal öffnete sich, wand sich in einer Schleife nach Osten. Hinter der nächsten Biegung gabelte er sich; die Staker steuerten den schmaleren Arm an.

Nun erst bemerkte Baniter das seltsame Material, aus dem der Kahn bestand. Als seine Finger die Bootswand berührten, schreckte er zurück. *Kalt ... kalt wie Eis!* Es war eine Art schwarzes Metall, auch wenn es sich wie trockene Kohle anfühlte; es schien alles Licht zu verschlucken, und sein Anblick ließ seine Augen tränen. Er wollte es nicht berühren, alles in ihm sträubte sich dagegen.

»Wohin bringt ihr mich?« stieß er hervor.

»Seid endlich still!« Der vordere Staker wandte den Kopf und starrte auf den Kanal. Hinter ihnen war ein Geräusch zu hören – ein Schrei! Ein Fauchen! Und Flügelschläge ... Als Baniter sich umsah, bemerkte er den Schatten, der um die letzte Kanalbiegung flatterte. Er flog dicht über dem Wasser – ein Vogel. Augen, so grell und gläsern wie Kristalle. Ein Schnabel, schwarz und krumm, voller Zorn aufgerissen.

Ein Schwan! Ein Schwan mit dunklem Gefieder!

Er hatte sie eingeholt. Flatterte empor, höher und höher, um dann mit einem Fauchen auf das Boot herabzustoßen. Zu spät erkannte Baniter, daß der Angriff ihm galt. Der Schwan hackte mit dem Schnabel nach seinem Kopf, traf Baniters Stirn, dicht über dem linken Auge. Warmes Blut rann an seinen Nasenflügeln herab. Panisch schlug Baniter um sich. Sein Gesicht spiegelte sich in den gläsernen Augen des Schwans. Dieser stieß sich wieder ab, schoß empor in die Lüfte.

»Duckt Euch, Baniter!«

Ein weiterer Tunnel. Schwärze umgab den Kahn. In der Ferne kreischte der Schwan. Folgte er ihnen noch immer? Baniter preßte die Hand gegen die blutende Stirn, wollte den Kopf auf die Bootswand betten; doch die Kälte des Metalls war unerträglich.

Zündsteine schlugen aufeinander und zauberten Funken in die Dunkelheit. In der Hand eines Stakers glomm eine Fackel auf. Sie befanden sich in einem niedrigen Tunnel; das Wasser war mit einer Algenschicht bedeckt. Schwerfällig schob sich das Boot durch die Brühe. Nun war auch der Schwan wieder zu sehen. Er flog dicht hinter ihnen. Seine Augen funkelten Baniter an. Gläserne Augen. Mordlust. Tierische Grausamkeit. Bebende Flügel. Krallen streiften das Boot. Einer der Staker schlug mit der Stange zu. Traf daneben. Holz prallte auf schwarzes Metall. Dumpfer Ton wie ein Glockenschlag. Laut. Unerträglich. Baniter preßte die Hände gegen die Ohren. Vor ihm flog der Schwan. Fauchte. Verbiß sich in seinem Bein. Zerfetzte die Hose. Riß ein Stück Fleisch aus seinem Schenkel. Baniter ließ sich zurückfallen, prallte auf den Boden des Kahns. Sein Kopf schlug auf das Metall. Der Schwan stürzte sich auf ihn. Doch nun packte einer der Staker seinen Hals, riß das Biest von Baniter fort. In Raserei hackte es nach seinem Arm, von dem das Blut herabtroff. Brüllend warf der Staker das Tier aus dem Boot. Es tauchte in das Wasser. Seine Flügel peitschten die Algen auf.

»Gleich … gleich sind wir in Sicherheit.«

Baniter starrte auf das Ende des Tunnels. Eine Mauer versperrte den Weg. Sie schien uralt zu sein, ihre Steine waren moosbedeckt, einige standen hervor. Unter der Moosschicht waren die Fragmente eines Zeichens zu erkennen – eine Sichel.

Die Staker tauchten die Stangen ein, beschleunigten den Kahn. Neben ihnen jagte die zweite Barke über das Wasser. Auch sie hielt auf die Mauer zu.

»Ihr müßt anhalten!« preßte Baniter zwischen den Lippen hervor. »Der Aufprall … er wird uns umbringen!«

Hinter ihm schnellte der Schwan aus dem Wasser, seine Augen auf Baniter gerichtet. Breitete die Schwingen aus, schüttelte die Algen aus dem Gefieder. Warf sich auf den Fürsten. Baniter trat nach dem geöffneten Schnabel. Mit schrillem Laut wirbelte der Schwan herum, versuchte sich in der Luft zu halten.

In diesem Augenblick erreichten die Kähne die Mauer. Das Metall unter Baniter begann zu singen; es hallte wie ein Chor düsterer Stimmen. Dann glitten die Boote durch das Gestein. Durch Moos. Durch uraltes Mauerwerk. Wurden von der Wand verschluckt …

Der Schwan blieb zurück. Wütend schlug er mit den Flügeln um sich und kreischte vor Enttäuschung. Die Staker hatten ihn abgehängt.

Stiefel knallten auf den Steinstufen; der Hall eilte ihnen bis zum Ende der Treppe voraus. Unten lag ein Gewölbe – der Gefängniskeller des Ostflügels. Vor einer Tür hielten mehrere kaiserliche Gardisten Wache. Sie hatten die Schwerter gezückt, lauschten den Schritten der Herabstürmenden.

»Das kann nicht die Ablösung sein«, raunte einer. »Irgend etwas stimmt hier nicht … haltet Euch bereit.«

Er spähte zum Treppenabsatz empor – und schreckte zurück. Grünglimmende Säbel, leuchtende Gewänder: eine Gruppe Anub-Ejan-Mönche eilte die Stufen herab. Der Gardist zählte ein knappes Dutzend. Als sie ihn erblickten, blieben sie stehen und hoben die Säbel.

»Arphater!« fluchte der Gardist. »Was habt ihr hier unten zu suchen? Dieser Teil des Palastes untersteht der Garde des Kaisers.«

Eine Frau zwängte sich zwischen den Mönchen hindurch. Es war die Kaiserin. Inthara von Arphat trug das grellgelbe Tuch der Anub-Ejan; auch in ihrer Hand blitzte ein Säbel. »Und die Garde des Kaisers sollte dessen Gemahlin mit Ehrfurcht begegnen. Geh zur Seite!«

Ihr Tonfall war herrisch. Der Gardist zögerte. »Kaiserin … ich darf Euch nicht durchlassen. Niemand darf ohne Erlaubnis die Zelle des Goldéi betreten.«

»Willst du mich zum Narren halten?« Entschlossen schritt Inthara die letzten Stufen herab. »Die Kaiserin von Sithar benötigt keine Erlaubnis – sie erteilt Erlaubnisse. Und ich erlaube dir, wegzutreten.«

Der Gardist blickte sich verunsichert nach seinen Kameraden um. Die Arphater waren in der Überzahl, und er wagte es nicht, Inthara ein zweites Mal zu widersprechen. Schließlich ließ er das Schwert sinken; seine zaghafte Drohung, den Vorfall beim Kaiser zu melden, machte auf die Arphater wenig Eindruck. Sie nahmen im Gewölbe Aufstellung und zwangen den Gardisten, den Kerker aufzuschließen.

Ejo, der eine Fackel in den Händen hielt, trat an Intharas Seite und leuchtete die Zelle aus. Gräßlicher Gestank schlug ihnen entgegen. Auf einem Lager aus verfaultem Stroh kauerte Quazzusdon; der Goldéi war an der Wand festgekettet. Er sah entsetzlich aus; sein Körper von Wunden gezeichnet, das Maul zertrümmert, die Zähne bis zum Grund abgeschliffen. Die Sitharer waren nicht sehr sanft mit dem Anführer der Goldéi umgegangen.

Quazzusdon hob den Kopf und starrte mit seinen schwarzschillernden Augen die Königin an. »Arphats Herrscherin … wagst dich tatsächlich hierher. Warum nur? Hast meine Worte in Praa nicht vergessen?«

Der Säbel in Intharas Hand zitterte. »Verspotte mich nicht, Echse. Du weißt, was in Praa geschehen ist; du hast es gewiß aus den Sphärenströmen herausgelesen.« Die Säbelspitze näherte sich Quazzusdons Kehle. »Dein Gefolge hat mein Heer besiegt und Praa eingenommen. Unzählige wurden getötet und vertrieben.«

Der Goldéi schien ungerührt. »Hast meine Warnung gehört, als ich dich in Praa aufsuchte. Wer sich unterwirft, hat nichts zu befürchten. Wer sich widersetzt, der stirbt. Hattest die Wahl, dein Volk zu beschützen; doch du wähltest den Krieg.« Seine Stimme klang matt. Nun erst bemerkte Inthara den Nebel, der Quazzusdons Schuppenhaut umspielte; von ihm ging eine angenehme Kühle aus.

»Arphat wird sich niemals unterwerfen«, ließ der Große Ejo verlauten. »Straft die Echse für ihre frechen Worte, Herrin – und für die Untaten, die diese Biester angerichtet haben.«

»Zuerst will ich erfahren, was er über das Verlies der Schriften zu sagen hat. Sprich, Quazzusdon – was weißt du über die Quelle von Vara? Wollt ihr Goldéi auch sie erobern?«

»Alle Quellen müssen befreit werden. Könnt es nicht verhindern. Noch sind die wichtigsten in eurer Hand. Der Spiegel. Die Klaue. Das Auge. Die Mauer. Der Stein.« Der weiße Nebel kroch an Intharas Säbelklinge empor. »Und das Verlies … Drafur befahl uns, die Quelle von Vara als letzte einzunehmen. Müssen sie zerstören. Sie gefährdet den Frieden, den wir mit euch suchen.«

Inthara zog den Säbel ein kleines Stück zurück. »Ihr wollt also Vara auslöschen – und dies auf Befehl eures Herrn, den ihr Drafur nennt. Schon in Praa hast du mir seinen Namen genannt, ohne Greifbares über ihn zu erzählen.«

»Ist nicht greifbar. Drafur spricht aus der Sphäre zu uns, doch sein Körper wurde geraubt. Kann nicht nach Gharax zurückkehren. Kam zu uns, um uns vor dem Tod zu retten. Versprach, uns nach Gharax zu führen und die Welt zu verwandeln, damit wir in ihr leben können. Sandte uns seinen Diener, seinen Nachfolger, der uns im Kampf beisteht und die Menschen auf die kommende Zeit vorbereitet.«

»Du bist redefreudiger als damals in Praa«, stellte Inthara

fest. »Offenbar haben die Sitharer es besser verstanden, deinen Willen durch Folter zu brechen.«

Der rasselnde Atem des Goldéi glich einem Lachen. »Folter bricht uns nicht. Mein Leib ist nur eine Hülle, die uns die Feuerschänderin aufzwang. Meine wahre Gestalt flieht aus diesen Mauern, sobald die Wandlung beendet ist.« Er richtete sich auf. »Das Verlies verwehrt uns den Zugang. Müssen warten, bis Drafur es aufschließt. Dann werden wir nach Vara kommen und alles vernichten. Noch kannst du dich retten, Königin. Beuge dein Haupt. Dann wirst du leben, du und dein Volk. An unserer Seite, in einer neuen Welt.«

Der Nebel um Quazzusdon wurde dichter. Inthara wich vor der Kühle zurück. »Ich sollte dich hier an Ort und Stelle aufschlitzen. Doch ich glaube, du kannst uns noch von Nutzen sein.« Sie winkte den eingeschüchterten Gardisten herbei. »Löse die Kette. Ich werde das Biest mitnehmen.«

Ejo, der das Gespräch mitverfolgt hatte, glaubte seinen Ohren nicht zu trauen. »Ihr wollt den Scaduif am Leben lassen, Herrin? Habt Ihr vergessen, wie viele tapfere Krieger in Praa umgekommen sind? Quazzusdon muß dafür büßen!«

»Diese Vergeltung träfe den Falschen.« Inthara beobachtete, wie der Gardist das Schloß öffnete, mit dem Quazzusdons Kette an der Wand befestigt war. »Ich bin überzeugt davon, daß auch die Goldéi nur Handlanger in diesem Krieg sind – so wie Sai'Kanee es vermutet hat. Hinter all dem steckt ein höherer Plan, und die Echsen wurden ebenso getäuscht wie wir.« Sie ließ sich das Ende der Kette reichen und zerrte Quazzusdon von seinem Strohlager. »Wir brauchen ihn noch, auch wenn mein Gemahl es mir übelnehmen wird, daß ich mein Hochzeitsgeschenk zurücknehme.« Sie griff in die Tasche ihres Gewandes und holte das silberne Kästchen hervor, das Ejo ihr aus dem Sterbenden Vara mitgebracht hatte. »Sieh her, Echse – ich will dir etwas zeigen. Ist dir dieses Zeichen vertraut?«

Der Goldéi kniff die schwarzen Augen zusammen. Im Licht der Fackel glomm die Mondsichel auf der Oberseite des Kästchens auf.

Ein Schrei löste sich aus der Kehle der Echse. Quazzusdon warf sich gegen die Wand, schlug wild um sich; die Kette entglitt Intharas Fingern, und sie selbst wurde zur Seite geschleudert. Fast stürzte sie, konnte sich jedoch im letzten Augenblick fangen.

»Du kennst es also«, rief sie triumphierend, während die Anub-Ejan den Goldéi zu Boden zwangen. »Sai'Kanee wird staunen, wenn ich ihr davon berichte ...«

Der Scaduif bäumte sich in den Händen seiner Häscher auf. Sein Zischen blieb unverständlich; doch die schwarzen Augen waren auf das Kästchen in Intharas Hand gerichtet.

Selbst ungeöffnet entfaltete Glams Geschenk, emporgebracht aus Varas Verliesen, eine unheimliche Kraft ...

Tropf ...

Tropf ...

Baniter schmeckte Wasser auf den Lippen; kühl wie Tau tröpfelte es auf ihn herab. Als er die Augen aufschlug, umfing ihn schummriges Licht. Er lag auf einer Bahre, zugedeckt mit einem Wolltuch. Über sich erkannte er eine niedrige Decke; glatte Steine, in präzisen Reihen zusammengefügt. In den Fugen wucherte Moos; von diesem Gewächs ging zu Baniters Erstaunen jenes pulsierende, grüne Leuchten aus, das den Raum erhellte.

Die Erinnerung kehrte schlagartig zurück. Der Überfall der Staker! Der Kahn aus schwarzem Metall! Der Schwan und sein gläserner Blick! Und die Mauer ... die Mauer ...

Baniter stöhnte und richtete sich auf. Nun spürte er die Wunden, die der Schwan ihm zugefügt hatte; seine Stirn brannte wie Feuer, und das Bein schien von einem glühenden Dorn durchstoßen zu sein. Er schlug die Decke beiseite; die Wunde war sorgfältig verbunden. Suchend blickte er sich um – und bemerkte eine dunkelhaarige Frau, die neben seiner Bahre Wache gehalten hatte.

»Sinustre Cascodi!« Er starrte sie verblüfft an. »Mit Euch hatte ich an diesem Ort nicht gerechnet.«

»Versprach ich nicht, Euch zu befreien?« Sinustre Cascodi beugte sich lächelnd zu dem Fürsten herab. Sie trug eine schlichte Tunika und einen Samtumhang. »Solange Ihr im Turm Gendor gefangen wart, konnte ich nichts für Euch tun. Ich mußte warten, bis der Kaiser Euch von der Eisernen Insel fortbrachte – und so ließ ich Gendor bewachen.«

»Von den Stakern, nehme ich an.« Wieder löste sich ein Wassertropfen von der Decke, zerplatzte auf Baniters Handrücken. »Die zwielichtigen Kahnleute im Bund mit Varas Oberschicht – eine seltsame Verschwörung führt Ihr da an!« Zitternd zog er die Wolldecke empor, um sich vor der Kälte zu schützen; denn durch den Raum kroch ein kühler Luftzug, pfiff um die hervorstehenden Mauersteine. »Wie habt Ihr meine Spur aufgenommen? Ihr konntet nicht wissen, wohin mich Ulimans Gardisten bringen wollten.«

Sinustre schürzte die Lippen. »Der Palast von Vara ist recht hellhörig – vor allem der Thronsaal. Die früheren Kaiser wußten dies, nicht aber Uliman. Denn unter dem Saal liegt eine verborgene Kammer, erbaut von unserem gemeinsamen Bekannten Sardresh; dort habe ich Eure Unterhaltung mit dem Kaiser belauscht. So wußte ich, welches Ziel die Gardisten ansteuerten: das Haus der Verschwiegenen Schwestern. Und ich wußte auch, daß Uliman kurz darauf seine Meinung änderte und Euch jenes Biest hinterhersandte, das Euch töten sollte.«

»... den schwarzen Schwan«, entfuhr es Baniter. »Der Kaiser hat ihn also auf mich gehetzt. Eure Staker haben mich gerettet.« Er tastete nach der Stirn, die ebenfalls mit einem Verband umwickelt war. »Aber der Kahn! Das Metall, aus dem er gefertigt war ... und die Mauer! Der Kahn glitt durch eine Mauer, durch massives Gestein! Sie hätte uns zerschmettern müssen!«

»Ich weiß, das alles mag verwirrend für Euch sein. Deshalb wollte ich Euch damals in Gendor nichts über den Fluchtplan verraten – Ihr hättet mich für verrückt erklärt.

Und vielleicht bin ich es auch. Dieser Ort richtet seltsame Dinge mit uns an.« Sinustre deutete um sich. »Ahnt Ihr langsam, wo Ihr seid, Baniter Geneder?«

Der Raum erwies sich bei genauer Betrachtung als ein breiter Gang, erhellt von den Moosbrocken, die in allen Ritzen gediehen. »Ist dies das Verlies der Schriften?«

»Ja und nein, Fürst Baniter. Der Gang ist mit dem Verlies verbunden, doch er gehört zu einem Abschnitt, der den Priestern der Tathrilya unbekannt ist.« Sie trat zur Seite. Am Ende des Ganges war eine zweite Person erschienen; langsam humpelte sie auf Baniter zu. »Es ist wohl besser, wenn Euch der Baumeister die genauen Zusammenhänge erklärt.«

Baniter konnte ein Seufzen nicht unterdrücken, als er den Herannahenden erkannte. »Sardresh von Narva … natürlich! Ich ahnte bereits, daß wir uns hier unten wiederbegegnen.«

Baumeister Sardresh, wie immer gekleidet in ein lottriges Rüschenhemd, schob seinen Lederhut empor und streckte grinsend die Hände nach der niedrigen Decke aus. »Ja, Baniter Geneder. Hier unten. Unter dieser Decke aus Stein sind wir alle vereint. Unter dem Himmelszelt des alten Vara. Der Stadt unter der Stadt. Der Welt unter der Welt.«

Baniter konnte sich noch gut an das Gefasel des Baumeisters erinnern. Mehrfach hatte ihn Sardresh mit seinen Geschichten über die verborgene Stadt behelligt, die er angeblich vor Jahren mit Baniters Großvater erkundet hatte. Beweise war Sardresh ihm stets schuldig geblieben, und so hatte Baniter die Worte nicht ernst genommen.

»Dann ist dies der Ort, den Ihr mir die ganze Zeit zeigen wolltet.« Baniter richtete sich auf; der Schmerz in seinem Bein raubte ihm fast den Atem. »Die Überraschung ist Euch gelungen, Sardresh. Lange habt Ihr Euch bemüht, mich in das Verlies der Schriften zu locken, selbst noch an jenem Tag, als Uliman die Fürsten ermordete. Nun habt Ihr es endlich geschafft, mich hierherzubringen«

»Der Pfad Eurer Bestimmung. Euer Großvater hat ihn

ebenfalls beschritten. Nur zu schnell. Zu unbedacht.« Sardresh ließ die Hände sinken und rieb sie genußvoll gegeneinander. »Ein zweiter Geneder wagt sich hinab in die Tiefe. Ihr werdet erfolgreicher sein als Norgon. Ihr werdet der Stadt ein neues Gesicht verleihen.«

»Euren wirren Bauplänen habt Ihr offenbar noch nicht abgeschworen.« Baniter blickte mißtrauisch die Dame Sinustre an. »Habt Ihr mich befreit, damit ich Sardresh in sein Labyrinth der absurden Ideen folge? Ich dachte, Ihr wolltet den Aufstand gegen Uliman proben – und mich an die Spitze der Erhebung stellen.«

Sinustre hob beschwichtigend die Hände. »Eines nach dem anderen, Fürst Baniter. Sardresh glaubt, daß Ihr die Kräfte des Verlieses für unsere Sache gewinnen könnt. Es schadet gewiß nicht, wenn Ihr anhört, was er Euch zu sagen hat. Derweil werde ich versuchen, die Arphater auf meine Seite zu ziehen ... Wenn Inthara von Eurer Befreiung erfährt, wird sie einem Pakt nicht länger abgeneigt sein.«

Ihr selbstzufriedenes Lächeln ärgerte Baniter. »Verheddert Euch nicht in Euren Strippen, Sinustre, und zieht nicht an allen zugleich.« Mit schmerzverzerrtem Gesicht humpelte er auf den Baumeister zu. »Ihr behauptet also, meinem Großvater diese Geheimgänge gezeigt zu haben. Ich will sehen, was er gesehen hat – aus reiner Neugier.«

»Natürlich. Aus reiner Neugier.« Sardresh holte sein silbernes Döschen hervor, öffnete es und nahm mit der Fingerspitze eine Spur der Salbe auf. Langsam verstrich er die grüne Paste auf seinen Lippen. »Wir müssen aufbrechen. Hinab ins Verlies! Ein großes Geheimnis wartet auf Euch, Fürst Baniter. Und mir ist es vergönnt, Euch zu führen.«

Das kann ja heiter werden, dachte Baniter, während sich Sardreshs Gesichtszüge unter der Wirkung der Droge verkrampften. »Dann verratet mir noch eins – aus welchem Stoff bestand der Kahn, der mich und die Staker durch die Mauer trug? Er war kalt wie Metall und fühlte sich an wie brüchige Kohle ...« Baniter stockte, glaubte aus der Ferne den unheimlichen Klang des Metalls zu hören, doch es war nur ein Nachhall seiner Erinnerung.

»Der Kahn. Getöpfert aus dem Lehm des Verlieses. Gebrannt im Feuer der Magie. Der Baustoff der Welt. Der schwarze Schlüssel.« Sardreshs Augen glänzten. Er packte den Fürsten am Arm, zerrte ihn mit sich. »Ich werde ihn Euch zeigen! Kommt, kommt mit mir.«

Der Schlüssel sprengt den Stein, fuhr es Baniter durch den Kopf. *Ich werde den Baumeister wohl oder übel begleiten müssen, wenn ich das Rätsel um Norgons Botschaft lösen will.*

Er warf einen letzten Blick auf Sinustre. Dann folgte er Sardresh, ohne zu wissen, was ihn unten im Verlies erwartete.

KAPITEL 7

Tore

Eine seltsame Stimmung herrschte in den Höhlen des Heiligen Spektakels. Geräusche hallten durch die Gänge – ein Summen und Knistern, durchsetzt mit schrillem Kichern – und doch wirkten sie verwaist. Kein Mensch wandelte mehr in ihnen; das Gefüge hatte alles Leben an sich gerissen.

In der Erhabenen Halle surrte das Geflecht der Silberfäden. Wie Puppen hingen die Beschlagenen im Netz. Die meisten lebten, atmeten ruhig; nur ihre beschlagenen Hände zuckten. Andere hatten den Weltengang nicht überlebt; Maden fraßen sich durch ihre verwesten Körper. Die Halle stank nach Tod und Fäulnis, und doch barg sie das schlagkräftige Heer des Wandelbaren: Laghanos' grausiges Gefolge.

Nicht fern von der Halle, in einer versteckten Höhle, pochte das Herz des Gefüges. Inmitten des Geflechts der Drähte ruhte der Wandelbare. Laghanos hatte die Augen geöffnet; sie glitzerten unter der goldenen Maske. Verschwommen sah er die Schemen der Bosnickel, die in der Höhle umherhuschten. Sie wachten über ihn und seinen Leib.

Das Gefüge erzitterte. Die Drähte bogen sich zur Seite, als Laghanos die Arme hob. Er kämpfte sich durch das Geflecht wie durch eine zähe Masse. Das Gefüge half ihm, die Beine zu befreien; schon lösten sich die Haken aus seinem Fleisch.

Aufgeregt tuschelten die Bosnickel miteinander, als Laghanos die Füße auf den Boden setzte. Sein Brustkorb hob und senkte sich; er betrachtete die Wunden, die das Gefüge in seine Haut gerissen hatte. Blut trat in kleinen Perlen aus ihnen hervor.

»Ich … bin frei.« Die Stimme des Wandelbaren zitterte. »Mein Körper … und der deine, Drafur …«

Hinter ihm scharrten die Drähte des Gefüges aneinander. Laghanos wagte nicht, sich umzusehen.

»Ja … ich höre dich. Du sagst, meine Aufgabe in der Sphäre sei vorerst erfüllt. Das Heer der Menschen ist besiegt, die Goldéi müssen auf ihrem Feldzug keinen Widerstand mehr fürchten. Doch was wird aus dem Mann, der die Flammen beherrscht; der sich mir zweimal in den Weg stellte? Während der Schlacht von Praa wollte er zu mir sprechen … was versuchte er mir zu sagen?« Laghanos wischte sich das Blut von den Armen; es färbte die Haut braun. »Ich weiß – er ist mein Gegner, mein Feind. Fast hätten die Beschlagenen ihn in Stücke gerissen, doch er konnte fliehen. Seine Macht ist groß. Bald wird er mich zum Kampf fordern. Dann wird einer von uns den anderen vernichten. Es kann nicht anders sein.« Die Maske in seinem Gesicht zuckte. »Aber nun … was willst du von mir? In den letzten Tagen habe ich die Menschen aus Praa verjagt, damit die Goldéi die Quelle übernehmen können. Nun forderst du mich auf, die Sphäre zu verlassen und ein Tor zu suchen, das du in den Höhlen des Spektakels verankert hast. Das Tor der Tiefe – ich habe Darsayn und Benris oft von ihm reden hören. Durch diese Pforte kamst du in das Spektakel und schufst das Gefüge. Nun soll ich deinen Weg zurückverfolgen … ja, ich will es tun, Drafur. Wir sind eins. Mein Körper gehört dir.« Der Blick des Wandelbaren fiel auf die Bosnickel. »Führt mich zum Tor, ihr Rochengeister.«

Die Bosnickel sprangen eifrig zum Höhlenausgang. Laghanos aber blickte zu den singenden Drähten an der Höhlendecke auf. »Nun verstehe ich deine Magie. Wohin ich auch gehe – ich kann nach ihr greifen, die Beschlagenen zur Hilfe rufen und jeden Feind zerschmettern … und dir dann meinen Körper endgültig überlassen, wenn die Wandlung der Welt beginnt.«

Er folgte den Bosnickeln, die mit schrillen Pfiffen durch die Gänge stürmten; und das Summen des Gefüges begleitete ihn.

Das Haus des Kerzenziehers lag im Westteil von Vara, in der Nähe des Hafens; ein Ziegelsteingebäude mit breitem Schornstein, aus dem Tag und Nacht Wachsdämpfe gen Himmel aufstiegen. Sechs Männer arbeiteten in der Werkstatt, denn der Bedarf an Kerzen war gewachsen, seit die Flammenhüter nicht mehr alle Feuerkörbe in der Stadt mit Öl füllten. Sie mieden die ärmeren Viertel, denn dort waren in den vergangenen Wochen mehrere Flammenhüter tot aufgefunden worden. Wer sie ermordet hatte, wußte niemand; doch die leeren Augenhöhlen der Opfer kündeten von einem gräßlichen Tod.

Fäuste schlugen gegen die Tür der Werkstatt. Der Kerzenzieher, ein junger Mann mit rundlichem Gesicht, öffnete die Klappe des Gucklochs und spähte auf die Gasse hinaus.

»Wer da?«

»Die Männer der Zuversicht«, raunte es ihm entgegen, »das Gefolge der Glut.«

Der Kerzenzieher erkannte drei Männer; sie schlugen ihre Kapuzen zurück, zeigten die weißen Stirnbänder. Rasch öffnete der Kerzenzieher die Tür und ließ sie ein.

»Ich habe euch erwartet«, sagte er leise. »Eure Botschaft erreichte mich vor drei Tagen. Ich war erleichtert, ein Zeichen aus Thax zu erhalten. Viele von uns glaubten schon, der Auserkorene habe uns vergessen.«

Der Anführer der Gruppe – ein schlanker Mann, jünger noch als der Kerzenzieher – nickte. »Ich weiß, wir haben euch lange im Unklaren gelassen, was im Brennenden Berg vor sich geht. Doch wir dachten stets an unsere Gefährten in den übrigen Fürstentümern, die für Nhordukael kämpften und starben.«

»In Vara sind nur wenige von uns mit dem Leben davongekommen. Viele erlagen bei der Verteidigung des Doms der Zauberkunst des Kaisers. Die anderen wurden vom Klippenorden aus der Stadt gejagt. Wir sind insgesamt kaum ein Dutzend, die im verborgenen auf die Rettung warten.« Der Kerzenzieher packte den Arm des Jünglings. »Du bist Drun, nicht wahr? Dich hat Nhordukael ausgewählt, um die Weißstirne anzuführen … es ist mir eine Ehre, dich in meinem Haus zu beherbergen.«

Drun warf einen Blick in die Werkstatt; über schwelenden Kohlenfeuern hingen Wannen mit flüssigem Wachs. Die Gehilfen des Kerzenziehers hatten in ihrer Arbeit innegehalten, sie beobachteten die Ankömmlinge neugierig. »Kann man deinen Leuten trauen?«

»Sie sind allesamt Weißstirne! Ich bürge für jeden.«

Drun zögerte. »Nun gut … ich hoffe, du täuschst dich nicht in ihnen. Denn was ich dir mitzuteilen habe, muß unter allen Umständen geheim bleiben.« Er deutete auf die Tür. »Ich bin nicht allein gekommen. Er sandte mich voraus, um deine Werkstatt auszukundschaften. Nun, da keine Gefahr droht, will ich ihn holen.«

Der Kerzenzieher runzelte die Stirn. Drun öffnete die Tür, winkte in die Dunkelheit. Ein vierter Mann schritt nun auf die Werkstatt zu; er hatte die Kapuze tief in sein Gesicht gezogen. Seine Hände waren mit Verbänden umwickelt. Er ging stockend, als wäre er verletzt. Einer der Weißstirne nahm ihm den Mantel ab, die anderen stützten ihn. Nun sah der Kerzenzieher, daß auch Gesicht und Oberkörper des Fremden mit Verbänden umwickelt waren. Zwischen den ölgetränkten Lappen kroch feiner Rauch empor; und als der Fremde den Kopf hob, blickte der Kerzenzieher in zwei flammende Augen.

»Nhordukael …« Er brach auf die Knie. »Der Auserkorene! Dann … dann ist die Rettung nah.«

»Steh auf«, ermahnte ihn Drun. »Nhordukael wünscht es nicht, daß wir vor ihm niederknien.«

Hastig erhob sich der Kerzenzieher, doch er konnte seine Erregung kaum verbergen.

»Er ist erschöpft«, fuhr Drun fort. »Vor einer Woche kehrte er aus der Sphäre zu uns zurück. Er hat schwere Verletzungen erlitten.«

»Aber ... aber warum hat er den Brennenden Berg verlassen?« stotterte der Kerzenzieher.

Nun erhob Nhordukael die Stimme. Müde drangen seine Worte zwischen den Binden hervor. »Die Kraft der Quelle schwindet. Ich ... konnte sie nicht länger unter Kontrolle halten.«

»Habt Ihr sie aufgegeben? Sind die Goldéi etwa schon in unser Reich eingedrungen?«

Nhordukaels Augen flackerten. »Nein ... ein anderer Feind setzt mir zu ... die Bathaquar! Der Angriff gegen den Brennenden Berg wurde ... von Vara aus geführt. Jemand ... bedient sich der Quelle dieser Stadt, um mir das Auge der Glut ... zu entreißen.« Er atmete ein, und die Luft um seinen Mund flirrte vor Hitze. »Es bleibt nur wenig Zeit; das Auge der Glut wird aus den Grenzen ausbrechen, wenn ich nichts unternehme. Ich ... muß in das Verlies der Schriften hinabsteigen. Dort sitzt der Stachel, der mich vergiften will.« Er schleppte sich zu den Kohlenfeuern und hielt die Hände über die Flammen. »Sprich, mein Freund – was weißt du über den Silbernen Dom? Wird er noch von den Klippenrittern bewacht?«

Der Kerzenzieher schüttelte den Kopf. »Die Klippenritter verließen die Stadt, nachdem der Kaiser die Fürsten ermordet hatte. Seitdem ist nichts mehr, wie es war. Der Dom wird nun von der Kaisergarde bewacht. Niemand darf ihn betreten. Man erzählt sich, daß der falsche Hohepriester in die Katakomben hinabschritt und dort umkam.«

»Nein, Bars Balicor lebt.« Nhordukael grub gierig seine Hände in die glühenden Kohlen. »Er ist ebenso wie der Kaiser ein Diener der Bathaquar. Diese wahnsinnigen Zauberer glauben, sie könnten sich der Wandlung der Sphäre entziehen ... doch so spielen sie nur Sternengänger in die Hände, fördern seinen Sieg, ohne es zu wissen oder zu wollen.«

»Sternengänger?« Fragend blickte der Kerzenzieher auf den Auserkorenen. »Was meint Ihr damit?«

»Ich ... bin müde. Laß mich ein paar Tage Kraft schöpfen, bis meine Wunden geheilt sind. Dann müßt ihr mich zum Dom begleiten ...«

Nhordukael schloß die Augen, genoß die Hitze der Glut und den Duft des flüssigen Wachses. Zwar richtete der Kerzenzieher noch mehrere Fragen an ihn, doch Nhordukael hörte sie nicht; seine Sinne verschmolzen mit der Äußeren Schicht der Quelle von Vara. Ihre Sphärenströme waren kälter und ruhiger als jene des Brennenden Berges, und er spürte die Fremdheit ihrer Magie.

Mit Schaudern dachte er an den Augenblick zurück, als er das Auge der Glut verlassen hatte. *Es riß mich aus der Sphäre zurück, rettete mich vor den silbernen Klauen ... dann tauchte ich aus der Glut*. Es war schrecklich gewesen, sich von der Quelle zu lösen, aus der Lava zu treten und Luft zu atmen – eisige Luft ... Noch immer stach jeder Atemzug in Nhordukaels Kehle. Die Magie der Sphäre hatte seinen Körper verwandelt; jeder Schritt war für ihn nun eine Qual, und er fror – die Kälte machte ihn wahnsinnig. Zwar kochte das Blut in seinen Adern, aber diese Hitze schwand. So blieb ihm nichts anderes übrig, als die Verbände mit magischem Öl zu tränken, um den Verfall seiner Kräfte zu verlangsamen.

Mein Weg mußte eines Tages nach Vara führen. Das Verlies der Schriften ist eine der wenigen Quellen, die Durta Slargin nicht vollständig an sich binden konnte; und wenn ich die Worte Mondschlunds richtig verstanden habe, ringt er mit Sternengänger schon seit langem um diese Katakomben. Mondschlund ließ sie errichten, Sternengänger entriß sie ihm – jetzt wird sich zeigen, wer am Ende die Oberhand behält.

Er sackte vor dem Kohlenfeuer zu Boden. Aus weiter Ferne hörte er, wie Drun dem Kerzenzieher befahl, die Glut anzufachen. Und endlich sank Nhordukael in den Schlaf, zum ersten Mal, seit er die Sphäre verlassen hatte – ein traumloser Schlummer, der ihm für einige Stunden Frieden brachte.

Die Ruhende Kammer war die tiefste Höhle des Heiligen Spektakels, verborgen im unterirdischen Felsengrund. Um sie zu erreichen, mußte man zahlreiche Schächte hinabsteigen und halb verschüttete Gänge durchqueren. Nur ein Kundiger vermochte sich in dem Irrgarten der Stollen zurechtzufinden; in einigen verlor sich gar der magische Glanz der Silberdrähte, die nur selten zwischen den Felsvorsprüngen aufblitzten. Wer jedoch den Weg kannte, gelangte schließlich zu einer Eisentür, hinter der die Ruhende Kammer lag. Seit jeher wurde sie von den Bosnickeln bewacht, denn sie barg das bedeutendste Geheimnis des Spektakels: das Tor der Tiefe, durch das der Weltenschmied die Kavernen des Rochens betreten hatte.

Böses Gelächter, irres Kreischen: wie im Fieber tanzten die Bosnickel vor der Tür. Laghanos nahte; auf seinen Befehl hin hatten sie ihn zum Heiligtum geführt. Schon zerrten zahllose behaarte Pfoten an den Riegeln, stupsten die Tür auf, beklatschten die Ankunft des Wandelbaren.

Vorsichtig bahnte sich Laghanos einen Weg durch die Reihen der Winzlinge, um in die Kammer zu gelangen. Sie wirkte verlassen; in einer Eisenschale brannte Feuer, warf rotflackerndes Licht gegen die Höhlenwände, die sich an der Decke in Felskaminen verloren. Quer durch die Kammer spannten sich Silberdrähte; das Gefüge begrüßte Laghanos mit seinem Gesang. Inmitten der Höhle aber war ein rundes Tor in den Boden eingelassen. Eisenbolzen verschlossen es.

»Das Tor der Tiefe«, flüsterte Laghanos. Die Maske in seinem Gesicht geriet in Bewegung, klackte wie der Schnabel eines Raubvogels. »Aus ihm kamst du, um das Spektakel zu gründen.« Er setzte einen Schritt in die Kammer. »Wohin führt dieses Tor?«

Die Drähte lockerten sich, schnellten zur Seite und gaben den Weg frei. Laghanos lauschte ihrem Summen. »Ich soll an den Ort gehen, wo alles seinen Anfang nahm … soll das begangene Unrecht wiedergutmachen, die Rote Herrin finden und befreien … ja, ich höre deine Befehle. Lenke meine Schritte, Drafur …«

Hinter ihm erschallten die Hochrufe der Bosnickel. Laghanos verharrte vor dem Tor. Die Sporne seiner Maske woben komplizierte Muster in die Luft, und vor ihm huschte ein goldener Glanz über die Eisenbolzen. Langsam, wie von Geisterhand bewegt, glitten sie aus ihrer Verankerung.

»Der Weltengang«, sprach Laghanos leise, »wann hat er begonnen? Als ich von den Goldéi aus Larambroge entführt wurde und dem Rotgeschuppten in sein Reich folgte? Als er mich zu den Höhlen von Oors Caundis brachte und ich in den unterirdischen Fluß fiel, aus dem die Bosnickel mich retteten? Als das Heilige Spektakel in mir den Auserkorenen erkannte, mein Körper mit dem Gefüge verschmolz und ich die Sphäre durchschritt? Hinter jedem Tor wartet ein weiteres … eine ewige Wanderschaft.« Es klang, als zweifelte er an dem Sinn des bevorstehenden Übertritts. Doch das Gefüge sprach ihm Mut zu.

Dann sprang das Tor auf. Helles Licht blendete Laghanos; eine Schicht waberte über der Öffnung, schillernd wie eine Seifenblase; funkelte in kräftigen Farben, rubinrot, hellgrün, purpurn und zitronengelb. Und Geräusche drangen an Laghanos' Ohr: der Ruf eines Vogels. Das Fauchen eines Tiers. Verhaltener Wind und rauschende Zweige. Stimmen, Gelächter und leise Musik. Ja, dort unten jubelten Menschen, feierten und applaudierten – oder täuschte sich Laghanos? Hörte er nur das Gekreisch der Bosnickel, die das tote Gestein des Rochens geboren hatte, um Leben nachzuäffen?

Laghanos zwang die Maske zur Ruhe und beugte sich zu dem Tor herab. Seine Hand durchdrang die schillernde Schicht, tauchte in sie ein – und spürte die Wärme der Sonne auf den Fingerspitzen, auffrischenden Wind und Tautropfen an einem Zweig, den seine Finger zu ertasten glaubten. Seine Augen füllten sich mit Tränen. Die Höhlen des Spektakels ekelten ihn plötzlich an, er konnte ihre Enge und Dunkelheit nicht mehr ertragen. Sah sich nach den Bosnickeln um, die verzückt am Eingang der Kammer umhersprangen und krakeelten – ihre Augen kalt und grün wie Edelsteine.

Nun wußte Laghanos, daß er nicht mehr zurückkehren würde, ganz gleich, was ihn auf der anderen Seite erwartete. Zu lange war das Spektakel sein Gefängnis gewesen. Drafur hatte ihm gezeigt, wie er die Sphäre beherrschen konnte, hatte ihm Maske und Mantel geschenkt und das Heer der Beschlagenen zur Seite gestellt. Es war an der Zeit, diese Macht zu nutzen – zum Wohl der Welt, für eine neue Formung.

Er ließ sich kopfüber durch das geöffnete Tor fallen. Die silberne Schicht zerplatzte; Farben spritzten empor und füllten die Höhle mit buntem Feuer. Die Rochengeister aber warfen die Arme empor und priesen den Wandelbaren, der nun zu dem Ort aufbrach, an dem vor Jahrtausenden der Kampf um die Sphäre begonnen hatte.

KAPITEL 8

Dämmerung

Abendröte umfing den Dom zu Vara. Sein Turm ragte wie eine Nadel aus dem Häusermeer hervor; die silbernen Schindeln auf der Dachspitze glommen im Sonnenlicht, als wäre das Metall geschmolzen und ränne an den Mauersteinen herab. Krähen umkreisten den Turm; sie nisteten in den Fluchten der Wendeltreppe, die durch die Fensterbogen zu erkennen war. In früheren Zeiten hatte einmal im Jahr – am Tag der Ernte – der Kurator von Vara den Turm erklommen, doch dieses Ritual war unter dem vorletzten Hohenpriester abgeschafft worden; der Aufstieg galt als gefährlich, denn die Treppe war marode. Über siebenhundert Jahre stand der Dom bereits, und die letzte Instandsetzung war in den Regierungsjahren Kaiser Akrins abgeschlossen worden.

Vara wirkte friedlich an diesem Abend. Vom Turm aus betrachtet, glich die Stadt einem kunstvoll gewobenen Teppich; ihre Kanäle wie silberne Fäden, die Häuserreihen wie ein komplexes Muster. Im Abendrot traten ungeahnte Symmetrien zum Vorschein: die Ausrichtung der Straßen und die Verästelung der Kanäle offenbarten eine durchdachte Ordnung. Nun, da die Sonne dicht über dem Horizont stand und die Spitze des Doms ihre Strahlen reflektierte, woben die Lichtfäden ein neues Muster in die Luft, als wollten sie den Grundriß von Vara nachzeichnen: ein Gitter aus rötlichen Strahlen, so wie die Skizze einer zweiten Stadt, die nicht länger dem Erdboden verhaftet war.

Die Nacht nahte, und mit ihr erwachte die Angst der Bewohner. Rund um den Dom hatten sich weitere Todesfälle zugetragen; vier Flammenhüter waren in den zwei vergangenen Nächten ermordet worden, und auch eine junge Frau, die sich zu später Stunde aus dem Haus ihrer Eltern geschlichen hatte, um ihren Liebsten zu treffen. Sie alle waren mit herausgetrennten Augen in der Gasse aufgefunden worden. Die Flammenhüter weigerten sich inzwischen, abseits der großen Straßen ihren Dienst zu verrichten; sie forderten von Kaiser und Stadtgarde, die Mörderbande dingfest zu machen. Doch der Kaiser hatte zu den Vorfällen geschwiegen und die Stadtgarde vergeblich nach den Tätern gesucht. Es gab keine Spur, keinen Hinweis, wer hinter den Greueltaten steckte.

Vor dem Dom hatten sich viele Menschen versammelt; sie trugen Kerzen in den Händen, knieten auf den Stufen, murmelten Gebete. Das Volk war verängstigt durch die Mordserie und bestürzt über die Nachrichten aus Arphat. Das kaiserliche Heer war geschlagen worden, die Überlebenden flüchteten über den Nebelriß nach Palidon, und die Goldéi rüsteten sich für die Eroberung Sithars. Wie lange würde es dauern, bis sie Vara erreichten? Wer konnte sie jetzt noch aufhalten? Schon flohen viele in den Süden, in die thokischen Steppen, obwohl dort die Versorgungslage katastrophal sein sollte.

Die Zurückgebliebenen versammelten sich indessen vor dem Dom und riefen voller Verzweiflung Tathril um Beistand an. Die Kaisergarde bewachte den Zugang des Tempels; auch Krieger mit roten Helmen und Schilden standen vor dem silbernen Tor, Angehörige des troublinischen Gildenheeres, das der Kaiser nach Vara gerufen hatte. Vor zwei Tagen war es in die Stadt einmarschiert; Troublinien war der letzte Verbündete im Kampf gegen die Goldéi. Dennoch murrten viele Bürger über die Ankunft der Gildenkrieger – war denn der Kaiser so schwach, daß er sich vom Heer des Nachbarlandes beschützen lassen mußte?

Es waren Tage der Ungewißheit. Der Krieg gegen die Goldéi war verloren, der Silberne Kreis zerfallen, der Kaiser allen Gerüchten zufolge von einem Dämon besessen, und im palidonischen Hochland schwelten die Feuer des Brennenden Berges. Längst hatten die Menschen allen Mut verloren, und so richtete sich ihre letzte Hoffnung auf Tathril. Sie warteten vor dem Tempel auf ein Zeichen, auf ein Wunder, während die Sonne am westlichen Horizont versank.

Die Lichtspiegelungen auf der Domspitze erloschen, und Dunkelheit sank auf Vara herab wie ein schwerer Mantel.

Der Trupp bestand aus zwanzig Männern; die Hälfte kaiserliche Gardisten, der Rest troublinische Gildenkrieger. Forsch marschierte er über den Gorjinischen Marktplatz. Die Bürger, die sich um diese Zeit noch auf dem Platz befanden, wichen dem Aufmarsch aus; sie ahnten, daß dies nichts Gutes zu bedeuten hatte.

Am Ende des Platzes führte eine Treppe zu einem tempelähnlichen Gebäude empor – die Halle der Bittersüßen Stunden, das alte Dampfbad von Vara und nun Versammlungsort der Großbürger. Rote Lampen baumelten über dem Eingangsportal, und die Flügeltüren standen weit offen. Die Gardisten erstürmten die Treppe, ihr Anführer vorneweg. Ein langer, mit Teppichen ausgelegter Gang erwartete sie; er führte direkt auf die Empore der alten Badehalle. Der Anführer der Garde spähte über die Balustrade. Im trüben Lampenschein sah er das trockengelegte Becken. Auf dem Mosaikboden stand ein Polstersessel, in ihm kauerte eine Gestalt; sie schien zu schlafen, denn der Kopf war gesenkt.

Der Anführer des Trupps befahl zwei Gardisten, auf der Empore zurückzubleiben. Die anderen hasteten auf der Wendeltreppe zum Beckenrand hinab und verteilten sich um das Bassin. Der Hauptmann deutete mit dem Schwert auf die reglose Person.

»Ihr dort! Wir suchen die Dame Sinustre Cascodi, Eigentümerin dieser Halle. Erhebt Euch, und zwar langsam!«

Die Person rührte sich nicht. Zweimal wiederholte der Gardist seine Forderung; dann befahl er seinen Leuten, in das Becken hinabzusteigen. Sie rissen die Gestalt vom Sessel hoch – und ließen sie erstaunt wieder fallen.

»Es ist eine Puppe! Die Kleider sind mit Lumpen gefüllt!«

Der Anführer starrte ungläubig in das Becken hinab. »Eine Falle!« Er schnellte herum. Seine Augen suchten auf der Empore nach den zurückgebliebenen Männern. Dort! Sie waren in sich zusammengesunken, ihre Waffenröcke blutdurchtränkt, die Kehlen durchschnitten. Und ein Knirschen … die Wendeltreppe löste sich aus ihrer Verankerung, krachte voller Wucht auf das Becken hinab. Die Gardisten wichen im letzten Augenblick aus, zückten die Schwerter; aufgeregt schrieen sie durcheinander, bis der Hauptmann ihnen Einhalt gebot.

Oben auf der Empore trat aus einem dunklen Winkel Sinustre Cascodi hervor. Sie trug eine weitgeschnittene Hose aus dunkler Seide, eine Weste mit Silberknöpfen und Stulpenhandschuhe; ihre Wangen waren gepudert, die Augenbrauen mit einem Kohlestift nachgezogen und die zurückgesteckten Haare mit einer enganliegenden Kappe bedeckt, die aus samtigen Blättern zu bestehen schien. Sie lächelte von der Balustrade herab, als wartete sie auf einen Applaus der Gardisten.

»Willkommen in der Halle der Bittersüßen Stunden. Ich bin es zwar nicht gewohnt, ungeladene Gäste zu empfangen, doch für die treuen Krieger des Kaisers nehme ich mir gerne etwas Zeit.«

»Sinustre Cascodi!« Der Hauptmann ballte die Faust. »Ihr seid verhaftet! Der Kaiser bezichtigt Euch des Hochverrats.«

»Hochverrat … ein großes Wort.« Sie stieß ein rauchiges Lachen aus. »Was habe ich mir zuschulden kommen lassen?«

Der Hauptmann versuchte, den Abstand zwischen Bekkenrand und Empore abzuschätzen; eine Höhe von mindestens vier Schritt, unmöglich ohne Seil oder Leiter zu überwinden. »Das wißt Ihr nur zu gut. Ihr seid das Haupt einer Verschwörung, in die mehrere Großbürger und diese niederträchtigen Kahnleute verwickelt sind. Außerdem habt

Ihr einen Gefangenen des Kaisers entführt, den Fürsten Baniter Geneder …«

»Aber Baniter Geneder ist doch tot«, sagte Sinustre mit unschuldigem Blick. »Hat der Kaiser nicht alle Angehörigen des Thronrats eigenhändig hingerichtet?«

»Haltet uns nicht zum Narren! Wir haben bereits mehrere Kahnleute verhaftet; sie haben gestanden, in Eurem Auftrag die Befreiung des Fürsten geplant zu haben. Bald werden wir auch jene Staker fassen, die selbst an der frechen Entführung beteiligt waren.« Der Gardist hob drohend die Stimme. »Es hat keinen Sinn, Eure Taten zu leugnen. Ihr werdet Ulimans Bestrafung nicht entgehen.«

»Er hat lange gebraucht, um dahinterzukommen, wer hinter der Befreiung des Fürsten steckte.« Sinustre Cascodi zog langsam ihre Handschuhe aus. »Zwei Tage ließ der Kaiser ungenutzt verstreichen; nun, fürchte ich, kommt sein Schlag gegen mich zu spät. Dieses dumme Kind wird nicht mehr lange Varas Sicherheit gefährden.«

»Wie wagt Ihr es, über den Kaiser zu sprechen? Noch in dieser Nacht werden Eure Mitverschwörer verhaftet und hingerichtet, und Ihr wandert in den Kerker, bis Uliman Euch verhört hat.«

»Ich glaube nicht, daß ich Uliman etwas zu sagen hätte. Er hat unsere Stadt verraten, sie den Troubliniern und ihren Priestern ausgeliefert, um sich für den Kampf gegen das Verlies zu rüsten.« Sinustre wies verächtlich auf die Gildenkrieger. »Ihn kümmert es nicht, was mit Vara geschieht – doch wir, die Bürger der Stadt, wissen uns zu verteidigen.«

Sie zog an einem Draht, der nahezu unsichtbar an der Verstrebung der Balustrade entlangführte. Vom Beckengrund erklang ein Zischen; und der Hauptmann sah aus mehreren Ritzen des Mosaikbodens grünen Dampf aufsteigen.

»Ihr … Ihr wagt es nicht, uns etwas anzutun!« Seine Stimme zitterte. »Wir gehören der Kaisergarde an! Wir sind die Verteidiger Sithars!« Entsetzt blickte er auf die Männer im Becken, die zu husten begannen, ihre Hände vor die Münder preßten.

»Sithar existiert nicht länger«, sagte Sinustre traurig, während sie sich von der Balustrade zurückzog. »Wir müssen in die Zukunft blicken, in die Zeit, die nun kommt. Vara wird darin eine wichtige Rolle spielen. Ihr hingegen …«

Sie seufzte. Dann wandte sie sich um und entschwand durch eine Tür in der holzgetäfelten Wand, während unten in der Halle der Bittersüßen Stunden Panik ausbrach: ein Husten und Keuchen, verzweifelte Hilfeschreie, die bald vom aufsteigenden Dampf erstickt wurden.

Der Kampf um Vara hatte begonnen.

Stille herrschte im Südflügel des Palastes; kein Laut war auf den Säulengängen zu hören, kein Wachposten stand vor den Gemächern der Kaiserin. Doch hinter den verschlossenen Türen hielten sich die Arphater bereit, denn die Zeichen standen auf Sturm.

»Wir müssen losschlagen, göttliche Herrin!« Der Große Ejo faltete nervös die Hände, löste sie wieder, glättete die Falten seines gelben Gewandes. »Wenn wir länger zögern, kommen die sitharischen Hunde uns zuvor.« Er beobachtete Inthara, die auf einem erhöhten Kissen in der Mitte des Raumes saß, umringt von Anub-Ejan-Mönchen. »Der Knabe Uliman hat sich im Thronsaal verkrochen, zusammen mit seinen elenden Priestern, und vor dem Palast wehen die Fahnen der Troublinier. Sie haben am Kaiser-Hamir-Kanal Stellung bezogen, in unmittelbarer Nähe unseres Heeres. Das ist eine klare Kampfansage! Ich schwöre Euch: Uliman sucht die Entscheidung, hier und heute.«

Intharas Hände ruhten auf ihrem schwangeren Bauch; sie lächelte, spürte mit den Fingerspitzen den Bewegungen des Kindes nach. Die Worte des Schechims schienen sie nicht zu bekümmern.

»Wir hätten bereits vor zwei Tagen dieses schändliche Treiben beenden sollen«, fuhr Ejo fort. »Der Palast wäre uns wie eine reife Frucht in die Hände gefallen. Nun hat der Krämerkaiser seine Verbündeten zu den Waffen gerufen – fünfhundert troublinische Streiter. Wer weiß, ob in den nächsten Tagen nicht noch mehr Gildenkrieger nach Vara gelangen.«

»Habt Ihr etwa Angst, Schechim?« Die Königin blickte auf. »Troublinier sind ein feiges Pack; im Südkrieg erhoben sie erst die Waffen, als die Niederlage der Königreiche abzusehen war.« Sie richtete sich von ihrem Kissen auf. »Fünfhundert Streiter also … damit dürfte mein kaiserlicher Gemahl insgesamt neunhundert Kämpfer in Vara versammelt haben. Doch diesen stehen tausend kampferprobte Arphater gegenüber, und zusätzlich die zweihundertköpfige Stadtgarde, dank unserer neuen Verbündeten. Ihr seht, Ejo – es wäre für Uliman äußerst gefährlich, sich gegen uns zu wenden.«

»Die Stadtgarde besteht aus verwöhnten Bürgersöhnchen. Ihr könnt nicht auf sie zählen. Außerdem traue ich der Dame Sinustre nicht: eine einstige Hure, die auf undurchsichtigem Weg zu Einfluß gelangt ist …«

»Ihr traut Sinustre nicht, weil sie im Gegensatz zu Euch Fürst Baniter aufspüren konnte.« Inthara zog unter ihrem weiten Gewand das silberne Kästchen hervor – Glams Geschenk. »Schon vor Wochen teilte sie mir ihren Verdacht mit, daß Baniter den Anschlag des Kaisers überlebt habe. Ich schenkte ihren Worten zunächst wenig Glauben, doch mein letztes Gespräch mit Uliman verschaffte mir Gewißheit. Nun hat Sinustre den Fürsten befreit! Damit hat Uliman zwei wichtige Gefangene eingebüßt – den Goldéi und Baniter Geneder …«

»Wenn Uliman nur einen Funken Stolz in sich trägt, wird er diese Schmach sühnen. Die Verschleppung des Goldéi nahm er hin, um Zeit zu gewinnen und auf das anrückende Heer der Troublinier zu warten. Außerdem weiß er, wie wertlos die Echse ist. Sie ist uns nur eine Last; wir mußten sie mühevoll aus dem Palast schmuggeln und im Heereslager verstecken.« Unruhig schritt der Schechim im Raum auf und ab. »Und was den Luchs von Ganata betrifft: Sinustre Cascodi hat keinen Beweis für seine Befreiung erbracht.

Warum hat sie ihn nicht zu Euch gebracht? Wo hält die Dirne ihn versteckt?«

Dies schien Inthara nicht zu kümmern. »Wichtig ist allein, daß Baniter lebt. Die Götter hielten die schützende Hand über ihn; selbst dieser Schwan, diese schwarze Bestie, konnte ihm nichts anhaben. Er verfolgte Baniter, so berichtete mir Sinustre, und wollte ihn zerreißen – doch er konnte entkommen.« Sie strich zärtlich über das silberne Kästchen. »Uliman wird für diesen Mordversuch bezahlen.«

»Dann laßt uns angreifen«, rief Ejo. »Die Überraschung wäre auf unserer Seite. Wir werden Euch aus dem Palast bringen und Uliman mitsamt seiner Priesterrotte ausräuchern ...«

Die Königin schüttelte den Kopf. »Habt Ihr vergessen, was in Sai'Kanees Brief stand? Ich darf den Palast nicht verlassen, nicht in der Nacht! Ich muß ausharren, bis die Gefahr vorüber ist.«

»Aber Ihr könnt nicht hierbleiben! Wenn ein Kampf um den Palast entbrennt, muß die Tochter des Sonnengottes in Sicherheit sein.«

»Ich bin hier in Sicherheit.« Sie umschloß Glams Geschenk mit beiden Händen. »Wenn der alte Plan in Kraft tritt und die Schatten empordringen, schützt mich Eure Klinge nicht, Schechim, sondern nur der Zauber dieses Kästchens. Ihr habt es selbst gehört, habt mir Glams Worte selbst übermittelt ... bald ist es soweit.«

Ejo wollte widersprechen, doch dann spitzte er die Ohren und eilte zum Fenster, spähte durch die geschlossenen Klappen nach draußen. »Fackeln vor der inneren Mauer ... Ulimans Gardisten sammeln sich im Vorhof des Palastes!« Er tastete nach dem Säbel. »Laßt uns eine Laterne am Fenster entzünden, um dem Heer den Angriffsbefehl zu erteilen. Es wartet nur darauf, Königin, und wird mit Freuden in den Tod gehen, um Euch zu verteidigen.«

»Nein!« Ihre Stimme klang bestimmt. »Wir werden warten. Etwas Gefährliches braut sich dort draußen zusammen, eine dunkle Macht ... wir dürfen sie nicht reizen.

Verriegelt die Türen und Fenster, und bleibt bei mir – dicht bei mir!«

Sie schloß die Augen. Die Anub-Ejan traten näher an sie heran, sichtlich verwirrt durch die Worte der Königin. Nur der Schechim blieb am Fenster stehen. Er wirkte ratlos.

»Wie unwürdig!« murmelte er. »Nur Schafe kauern sich im Koben des Schlachthauses zusammen und warten auf ihren Tod.« Er prüfte mit dem Finger die Säbelklinge. »All dies ist die Schuld von Baniter Geneder. Der Luchs hat uns hergelockt, die Tochter des Sonnengottes geschändet und ihre Hand an den Krämerkaiser verschachert. Warte nur … der Tag kommt, an dem ich dir die Krallen ziehe und dich für deinen Frevel bestrafe.«

Gelber Fackelschein erhellte den Kaisersaal. Uliman Thayrin hatte die Priester der Bathaquar zu sich gerufen, nebst einigen Vertretern der troublinischen Großgilde, die dem Heer nach Vara gefolgt waren. Die hohen Herren konnten ihre Genugtuung kaum verhehlen; in kürzester Zeit war Troublinien vom ungeliebten Handelsrivalen zur Schutzmacht des Kaiserreiches aufgestiegen. Vergessen war aller Vorbehalt, den die Großgilde gegenüber Sithar gehegt hatte, vergessen die wechselhafte Geschichte der beiden Länder, die gemeinsam gegen die Königreiche des Nordens gekämpft hatten, im Südbund vereinigt gewesen waren und erst nach langem Streit diese Verbindung gekappt hatten. Nun war Troubliniens Heer vom Kaiser zur Hilfe gerufen worden, und manches Ratsmitglied wähnte sich bereits als künftiger Besitzer der Ländereien, die durch das Dahinscheiden der Fürsten frei geworden waren.

Doch Uliman dachte in dieser Stunde nicht daran, die Beute zu verteilen. Der Knabe war außer sich; sein Gesicht gerötet, die Augen von fiebrigem Glanz erfüllt. »Sie sind entkommen? Was soll das heißen?« Er hieb mit der Faust auf die Lehne des Throns. »Ich habe den Befehl gegeben, die

Großbürger zu verhaften; alle, die sich seit Jahren im Badhaus der Sinustre Cascodi treffen und an der Verschwörung beteiligt sind. Zwanzig Namen standen auf der Liste, die ich in den letzten Tagen zusammengestellt habe; Kaufleute, Zunftherren, Schiffseigner – und ihr wollt behaupten, sie wären entkommen?«

Ein Mitglied der Kaisergarde meldete sich zu Wort. »Irgend jemand hat die Verräter gewarnt. Sechs Häuser fanden wir verlassen vor, die anderen wurden von der aufmüpfigen Stadtgarde beschützt. Sie weigerte sich, die Verschwörer auszuliefern, berief sich gar auf ihren Eid, die Bürger der Stadt in jeder Lage zu beschützen. Wir konnten nichts tun.

»Und Sinustre Cascodi ist euch ebenfalls entwischt!« Uliman hatte die letzten Worte beinahe geschrieen; in seinem Zorn glich er gleichaltrigen Kindern, die sich über ein Spiel entzweit hatten. Doch dies war kein Spiel. »Erst wagen es die Arphater, den Goldéi aus meinem Kerker zu rauben; dann wird mein wichtigster Gefangener von einer Bande Staker entführt, und drei Dutzend Verschwörer entziehen sich ihrer Verhaftung. Ich will das nicht länger dulden!«

»Wir werden hart durchgreifen«, versprach der Gardist, »sofern wir auf die Unterstützung der Troublinier zählen können. Ohne sie sind wir kaum in der Lage, die verräterische Stadtgarde zu entwaffnen.«

»Selbstverständlich stehen wir euch zur Seite«, rief einer der Troublinier, ein korpulenter Kaufmann mit spärlichem Haar, in dem die Goldspange der Gilde glänzte. »Fünfhundert Krieger haben wir nach Vara gebracht – zu Eurer Verteidigung, Majestät, zur Sicherung unserer gemeinsamen Herrschaft.«

Er zwinkerte dem Knaben gönnerhaft zu, doch dieser blieb ungehalten. »Ihr kommt zu spät, und ihr seid zu wenige. Ich befahl der Gilde, mir ein starkes Heer zu entsenden ...«

»Ein starkes Heer der besten Krieger!« Der Kaufmann strahlte über das ganze Gesicht. »Troubliniens Volk ist klein, doch es hat die furchtlosesten Streiter von Gharax hervorgebracht. Unsere Männer haben in den Mooren gegen Sumpfbestien und Geister gekämpft, in den Wäldern gegen Bären und Blutwölfe, an den Küsten gegen Schmuggler und Piraten. Nun schreckt sie nichts mehr auf der Welt.«

»Es sind zu wenige«, beharrte Uliman. Seine Finger trommelten auf der Lehne des Throns. »Habe ich nicht gesagt, daß ich jede Unterstützung in Vara benötige?«

»Wir konnten keine weiteren Krieger entbehren. Niemand weiß, wann die Schiffe der Goldéi in die troublinische See gelangen. Uns ist zu Ohren gekommen, daß die Echsen nun auch die Insel Siccelda erobert haben – und damit die Weinende Mauer, die von der Calindor-Loge gehütet wurde. Sie haben alle magischen Quellen des Nordens in ihre Gewalt gebracht, und nur die Klaue des Winters hält sie noch zurück, in unsere Gewässer vorzudringen.«

»Was kümmert mich das?« Ulimans Stimme überschlug sich fast. »Noch sind sie fern. Hier in Vara aber entscheidet sich die Zukunft von Gharax.« Er kletterte vom Thron. »Wir müssen uns auf die Stunde vorbereiten, in der das Verlies seine Kräfte entfesselt. Bis dahin muß der Widerstand in der Stadt gebrochen sein. Verdoppelt die Anstrengungen, Baniter zu finden, und bringt Sinustre Cascodi und ihre Mitverschwörer zur Strecke. Nur vereint kann Varas Bevölkerung überleben – vereint unter der Führung der Bathaquar.«

Die anwesenden Priester wechselten zufriedene Blicke. Dies war ein Kaiser nach ihrem Geschmack.

»Aber was soll mit den Arphatern geschehen?« gab einer von ihnen zu bedenken. »Wir können keinen Schlagabtausch mit der Stadtgarde riskieren, solange Intharas Truppen vor dem Palast lagern. Sie könnten uns in den Rücken fallen.«

»Inthara hat lange genug mit dem Feuer gespielt. Die Arphater haben gegen die Goldéi versagt; nun brauchen wir sie nicht länger. Sobald diese Unterredung endet, wird meine Garde den Südflügel stürmen und die Kaiserin gefangennehmen – oder töten, wenn es sein muß.«

»Aber Majestät … eintausend Arphater befinden sich in

der Stadt! Es wird ein Blutbad geben, ein Gemetzel mit ungewissem Ausgang ...«

»Falls sie den Palast angreifen, wird es mir eine Freude sein, ihnen meine Macht vor Augen zu führen.« Uliman hob die Hand und betrachtete sie im Fackelschein. »Das Ritual der Knechtschaft ... Rumos brachte es mir bei, doch er warnte mich vor dem Zorn der Quellen, denen das Ritual große Schmerzen zufügt. Das Verlies der Schriften wird sich an mir rächen, wenn ich seine Kraft ein weiteres Mal beschwöre. Hoffentlich wird es heute nicht dazu kommen ...«

Er hielt inne, denn auf dem Gang waren Schritte zu hören. Ein Bote stürzte in den Saal, sein Gesicht schweißüberströmt. Er fiel vor dem Thron auf die Knie.

»Majestät – ich bringe eine Nachricht vom Nordturm!« Seine Stimme zitterte. »Auf der Straße des Geronnenen Blutes nähert sich ein feindliches Heer! Die Späher berichten von vierhundert Bewaffneten, die aus dem Hochland kommen. Sie werden gegen Morgen in Vara sein!«

Uliman runzelte die Stirn. »Aus dem Hochland? Das kann nicht sein!«

»Nhordukael!« entfuhr es einem der Bathaquari. »Die Weißstirne marschieren!«

»Unmöglich«, widersprach ein anderer. »Sie haben mit uns einen Waffenstillstand vereinbart!«

»Ein schöner Waffenstillstand!« höhnte der erste. »Hast du vergessen, was in Nandar geschehen ist? Ich sage dir, Nhordukael zieht gegen uns ins Feld, und er wird die Flammen des Brennenden Berges bis nach Vara tragen.«

Der Bote schüttelte den Kopf. »Es sind nicht die Weißstirne. Es handelt sich um ein geordnetes Heer aus bewaffneten Rittern. Sie marschieren im Zeichen der Schwarzen und der Weißen Klippen!«

Der Kaiser nickte. »Binhipar Nihirdi ... er ist also entkommen und bringt nun seine Klippenritter nach Vara, um mich zu stürzen.« Nachdenklich tastete er nach der Fürstenkette, die er um seinen Hals trug. »Wie konnte er dieses

Heer durch das Hochland führen, ohne vom Auge der Glut aufgehalten zu werden?«

Die Bathaquari tuschelten aufgeregt miteinander. »Majestät … warum habt Ihr uns verschwiegen, daß der palidonische Fürst noch am Leben ist? Wenn dies wahr ist, müssen wir ihn vor Varas Stadtmauern aufhalten – sofort! Die Klippenritter sind gefährliche Gegner; sie wissen, wie man eine Stadt belagert.«

Uliman dachte nach. »Nein«, entschied er dann. »Mit Binhipar beschäftige ich mich später. Zunächst müssen die Arphater zurechtgewiesen werden. Zerrt Inthara aus ihrem Schlupfloch, damit dieser Aufstand ein Ende nimmt.«

Er blickte zur Kuppel auf. Durch das Glasdach sah er den Nachthimmel – und einen Schatten, der über der Kuppel träge seine Kreise zog.

»Mein dunkler Gefährte«, murmelte Uliman. »Stehe mir bei heute nacht …«

Noch immer strömten die Menschen zum Dom. Hunderte hatten sich auf dem Platz eingefunden, um Tathril zu huldigen – gleich, ob sie fromme Anhänger der Kirche waren oder erst jetzt, in den Zeiten der Ungewißheit, den Weg zum Glauben gefunden hatten. Rund um den Platz schwelten Feuerkörbe; ihr Flackern schuf eine unheimliche, fast künstliche Stimmung.

Die Krieger, die den Dom bewachten, erfüllte die Zusammenrottung mit Sorge. Zwar ließ sich gegen eine friedliche Versammlung nichts einwenden, doch die Stimmung konnte jederzeit umschlagen, in eine Panik oder gewaltsame Erhebung münden. Sie behielten die Menge im Auge, scheuchten jene, die zu dicht an die Domtreppe gelangten, wieder zurück.

Mit dem Anbruch der Dunkelheit war alle Wärme aus den Straßen gewichen. Ein scharfer Wind pfiff über den Platz, heulte entlang der Fassade des Doms. Hinter den milchigen

Glasscheiben flackerte Kerzenschein; einige Tathril-Priester aus Troublinien hatten sich zum Gebet in den Tempel zurückgezogen.

»Was machen sie da drinnen?« fragte einer der Gardisten mißtrauisch und wandte sich an die nahe stehenden Gildenkrieger. »Seit der Hohepriester verschwunden ist, halten sich eure Priester im Dom auf. Ist dieser Tempel zu einem troublinischen Schlaflager verkommen?«

»Die Diener der Tathrilya beten für Bars Balicors Rückkehr«, erwiderte ein Troublinier, »und bewahren uns vor den Schrecken, die in den Katakomben lauern.«

»Das gefällt mir nicht«, schnaubte der Gardist. »Eure Gilde hat zuviel Einfluß über die Kirche erlangt. Der Kaiser sollte sie auf ihren Platz verweisen – es schafft nur Unfrieden innerhalb der Kirche.«

»Den Unfrieden schaffen wohl eher diese Ketzer aus dem Hochland! Hätten unsere Priester nicht nach Balicors Verschwinden die Führung der Kirche übernommen, ständen die Weißstirne längst vor Varas Toren.«

»Die Weißstirne verhalten sich seit Wochen friedlich. Ihr hingegen macht euch in unserer Stadt breit, mischt euch in alles ein … es wäre besser, wenn ihr in euren stinkenden Sümpfen geblieben wärt.«

Der Troublinier lief dunkelrot an und wollte den unverschämten Redner am Kragen packen – doch dann schreckte er herum. Das Gemurmel der betenden Menge wurde von einem Rasseln begleitet, einem metallischen Klirren – es drang aus der Tiefe empor.

Die Gardisten suchten auf dem Platz nach dem Ursprung des Geräusches. Der Wind blies ihnen seinen kalten Atem ins Gesicht, und auf einen Schlag erloschen die Feuerkörbe. Die Betenden schrieen auf, irrten in der Finsternis umher wie verängstigte Schafe; zugleich verglühten die Fackeln der Gardisten. Sie zogen die Schwerter, starrten entsetzt in die Dunkelheit. Über ihnen der Nachthimmel, das Schimmern der Sterne; die einzige Lichtquelle, die noch geblieben war.

Südlich des Platzes, wo sich zwischen den Häuserblöcken ein Kanal hindurchschlängelte, verdichtete sich die Finsternis. Die Schatten der Ziegelgebäude breiteten sich aus, schluckten alles Licht. Nichts als Schwärze … und diese begann sich zu bewegen. Die Fassaden der Häuser, sie wankten, bebten, hoben sich empor wie erwachende Riesen. Düstere Wände strebten dem Himmel entgegen, verdunkelten einen Teil des Himmels. Das Rasseln schwoll an; es klang, als glitten tief im Untergrund Eisenketten über schartige Zahnräder.

Und dort – ein Licht! Ein Glühen inmitten der Massen, rot pulsierend. Ein junger Mann schritt über den Platz, die Arme verschränkt, als fröstelte es ihn. Er erreichte die Treppe des Doms und stieg die ersten Stufen empor; sein Körper war mit Verbänden umwickelt, ölgetränkte Lappen – oder war es Blut, das aus dem Mull tropfte? An einigen Stellen waren die Binden verrutscht und zeigten rotglimmende Haut.

»Wer bist du?« Ein Gildenkrieger hastete die Stufen herab; das Schwert in seiner Hand zuckte. »Bleib stehen!«

Der Blick des Fremden traf ihn: feuerrote Augen, in denen Flammen tanzten. »Laß mich durch. Ich muß in den Dom gelangen, in das Verlies.«

»Ich sage es nur einmal – bleib stehen!« Der Troublinier wich vor dem Fremden zurück. »Komm nicht näher, sonst schmeckst du meine Klinge.«

»Geh zur Seite!« wiederholte der Mann mit fester Stimme. Hinter ihm hatten sich die Menschen beruhigt; sie beobachteten das Geschehen auf der Treppe, trotz des anhaltenden Rasselns, das lauter und bösartiger wurde. »Hörst du nicht den Ruf des Verlieses? Es wird die Stadt übernehmen, und diese Schatten sind nur ein Vorgeschmack seiner Macht. Zurück jetzt, du Narr.«

Ein Ruf erschallte aus der Menge. »Nhordukael! Es ist Nhordukael … Tathril hat uns den Auserkorenen geschickt!« Der Name wurde von den Umherstehenden aufgegriffen. Die gesamte Menge fiel in den Chor ein, »NHORDUKAEL! NHORDUKAEL!«

Der Gildenkrieger zögerte; er sah sich nach seinen Gefährten um, die mit gezogenen Schwertern zu ihm herabeilten.

»Dann bist du der falsche Hohepriester«, stieß er hervor, »der Ketzer, vor dem uns die Priester warnten.« Er hob das Schwert. »Du hättest nicht nach Vara kommen sollen.«

Nhordukael richtete sich zu voller Größe auf. Funken sprühten aus seinen Augen; die Verbände glitten von seinen Armen, entblößten die glühenden Adern unter der Haut. Unter ihm bebte die Treppe; das Gestein begann zu dampfen, wurde flüssig, schmolz in Windeseile. Der Gildenkrieger verlor den Halt; er kreischte auf, als sein Kopf die heißen Stufen traf, sich seine Gesichtshaut wie brennendes Papier von den Knochen schälte. Die Treppe zerrann wie heißes Wachs; und die Gardisten ließen ihre Waffen fallen, versuchten sich mit einem Satz über die Steinbrüstung zu retten. Nicht allen gelang der Sprung in die Tiefe.

Nhordukael aber stieg auf den fließenden Stufen zum Eingangsportal des Doms empor. Die Menschen jubelten ihm zu, fasziniert von der Macht, die der Auserkorene ihnen vor Augen führte. Sie ahnten nicht, wie schwer es Nhordukael gefallen war, die Glut des Brennenden Berges zu beschwören, vorbei an den Sphärenströmen der Quelle von Vara, dem Verlies der Schriften. Jeder weitere Zauber konnte zu einer Entladung der Inneren Schicht führen und Nhordukael zerreißen.

Als er die letzte Stufe erklommen hatte, wandte er sich nach dem Volk um. »Das Verlies ist entfesselt!« Seine Stimme hallte über den Platz, ließ die Jubelnden verstummen. »Ich werde versuchen, es aufzuhalten, doch ob es mir gelingt, kann ich nicht versprechen. Kehrt in eure Häuser zurück und verhaltet euch ruhig. Eine Flucht oder Panik wird nur den Zorn der Quelle heraufbeschwören.«

Sie schienen seine Worte nicht zu begreifen, begannen wieder, seinen Namen zu rufen. »Nhordukael!« schrie einer aus der Menge. »Bitte Tathril, uns zu verschonen … uns zu retten …«

»Hört auf damit, diesen Gott anzubeten! Tathril kann euch nicht retten.« Nhordukael wies auf die Schatten, die wie Türme rings um den Platz aufragten, den Himmel verfinsterten, höher und höher wuchsen. »Jeder von uns trägt eine Mitschuld an dem Untergang; wir haben es zugelassen, daß die Quellen in Gefangenschaft gehalten wurden und das Gleichgewicht der Sphäre zerstört wurde. Nun müssen wir alle die Folgen tragen.«

Er kehrte ihnen den Rücken zu. Violette Flammen huschten über das Portal des Doms; die kostbaren Silberfresken schmolzen, das Metall perlte in Schlieren herab. Nhordukael wischte sie beiseite wie einen Vorhang. Unter dem Aufschrei der Menge trat er durch die brennende Tür in den Dom.

Ob sie begriffen haben, was ich ihnen sagte? Werden sie sich endlich von Tathril lossagen, dieser bequemen Selbsttäuschung, durch die der Mensch alle Verantwortung an die Priester und Zauberer abgibt? Nhordukael wußte es nicht; das Lärmen der Menge deutete er eher als ein Zeichen fortwährender Verblendung. *Anstatt das Joch der Sphäre abzuschütteln, warten sie lieber auf einen Heilsbringer … dies ist der Acker, auf dem Mondschlund und Sternengänger ihre Saat ausstreuen konnten, bis zum heutigen Tag.*

Er durchquerte die Vorhalle; dabei zitterte er am ganzen Leib. *So kalt … es ist so kalt.* Sein Blick war auf den Kerzenschein gerichtet, der aus der Haupthalle drang. Er wurde von Wänden reflektiert, denn diese waren mit Silber ausgeschlagen: ein Glanz, der eine ehrfurchtgebietende Stimmung schuf.

Als Nhordukael die Halle betrat, bemerkte er sofort die im Gebet vertieften Tathril-Priester; an der Haarfarbe erkannte er ihre troublinische Herkunft. Sie knieten vor einem Marmorsockel in der Mitte der Halle. Auf diesem ruhte ein silbernes Gefäß. *Der Kelch des heiligen Lysron … Magro Fargh hat mir oft von ihm erzählt. Angeblich trank Lysron stets einen Schluck Wein aus dem Kelch, bevor er in das Verlies der Schriften hinabstieg.*

Die Priester sprangen auf und starrten Nhordukael an.

Seine Verbände hatten sich vollständig gelöst, hingen in brennenden Fetzen von den Gliedern und brannten. Am schrecklichsten aber waren seine Augen; keiner der Priester konnte dem glühenden Blick standhalten.

»Ihr wißt, wer ich bin und was ich will«, sagte Nhordukael, während er sich ihnen näherte. »Und auch mir sind eure Absichten bekannt. Ihr seid die Anhänger der Bathaquar – die Verbündeten Bars Balicors, der euch nach Vara holte, um die Quelle zu bezwingen. Wo ist er, der falsche Hohepriester?«

Die Bathaquari hatten sich wieder gefaßt. »Wo soll er schon sein?« höhnte es aus der Priesterschar. »Er ist in die Katakomben herabgestiegen, um dich und deine Brut auszulöschen! Offenbar hat er geschafft, dich nach Vara zu locken.«

»Ja, das hat er ... doch es ist sein letzter Triumph. Ich werde Balicors übles Spiel ein für allemal beenden.« Flammen tanzten auf Nhordukaels Fingerspitzen. »Haß und Selbstsucht – dies ist alles, was eure Sekte lehrt. Balicor hat sich von der Bathaquar verführen lassen, um seine Machtgier zu befriedigen. Ihr wollt den Wandel der Sphäre für eure Ziele nutzen.«

»Wir werden die Welt vor Schlimmerem bewahren!« Ein glatzköpfiger Priester deutete voller Abscheu auf Nhordukael. »Sieh dich doch an! Wenn wir die Sphäre nicht mit einem neuen Bann belegen, werden bald alle Menschen die Folgen der entfesselten Magie spüren – so wie du! Die Quelle des Brennenden Berges hat deinen Körper entstellt, deinen Verstand vernebelt. Wenn Balicor dich zur Strecke bringt, wird dies ein Akt der Gnade sein.«

Nhordukael hatte genug von dieser Unterhaltung. Er trat an den Sockel und riß den Kelch des heiligen Lysron an sich. »Rechnet nicht zu bald mit meinem Tod.« Flammen schlugen vor ihm aus den Ritzen der Steinplatten, und die Priester wichen zurück.

»Frevler!« schrie der Glatzkopf. »Wie kannst du es wagen, Tathrils Haus zu schänden? Laß den heiligen Kelch an seinem Platz!«

»Ich werde ihn gewiß nicht in euren Klauen lassen.« Nhordukael betrachtete das Gefäß; es war alt, sein silberner Fuß schwarz angelaufen und der Rand brüchig. Innen war das Silber mit einer Schicht bedeckt, einer Art Grünspan. »Ich werde euren Hohenpriester seiner gerechten Strafe zuführen. Die Stunde der Entscheidung naht.«

Er blickte zur Apsis des Doms. Hinter dem Altar erhob sich eine weiße Säule; um diese schraubte sich eine Wendeltreppe bis zur Decke: der Aufstieg zum Hauptturm. Doch hinter der Säule war eine andere Treppe zu erkennen. Sie führte in die Tiefe, in die Finsternis.

Der Weg ins Verlies … es ist alles genau so, wie es in den Kirchenbüchern geschrieben stand. Ohne sich weiter um die Priester zu kümmern, näherte er sich dem Abstieg. Unten war eine Tür zu sehen; während er sie betrachtete, öffnete sie sich wie von Geisterhand. Kalter Wind pfiff aus dem Gang, der hinter ihr lag. Und Magie … ja, Nhordukael spürte den Atem der Quelle, die machtvollen Ströme des Verlieses. *Dort unten kann mir das Auge der Glut nicht mehr beistehen. Diesen Kampf muß ich allein ausfechten.*

Er umfaßte den Kelch, atmete tief ein und stieg die Stufen hinab. Die Bathaquari verfolgten ihn mit finstren Blicken, in denen sich Wut und Anerkennung über die Kühnheit des Auserkorenen mischten. Doch keiner von ihnen wagte es, ihm zu folgen, sie lauschten nur, wie sich seine Schritte in den Gängen des Verlieses verloren, und waren erleichtert, das Zusammentreffen mit Nhordukael überlebt zu haben.

Licht und Schatten: ein ewiger Kampf. Am Tag noch hatte das Licht die Oberhand behalten; doch mit der Dämmerung war der Konflikt wieder ausgebrochen, und die Schatten feierten in Varas Gassen den Sieg über ihren Feind. Sie hatten ihn sorgsam vorbereitet: Nachdem sich die Flammenhüter aus weiten Teilen der Stadt zurückgezogen hatten, lagen diese in Finsternis; der blaue Schein der Feuerkörbe war erloschen, die Nacht dunkler, als sie sein sollte. Dies erleichterte den Schatten ihr Werk ...

Geräusche drangen aus der Tiefe, Rasseln und Rattern und Knirschen. Ein altes Räderwerk war unter der Stadt erwacht; und obwohl keine Erschütterung in den Straßen zu spüren war, bahnten sich unheilvolle Kräfte einen Weg an die Oberfläche. Schattenwände hoben sich aus dem Nichts; Gebäude schwollen in undurchdringlicher Schwärze zu Türmen an, schnellten in absurden Winkeln empor. Es war, als ob unsichtbare Hände die Steine und Mauern aus der Dunkelheit hervorzerrten, um Vara eine neue Gestalt zu verleihen.

Merkten die Bewohner, was mit ihrer Stadt geschah? Jene, die schliefen, hatten Alpträume, wälzten sich in ihren Betten, doch erwachten nicht. Andere irrten durch die Gassen, suchten nach ihren Häusern. Doch sie fanden sich nicht mehr zurecht: die vertrauten Straßen waren entrückt, oder sie hatten sich in enge, schräge Gassen verwandelt. Trotz dieser Veränderungen brach keine Panik aus; niemand wußte, ob er träumte oder wachte, ob der Wandel der Stadt dem eigenen Wahn entsprang oder sich wirklich ereignete, und so warteten die Menschen voller Furcht auf den Morgen.

Im Palast aber tobte ein anderer Kampf: der Südflügel wurde von kaiserlichen Gardisten gestürmt. Sie brachen die Außentüren auf, verteilten sich mit Gebrüll in den Gängen. Keine Spur von den Arphatern; sie hatten sich im oberen Stockwerk verschanzt, in den Gemächern der Kaiserin. Eine schwere Eichentür versperrte den Zugang. So wurde ein Rammbock herbeigeschleppt; nach wenigen Stößen zerbarst das Holz. Die Kaisertreuen warfen sich mit gezückten Schwertern durch die Öffnung.

Nun entdeckten sie ihre Gegner, die Anub-Ejan. Diese standen im Kreis um ihre Königin. Grün glommen ihre Säbel; einige von ihnen streckten mit Wurfklingen die ersten Angreifer nieder. Doch die Gardisten waren in der Überzahl; immer mehr von ihnen sprangen durch die zerstörte

Tür in den Raum, stürzten sich auf die Mönche, drängten sie zur hinteren Wand zurück; diese blieben dicht bei der Königin, um sie zu verteidigen, wehrten die Schwerthiebe ab, ohne zum Gegenangriff anzusetzen.

Dann aber erreichten die Schatten den Palast …

Im Südflügel erloschen die Lampen und Fackeln; ein Rasseln klang aus der Tiefe, und die Mauern des Palastes klafften auseinander. Das Gebäude zerbrach in zwei Hälften, als hätte sich eine riesige Mauerkelle zwischen die Wände geschoben. Der Riß verlief quer durch den Raum, in dem der Kampf zwischen den Sitharern und Arphatern tobte; er trennte die Kämpfenden voneinander und bahnte den Schatten den Weg. Die Gardisten wichen zurück, brüllten sich widersprüchliche Befehle zu. Zu spät … das Gefolge des Verlieses, schwarz und unbarmherzig, sank auf sie nieder. Sie ließen ihre Waffen fallen, rissen die Hände empor, und ihre Finger gruben sich in die Augenhöhlen – dann lachten sie plötzlich, jauchzten, während sie sich die Augäpfel herausrissen, verzückt von der Schönheit, die ihnen die Blindheit eröffnete …

Die Arphater hingegen hatten sich an der Wand zusammengedrängt. Ejo, der Schechim der Anub-Ejan, schützte mit seinem Säbel die Königin; er versuchte ruhig zu bleiben, während um ihn die Schatten wüteten. Er konnte kaum etwas erkennen; es war zu dunkel im Raum, doch er hörte das Rasseln aus der Tiefe, das Schaben der Steine, hörte die Wände zur Seite gleiten; und über ihm löste sich das Dach des Palastes auf, faltete sich zusammen wie Pergament! Der Sternenhimmel war nun zu sehen, still und schön; nun erst gewahrte Ejo die Schatten, die durch den Raum wehten wie Grabtücher.

»Bei Agihor«, flüsterte er. »Saj, Tudi … ihr Götter der Sonne, der Nacht und der Dämmerung, steht uns bei!« Er umgriff seinen Säbel fester. »Dämonenpack! DÄMONENPACK!«

»Reizt sie nicht!« Inthara legte warnend die Hand auf seine Schulter. »Sie werden uns nichts tun, wenn wir friedlich bleiben.«

Die Königin hatte das Kästchen gezückt; silbriges Licht wanderte über die Oberfläche und brach sich in den Rändern der eingelassenen Mondsichel. Nun öffnete Inthara die Kassette.

Der Inhalt war auf den ersten Blick ernüchternd: unscheinbare Brocken, schwarz und brüchig wie Kohle. In der Dunkelheit war nicht zu erkennen, ob sie aus Metall oder Holz bestanden. Doch Ejo spürte, welche Kraft von ihnen ausging. Sein Kopf dröhnte; er fühlte das Blut in seiner Stirn pochen.

»Reißt Euch zusammen.« Inthara nahm die Stücke aus dem Kästchen, umschloß sie mit der linken Hand. Ihre Gesichtszüge verkrampften sich unter Schmerzen, und das Kästchen entglitt ihren Fingern. »Es … wird sie vertreiben … uns kann nichts geschehen …«

»Glams Geschenk«, preßte Ejo hervor. Er wagte nicht, sich umzusehen. Erst als das Rasseln verklungen war, drehte er sich wieder um.

Die Schatten waren spurlos verschwunden. Die Wände, der Boden – alles war wieder zur Ruhe gekommen. Doch die verschobenen Mauern und die aufgerissene Decke bewiesen, daß der Angriff der Schatten keine Einbildung gewesen war. Auch die leblosen Körper der Gardisten zeugten von dem schrecklichen Geschehen: einige der Leichen waren zwischen den Bodenplatten eingeklemmt, andere besaßen blutende leere Augenhöhlen, ihre Gesichter von einer unnatürlichen Fröhlichkeit verzerrt …

»Was, bei allen Göttern, ist hier geschehen?« Ejos Stimme klang schrill.

Die Königin gab keine Antwort; es kostete sie große Kraft, Glams Geschenk festzuhalten. Die Anub-Ejan stützten sie und halfen ihr, sich gegen die Wand zu lehnen. »Dies ist … nur der Anfang. Das Verlies sammelt seine Kräfte. Die nächsten Nächte werden mörderisch sein.« Sie öffnete die Hand und betrachtete den porösen Stoff. »Ich bin ebenso ratlos wie Ihr, Ejo. Wenn nur Sai'Kanee endlich zurückkehren würde ... sie könnte uns verraten, wohin dies führen soll.«

»Da irrt Ihr Euch«, ließ sich eine rauchige Stimme vom Eingang her vernehmen. »Niemand kennt eine Lösung für dieses Rätsel!«

Die Arphater blickten zur zerborstenen Tür. Dort stand Sinustre Cascodi, in der Hand eine Kerze. Auf ihren Lippen lag ein überhebliches Lächeln. »Die Zukunft von Vara ist noch ungeschrieben; sie liegt in der Hand des letzten Erbens der Gründer, so wie das Schicksal es vorgesehen hat.«

»Wie kommst du hierher, Weib?« fauchte der Schechim, zutiefst erschrocken über das Erscheinen der Frau. »Die Dämonen können dich unmöglich verschont haben ... welcher üble Zauber hat dich hierhergebracht?«

»Ejos Frage ist berechtigt.« Inthara schritt auf Sinustre zu. »Wie konntet Ihr Euch Zutritt zum Palast verschaffen?«

»Dieser Bau ist von Geheimgängen durchzogen«, antwortete Sinustre großspurig, »errichtet von einem Baumeister, der viele Jahre mit dem Umbau betraut war. So läßt sich jeder Winkel des Palastes erreichen, ohne Aufmerksamkeit zu erregen.«

»Ihr hättet mir dieses Geheimnis anvertrauen müssen, als wir unser Bündnis schlossen.« Inthara war sichtlich erzürnt. »Warum seid Ihr hier? Habt Ihr nicht die Schatten bemerkt, die uns angriffen?«

»Die Schatten ...« Sinustre seufzte. »Sie sind keine Feinde der Menschen – nur etwas übereifrig. Sie haben Jahrhunderte gewartet, um den großen Plan zu verwirklichen.«

Ejo tippte mit dem Stiefel gegen einen Gardisten, in dessen Augenhöhlen Blut stand. »Übereifrig? Dann bist du ebenso blind wie diese tote Ratte. Deine Schattendämonen kennen keine Gnade, sie morden, wer immer sich ihnen in den Weg stellt.«

»Davon versteht Ihr nichts«, erwiderte Sinustre kalt. »Jede Veränderung erfordert Opfer. In Vara bricht eine neue Zeit an; nur die Mutigen können sie mitgestalten.« Sie wandte sich der Königin zu. »Laßt uns die Gunst der Stunde nutzen. Uliman hält Euch für tot – dies ist die beste Gelegenheit für einen Gegenschlag. Das Kind muß entmachtet werden, bevor es ein Unheil anrichtet.«

Inthara nickte. Sie gab Ejo ein Zeichen. Er entzündete am Fenster eine Laterne, gab dem wartenden Heer vor dem Palast den Angriffsbefehl. Inthara aber bückte sich nach dem Kästchen, das vor ihr auf dem Boden lag, und verschloß Glams Geschenk darin. Die Schatten würden zurückkehren, um ihr Werk zu vollenden, und sie wollte darauf vorbereitet sein.

KAPITEL 9

Legenden

»Kommt … nun kommt doch endlich!«

Sardresh von Narva stand in der Mitte des Gangs. Sein speckiger Lederhut war verrutscht, die Augenlider flatterten, und der Mund war aufgerissen wie der Schnabel eines Piepmatzes. Die Salbe, die er in regelmäßigen Abständen auf seine Lippen strich, hatte seine Zähne grün verfärbt. Der Vorrat seines Silberdöschens schien niemals zu versiegen.

»Geduld, Geduld«, keuchte Baniter. Mühsam schleppte er sich hinter dem Baumeister her. Der Gang war eng, kalt, dunkel; Baniters Augen hatten sich nur langsam an das trübe Licht gewöhnt, das von dem überall wuchernden Moorspolster ausging, und seine Knochen litten unter der Feuchtigkeit. Die Gelenke schmerzten, das verwundete Bein pochte, und die gebückte Haltung, die ihm die niedrigen Gänge aufzwangen, schlug ihm aufs Kreuz. *Ich bin keine zwanzig mehr, verflucht! Ich sollte das Bett hüten, anstatt dem ›Schwärmer‹ durch dieses verrottete Labyrinth zu folgen.*

Baniter vermutete, daß sie bereits seit zwei Tagen durch die Katakomben irrten. Zweimal hatten sie eine Rast eingelegt; er hatte dann versucht zu schlafen, doch Sardreshs unentwegtes Geplapper hatte ihn nicht zur Ruhe kommen lassen. Der ›Schwärmer‹ benötigte keinen Schlaf, vermutlich war er zu aufgeputscht durch seine Salbe. Auch hatte er seinen Wasservorrat und die Brotstücke, die er aus den Taschen seines Hemdes hervorgezaubert hatte, selbstlos dem Fürsten überlassen. Früher oder später würde der Baumeister zusammenklappen, davon war Baniter überzeugt – und dann wäre er allein im Verlies, ohne Hoffnung, jemals den Ausgang zu finden.

Das Verlies der Schriften bestand aus unzähligen Gängen, manche schnurgerade, andere gewunden. Immer wieder verästelten sie sich; Seitenwege führten ab, steile Treppen luden dazu ein, in tiefere Ebenen hinabzusteigen. Zudem waren die Gänge abschüssig; wohin sie führten, war nicht abzusehen. Laut Sardresh waren sie die Überreste einer Siedlung, die in der Alten Zeit von dem Seefahrer Varyn erbaut worden war, dem legendären Entdecker und Zauberer aus Gyr. Baniter vermutete eher, daß es sich um ein uraltes Abwassersystem handelte, das nach der Aushebung der Kanäle in Vergessenheit geraten war.

Ein Teil der Gänge jedoch, so wußte Baniter, war von der Magie einer Quelle beseelt, neben dem Auge der Glut die wohl mächtigste des Kaiserreiches, und die fremdartigste dazu. Durta Slargin hatte nur einige der Gänge in seinen Bann zwingen können; über diesen hatte die Tathrilya später den Silbernen Dom errichtet. Doch in tieferen Abschnitten flossen die Sphärenströme ungebändigt; man munkelte von entfesselten Geistern und Ungeheuern. Natürlich glaubte Baniter kein Wort dieser Gerüchte. *Eines jener Märchen, die von den Tathril-Priestern in Umlauf gesetzt wurden, um neugierige Besucher abzuschrecken.*

Sardresh von Narva hatte derweil wieder sein Döschen hervorgekramt und tupfte die Salbe auf seine Lippen. Hektisch winkte er Baniter zu sich, stampfte mit den Füßen auf wie ein beleidigtes Kind. »Ihr seid zu langsam. Das enttäuscht mich. Ich glaubte, ein Geneder wäre flinker. Entschlossener!«

»Und ich glaubte, hier unten etwas Aufschlußreiches zu finden.« Baniter schob die Hand des Baumeisters beiseite, der seinen Mantel zu fassen versuchte. »Oben in Vara tobt längst der Kampf zwischen dem Kaiser und Sinustres Leuten, und Ihr schleppt mich durch kahle Gänge. Wenn dies Eure vielgerühmte Stadt unter der Stadt ist, Sardresh, dann ist sie bemerkenswert trostlos.«

»Ich verstehe. Ihr seid ungeduldig.« Der Baumeister streckte ihm das Döschen entgegen. »Es gibt einen rascheren Weg. Wenn Ihr von der Frucht des Verlieses kostet, eröffnet sich Euch das Geheimnis im Nu.«

»Das glaube ich gerne.« Angewidert betrachtete Baniter die grüne Paste. »Aus was besteht Euer Lippenfett, wenn ich fragen darf?«

Sardresh kicherte. Seine Finger griffen an die Decke, gruben sich unter das schimmernde Moos. »Die Frucht des Verlieses. Die magische Rebe. Der Wein der Erkenntnis.« Er zwinkerte dem Fürsten zu. »Ich war in Eurem Alter, als ich ihren Saft zum ersten Mal kostete. Die Frucht hat mir die Augen geöffnet. Das Sehen gelehrt. Durch sie habe ich erkannt, welche Kraft das Verlies in sich birgt. So konnte ich das zukünftige Vara vorausahnen. Seine Pracht. Seine Herrlichkeit.« Er verdrehte die Augen, schnaufte glückselig. »Zu sehen, Baniter, ist nicht leicht. Wir verschließen unsere Blicke der Wahrheit. Wir lassen uns einlullen von den Bildern, die man unseren müden Augen vorgaukelt. Wir glauben den Lügen. Wir fühlen uns wohl in den falschen Kulissen.« Seine Augen füllten sich mit Tränen der Ergriffenheit. »Die Sphäre, Fürst Baniter, durchdringt alles. Unsere Welt besteht aus ihren Strömen. Jeder Mensch kann sie erfassen, nicht nur ein Zauberer. Wir müssen bloß lernen, zu sehen. Probiert es, Baniter! Kostet die Frucht!«

Eine Salbe aus zerriebenem Moos, um die Sphärenströme zu begreifen ... hochinteressant! Der Fürst schlug das Angebot dankend aus. »Man muß nicht alles sehen, Sardresh, und Eure Erkenntnisse erscheinen mir zweifelhaft. Immerhin wirkt sich die Salbe gut auf Eure Gesundheit aus. Ich habe mich schon gefragt, wie Ihr ein so hohes Alter erreichen konntet.«

»Sie verlängert das Leben. Sie rettet uns hinüber in die neue Zeit.« Sardresh ließ das Döschen sinken. »Doch Ihr habt recht. Ihr benötigt die Frucht des Verlieses nicht. Euch ist es vergönnt, das Wunder auch ohne sie zu erfahren. Denn

Ihr könnt die Schriften lesen.« Er setzte sich wieder in Bewegung. »Kommt! Kommt endlich!«

Baniter folgte ihm mit gerunzelter Stirn. »Die Schriften lesen… immer wieder sprecht Ihr davon. Warum glaubt Ihr, daß ich dazu in der Lage bin?«

»Weil Ihr ein Nachfahre der Gründer seid.« Sardresh rückte seinen Lederhut zurecht. »Die Familie Geneder! Ihr ist es vorherbestimmt, die Kräfte des Verlieses zu erwecken. Die Geister der Stadt haben es mir verraten. Deshalb brachte ich Euren Großvater hierher. Ich beschwor ihn, Vara zu verändern. Die Stadt neu zu erschaffen. Doch er ließ sich verführen. Er gab den Schlüssel aus der Hand. Und der Silberne Kreis hielt Norgon Geneder auf. Aus Neid. Aus Mißgunst. Es war ein großer Rückschlag für unseren Plan. Ich mußte mich nach Norgons Hinrichtung verbergen. Meine Verbindung zu ihm verleugnen. Und warten, Baniter! Warten, bis ein neuer Geneder in die Stadt gelangt. Bis der Tag der Verheißung eintritt. Bis das Schicksal alles zusammenfügt, wie die Geister es voraussagten.«

»Geister«, spottete Baniter, doch sein Lachen klang nicht echt. »Ihr glaubt zu allem Überfluß auch noch an Geister?«

»Niemand stirbt wirklich. Nicht hier in Vara. Vergangenes lebt in der Gegenwart fort. Das Verlies läßt die Toten nicht zur Ruhe kommen. Es bewahrt die Erinnerung.«

Langsam schritten sie weiter. Baniter fror erbärmlich; ringsum schien es immer kälter zu werden. Der Gang öffnete sich schließlich einer runden Kammer. Es war eine Sackgasse. Moos bedeckte die Mauern und die Decke wie dichter Filz, schimmerte hell. Der Boden aber war uneben und schwarz; so dunkel, daß Baniter die Augen abwenden mußte. Er spürte ein Unbehagen, das ihn sofort an seine Befreiung durch die Staker erinnerte: an das Boot, das ihn durch die Mauer in das Verlies getragen hatte, an den dumpfen Klang, der ihn wie ein Glockenschlag betäubt hatte, als er seinen Kopf auf das Metall gelegt hatte …

»Der Lehm des Verlieses«, wisperte Sardresh voller Ehrfurcht. »Der Baustoff der Welt. Wir sind am Ziel.«

Widerstrebend betrat Baniter die Kammer. Sein Kopf dröhnte, und die Wunden am Bein und auf der Stirn begannen zu schmerzen. »Das wolltet Ihr mir zeigen? Eine moosbewachsene Grotte?« Er musterte den ›Schwärmer‹. »Ich kenne Euch inzwischen gut genug, Sardresh. Als ein Bewunderer der höheren Baukunst, der spektakulären Form und Gestaltung gebt Ihr Euch gewiß nicht mit einem Spaziergang durch triste Gänge zufrieden. Es muß etwas anderes an diesem Ort zu finden sein.«

Sardreshs Augen leuchteten. »Ja, Baniter. Und ich werde es Euch zeigen. Es gibt viele Arten, zu sehen. Den Mantel der Täuschung fortzureißen.« Er deutete auf den Gang, aus dem sie gekommen waren. »Die Gänge sind unwichtig. Sie sind nur Adern der künftigen Stadt. Durch sie peitscht die Kraft. Die Magie. Doch der wahre Körper von Vara liegt hinter den Steinen. Hinter den Mauern.« Er schritt zur Wand, krallte sich in dem Moosbewuchs fest; schimmernde Sporen stoben zwischen den Fingern hindurch. »Die Macht der Möglichkeit. Der Entwurf der Zukunft. Versteht mich, Baniter: all die Baupläne, die ich in meinem Leben entsann, waren nur ein unbedeutendes Spiel mit der Möglichkeit. Zu entwerfen, zu erdenken, zu formen ist eine Gabe. Eine Kunst! Die Welt, in der wir leben, prägt uns mehr, als wir glauben. Und wenn wir unser Leben gestalten wollen, müssen wir zuerst die Stadt gestalten.« Er riß das Moos zur Seite; es schälte sich wie ein Teppich von dem Gestein. »Denkt nach, Baniter! Was war der Mensch einst? Ein Sklave der Quellen. Er irrte durch die Wildnis, nackt und allein. Er darbte. Er hungerte. Wenn er Früchte fand, verzehrte er sie. Wenn ein Tier seinen Weg kreuzte, jagte er es und fraß sein Fleisch. Wenn er eine geschützte Stelle fand, schlug er sein Lager auf. Doch sobald ein Sturm oder eine Flut ihn vertrieb, mußte er weiterziehen. Auf der Suche nach einem neuen Ort, an dem es sich leben ließ. Welch rastloses Dasein! Dann endlich bezwang Durta Slargin die Quellen. Er ermöglichte den Menschen, sich dauerhaft niederzulassen. In Sicherheit zu leben. Eine Kultur zu entwickeln. Sprache! Musik! Schrift! Die Geburt der Stadt.

Die höchste Form menschlichen Zusammenlebens!« Wie im Fieber riß Sardresh das Moos von den Wänden. »Die Stadt bedeutet Freiheit. Gemeinschaft. Selbstverwirklichung. Der Endpunkt allen Strebens. Das Ziel all unserer Wünsche.«

Baniter konnte es sich nicht verkneifen zu widersprechen. »Ihr macht es Euch zu einfach. Städte sind laut, sie stinken und ersticken jede Lebensfreude. Die Armut in manchen Vierteln ist bedrückend, in den Gossen herrschen Gewalt und Vereinsamung. Seht Euch Vara an, Eure heißgeliebte Stadt ... wie viele Kinder werden Jahr für Jahr in den Straßen ausgesetzt, wie viele Säuglinge von ihren Müttern in den Kanälen ertränkt? Die Großbürger schotten sich in ihren Häusern ab, mehren den Reichtum und tummeln sich am Abend in der Halle der Bittersüßen Stunden, wo sie sich als die Herren von Vara gebärden. In den Gossen aber haben die Menschen nichts zu beißen, leiden unter der Willkür der Stadtgarde und bestreiten ihr Dasein mit Diebstahl und Plünderung. Nennt Ihr dies das Ziel all unserer Wünsche?«

»Ihr habt ja recht, Baniter. Die Stadt ist mit Fehlern behaftet.« Sardresh schien nun erst richtig in Fahrt zu kommen. »Sie muß auf eine neue Stufe gehoben werden. Ein neuer Plan! Ein neuer Entwurf! Seit Jahren zerbreche ich mir den Kopf über ihre künftige Gestalt. Sie muß den Anforderungen der Menschen angepaßt werden. Das erfordert, in höheren Kategorien zu denken. Sich von alten Mustern und Denkweisen zu lösen.« Er wies auf den Boden, auf das dunkle Metall. »Der Schlüssel, Baniter, liegt zu unseren Füßen. Das Verlies besitzt die Macht, Vara zu verändern. Hier können wir eine neue Stadt entwerfen. Die nicht mehr dem Erdboden verhaftet ist. Die ihre Begrenztheit hinter sich läßt. Die alles mit einbezieht: den Himmel, das Land, das Meer und den Menschen. Eine Stadt jenseits aller Starrheit. Der Veränderung aufgeschlossen! Ich träume von Gebäuden, die nicht nur einem Sinn und Zweck dienen, sondern sich den Bedürfnissen der Bewohner anpassen Ich träume von Straßen, die nicht nur der Fortbewegung dienen, sondern die Menschen auf viele Arten verbinden.« Sardresh preßte das Gesicht gegen die Mauer, die unter dem weggerissenen Moos zu erkennen war. »Euer Großvater zögerte zu lange, bis er den Einflüsterungen der Ahnen erlegen war. Ihr aber, Baniter, werdet mich nicht enttäuschen. Ihr wißt um die Bedeutung meiner Ideen. Die Goldéi nahen. Die Menschen benötigen eine Zuflucht. Unsere Stadt wird ihnen offenstehen! Sie wird ihnen eine neue Heimat sein, wenn die Sphäre über Gharax hereinbricht.«

Das wirre Gerede machte Baniter Angst. »Ich weiß nicht, was Ihr von mir wollt. Was habe ich damit zu schaffen?«

»Ich habe den Plan entwickelt. Die Stadt entworfen. Doch nur Ihr könnt sie wahr werden lassen. Denn Ihr könnt die Schriften lesen!« Sardresh hieb mit der Faust gegen die Mauer. »Seht Ihr sie nicht? Sagt es mir, Baniter – könnt Ihr sie sehen?«

Baniter kniff die Augen zusammen. Er erhaschte einen Glanz, der unter dem fortgerissenen Moos zu Tage getreten war. Auf der Mauer waren Zeichen angebracht, in Gold auf das Gestein gegossen: kleine Striche, Schnörkel und Punkte.

Baniter stockte der Atem. »Die Luchsschrift …« Er schob Sardresh zur Seite, legte seine Finger auf die Symbole. »Das ist unmöglich! Diese Zeichen – niemand weiß um ihr Geheimnis!«

»Außer der Familie Geneder!« Sardresh nickte triumphierend. »Die Geheimschrift Eures Urahnen. Vom Vater auf den Sohn übergangen. Die ewigen Bande der Zeit.«

»Unsinn!« entfuhr es Baniter. »Die Schrift wird nicht vererbt, sondern muß unter Schweiß erlernt werden. Es ist ein hartes Brot, sich die unzähligen Bedeutungen der Zeichen einzuprägen, doch dies kann jeder, der den Willen dazu aufbringt. Meine Frau beherrscht die Luchsschrift seit Jahren, und der Siegelmeister Mestor Ulba – Tathril sei seiner Seele gnädig – konnte sie gar ohne jedes Vorwissen entschlüsseln.«

Sardresh winkte ab. »Und doch erfaßten sie nur einen Teil der Schrift. Die wahre Erkenntnis ist den Genedern vorbehalten. Das wißt Ihr selbst nur zu gut.«

Baniter mußte sich eingestehen, daß der Baumeister nicht ganz falsch lag. Jundala hatte Jahre damit zugebracht, die Zeichen zu verstehen, und beherrschte trotz allem nur die vereinfachte Schreibweise; diese reichte zwar aus, um Botschaften zu schreiben oder zu lesen, nicht aber, um die Familienbücher der Geneder zu entschlüsseln. Ihre gemeinsame Tochter Sinsala hingegen hatte in Windeseile die Geheimschrift erlernt. *Nun finde ich sie hier unten, tief unter Vara …*

»Diese Zeichen müssen uralt sein!« Ergriffen ließ Baniter seine Hand über die Kreise und Häkchen gleiten. »Wie kommen sie hierher?«

»Vara ist die Stadt Euer Ahnen. Die Stadt der Geneder. Das Wissen um die Schrift wurde von Eurer Familie gehütet. Weitergetragen bis ins letzte Glied. Begreift Ihr nicht den Zusammenhang?« Sardreshs Stimme wurde zu einem Flüstern. »Lest, Fürst Baniter! Lest, was geschrieben steht.«

»Aber das kann ich nicht.« Baniter ließ seine Hand sinken. »Luchszeichen ergeben nur im Zusammenhang mit anderen Worten einen Sinn. Sie beziehen sich auf Buchstaben und Bedeutungen eines Textes, den sie wie eine Verzierung umgeben. Aber auf dieser Wand steht keine zweite Schrift – ich sehe nur Luchszeichen.«

»Die zweite Schrift?« Sardresh lachte wie über einen gelungenen Scherz. »Natürlich seht Ihr sie nicht. Sie muß ja erst geschrieben werden. Von Eurer Hand! Deswegen seid Ihr hier. Nur Ihr könnt den Zeichen eine Bedeutung geben.« Sein Tonfall wurde eindringlich. »Seht sie Euch genau an, Baniter. Lest, während Ihr schreibt. Schreibt, während Ihr lest. So wird die Stadt erwachen.«

Baniter fühlte eine unnatürliche Kälte vom Untergrund aufsteigen. Die Nähe des dunklen Metalls ließ ihn schwindeln, und die Zeichen flimmerten vor seinen Augen. *Was sahst du in ihnen, Norgon, als der ›Schwärmer‹ sie dir zeigte? Konntest du ihren Sinn ergründen?*

Wieder hob er die Hand und legte sie auf die Mauer, versuchte sich auf die Schrift einzulassen. *Sinn und Widersinn*

… hier im Verlies liegen sie dicht beieinander. »Der Schlüssel sprengt den Stein – aber wo finde ich ihn?«

»Zu Euren Füßen.« Sardresh rückte an ihn heran; Baniter konnte seinen sauren Atem riechen. »Der Lehm des Verlieses. Er öffnet uns den Weg, um Vara zu formen. Varyn brachte den schwarzen Schlüssel vor langer Zeit hierher. Er benutzte ihn, um die Stadt zu erbauen. Er verschloß mit ihm das Verlies. Doch er hatte kein Recht, ihn den Menschen für immer vorzuenthalten. Deswegen, Baniter, erlernte vor Jahrhunderten Euer Vorfahre die Schrift des Verlieses: Geneder, der Ahnherr Eurer Familie. Einer der Gründer des Südbundes. Ein Mitglied des Silbernen Kreises. Er lernte die Schrift, damit eines Tages ein Nachfahre in diese Kammern hinabsteigt. Den Schlüssel ergreift! Der Menschheit die Pforten öffnet.«

Varyn der Seefahrer, Durta Slargin und seine ewige Wanderschaft, der Silberne Kreis und die Ruhmestaten der Gründer … es ist erschreckend, welche Macht diese Legenden über uns besitzen! Ist es wirklich der schwarze Schlüssel, der uns die Pforten öffnet, oder der bloße Entschluß, eine Geschichte für wahr zu erklären?

Sein Blick blieb auf die Zeichen geheftet. »Dann hört mir zu, Sardresh. Ich will Euch vorlesen, was hier geschrieben steht.« Baniter atmete tief ein. »Es … ist die Geschichte von Vara, so wie ich sie vielfach vernommen habe, so wie sie mir und anderen in jungen Jahren erzählt wurde.« Er riß einen weiteren Streifen des Mooses fort, um die Luchszeichen freizulegen. »Sie reicht von ihrer Gründung bis zum heutigen Tag – bis zu der Stunde, in der wir hier stehen und auf sie zurückblicken. Ich will sie Euch erzählen, Wort für Wort!«

Der pechschwarze Lehm unter ihren Füßen begann zu vibrieren.

Nhordukael spürte eine Erschütterung. Der Gang wankte, die Wände knirschten. Wassertropfen lösten sich aus dem Moospolster an der Decke, blitzten im Licht wie herabfallende Glasperlen. Einige trafen seinen Körper und verdampften mit zischendem Laut.

Kalt ... es ist so kalt ...

Je weiter er in das Verlies der Schriften drang, desto schwächer wurde seine Verbindung zum Brennenden Berg. Das Feuer wärmte ihn nicht mehr, seine Haut kühlte ab. Das Auge der Glut besaß hier unten keine Macht, und Nhordukael war sich der Begrenztheit seiner Kräfte nur zu bewußt.

Er hatte sich das Verlies anders vorgestellt. Anfangs waren die Gänge vollkommen dunkel gewesen; hohe, langgezogene Gewölbe, in denen er sich nur dank des Glühens seiner Haut zurechtgefunden hatte. An den Wänden waren Fresken zu erkennen gewesen, kirchliche Symbole und Sinnsprüche vergangener Kuratoren, die über den Dom geherrscht hatten. Diese Gänge hatten wohl einst als Kulträume gedient, und die mit rostigen Gittern abgetrennten Nischen als Gefängniszellen. In einer von ihnen mußte auch Bathos der Scharfzüngige eingesessen haben; jener Priester, der gefordert hatte, die Tathrilya als Gemeinschaft der Zauberer zu bewahren. Nach seinen Hetzreden gegen Durta Slargin, der in Bathos' Augen ein verzerrtes Bild von Tathrils wahrer Natur überliefert hatte, war er im Verlies der Schriften eingekerkert worden. Doch seine Thesen waren nach seinem Tod von der Bathaquar weitergetragen worden, hatten schließlich zur Spaltung der Kirche geführt. Erst der mißlungene Staatstreich während der Regentschaft Tira Aldras hatte das Ende der Sekte besiegelt.

... bis Bars Balicor sie aus der Versenkung holte. Eine üble Gesinnung stirbt nicht mit ihren Anhängern; sie bricht in den Zeiten der Ungewißheit wieder hervor.

Nhordukael hatte die Gefängniszellen längst hinter sich gelassen. Ohne zu wissen, welche Richtung er eingeschlagen hatte, war er in einen anderen Teil des Verlieses gelangt. Hier waren die Gänge noch trostloser; ein feuchter Grund, Mauern aus eng verfugten Steinen, und die Decke mit jenem seltsamen Moos bewachsen, das in der Dunkelheit glomm.

Das Herz der Quelle ... ich komme ihm näher! Sphärenströme umflossen ihn; mehrfach glaubte er, sie würden ihn als Eindringling entlarven und bestrafen. Doch offenbar scheute das Verlies seine Macht und hielt sich zurück.

Und nun diese Erschütterung … ein Schwanken, Grollen, fernes Rasseln. Nhordukael mußte an die Schatten denken, die er vor dem Dom gesehen hatte, die als düstere Türme aus der Tiefe gewachsen waren und den Himmel verdunkelt hatten. *Das Verlies erwacht; doch wer hat seine Kräfte freigesetzt?*

Entschlossen ging er weiter, ließ sich von dem Beben nicht einschüchtern. Hinter der nächsten Biegung wartete ein weiterer Gang auf ihn, auch er von schimmerndem Moos erhellt – doch sein Ende lag im Dunkeln. Abgrundtiefe Schwärze wartete dort.

Nhordukael blieb stehen. Das Rasseln um ihn wurde lauter! Etwas bewegte sich dort hinten. Die Schwärze, sie verdichtete sich … ein schabendes Geräusch, als kratzten Fingernägel über das Gestein. Ja, er sah es nun ganz deutlich: Die dunkle Zusammenballung bewegte sich, floß auf ihn zu. Nhordukaels Hände verkrampften sich um den silbernen Kelch, den er bei sich trug. Seine Gedanken überschlugen sich. Sollte er fliehen? Nein … dieser Schatten war zu schnell, und das Auge der Glut konnte ihm nicht beistehen.

Er versuchte sich in die Innere Schicht des Verlieses einzufühlen. Doch die magischen Ströme waren zu fremd, sie entglitten ihm. Verängstigt blickte er auf den näher kommenden Schatten.

»Trink! Wenn du leben willst, trink …«

Ein Wispern ließ Nhordukael herumfahren. Er hatte eine geisterhafte Stimme gehört – doch niemand war zu sehen, der Gang hinter ihm war leer.

»Wer spricht da?« Sein Herz pochte schneller. »Wer …?

»Der Kelch … nimm einen Schluck und gib dich dem Verlies hin! Schnell, dir bleibt nicht viel Zeit!«

Die Stimme drang aus der Mauer hervor; zwischen den Steinritzen, die nicht vom Moos befallen waren, erkannte er einen silbernen Glanz.

»Vertraue mir! Ich bin ein Gesandter Mondschlunds ... trink aus dem Kelch und folge mir!«

Nhordukael blickte sich nach dem Schatten um; er füllte bereits den halben Gang aus, strömte wie schwarze Milch auf ihn zu. Widerstrebend hob er den Kelch. »Trinken soll ich? Aber was? Er ist leer!«

»Das Moos«, beschwor ihn die Stimme. »Die Frucht des Verlieses ... beeile dich!«

Mir bleibt wohl keine andere Wahl! Nhordukael streckte die Hand zur Decke aus, riß einen Moosklumpen ab. Er kräuselte sich in seinen glühenden Händen, schwelte an den Rändern. Nhordukael preßte ihn über dem Kelch aus wie einen Schwamm. Zischend tropfte grünes Wasser in das Gefäß.

Der Schatten war nun dicht vor ihm. Hastig setzte Nhordukael den Kelch des heiligen Lysron an die Lippen. Ein bitterer Geschmack breitete sich in seiner Mundhöhle aus.

Dann schluckte er den Sud hinab.

Ein klammes Gefühl in seinem Magen. Seine Augen brannten. Das Herz setzte für einige Schläge aus ... und plötzlich durchschaute Nhordukael die Tücke des Verlieses. Sah, wie die Gänge ihn getäuscht hatten, wie er die ganze Zeit im Kreis herumgeirrt war, ohne Aussicht, etwas zu finden. Denn das wahre Verlies war ihm die ganze Zeit verborgen geblieben.

Die Wände glitten zur Seite, lösten sich auf. Der Schatten vor ihm zerspritzte wie Tinte. Grelles Licht blendete Nhordukael. Wärme durchflutete seinen Körper. Die Luft war erfüllt vom Hauch der Sphäre. Er atmete ihn ein und öffnete sich der anderen Seite.

Er stand nun in einer großen Halle; ihre Wände schimmerten und bewegten sich wie fließendes Metall. Er glaubte den Raum wiederzuerkennen: über ihm eine prächtige Kuppel, im hinteren Teil eine aufstrebende Säule. Durch Fensterbogen strömte Licht in den Raum, und von draußen waren Stimmen zu hören, eine aufgebrachte Menschenmenge.

Bin ich noch immer im Silbernen Dom? Träume ich dies alles und nehme meine Umgebung nur verzerrt wahr?

Er erblickte eine Gestalt in seiner Nähe; sie war dürr, die Hände und Arme zu lang für den Körper, und das Gesicht starr wie eine Maske: fleischige Lippen, Augen aus Gold, die Haut bleich wie Wachs.

Das Wesen kam auf Nhordukael zu; es schwebte mehr über den Boden, als daß es ging, und sein Leib verformte sich mit jedem Schritt. Unter dem Seidengewand bogen sich die Glieder wie weiche Masse.

»Das war tapfer … hättest du länger gezögert, wäre das Verlies über dich hergefallen. Es misstraut jenen, die sich zu uns herabwagen.« Die Stimme kam nicht aus dem Mund des Wesens, seine Lippen bewegten sich nicht.

»Dann muß ich mich wohl für deinen Rat bedanken.« Nhordukael betrachtete den Kelch in seiner Hand; er sah nicht mehr alt und abgenutzt aus. Nein, das Silber funkelte, und statt des wäßrigen Suds schwappte ein roter Wein in ihm. »Wer bist du, daß du mir so selbstlos zur Seite springst?«

»Glam … nenne mich Glam. So hat die Herrin mich getauft, als sie mich von den Fesseln befreite. Sie sandte mich aus, dich zu suchen. das gesamte Verlies bemerkte deine Ankunft und zitterte vor dir.«

Nhordukael blieb mißtrauisch. »Und wer ist deine Herrin? Erwähntest du nicht vorhin den Namen Mondschlund?«

»Mondschlund ist der Herr meiner Herrin, und der Herr von uns allen, der Meister des Verlieses. Er liess es erbauen. Er gebietet über die Stadt in der Tiefe …«

»Und aus ihr dringt seine Stimme bis in die Sphäre«, murmelte Nhordukael. Er musterte Glam. »Kannst du mich zu ihm bringen?«

»Mondschlund verschwand vor Jahrtausenden, nach seinem Streit mit dem Dieb des Schlüssels.«

Nhordukael rief sich in Erinnerung, was Mondschlund ihm über diesen Schlüssel erzählt hatte: daß Kahida, die

Rote Herrin, ihn auf der Insel Tyran geschmiedet und versteckt hatte, damit Sternengänger ihn nicht in die Finger bekommen konnte; daß Mondschlund den Schlüssel von seinem Schüler Varyn hatte fortbringen lassen, um ihn im Verlies der Schriften zu verwahren; daß Sternengänger ihn dort eines Tages gefunden hatte, um unter dem Namen Durta Slargin die Welt zu durchwandern und die Quellen zu bändigen. *Was ist wahr an dieser Geschichte, und was erlogen?*

»Dann war es also nicht Mondschlund, der dir auftrug, mich zu beschützen?«

»NEIN ... MONDSCHLUND IST VON UNS GEGANGEN. NUR MANCHMAL DRINGT SEINE STIMME BIS IN UNSERE TRÄUME UND SINGT UNS VON BESSEREN TAGEN. MICH ABER SCHICKTE SAI'KANEE, SEINE DIENERIN. SIE WILL DICH SEHEN, DICH SPRECHEN ...«

»Dann bring mich zu ihr. Ich will endlich verstehen, wozu dieses Verlies dient.«

Glam senkte das Haupt, eine Art absurder Verneigung. Dann glitt er zu der Säule im hinteren Teil der Halle. Sie umgab eine Wendeltreppe, so wie ihr Gegenstück im Silbernen Dom.

Ist dieses Wesen lebendig oder ein Geist? Und warum rettete es mich vor dem Schatten, der im Gang auf mich zuschoß? Mondschlund ist mir einige Erklärungen schuldig ...

Die Macht der Worte. Sinn und Widersinn. Goldene Zeichen, auf das Gestein gegossen ... Je länger Baniter las und erzählte, erfand und erdichtete, desto mehr entrückte das Verlies seinen Sinnen. Die Luchszeichen verschwammen vor seinen Augen, und er empfand die eigene Stimme als fremd. Sie erzählte ihm die Geschichte von Vara, und er lauschte ihr und damit sich selbst: hörte von Varas angeblicher – oder tatsächlicher – Erbauung durch den Seefahrer Varyn; von ihrer Tradition als Widerstandsnest gegen die Königreiche des Nordens; von dem Bund der zehn Gründer, die den

Süden aus dieser Sklaverei befreien wollten. Er hörte von der Entstehung der Tathril-Kirche, die mit dem Silbernen Dom das prächtigste Bauwerk von Gharax erschaffen hatte. Und er hörte von seiner Familie, den Genedern, deren innige Verbindung mit der Stadt nach Norgons gescheitertem Umsturz zerrissen war. All dies hörte Baniter aus seinem eigenen Munde, las es von den Wänden, obwohl die Geschichte seiner Erinnerung entsprang, und bald wußte er nicht mehr, ob er Erzähler oder Zuhörer war. Sinn und Widersinn … all dies vermischte sich hier im Verlies der Schriften.

Irgendwann wurde ihm bewußt, daß er sich gar nicht mehr in der dunklen Grotte befand. Er stockte, blinzelte – und sah sich um. Dann ließ er das Buch sinken, das er in den Händen hielt – einen Folianten, die Seiten mit Luchszeichen bekritzelt. Helles Licht fiel auf ihn herab; über ihm ein gleißender Himmel, obwohl keine Sonne zu sehen war.

»Und wie ging es mit der Stadt weiter, als die Geneder vertrieben wurden?« fragte ein kleiner Junge. Er saß inmitten einer Kinderschar; diese hatte sich auf den Stufen einer Treppe niedergelassen. Baniter selbst hockte auf der obersten Stufe, hinter ihm eine schwarze Wand, geschmiedet aus dem Metall des Verlieses.

Die Kinder sahen erwartungsvoll zu ihm auf. Ihre Augen waren aus purem Gold und warfen sein Spiegelbild zurück.

»Sprich schon«, quengelte der Junge. »Was wurde aus Vara?«

Baniter ließ seine Blicke umherschweifen. Von der erhöhten Treppe aus konnte er eine Stadt erkennen: hohe Türme, die in den Himmel aufragten. Ihre Fassaden glänzten in vielen Farben: der warme Gelbton des Salphurs mischte sich mit dem weinroten Glanz des Padrils, grüne Zindrasttafeln hoben sich von schwarzfunkelndem Sithalit ab. Manche Gebäude waren auf mehreren Ebenen mit Treppen verbunden. Und dort – in einer gläsernen Rinne am Boden floß ein Strom. Boote schwammen auf dem Wasser; Staker schwenkten ihre Stangen und winkten dem Fürsten zu. *Die Stadt unter der Stadt, die Welt unter der Welt –*

Sardresh wollte sie mir zeigen. Ich hätte ihm früher Glauben schenken sollen.

Baniter klappte das Buch zu. »Meine Geschichte endet hier. Was mit Vara geschah, muß ich selbst erst noch erfahren.« Sein Hals schmerzte; ihm war, als ob er seit Stunden gesprochen hatte.

Die Kinder wirkten enttäuscht. »Wir dachten, du hättest uns mehr zu sagen«, murrte eines von ihnen. »Wir warten schon so lange auf ein Ende der Geschichte ...«

»Er ist auch nicht besser als die anderen Großen«, beklagte sich ein älteres Mädchen. »So wie der Mann mit den Schattenfiguren. Der hat uns auch nur Dinge erzählt, die wir längst wußten.«

Nun hörte der Fürst, wie jemand seinen Namen rief. Am Fuß der Treppe stand Sardresh. Er schwenkte seinen Lederhut.

»Der ›Schwärmer‹«, stieß Baniter hervor. Rasch erhob er sich, drückte das Buch gegen seine Brust.

»Wo willst du hin?« Der Junge war aufgesprungen. »Warum redest du nicht weiter?«

»Ich ... muß gehen«, stotterte Baniter und wich dem Blick der goldenen Augen aus. Dann bahnte er sich einen Weg durch die Kinderschar; sie wollten ihn mit ihren kleinen Händen festhalten, doch er riß sich los. »Laßt mich ...!«

Er stürzte die Treppe herab. Hinter sich hörte er die Kinder johlen, doch sie ließen ihn ziehen. Bald hatte er die letzte Stufe erreicht. Der Baumeister wartete bereits auf ihn.

»Da seid Ihr ja. Habt Ihr Euer Publikum gut unterhalten?«

Baniter war nicht zu Scherzen aufgelegt. »Was ist hier geschehen? Wohin habt Ihr mich gebracht?«

»In das alte Vara. Oder das zukünftige.« Sardreshs Mundwinkel zuckten. »Ich werde Euch alles zeigen. Die Größe meiner Entwürfe. Den Plan, an dem ich so lange mitwirken durfte.«

Er humpelte Baniter voraus, und dieser folgte verunsichert. Die Straße, die sie einschlugen, bestand aus dicken, lichtdurchlässigen Glasplatten. Baniter konnte einen Blick auf eine tiefere Ebene erhaschen, eine unterirdische Halle, in der weitere Gebäude, weitere Straßenzüge und Treppen zu erkennen waren. *Diese Stadt kennt keine Begrenzung …*

Nun kamen ihnen Menschen entgegen; auch ihre Augen waren aus Gold. Zudem fiel Baniter auf, daß sie keine Schatten besaßen; während sich sein Umriß – ebenso wie der des Baumeisters – auf der Straße abzeichnete, mied das Licht die Körper der anderen.

»Dort, Baniter. Der Dom!« Sardresh war stehengeblieben. Am Ende der Straße erhob sich ein mächtiges Bauwerk. »Ich habe ihn von Grund auf erneuert. Ihm eine zeitgemäße Form verliehen.«

Tatsächlich – der Bau glich dem Silbernen Dom, doch Vorhalle und Seitenschiffe waren abgerissen und durch kühne, schräge Mauern ersetzt. Der Turm wurde von Glassäulen flankiert, und das Dach war vergoldet.

»Ein wenig überladen«, urteilte Baniter. »Und eine goldene Turmspitze werden die Tathril-Priester kaum gutheißen. Gold ist das Metall der Täuschung; es verzerrt die Kraft einer Quelle.«

»Gold ist unter den magischen Metallen das mächtigste. Wer den Mut hat, es zu benutzen, kann die Sphäre durchdringen.«

Vor den Stufen des Doms hatte sich eine Menschenmenge eingefunden. Die Leute krakeelten lautstark und schoben sich hin und her. Als Sardresh und Baniter näher traten, bemerkten sie einen Mann, der an einen Pfahl gefesselt war. Er hatte ein längliches Gesicht, tiefliegende Augen – auch sie aus Gold – und spärliches Haar. Seine Taille war schwammig, der Rücken krumm, und er trug eine schmutzige Priesterkutte. Die Umherstehenden beschimpften ihn, spuckten ihm ins Gesicht oder zerrten an seinen Haaren. Andere schlugen mit Rosenzweigen nach seinen Beinen, die von den Dornen längst zerkratzt waren.

»Wer ist dieser arme Hund?«

»Ein Schatten der Vergangenheit«, verriet Sardresh. »Ich sagte es ja: im Verlies leben die Geister fort.« Er drängte den

Fürsten in die Richtung des Pfahls. »Unterhaltet Euch mit ihm. Er hat Interessantes zu berichten. Er kennt die Geheimnisse der Sphäre wie kein Zweiter.«

Baniter schob sich durch die Menge. »Hört auf«, befahl er barsch. »Laßt ihn in Ruhe!«

»Der Fürst«, raunte einer der Leute. »Ist er es wirklich?«

»Der Fürst?« Eine Frau kicherte und starrte Baniter an. »Aber welcher? Etwa jener mit den schönen grünen Augen? Dieser Geneder?«

»Sei still, Weib ... alle Geneder haben diese Augenfarbe, grün wie Zindrast. Nun mach ihm schon Platz!«

Die Menschen – oder Geister, Baniter war sich nicht sicher – wichen zurück und ließen ihn zu dem Pfahl treten. Der Gefesselte wandte den Kopf.

»Ein Geneder!« sagte er mit spöttischem Tonfall. »Das ist nun wirklich eine Überraschung! Wie peinlich, daß Ihr mich in einer solchen Lage vorfindet. Wie Ihr seht, lassen diese Trottel ihre Wut an mir aus – obwohl diese einem anderen gelten sollte und nicht mir.«

»Wie ist Euer Name?« fragte Baniter. »Und warum hält man Euch hier gefangen?«

»Mein Name ...« Der Mann schnaubte auf. »Ich mag ihn nicht aussprechen; es ist viel Schindluder mit ihm getrieben worden. Und warum man mich festhält? Weil ich es wagte, die Wahrheit zu sagen, die Lügen zu enthüllen und den Priestern die Stirn zu bieten.« Trotzig warf er den Kopf zurück. Auf seiner Stirn prangte ein Zeichen; seine Peiniger hatten ihm eine Rose eingeritzt. »Wie viele Jahrhunderte sitze ich hier bereits fest? Das Verlies ist ein tückischer Ort, es läßt niemanden los, den es erst in seinen Krallen hat.«

Baniter kam ein jäher Gedanke. »Wollt Ihr behaupten, Ihr seid Bathos der Scharfzüngige? Der berüchtigte Ketzer? Der Gründer der Bathaquar?«

»Nicht so laut«, fluchte der Gefesselte. »Gut, meinen Namen kennt Ihr also ... aber nennt mich bitte nicht den Gründer der Bathaquar, ich flehe euch an. Was diese Irren aus meiner Lehre gemacht haben, ist abscheulich.«

Baniter versuchte sich sein Erstaunen nicht anmerken zu lassen. »Nun, ich wollte schon immer mit dem Geist eines so berühmten Mannes sprechen, mit einer solchen Legende, wie Ihr es seid.«

»Legenden! Bleibt mir vom Hals mit Legenden!« Bathos spuckte aus. Sein Speichel war blutig. »Laßt Euch eines gesagt sein: Wer den Legenden glaubt, macht sich zu ihrem Knecht. Sie werden bewußt in die Welt gesetzt, gezielt weitergetragen und bei Bedarf verändert oder gefälscht. Mit ihnen begründeten Könige ihren Machtanspruch, Priester ihre Meinungshoheit und Zauberer ihre angebliche Befähigung, über die Quellen zu herrschen. Alles ein Netz aus Lügen – und wir sind darin gefangen.«

»Das ist eine interessante Sichtweise.« Baniter sah sich nach den Menschen um, die mit düsteren Mienen dem Gespräch lauschten. »Die Legenden über Euch sind allesamt recht finster. Ihr habt keinen guten Leumund, Bathos – selbst nach Eurem Tod nicht, wie ich sehe.«

»Der Tod!« höhnte der Geist. »Legenden sterben nicht; deswegen büße ich seit Jahrhunderten für meine Dummheit, nicht das Maul gehalten zu haben, als die Kirche mich dazu aufforderte. Und da Legenden nicht sterben, seid auch Ihr heute hier.« Er zerrte erneut an den Fesseln »Wißt Ihr, wer dahintersteckt? Ich will ihn Euch nennen, den Namen des Sphärenschänders, des heimtückischen Wanderers, der uns so lange getäuscht hat ...«

»Sprecht etwas leiser«, riet ihm Baniter. »Diese Leute hier mögen es nicht, wenn Ihr Durta Slargin verhöhnt.«

Bathos stieß ein wildes Gelächter aus. »Durta Slargin ... ja, er war es! Er raubte den schwarzen Schlüssel und bändigte die Quellen, ohne die Folgen zu bedenken. Dann schuf er die Logen, damit er auch nach seinem Tod die Sphäre beherrschen konnte. Und die Tathrilya war sein Meisterstück: er erfand den Gott Tathril, erklärte die Zauberer zu Priestern und konnte sie so noch besser beeinflussen: mit Legenden, Erscheinungen und Träumen.«

»Auch zu mir hat er im Traum gesprochen«, erinnerte

sich Baniter. »Er forderte von mir den schwarzen Schlüssel zurück …«

»Dann seid auch Ihr ein Teil seines Plans! Denn das Verlies der Schriften – es ist der einzige Ort, der ihm gefährlich werden kann. Denn hier liegt der Schlüssel verborgen! Oh, Durta Slargin besaß ihn einst; sein Wanderstab bestand aus dem dunklen Metall, und mit ihm bannte er die Quellen. Doch dann überschätzte er sich; als er in Arphat die Wispernden Felder ordnen wollte, entglitt ihm der Stab, und sein Körper wurde von der Magie zerrissen. Ein ärgerlicher Unfall; denn Körper und Geist bilden eine Einheit, und so blieb Durta Slargins Einfluß fortan auf die Sphäre beschränkt.«

»Woher wißt Ihr, daß er in Arphat umkam?«

»Weil ich seinen Leichnam fand«, kicherte Bathos. »Ich wollte die Lehren der Kirche widerlegen; diese besagen, daß Durta Slargin von Tathril entrückt wurde und eines Tages zurückkehren wird, um den Menschen Frieden und Freiheit zu bringen. Welch dummes Geschwätz! Als ob es Durta Slargin jemals um Frieden und Freiheit gegangen wäre! Nun, um diese Lüge zu enttarnen, begab ich mich nach Harsas, einer Stadt im Norden von Arphat, und suchte dort in den Schriften der Calindor nach einem Hinweis. Und ich wurde fündig, erfuhr die Lage des Grabs! Denn nachdem der Weltenwanderer von der Quelle zerrissen worden war, hatten ihn seine Anhänger auf einem Berg bestattet, dem Yanur-Se-Gebirge in der Nähe von Praa. Nur den Wanderstab hatten sie mitgehen lassen, um ihn als Reliquie zu hüten. Slargins Gebeine aber waren ihnen zu unheimlich gewesen. Deshalb errichten sie über ihnen eine Burg: Talanur, die Stirn der Zornigen. Das Bauwerk sollte wohl den Leichnam bewachen.« Bathos blickte höhnisch in die Menge. »Ich habe ihn gesehen! Bleiche Knochen, in denen das Feuer der Sphäre brannte, verformt durch seine lange Wanderung … in ihnen wohnt die Urkraft der Magie, die alle menschlichen Zweifel und alles Mitleid fortwäscht, die nichts als Größenwahn zurückläßt. Die Gebeine zeigten mir, was Durta Slargin am

Ende seines Lebens gewesen war: ein verblendeter Narr, den wir als Heilsbringer verehren – und der noch immer glaubt, unsere Welt lenken zu können.«

Unmut machte sich in der Menge breit; einige Männer stießen Flüche gegen Bathos aus und wollten sich auf ihn stürzen. Doch Sardresh hielt sie zurück und stellte sich schützend vor Baniter.

»Beeilt Euch«, raunte er dem Fürsten zu. »Der Zorn des Verlieses erwacht. Fordert die Geister der Stadt nicht heraus.«

»Sprecht weiter, Bathos«, sagte Baniter. »Was habt Ihr mit dem Leichnam gemacht?«

»Natürlich ließ ich ihn an Ort und Stelle, in der Hoffnung, er werde in Vergessenheit geraten. Doch während meines Streits mit der Kirche entschlüpfte mir die eine oder andere Andeutung; das haben mir die Priester übelgenommen, und so steckten sich mich ins Verlies, wo ich mein Ende fand. Doch meine Anhänger, diese Trottel, ließen die Geschichte nicht auf sich beruhen; nach meinem Tod eilten sie zur Burg Talanur, zerrten den Leichnam ans Tageslicht … und wurden selbst von dem Wahn befallen. Denn es geht eine unheimliche Kraft von den Knochen aus, bis zum heutigen Tag!«

Der Fluch, dem auch Uliman erlag, dachte Baniter. *In Troublinien muß er an einen der Knochen gelangt sein.*

»Die Bathaquar«, zischte Bathos verbittert. »In meinem Namen beschritt sie den Pfad, der schon Durta Slargin ins Verderben geführt hat. Es ist meine Schuld! Ich hatte meinen Schülern eine Prophezeiung hinterlassen, um sie zu warnen. Ich beschwor sie, den Lügen der Kirche keinen Glauben zu schenken; warnte sie vor dem Tag, an dem Durta Slargin erneut in die Geschicke der Welt eingreifen würde. Denn ich wußte, er würde versuchen, den schwarzen Schlüssel zurückzuholen, den sein Widersacher hütet – Mondschlund, der Herr dieses Verlieses.«

»Der schwarze Schlüssel …«, wisperte Baniter. »Diese ganze wahnwitzige Stadt wurde durch seine Kraft erweckt.«

»Ebenso wie ich und die Menschen, die Ihr um Euch

seht!« Bathos wirkte zunehmend verzweifelt. »Vom Schlüssel erweckt und am Leben gehalten ... Mondschlund nennt dies ein höheres Dasein, ich aber nenne es Qual! Denn Mondschlund ist keinen Deut besser als der Weltenwanderer, o nein. Doch seine Macht blieb bisher auf das Verlies beschränkt – bis Durta Slargin den Zwist erneut heraufbeschwor. Er forderte Mondschlund heraus, und da sie beide ihre sterblichen Hüllen eingebüßt haben, benötigen sie diesmal Vertreter, die ihren Kampf ausfechten; zwei Menschen, deren Körper stark genug sind, um der Sphäre standzuhalten. Sie haben sie umschmeichelt, umgarnt und in ihr Schicksal gezwungen, denn beide sollen für sie den Krieg um die Sphäre gewinnen.«

Einer von ihnen muß der junge Priester sein, dem sich das Auge der Glut unterwarf – Nhordukael! Je länger Baniter zuhörte, desto weiter klaffte vor ihm der Abgrund, den Bathos' Worte in sein Verständnis der Welt rissen. Ihm war, als hätte man ihm ein dunkles Tuch von den Augen genommen, und das Buch in seiner Hand wurde schwer wie Blei; denn auch dort, so ahnte Baniter, stand die Wahrheit geschrieben, zwischen den Zeilen der Luchsschrift. *Sind wir alle nur Figuren in diesem Spiel?*

»All dies habe ich vorausgesehen«, brüstete sich Bathos, »und in meiner Prophezeiung niedergelegt. Doch der Weltenwanderer kehrte die Worte gegen mich. Er veränderte sie, um ihnen die Schärfe zu nehmen, um meine Anhänger in die Irre zu leiten. Sie erlagen der Täuschung ... statt meine Prophezeiung als Warnung zu begreifen, sahen sie in ihr eine Anweisung, selbst die Macht über die Sphäre zu erringen. So entstand die Bathaquar, und so entstand der Kult um eine falsche Prophezeiung. ›Der Rosenstock trägt keine Blüten mehr ...‹ – welch blanker Hohn!«

»Unterschätzt diese Zauberer nicht«, warnte Baniter. »Ich habe die Magie des jungen Kaisers kennengelernt, der von ihnen verführt wurde.«

»Die Gebeine des Weltenwanderers verleihen ihnen eine gewisse Macht, zweifellos. Doch sie können die Wandlung nicht aufhalten. Niemand kann dies! Durta Slargin wird sich von ein paar aufmüpfigen Zauberern nicht aufhalten lassen.«

»Aber sagtet Ihr nicht, daß seine Macht auf die Sphäre beschränkt sei? Wie vermochte er dann den schwarzen Schlüssel erneut in seine Gewalt zu bringen? Er konnte wohl schlecht selbst in das Verlies hinabsteigen, oder doch?«

Bathos schwieg für einen Augenblick. Dann sagte er mit heiserer Stimme: »Ja, Ihr habt recht. Er selbst konnte es nicht. Und dies ist auch die Antwort auf Eure Frage.« Die Ketten an seinen Handgelenken rasselten. »Weshalb seid Ihr hierhergekommen, mein Fürst? Was hat Euch dazu getrieben, in das Verlies hinabzuschreiten? Auch Ihr seid ein Gefangener der Legenden! Öffnet die Augen, und seht die Fesseln, an denen man Euch herbeigeschleift hat!«

Baniter wich von dem Pfahl zurück. »Was wollt Ihr damit andeuten?«

»Weshalb seid Ihr hier?« wiederholte der Geist, und seine Augen funkelten. »Und wieso stellt Ihr mir ein zweites Mal all diese Fragen? Ich erinnere mich genau, Ihr wart schon einmal bei mir, habt Euch schon einmal an meiner Qual ergötzt! Oder war es einer Eurer Vorfahren?« Seine Stimme war nun eine bittere Anklage. »Ihr seid für dieses Elend mitverantwortlich! Die Familie Geneder handelte schon immer aus Eigennutz; kein Wunder, daß sie den süßen Versprechungen des Weltenwanderers erlag. Ich kenne Euch, Fürst, Ihr seid der jüngste Sproß dieses Unkrauts, das uns alle verdirbt!«

Er brüllte auf, wollte sich von dem Pfahl losreißen. Blut troff von seinen Handgelenken. Die anderen Geister erwachten aus ihrer Erstarrung, drängten nach vorn, bedachten den gefesselten Priester mit Fußtritten und Schlägen.

»Laßt uns besser gehen, Baniter.« Sardresh zerrte den Fürsten zurück. »Aus ihm spricht nur Zorn. Blinder Wahn. Die Geister der Stadt sind nicht bei klarem Verstand wie unsereins. Wir haben unser Menschsein bewahrt. Wir können die Zukunft gestalten. Sie aber sind Schatten der Vergangenheit. Diener des Verlieses. Mondschlunds geknechtete Seelen.«

Beklommen blickte Baniter auf die Menge, die sich in eine Raserei hineinsteigerte. »Aber was meinte er mit seiner Anklage? Was habe ich mit dem Krieg um die Sphäre zu schaffen?«

»Hört nicht auf ihn«, rief der Baumeister gereizt. »Denkt nicht mehr daran. Wichtig ist nur, auf welcher Seite Ihr steht. Für wen Ihr eintretet. Für die Menschheit, Baniter! Wir sind keine Sklaven. Wir können uns entscheiden. Uns von den Ränken der Zauberer befreien. Unser Schicksal in die eigene Hand nehmen.«

Er lotste Baniter in eine Gasse, die zwischen zwei turmhohen Bauten lag. Die Schatten schluckten alles Licht, und das Pflaster bestand aus dem Lehm des Verlieses, rissig und schwarz.

»Wo bringt Ihr mich diesmal hin, Sardresh? Wollt Ihr mich weiteren Geistern und neuen Verwirrungen aussetzen?«

Sardresh rieb seine dürren Finger. »Habt Geduld. Wir werden uns an einen Ort zurückziehen, wo wir ungestört sind. Damit ich Euch meinen endgültigen Entwurf der Stadt zeigen kann. Damit Ihr in Ruhe lesen könnt und der große Plan in Erfüllung geht.«

Es war ein mühsamer Aufstieg für Nhordukael; die Stufen der Treppe waren schmal und gaben bei jedem Schritt nach, waren nicht fest genug für seine Füße. Mehrfach drohte er auszugleiten, und die Führung der Wendeltreppe bereitete ihm Kopfschmerzen.

Der Turm schraubte sich immer weiter in die Höhe. Glam eilte voraus, seine Bewegungen mehr ein Gleiten als ein Schreiten. Nhordukael beobachtete ihn mit Argwohn; er wußte nicht, ob es klug war, dem Wesen zu flogen.

Durch die Fensterbogen des Turms sah er auf die Stadt hinab. Sie war riesig, ihre Grenzen kaum auszumachen; denn sie bestand aus mehreren Ebenen, ihre hohen Gebäude durch Straßen und Plattformen miteinander verbunden: eine Stadt, die dem Himmel entgegenwuchs. Glitzerndes Gestein und goldene Dächer, stählerne Brücken und funkelnde Pagoden; das von oben einfallende Licht wurde von allen Fassaden reflektiert. Nie zuvor hatte Nhordukael solche Bauten gesehen: und auf den Treppen und Stegen konnte Nhordukael Menschen ausmachen, kleine umherwandelnde Punkte. Sie wirkten verloren, störten die makellose Schönheit der Szenerie.

»Dieser Ort ist monströs«, entfuhr es Nhordukael. »Niemand könnte in einer solchen Stadt ausharren, ohne den Verstand zu verlieren.«

Glam hielt auf den Stufen inne. Fühlte er sich von Nhordukaels Worten angegriffen? Nein, er wich zurück an die Wand, preßte sich gegen das Gestein und verschmolz mit ihm. Auf der Treppe aber war eine andere Gestalt erschienen: eine hagere Frau! Langsam schritt sie die Stufen herab. Ihr Haar war von weißen Strähnen durchzogen und das Gesicht golden geschminkt.

»Der Mensch wird sich anpassen müssen, wenn er überleben will.« Sie blieb einige Stufen über Nhordukael stehen. »Und die Stadt, die du dort draußen siehst, ist ohnehin nicht von Dauer – sie ist nur der Entwurf eines Hitzkopfes, der etwas übereifrig mit den Möglichkeiten der Wandlung herumspielt. Die endgültige Gestalt von Vara werden wir Menschen gemeinsam bestimmen, wenn wir alle hier versammelt sind.«

Nhordukael musterte sie. »Ich nehme an, daß du Sai'Kanee bist. In diesem Fall bin ich gespannt, was du mir zu sagen hast.«

»Glam hat dir also meinen Namen bereits verraten.« Sai'Kanee glättete ihren goldbestickten Mantel. In den Händen hielt sie einen Stab; er bestand aus einer schwarzen, brüchigen Substanz und war in mehrere Teile zersprungen. Goldene Drähte hielten ihn zusammen, und eine unheilvolle Magie ging von ihm aus. »Mondschlund verkündete mir dein Kommen. Er hatte gehofft, du würdest erst später diesen Ort entdecken. Doch nun bist du hier und wirst Zeuge der Veränderung sein.«

»Ich hatte nicht erwartet, eine Anhängerin Mondschlunds im Verlies zu finden.« Nhordukael spähte durch das Fenster auf die funkelnde Stadt. »Immer wieder warnte mich Mondschlund vor der Verwandlung der Sphäre, vor dem Feldzug der Goldéi, vor Sternengängers Absichten. Nun sehe ich, daß auch er einen Plan verfolgt, und dieser gefällt mir ebensowenig.«

»Der Niedergang der Welt läßt sich nicht aufhalten«, erwiderte Sai'Kanee. »Doch was folgt dieser Wandlung? Welche Rolle fällt uns Menschen dabei zu? Das sind die Fragen, die du dir stellen solltest. Wir befinden uns in einem Krieg, der vor unserer Zeit begann. Nun aber naht die Entscheidung! Wem wollen wir uns anvertrauen – jenem, der unsere Welt nach seinen Vorstellungen gestaltete und die Menschheit belog? Oder jenem, der unsere Welt bewahren will? Sternengänger hat ihren Untergang beschlossen; er will Gharax den Goldéi überlassen und uns an einen neuen Ort entführen, an dem er seine Macht über uns bewahren kann.« Wütend tippte Sai'Kanee mit dem Ende des Stabs auf die Treppenstufen; ein dumpfer Ton hallte durch den Turm. »Mondschlund hingegen ist unser Retter! Er hat uns diese Stadt vermacht, die den Menschen als Zuflucht dienen wird, und er gibt uns die Möglichkeit, sie nach unseren Wünschen zu gestalten.«

»Du plapperst nur Mondschlunds Worte nach«, entfuhr es Nhordukael, »doch beweisen kannst du sie nicht.«

Sie blickte ihn empört an. »Mondschlund hat mich nie belogen! Vor Jahren sandte er mir im Traum seine Botschaften; damals war ich eine junge Priesterin des Kubeth-Ordens, glaubte an die arphatischen Götter und wußte nichts von den wahren Mächten, die unser Schicksal bestimmen. Erst Mondschlund enthüllte mir die Wahrheit: daß die Welt, wie wir sie kennen, ein Trug ist, erschaffen von Sternengänger oder Durta Slargin – nenne ihn, wie du willst … Denn er spielte sich als ihr Schöpfer auf, und er mißbraucht die Macht der

Legenden, um uns zu beeinflussen. War er nicht der Begründer des Tathril-Glaubens, unter dem du soviel gelitten hast? Hat er nicht versucht, auch dich auf seine Seite zu ziehen?«

Mondschlund hat ihr eine Menge über mich erzählt. »Ich bezweifle nicht, daß Durta Slargin seine Macht mißbraucht hat. Doch sollen wir einen Despoten gegen den nächsten austauschen? Ich traue keinem der beiden.«

»Du sprichst wie ein Bathaquari, und diese haben längst den Einfluß über die Sphäre verloren.« Sai'Kanee deutete verächtlich die Stufen empor. »Wenn du dieser Treppe zum Ende folgst, wirst du deinen alten Freund Bars Balicor wiedersehen; jenen Narren, der sich mit der Sekte eingelassen hat. Er glaubte, das Verlies beherrschen zu können, aber seine Angst hat ihn geschwächt. Die Quelle hat ihn zu sich geholt.«

»Balicor hetzte das Verlies gegen mich auf, als ich in der Sphäre wandelte. Dies hätte mich fast das Leben gekostet.« Nhordukaels Augen glühten auf. »Ich will ihn sehen!«

»Er stellt keine Gefahr mehr dar. Aber wenn du darauf bestehst, bringe ich dich zu ihm.«

Sai'Kanee wandte sich um, schritt die Stufen empor. Nhordukael folgte ihr. Dabei betrachtete er den Stab in ihrer Hand. Er glich jenem, den Durta Slargin getragen hatte, als er Nhordukael erschienen war. *Sie hat den Stab des Weltenwanderers gefunden … ich muß mich vorsehen.*

Dort, die letzte Stufe! Durch eine Luke gelangten sie in den Turmraum; eine schmale, eine enge, sechseckige Kammer unter dem Dach, die kaum zwei Schritt durchmaß. Durch die Fensterbogen war wieder die Stadt zu sehen. Der Boden des Raums aber war ein dunkler, schwarzer Teich, er schwappte umher wie flüssige Schatten. Angewidert blickte Nhordukael auf die Gestalt, die sich in dem Sud krümmte: halb darin versunken, nur ihre Hände tasteten sich an den Wänden entlang, und der Kopf – kahl und von Sprenkeln verunziert – trieb wie eine verschrumpelte Frucht umher. Die Augen trugen denselben goldenen Glanz, den er bereits bei Glam gesehen hatte.

»Das Gestein … ja, ja, höre auf mich … laß deinem Zorn freien Lauf …« Es war ein atemloses Gezischel, nur mit Mühe zu verstehen. »Leuchte, du grüner Zindrast, wie giftiges Feuer … schmelze, du gelber Salphur, bis das Land in Fäulnis ersäuft … zerberste, du roter Padril, damit Fleisch und Blut dich nähren … und du, Sithalit, brich aus der Tiefe hervor, um die Menschen zu strafen …« Seine dürren Finger glitten an der Wand entlang. »Gehorche mir … Tathril gab mir das Recht, dich zu beherrschen … das Verlies, es ist mein!«

Das Wesen hielt inne, wandte den Kopf zu Nhordukael um. Dieser beugte sich zu ihm herab. »Bars Balicor«, sagte er leise. »Es ist Zeit, die Quelle loszulassen. Hört auf, Euch weiter zu quälen.«

»Nhordukael!« Voller Angst kreischte das Wesen auf, schlug mit den Händen um sich. »Wie hast du mich gefunden? Wie?« Der schwarze Sud waberte auf, drohte ihn ganz zu verschlingen. »Du solltest längst tot sein … Habe ich nicht dem Verlies befohlen, dich umzubringen? Dich aus dem Brennenden Berg zu vertreiben? Und nun bist du hier …«

Nhordukael nickte. »Das ist Euer Verdienst. Denn ja, es ist Euch gelungen, das Auge der Glut zu schwächen – deshalb mußte ich nach Vara reisen, um Euch zu suchen. Doch wie ich sehe, komme ich zu spät.«

»Zu spät … ja, Nhordukael … denn ich bin verloren!« Bars Balicor schluchzte. »Das Verlies ist zu stark … es will mir nicht gehorchen, widersetzt sich … bin ich denn nicht der Hohepriester dieser elenden Kirche? Tathrils Vertreter? Und nun sieh … sieh, was es aus mir gemacht hat.«

Nhordukael wandte sich an Sai'Kanee. »Was ist mit seinen Augen geschehen?«

Sie verzog keine Miene. »Das Verlies hat sie ihm geöffnet. Wenn er klug wäre, würde er aufhören, sich dieser Gnade zu widersetzen; dann fände er Frieden, so wie die anderen Menschen, die Nacht für Nacht zu uns herabsteigen.«

»Sie lügt! Sie lügt!« Balicor rang mit den Händen. »Hier

wartet kein Frieden auf uns … das Verlies gaukelt ihn uns nur vor, raubt uns den Willen. Mondschlund ist der Blender, der Herr der Schatten …« Er schlug um sich und wollte sich vom zähen Grund erheben. »Du bist der einzige, der ihn noch aufhalten kann … jetzt erkenne ich es! Verzeih mir, Nhordukael, verzeih meine Dummheit!« Balicors Stimme überschlug sich vor Eifer. »Du kannst ihn besiegen … uns retten! Hör nicht auf seine Lügen! Traue Mondschlund nicht! Reiß ihm die Maske herunter, bevor er diese entsetzliche Stadt an die Oberfläche bringt!«

Sai'Kanees Augen blitzten auf. Dann hob sie ihren Stab, stieß mit dem Ende nach Balicors Kopf. Mit einem Knall zerplatzte sein Schädel. Flüssiges Gold spritzte empor, klatschte gegen die Wände und rann an ihnen herab, während der Körper nach einem letzten Aufbäumen in den Schatten versank.

»Endlich schweigt er!« Sai'Kanees Stimme klang kalt. »Ich hätte ihn schon früher von seinem Leid erlösen sollen.«

»Im Nachhinein muß ich ihm wohl danken«, erwiderte Nhordukael. »Ohne ihn hätte ich Mondschlunds Absichten nie erkannt.«

Sie richtete nun den Stab auf ihn. »Du mußt dich entscheiden, Nhordukael. Auf welcher Seite stehst du? Sternengängers Einfluß wächst mit jeder Stunde, und je mehr Quellen die Goldéi befreien, desto schwieriger wird es für uns, ihm etwas entgegenzusetzen. Du kennst deine Pflicht! Sternengängers Geschöpf muß vernichtet werden, ehe die Wandlung fortschreitet.« Sie drängte Nhordukael auf die Wendeltreppe zurück. »Kehre in die Sphäre zurück und setze den Kampf fort. Ich werde dir bei dem Übertritt helfen; doch widersetzt du dich, werde ich dich bestrafen, so wie Bars Balicor. Denn Mondschlund duldet keinen Verrat.«

Wortlos machte sich Nhordukael an den Abstieg. *Durta Slargins Wanderstab liegt in den falschen Händen. Er verleitet diese Frau zu dem Irrtum, es mit mir aufnehmen zu können. Ich werde sie wohl bald eines Besseren belehren.*

KAPITEL 10

Tänze

Kranichgeschrei hallte über den See Velubar. Die stolzen Vögel zogen in einem Schwarm dicht über das Wasser; ihre Flügelenden wirbelten kleine Tropfen auf. Sie schillerten im Abendrot wie Rubine.

Velubar war das größte Binnengewässer von Vodtiva; es erstreckte sich über die halbe Insel. Man nannte den See auch das Faulende Meer; sein Wasser war trüb und modrig, an vielen Stellen trieben Öllachen in den Strömen. Diese stiegen vom Grund empor; an heißen Tagen entzündeten sie sich und verzehrten sich in dunkelgrünen Flammen. Stets hing schwüle Luft über dem Faulenden Meer; Libellen schwirrten umher, jagten Mücken und Wasserläufer, und die Wellen schwappten gegen die Stämme der Sumpfbrecher, die mit ihren hochgestellten Wurzeln Vögeln einen Nistplatz boten. Manchmal teilte sich das Wasser; dann lugte ein Otter hervor, zwischen den Zähnen einen Fisch oder eine Schildkröte, und spähte nach Feinden.

Velubar lag unmittelbar an Venetors Stadtrand. An einigen Stellen trennte nur eine dünne Landzunge den See vom Haff, und so war die Stadt eigentümlich in die Länge gezogen. Nach Süden hin dünnten sich die Steinbauten aus. Hier standen schlichte Holzhütten, in denen die Ärmsten der Stadt wohnten. Die meisten von ihnen arbeiteten in den Silberbergwerken von Sibura; da diese weder über die zerklüftete Nordpassage noch über die äußeren Küsten zu erreichen waren, führte der einzige sichere Weg über den See. Auf Flößen setzten die Menschen nach Sibura über, schufteten tagelang in den Bergwerken und kehrten mit dem abgebauten Erz nach Venetor zurück. So war es seit Jahrhunderten, seit Durta Slargin die Woge der Trauer gebändigt hatte; sie wallte in der Mitte des Sees und schuf jenen sanften Wellengang, der Tag und Nacht gegen die Ufer schlug.

Unweit des Armenviertels, wohl eine Meile von den letzen Häusern entfernt, schaukelte ein Schiff auf dem Wasser. Es war mit Seilen am Ufer vertäut; auf dem vorgelagerten Steg lungerte ein Betrunkener und brabbelte leise vor sich hin. An Bord herrschte reges Treiben; Musik war zu hören, die übermütigen Töne einer Fiedel, das Brummen einer Sackpfeife und mehrstimmiger Gesang. Nun, da die Dunkelheit einsetzte, glommen Öllampen auf. Gelächter ertönte, als sie entzündet wurden.

»Ein Schiff nach meinem Geschmack«, raunte Ungeld. Er kauerte neben Parzer und Mäulchen im Ufergestrüpp; sein Turban war verrutscht, hing ihm schräg in die Stirn. »Dort kriegen wir sicher einen feinen Schmaus.«

»Äch ne, der Herr denkt wieder nur ans Futtern.« Parzer versetzte dem Netzknüpfer einen Klaps auf den ausladenden Hintern. »Hast wohl vergessen, daß die Gyraner nach uns Ausschau halten! Wir können uns glücklich schätzen, mit heiler Haut davongekommen zu sein. Das werden wir nicht für einen Happen aufs Spiel setzen.«

»Die suchen längst nicht mehr nach uns«, behauptete Ungeld. »Tarnac von Gyr hat Besseres zu tun, als die Stadt nach ein paar armseligen Fischern zu durchkämmen.«

Ihre Flucht war im Groben und Ganzen erfolgreich verlaufen; als sie in das Haff gesprungen waren, hatte man sie zwar von den Stegen aus mit Pfeilen beschossen, doch nur vier vor ihnen waren getroffen worden. Die anderen zehn Fischer waren zum Südufer des Haffs geschwommen und dann in Venetors Südstadt untergetaucht. Die Nacht hatten sie in einem leerstehenden Saustall verbracht, am kommenden Tag ihre Wunden geleckt und dann neue Pläne geschmiedet.

Die Lage stand nicht zum Besten: Rumos und Aelarian waren tot, und Ashnada war zweifellos von den Gyranern erschlagen worden. Es machte also wenig Sinn, den Weg nach Tyran fortzusetzen. Mäulchen hatte deshalb vorgeschlagen, nach Morthyl zurückzukehren. Davon aber hatte Parzer nichts wissen wollen.

»Ohne den Turmbinder verlassen wir die Insel nicht«, hatte er betont. »Ganz Rhagis würde uns als feige Muscheln beschimpfen, wenn wir das Erbe Varyns den Gyranern überließen. Wir müssen das Armband zurückholen.«

Also hatten sie beschlossen, auf Vodtiva auszuharren. Um den Gyranern nicht über den Weg zu laufen, hatten sie sich am frühen Abend zum Stadtrand durchgeschlagen – und dort den See Velubar entdeckt. Nun kauerten sie am Ufer des Faulenden Meers und spähten auf das seltsame Schiff.

»Sieht nach einer schmierigen Schenke aus«, grinste Mäulchen, obwohl sie durch die verfilzten Strähnen, die ihr ins Gesicht hingen, nicht viel erkennen konnte. »Dort wird uns niemand anschwärzen. Das Volk von Vodtiva haßt die gyranischen Schmeißfliegen ebenso wie wir.«

»Du erhoffst dir doch nur einen Schluck Schnaps, Mäulchen, weil du schon solange auf dem Trockenen sitzt.« Parzer blickte sich nach den übrigen Fischern um, die hinter ihm im Gestrüpp kauerten. Sie sahen allesamt elend aus; die letzten Tage waren kein Zuckerschlecken gewesen. »Nun, geht mir auch nicht anders. Vielleicht können wir auf dieser Schaluppe die Ohren aufsperren und das ein oder andere in Erfahrung bringen.«

Sie verließen ihre Deckung und schlenderten auf den Steg zu. Der Trinker hatte sich an einem Pfahl hochgezogen; aus trüben Augen starrte er die Fischer an.

»Was seid ihr denn für komische Vögel?« Er kicherte und wischte sich über den zerzausten Bart. »Gyraner etwa? Mit König Tarnac nach Vodtiva gekommen, um euch auf unsere Kosten zu bereichern ... nein, nein, will nichts gesagt haben.« Er feixte. »Glaube allerdings nicht, daß ihr hier was verloren habt. Der Prasser wird euch hochkant von seinem Schiff werfen. Gyraner kann er auf den Tod nicht ausstehen.«

Parzer kochte innerlich. »Äch ne! Erst beschimpft man uns als Troublinier, nun sollen wir auch noch Gyraner sein.« Er fuhr sich mit beiden Händen durch den dunklen Schopf. »Gyraner sind blond, du Quallenhirn! Wir kommen aus Morthyl und schätzen es gar nicht, wenn man uns mit Beleidigungen empfängt.«

»Will nichts gesagt haben«, wehrte der Mann ab. »Wenn ihr Morthyler seid, wird der Prasser euch lieben. Hat viele Jahre das Silbermeer befahren und war in Galbar Arc ein gerngesehener Gast. Na, geht schon an Deck ... will nichts gesagt haben.«

Mißmutig schubste Parzer ihn zu Seite. Dann stiegen die zehn Fischer die Leiter empor, die an der Bordwand lehnte. Das Schiff entpuppte sich bei näherer Betrachtung als arges Wrack; das Holz war mürbe und wurmstichig. Über den versiegelten Ruderluken war ein fahriger Schriftzug aufgemalt.

»*Hotteposse*«, las Ungeld vor. »Welch putziger Name für ein verlottertes Schiff. Daß es nicht längst abgesoffen ist, kann man wahrlich nur eine Posse nennen.«

»Deine Possen verkneif dir lieber«, zischte Mäulchen. »Wir suchen keinen Händel mit diesen Leuten.«

An Deck herrschte schummriges Licht; buntverglaste Öllampen baumelten an einem Tau und flackerten mit Zischlauten. Auf einem Podest ragte ein zerborstenes Steuerrad empor; daneben lümmelte auf Seekisten die Bardentruppe, ein hagerer Fiedler, ein Sackpfeifenbläser mit warzenbedecktem Schädel und drei pummelige Sängerinnen mit erstaunlich klaren Stimmen. Sie gaben ein Tanzlied zum Besten, und tatsächlich drehten auf dem Deck einige Paare ihre Kreise: zerlumpte bärtige Kerle mit ihren Liebchen, Silberschürfer aus Sibura, die hier den grauen Alltag zu vergessen suchten.

Am Heck ruhte auf einem Holztisch ein großbäuchiges Faß. Hier zapfte ein Knabe dickflüssiges Bier in Kupferbecher und reichte sie an die nahe Menschentraube weiter. Diese bestand aus jungen Frauen; ihre Kleider waren tief ausgeschnitten, die Haare mit Rosenblättern geschmückt. Sie kicherten unentwegt, nippten an ihrem Bier und schienen sich köstlich zu amüsieren. Zwei von ihnen tanzten lasziv miteinander, so daß der Knabe am Zapfhahn beschämt die Augen niederschlug.

»Ob da auch für uns ein paar Schlucke herausspringen?« flüsterte Mäulchen mit leuchtenden Augen.

»Kommt darauf an, was man uns abknöpfen will«, gab Ungeld zu bedenken. »Unsere Barschaft ist bescheiden. Die Gyraner haben uns außer ein paar Kupfermünzen alles abgenommen.«

Parzer wollte diesen Einwand nicht gelten lassen. »Äch ne! Ich sage: beherzt voran und tolldreist in die Vollen greifen. Was man erst im Schlund hat, kann einem keiner mehr wegnehmen.«

Grinsend drängte er in Richtung Faß und wollte sich einen Becher sichern. Doch eine kräftige Männerstimme gebot ihm Einhalt.

»He! Ihr da!«

Aus der Weiberschar löste sich ein Mann. Er hatte sein Kinn kampfeslustig nach vorn gereckt, was aber aufgrund seines gutmütigen Gesichts wenig überzeugend wirkte. Er war ein sonnengebräunter, breitschultriger Kerl; seine Körpermasse wandelte auf dem schmalen Grat zwischen Korpulenz und Eleganz, was er durch ein enges Wams in sehr gewagten Farben unterstrich. Üppige schwarze Locken fielen ihm in den Nacken; er strich sie mit seiner linken Hand zurück. An den Fingern glänzten kostbare Ringe.

»Wer zum Henker seid ihr? Euch hab ich hier noch nie gesehen, und meine Erinnerung trügt selten.« Auf eine Geste hin beendete die Bardentruppe ihr Spiel. »Die Eile, mit der ihr unser Bierfaß ansteuert, wirft die Frage auf, ob ihr zahlende Gäste oder bloße Kostgänger seid. Im ersten Fall heiße ich euch auf meinem Schiff willkommen. Die *Hotteposse* steht euch offen, mit all ihren Freuden.« Er zwinkerte einem der Mädchen zu, das ihm von der Reling her Kußhände zuwarf. »Doch seid ihr letzteres, dann rate ich euch, schnurstracks den Rückweg anzutreten. Schalim der Prasser schätzt es nicht, wenn man ihm auf der Tasche liegt.«

»Äch ne«, sagte Parzer finster. »Und Schalim der Prasser bist du wohl selbst, nehme ich an.«

»Das nimmst du richtig an.« Der Mann prostete ihm mit seinem Becher zu. »Und nun genug gefrotzelt. Da ihr zum ersten Mal auf meinem Schiff einkehrt, will ich nicht unhöflich sein. Zahlt euren Anteil, und euch erwarten heiße Stunden. Laßt allen Trübsinn am Ufer zurück, laßt euch von Velubars Wellen in höchste Wonnen wiegen. Genießt das sämigste Bier, das üppigste Essen, die willigsten Weiber von ganz Vodtiva ... begleicht den Anteil, und die *Hotteposse* liegt euch – wie ich, ihr unwürdiger Besitzer – zu Füßen.«

»Und wie hoch ist dieser Anteil«, fragte Mäulchen mit spitzer Stimme.

Der Prasser wandte sich ihr zu. Er hatte sie offenbar zuvor nicht bemerkt. Nun gingen ihm schier die Augen über. »Schaut an! Warum sagt ihr nicht gleich, daß ihr in weiblicher Begleitung kommt?« Er eilte auf die junge Fischerin zu, ergriff ihre Hand und küßte sie formvollendet. »In diesem Fall ist der Anteil durch deine zauberhafte Erscheinung abgegolten, holdes Wesen – sofern ich deinen wohlklingenden Namen erfahren darf.«

»Das Wesen nennt sich Mäulchen«, rief Ungeld, der sich bisher aus dem Gespräch herausgehalten hatte. »Und nun seid so gut und nehmt uns in eure Zechrunde auf. Unsere Kehlen sind ganz ausgedorrt.«

Der Prasser fackelte nicht lange. Eigenhändig sorgte er dafür, daß jeder Fischer einen bis zum Rand gefüllten Becher bekam. Das Bier schmeckte herb und stark, und Parzer leckte sich nach dem ersten Schluck anerkennend die Lippen.

»Na ja. Läuft gut rein, auch wenn die Brühe nicht die Wahrhaftigkeit eines Raschen erreicht.«

Schalim zog die Augenbrauen hoch. »Einen Raschen? Das Gesöff kenne ich. Sagt, kommt ihr etwa aus Galbar Arc, der Hauptstadt von Morthyl?«

»Frechheit!« bellte Parzer. »Morthyl ist unsere Heimat, aber mit der Pestbeule Galbar Arc haben wir nichts zu schaffen.«

»Und doch habe ich dort meinen ersten Raschen genossen. Es war in einer miesen Spelunke am Hafen … vor langer Zeit, als ich noch mit meinem Schiff das Silbermeer befuhr. Da bin ich oft in Galbar Arc eingekehrt und habe mit den Männern der Hafenzunft ein paar Rasche vernichtet. Bei Tathril, die Kopfschmerzen am nächsten Morgen werde ich nie vergessen.«

Ungeld rückte sich entrüstet den Turban zurecht. »Was da in Galbar Arc ausgeschenkt wird, ist Ausfluß, Pisse, schales Wasser … den Namen Raschen hat es aber nicht verdient. Den gibt es nur in Morthyls Fischerdörfern, und bei uns in Rhagis wird der beste Rasche überhaupt gebrannt.«

»Dann seid ihr also Fischerleute aus Morthyl.« Schalims Augen ruhten auf Mäulchens Bauch, der appetitlich unter ihrem Hemd hervorlugte. »Ich wußte gar nicht, was für hübsche Frauen dort zu finden sind.«

Parzer schmeckten diese schalen Komplimente noch weniger als das Bier. »Äch ne, du warst also früher Kapitän? Sagt bloß, du warst mit diesem häßlichen Pott unterwegs.«

»Augenblick mal!« Der Prasser drohte mit erhobenem Zeigefinger. »Auf die *Hotteposse* lasse ich nichts kommen! Sie hat mir als Handelsschiff treue Dienste geleistet, zehn Jahre lang. Ich bin mit ihr bis nach Harsas gesegelt, einmal sogar bis nach Iarac. Bis das alte Mädchen dann den Stürmen im Silbermeer nicht mehr gewachsen war … da mußte ich die Handelsfahrerei an den Nagel hängen. Der *Hotteposse* aber habe ich einen friedlichen Lebensabend beschert, hier auf dem See Velubar.«

»Und wie hast du sie vom Meer hierher verfrachtet?« wollte Ungeld wissen.

Schalim nahm einen kräftigen Schluck aus dem Becher. »Im Norden der Stadt gibt es eine Stelle, an der Velubar nah an das Haff heranragt – ein Streifen von kaum zwei Meilen. Dort ließ ich die *Hotteposse* zum See hinüberziehen.

Anschließend habe ich zwei Jahre lang Silberschürfer zwischen Sibura und Venetor hin- und hergeschippert, bis die *Hotteposse* dann ihrer jetzigen – und edelsten – Bestimmung zugeführt wurde.«

»Äch ne! Du hast das Schiff einfach so übers Land gezogen, hä?«

»Glaubst du mir etwa nicht? Man nennt diese Stelle ›Venetors Nadel‹. Ein paar entrindete Baumstämme, ein Haufen starker Burschen – und schon läßt sich selbst der schwerste Brocken zum See zerren.« Er warf Mäulchen einen feurigen Blick zu. »Ich kann euch den Ort gerne zeigen. Es ist wunderschön, auf der Nadel zu stehen … im Westen der See, im Osten das Haff, und beide funkeln im Mondlicht …«

»Vom Haff habe ich mehr als genug gesehen«, knurrte Mäulchen. »Den Gang können wir uns also sparen.«

»Nein, glaub mir, Venetors Nadel ist wirklich interessant! Vorgestern etwa haben die Gyraner dort eine Galeere nach Velubar überführt. Ein eindrucksvolles Schauspiel! Sie liegt übrigens ganz in der Nähe vor Anker, ein schmuckes Schiff.« Der Prasser ließ sich von dem Knaben seinen Becher füllen. »Ich war in der Nähe, um mir diesen dreisten König anzuschauen, der unsere Insel besetzt hat. Tarnac der Grausame … er stand am Seeufer und beaufsichtigte seine Leute, die die Galeere über die Nadel zerrten. Er sah eigentlich recht mickrig aus, ein dürres Männchen, kaum Fleisch auf den Rippen, wie es sich für einen echten Kerl gehört. Keine Krone, kein Tand, wenn man von seinem goldenen Armreif absieht, mit dem unentwegt spielte.«

Nun wurde Parzer hellhörig. »Wie? Tarnac von Gyr hatte einen goldenen Armreif?«

»Wenn ich es doch sage! Er sah aus wie ein Turmbinder, nur eben aus Gold und nicht aus Silber. Ich kenne mich da aus, habe lange Zeit selbst einen besessen. Den habe ich leider beim Würfeln an einen candacarischen Kaufmann verloren.« Er seufzte. »Pech im Spiel und Glück bei den Weibern … mein ewiges, schweres Los.«

Parzer raufte sich vor Aufregung den Bart. »Varyns Erbe! Tarnac hat ihn sich also tatsächlich unter den Nagel gerissen.« Er schritt auf und ab. »Was weißt du noch über diese Galeere?«

»Nun, man munkelt in der Stadt, König Tarnac wolle mit ihr das Herz der Quelle ansteuern, welches in der Mitte des Sees liegt. Das freilich wäre Irrsinn. Die Woge der Trauer läßt seit einigen Kalendern niemanden mehr in ihre Nähe. Selbst die Tathril-Priester wagten sich nicht mehr dorthin, und die Solcata-Loge, die nun über die Quelle herrscht, unternahm bisher keinen Versuch, sich ihr zu nähern.« Schalim senkte die Stimme. »Es kann also gut sein, daß die Galeere wirklich dazu dient, die Woge zu unterwerfen. Tarnac hat sie eigens aus Gyr herbeischleppen lassen. Soweit ich sehen konnte, bestand sie aus schlichtem Holz – aber mir fielen die Ruder auf. Ihre Blätter waren aus einem dunklen Material, das ich noch nie zuvor gesehen habe, ein Metall, tiefschwarz und häßlich wie die Nacht. Ich konnte es kaum ansehen, ohne daß meine Augen tränten.«

»Nun hältst du uns aber zum Narren«, schimpfte Ungeld.

»Wenn ich es euch doch sage! Ein übler Zauber liegt auf den Ruderblättern; sie sind nicht dazu gemacht, das Wasser zu berühren. Um nichts in der Welt würde ich diese Galeere betreten.«

»Äch ne! Eben wolltest du uns Venetors Nadel zeigen, nun schlotterst du wegen ein paar Riemen aus schwarzem Metall.« Parzer baute sich herausfordernd vor dem Prasser auf. »Wie wäre es, wenn du uns hilfst, den Gyranern auf den Zahn zu fühlen? Wir würden zu gerne wissen, was Tarnac auf dem See zu suchen hat – und jenes goldene Armband zurückholen, das er uns gestohlen hat. Aber dazu brauchen wir ein Schiff, mit dem wir die Galeere verfolgen können.« Er bleckte die Zähne. »Wie wäre es mit diesem?«

Ungeld stieß ihm in die Rippen. »Parzer! Du glaubst doch nicht im Ernst, daß wir diesen Kübel zum Schwimmen kriegen.«

»Äch ne, aber er schwimmt doch, oder etwa nicht?« Parzers Augenrollen verriet seine Begeisterung. »Denk doch mal nach! An Land haben wir keine Möglichkeit, dem König das Armband abzuluchsen. Aber dort draußen auf dem See wird er nur eine Handvoll Männer um sich haben. Da können wir ihn in die Zange nehmen, und dann …«

Der Prasser unterbrach ihn unwirsch. »Augenblick! Dies hier ist mein Schiff, und es wird nirgendwo hinfahren, schon gar nicht auf den See. Ich habe vor Jahren die Ruderluken zugekleistert und werde sie gewiß nicht wieder aufstemmen. Die *Hotteposse* soll in Frieden am Ufer liegen, bis ihre Zeit gekommen ist. Außerdem will ich keinen Streit mit den Gyranern, das wäre Selbstmord.«

»Er hat Muffensausen«, stichelte Mäulchen. »Der Prasser ist ein Hasenfuß, wer hätte das gedacht?«

Das konnte Schalim nicht auf sich sitzen lassen. »Keineswegs! Aber warum sollte ich dieses Wagnis eingehen, für nichts und wieder nichts?« Er dachte nach, blickte abwechselnd auf Parzer und den leeren Kupferbecher in seiner Hand. »Andererseits reizt mich eure Dreistigkeit. Ihr Fischer seid nach meinem Geschmack … mal sehen, ob ihr auch Mumm in den Knochen habt.«

Er holte aus und warf den Becher über Bord. Im hohen Bogen flog er in die Dunkelheit und klatschte auf die Oberfläche des Sees. Das Wasser schwappte empor, und der Becher versank.

»Verschlungen hat ihn der schwarze Mund«, sagte Schalim mit getragener Stimme. »Nun denn – holt mir den Becher zurück, und ich werde die *Hotteposse* für euch aus dem Schlummer reißen. Ein kleines, feines Spiel … für einen zähen Fischer keine große Sache, oder doch?«

Die Meute an Bord brach in Gelächter aus. Einige der jungen Frauen applaudierten dem Prasser schadenfroh. Nur Parzer klappte vor Zorn den Mund auf und zu.

»Das kann nicht dein Ernst sein, du hohler Strandhalm! Soll ich mitten in der Nacht in diesen Tümpel springen, hä? In der Dunkelheit einen wertlosen Krug aus dem Schlamm fischen?«

»Aber nein«, wehrte der Prasser ab. »Nicht du, das wäre zu einfach. Ich dachte eher an deinen flotten Freund.«

Er wies auf Ungeld. Dessen fleischige Wangen liefen puterrot an. »Das ist keine gute Idee«, stotterte er. »Tauchen gehört nicht zu meinen Stärken.«

»Um so spaßiger wird es sein, dir dabei zuzusehen«, höhnte Schalim. »Wenn du den Becher findest, gehört die *Hotteposse* euch. Wenn nicht, dann erweist mir eure entzükkende Gefährtin die Ehre einer gemeinsamen Nacht, hier auf dem Schiff unter dem Sternenzelt.« Er verneigte sich in Mäulchens Richtung. »Ich gelte als äußerst geschickter Liebhaber, das können euch alle Damen hier an Bord bestätigen.«

Mäulchen blieb die Spucke weg. »Das geht zu weit!« Sie wollte sich auf Schalim stürzen und ihm das Gesicht zerkratzen, doch Parzer trat ihr in den Weg.

»Laß Ungeld nur machen! Er wird den Blechseidel finden, nicht wahr?« Er warf Ungeld einen grimmigen Blick zu. »Du weißt, was auf dem Spiel steht. Ohne dieses Schiff können wir Varyns Erbe nicht zurückgewinnen … enttäusche uns bloß nicht.«

Der Netzknüpfer spähte unglücklich auf das dunkle Gewässer, während Mäulchen sich nun auf Parzer stürzte und wilde Flüche gegen ihn und den Prasser ausstieß. Dann zog Ungeld seufzend seinen Turban vom Kopf und schritt wie ein Todgeweihter zur Reling.

Die Nacht hatte ihren dunklen Mantel über Schattenbruch ausgebreitet. Kein Mondstrahl drang durch die Baumdecke des Parks. Nur winzige Lichtpunkte schwirrten umher, Glühwürmchen und Glasfalter. Und sachte Geräusche: das Rauschen der Blätter, das Flattern von Fledermausschwingen, der ferne Ruf einer Eule.

Im hinteren Winkel des Parks, wo die Bäume am dichtesten standen, lag ein zerfallenes Schloß; ein langgestreckter, zweistöckiger Bau, dem zwei Terrassen vorgelagert waren. Diese waren von Nesseln und Gräsern bewuchert, und auch das Schloß selbst hatte die Natur zurückerobert: Efeu umrankte die Mauern, und eine nahe Eiche hatte mit ihren Ästen das Dach abgefegt.

Aus einem Fenster im unteren Stockwerk fiel Lichtschein. Auf der Fensterbank hockte Aelarian Trurac, in den Händen eine flackernde Kerze, und blickte nachdenklich in die Finsternis.

»Schattenbruch … ich wünschte tatsächlich, die Schatten würden zerbersten und uns das Geheimnis unseres Gastgebers enthüllen.« Er wandte den Kopf und sah auf das Bett am Ende des Raums. Dort lag mit geschlossenen Augen Cornbrunn, splitternackt; er versuchte zu schlafen. »Gestern hat er uns hier im Schloß aufgenommen, uns sein eigenes Nachtlager überlassen, um dann am Abend im Park auf Wanderung zu gehen. Seitdem haben wir den Herrn Schattenspieler nicht mehr zu Gesicht bekommen.«

»Was kümmert Euch das?« Cornbrunn gähnte und öffnete die Augen. »Er hat uns freundlich empfangen und bewirtet, und er belästigt uns nicht mit Fragen. Laßt diesen Eigenbrötler ruhig durch seinen Park stromern, er wird schon zurückkehren. Und jetzt legt Euch zu mir, es war ein anstrengender Tag.«

Sie waren am frühen Morgen erwacht; der Schattenspieler hatte ihnen Dinkelbrot, Früchte und Wasser vor die Schwelle gelegt. Der Raum, in dem sie genächtigt hatten, mußte einst die Empfangshalle des Schlosses gewesen sein; der Steinboden wies an einigen Stellen Verzierungen auf, und an der Wand hing ein abgewetzter Teppich, auf dem der Umriß eines Greifvogels prangte. Die Einrichtung war bescheiden; ein Tisch, eine Kleidertruhe, ein Bett. Die Treppe zum oberen Stockwerk war eingestürzt, und die Türen zu den angrenzenden Räumen waren versperrt.

Nach dem Frühstück hatten die Troublinier nach ihrem Gastgeber Ausschau gehalten. Sie waren der Allee gefolgt, die durch den Park bis zum verfallenen Tempel führte. Dort hatten sie bald vergessen, nach dem Schattenspieler zu suchen; zu viel gab es in Schattenbruch zu entdecken: gewundene Bäche, die sich durch die Wiesen zogen und in denen Forellen und Goldfische schwammen; eine Grotte am Rand des Talkessels, aus der glasklares Quellwasser sprudelte; Feuchtwiesen, auf denen dunkelrote Orchideen wuchsen, unter deren Blüten Schlangen und Gottesanbeterinnen umherhuschten; Rosenrabatten, über denen zahllose Schmetterlinge taumelten. Den ganzen Tag waren Aelarian und Cornbrunn umhergewandert, hatten sich auf den Wiesen gesonnt, ihre Füße im Wasser gekühlt und sich zum Abend hin in eine romantische Stimmung hineingesteigert, die der Großmerkant sonst eher selten zuließ.

Mit Anbruch der Dunkelheit waren sie zum Schloß zurückgekehrt. Der Schattenspieler hatte ihnen erneut Wasser und Brot vor die Schwelle gelegt, doch er selbst blieb verschwunden.

Aelarian rutschte von der Fensterbank und sah sich in der Halle um. »Wer in aller Welt errichtet auf einer verlassenen Insel ein solches Bauwerk? Es mag nicht groß sein, doch es zeugt von vergangenem Reichtum.«

»Ebenso wie der Park. Hört endlich auf, Euch den Kopf zu zerbrechen. Morgen früh werden wir weiterziehen, ins nächste Dorf, um ein Schiff aufzutreiben. Ihr wollt doch noch immer nach Tyran, oder nicht?«

»Sicherlich ... aber zuvor muß ich wissen, was es mit diesem Ort auf sich hat.« Aelarian schritt durch den Raum. »Beachte etwa die Bauweise des Schlosses. Die Treppenführung, die Fensterbogen, die vorgelagerten Terrassen – ein solches Anwesen hätte ich in Palgura oder Varona erwartet, nicht aber auf einer Insel im westlichen Silbermeer.« Er blieb vor einer der Türen stehen und betrachtete das verschnörkelte Schloß. »Wer ist der Schattenspieler? Warum bewacht er den Park? Und wieso verschweigt er uns seinen Namen?«

Er rüttelte an der Klinke. Die Angeln der verschlossenen Tür knirschten.

»Aelarian! Es ist unhöflich, seinen Gastgeber auszuspähen! Ihr werdet die Tür ja doch nicht aufbekommen, und dahinter warten nur Staub und Spinnweben.«

Aelarian rüttelte erneut an der Tür. Schließlich hörte er auf der anderen Seite ein Klirren. Metall auf Stein …

»Der Schlüssel!« Er sah sich grinsend nach seinem Leibdiener um. »Auf der anderen Seite steckte ein Schlüssel!«

»Und Ihr habt ihn heruntergeworfen.« Seufzend erhob sich Cornbrunn und kleidete sich an. »Der Schattenspieler wird uns vor die Tür setzen, wenn er davon erfährt.«

»Vielleicht hat er sich dort eingeschlossen.« Der Großmerkant stellte die Kerze auf dem Boden ab und stieß einen Pfiff aus. Sogleich stoben von draußen die Kieselfresser herbei; sie hatten in der Dunkelheit nach Mäusen gejagt und sausten nun auf Aelarian zu.

»Was habt Ihr vor?« In Cornbrunns Stimme lag Argwohn.

Der Großmerkant beugte sich zu Grimm und Knauf herab, stupste mit den Zeigefingern ihre Schnauzen an. Dann deutete er auf den Spalt unter der Tür, aus dem ein Lufthauch wehte. »Unsere kleinen Freunde werden mir helfen, das Geheimnis zu lüften, nicht wahr, ihr zwei?« Er schob die Kieselfresser sanft, aber bestimmt in Richtung Tür.

Nun erst begriff Cornbrunn. »Ein netter Gedanke, aber überlaßt diese Angelegenheit besser Knauf. Euer Kieselfresser ist in den letzten Wochen zu fett geworden. Er wird unter der Tür steckenbleiben.«

»Unsinn! Sieh doch … sie haben es schon geschafft.«

In der Tat waren Grimm und Knauf in Windeseile durch den Spalt geschlüpft. Aelarian legte das Ohr an die Tür. Innen hörte er die Kieselfresser schnaufen, hörte das Trappeln ihrer Pfoten. Dann ein Poltern. Ein Gegenstand stürzte um und fiel mit blechernem Laut auf den Steinboden.

»Heda!« Aelarian klopfte gegen die Tür. »Reißt euch zusammen! Der Schlüssel muß gleich hinter der Tür liegen!«

»Geht schon zur Seite«, seufzte Cornbrunn. Er holte eine Kordel aus der Tasche, schob das Ende durch den Spalt und schnalzte mit der Zunge. Die Kieselfresser antworteten mit einem Fiepen, und kurz darauf schob eines der Tierchen den Schlüssel durch den Spalt. Es war Knauf. Seine Augen leuchteten voller Diebesfreude.

»Nur eine Frage der Erziehung«, feixte Cornbrunn, während er Aelarian den Schlüssel überreichte. »Knauf hatte einen hervorragenden Lehrmeister.«

»Zur guten Erziehung gehört auch Bescheidenheit!« Wütend öffnete der Großmerkant die Tür.

Sie fanden einen dunklen Raum vor, die Fenster zugemauert, der Boden verstaubt. Kisten stapelten sich in der Ecke, und ein Tisch stand an der hinteren Wand. Daneben führten Stufen in ein Kellerloch. Vor dem Tisch aber lümmelte Grimm. Er leckte einen Zinnbecher aus, der vom Tisch herabgefallen war, und blickte nun treuherzig zu Aelarian empor.

»Wir sprechen uns noch, Freundchen«, knurrte der Großmerkant. Dann näherte er sich dem Tisch. Auf diesem lagen mehrere Karten. Aelarian studierte sie mit gerunzelter Stirn. »Es sind die Pläne eines Gangsystems.« Er warf einen Blick auf die abwärtsführende Treppe. »Ob Schattenbruch unterkellert ist?«

»Das müßte ein gewaltiger Keller sein.« Cornbrunn spähte über Aelarians Schulter. »Seht! Es sind mehrere Ebenen eingezeichnet. Und hier –«, er zog eine weitere Karte vom Tisch,« – setzen die Gänge sich fort. Könnt Ihr die Zeichen am Rand erkennen?«

»Du meinst diese mageren Striche und Punkte?« Aelarian nahm eine weitere Karte zur Hand. »Das alles sind reine Phantastereien. Ein solch ausgedehntes Labyrinth gibt es nicht und kann es nicht geben. Vermutlich hat sie der Schattenspieler selbst gezeichnet, um sich ...«

Er zuckte zusammen. Aus dem Keller drang ein Husten, dann ein Schlurfen. Der schwankende Schein einer Laterne drang ihnen entgegen. Erschrocken blickten sich die Troublinier an.

»Er ist dort unten«, wisperte Cornbrunn.

Aelarian legte die Karten hastig zurück auf den Tisch. Dabei stach ihm ein Gegenstand ins Auge, der unter den Pergamenten verborgen gewesen war: eine silberne Kette. An ihr war eine Plakette befestigt; das Emblem eines Falkenkopfs.

»Kommt endlich«, zischte Cornbrunn und wollte Aelarian zur Tür ziehen. »Laßt uns verschwinden.«

»Nein!« Aelarian ließ die Kette auf den Tisch zurücksinken. Ohne auf Cornbrunns Gesten zu achten, stellte er sich neben der Treppe auf und wartete. Schon huschte der Schein der Laterne über sein Gesicht, und der Schattenspieler stieg die Stufen empor. Er blinzelte den Großmerkanten an.

»Seht an! Meine Gäste!« Er stellte die Laterne ab und begrüßte die Kieselfresser, die auf ihn zustürmten. »Habt Ihr nach mir gesucht? Ich vergaß, Euch zu sagen, daß ich auf Reisen bin … wie unaufmerksam von mir, die Tür offenstehen zu lassen.«

»Ja, äußerst unaufmerksam.« Aelarian wies auf die Kette. »Denn sonst hätte ich niemals erfahren, wer Ihr seid.«

Der Schattenspieler schwieg. Er ging zum Tisch und nahm die Kette auf. »Ihr habt sie gefunden? Nun, ich trage sie nur selten; ein altes Erbstück, und ein zweifelhaftes obendrein. Es hat meiner Familie kein Glück gebracht, nicht wahr, meine Freunde?«

Er hatte die letzten Worte in die Richtung des Kellers gesprochen. Aelarian musterte ihn. »Der Falke war das Wappentier der Aldra, des ersten Kaisergeschlechts von Sithar. Es hätte mir früher in den Sinn kommen müssen … Ihr seid ein Nachfahre der Gründer!«

Cornbrunn konnte sein Erstaunen nicht verbergen. »Ein Aldra? Ich dachte, diese Fürstenlinie wäre vor Jahrhunderten erloschen.«

»Sie stellte nach dem Südkrieg den ersten Kaiser«, erklärte Aelarian, »da sie als stärkste Familie aus dem Gemetzel hervorgegangen war. So saß zuerst Arc Aldra auf dem Thron, und ihm folgte seine Tochter Tira. Insgesamt herrschten die Aldra fast siebzig Jahre über das neuerrichtete Kaiserreich, bis ihnen ihr Bündnis mit der Bathaquar-Sekte das Genick brach.«

»Ihr wißt gut Bescheid«, seufzte der Schattenspieler. »Es ist wahr: Tira Aldra ließ sich mit den Bathaquari ein. Diese wollten mit ihrer Hilfe die Macht über die Kirche erringen.« Er nestelte aus der Tasche seine Scherenschnitte hervor, spielte vorsichtig mit den Hölzchen. »Dann wurde sie den Zauberern lästig. Sie nahmen die Kaiserin im Palast zu Vara gefangen und schnitten ihr die Kehle durch. Aber auch das hat meiner Familie nichts genützt; als der Umsturz der Bathaquar gescheitert war, wurde sie dennoch zur Verantwortung gezogen. Der Thronrat schickte sie in die Verbannung, auf die Insel Tula.«

»So schließt sich der Kreis.« Aelarian nickte zufrieden. »Der Park, das Schloß – sie wurden errichtet, damit Eure Vorfahren den Schmerz über ihre verlorengegangene Macht lindern konnten.«

»Mag sein. Viele Getreue gingen damals mit in die Verbannung; Steinmetze, Baumeister, Gärtner. Sie begründeten Schattenbruch. Manch einer hoffte, die Aldra würden eines Tages auf den Thron zurückkehren und Tula zum Mittelpunkt des Kaiserreiches erheben. Törichte Wunschträume … die Verbannten gerieten im Lauf der Jahrhunderte in Vergessenheit, und immer mehr Menschen kehrten Tula den Rücken. Meine Großeltern lebten noch mit zwölf Bediensteten in diesem Schloß; als ich geboren wurde – das einzige Kind meiner Eltern –, waren es noch drei, und diese machten sich mit den letzten Reichtümern aus dem Staub, als mein Vater im Sterben lag.«

»Habt Ihr nie daran gedacht, es Ihnen gleichzutun?« fragte Cornbrunn. »Es muß recht einsam auf dieser Insel sein.«

»Einsam … gewiß.« Der Schattenspieler nahm seine Blicke nicht von den Scherenschnitten. »Aber wie könnte ich Schattenbruch je verlassen? Er ist meine Heimat; ich muß auf ihn achtgeben. Denn er ist mehr als ein Park, meine Freunde! Dieser Ort ist von großer Macht, und alt, sehr alt.

Die Findlinge liegen seit Urzeiten an ihrem Platz, und die Tempelruine im Herzen von Schattenbruch stammt noch aus der Alten Zeit. Der Seefahrer Varyn hat sie erbaut, denn Tula war die erste Insel, die er auf seiner Fahrt durch das Silbermeer entdeckte.«

»Varyn, natürlich!« stöhnte Cornbrunn. »Wo hat sich dieser Kerl eigentlich nicht herumgetrieben? Überall stoßen wir auf seine Spuren.«

Aelarian blickte ihn warnend an. Er kannte die lose Zunge seines Leibdieners nur zu gut. Doch der Schattenspieler fuhr längst mit seiner Rede fort. »Varyn beherrschte den Zauber des Wandelnden Schrittes; ein Ritual, um alle Orte zu verbinden, die er besucht hatte. Ja, mehr noch, meine Freunde – er konnte sie zu einem neuen Ort vereinen, der nur ihm bekannt war … einem Winkel unter unserer Welt.«

»Wozu hätte er einen solchen Ort erschaffen sollen?« fragte Aelarian.

Der Schattenspieler hielt eine der Figuren vor die Laterne. Das Abbild eines dürren Mannes zeichnete sich auf der Wand ab; er hielt einen Wanderstab in der Hand. »Um ein Versteck vor seinem Verfolger zu schaffen, der ihm den Schlüssel der Macht entwinden wollte; jener Mann, vor dem ihn sein Lehrmeister stets gewarnt hatte.«

Cornbrunns Miene hellte sich auf. »Und der Lehrmeister Varyns war kein Geringerer als Mondschlund! Der Kreis schließt sich tatsächlich!«

»Laßt den Herrn Schattenspieler ausreden«, wies ihn Aelarian rasch zurecht. »Jenes Versteck, von dem Ihr sprecht, wurde also errichtet, um verschiedene Orte miteinander zu verbinden. Bedeutet dies, daß Varyn ohne ein Schiff zwischen den Inseln des Silbermeers umherwandeln konnte?«

Der Schattenspieler ließ den Scherenschnitt sinken. »So ist es. Er schuf ein Verlies, das alle Inseln miteinander verband. Es existiert noch immer, unter unseren Füßen – ein Ort, an dem die Schatten regieren.« Er wies auf die Karten. »Mein Urgroßvater entdeckte den Zugang in der Tempelruine. Er begann mit der Erforschung des Verlieses, und so kann ich heute auf seine Pläne zurückgreifen. Sie zeigen freilich nur einen Teil des Labyrinths.«

Aelarian starrte auf die komplizierten Karten. »Es gibt demnach verschiedene Zugänge in dieses Verlies?«

»Aber sicher doch! Der Tempel in Schattenbruch ist einer davon, und dieser Gang dort«, der Schattenspieler deutete auf den Keller, »wurde von meinem Großvater angelegt, dem der Weg durch den Park zu beschwerlich war. Er führt nach Fareghi, in die Keller des Leuchtturms, und eine Abzweigung in die Katakomben von Vara, das Herz des Verstecks. Selbst einen Weg nach Arphat habe ich entdeckt; dort steht eine Burg namens Talanur, hoch über der Stadt Praa. Ich war erst vor kurzem dort ...«

»Aber warum erzählt Ihr uns das alles? Ein solches Geheimnis ist gewiß nicht für alle Ohren bestimmt.«

»Nun, weil Ihr ein Mondjünger seid, mein Freund – ein Anhänger Mondschlunds.« Trotz des fahlen Lichtes konnte der Schattenspieler sehen, wie Aelarian erbleichte. »Die Schatten haben es mir zugewispert ... sie erkennen die Diener des Blenders sofort.«

»Dann war alle Geheimniskrämerei umsonst«, sagte der Großmerkant zerknirscht. »Ihr wußtet vom ersten Augenblick an, wer ich bin.«

»Sicherlich. Und deshalb erhoffe ich mir von Euch einige Antworten. Denn obwohl ich schon so lange das Verlies erkunde, sind mir die Absichten Eures Herrn fremd geblieben. Ich weiß nicht, was Mondschlund plant, und traue ihm nicht. Allerdings hat er sich nie gegen mich gewandt, als ich im Verlies umherwanderte – und dies, obwohl ich ein Nachfahre der Gründer bin.«

»Was in aller Welt hat das mit der Sache zu tun?« stieß Aelarian hervor.

»Nun, der Silberne Kreis wurde nicht ohne Grund ins Leben gerufen. Er entstand, um das Verlies zu bewachen.« Der Schattenspieler hob die Kette empor. »Die zehn Gründer des Südbundes folgten dem Befehl einer Stimme, die sie dazu drängte, den Süden von Gharax zu befreien, ein neues Reich aufzubauen und von Vara aus zu regieren. Es war die Stimme des Weltenwanderers, Mondschlunds Gegenspieler; denn dieser fürchtete die Macht des Verlieses. Die silbernen Ketten, meine Freunde, dienten ihm als Mittel, die Gründer zu kontrollieren. Ein Priester namens Lysron schmiedete sie, um die Gründer zum Silbernen Kreis zu vereinen; und sie erlagen den Einflüsterungen des Weltenwanderers.«

»Durta Slargin ...« Aelarian schien noch immer kaum zu glauben, was der Schattenspieler ihm da erzählte. »Aber woher wißt Ihr all diese Dinge? Wer hat sie Euch erzählt?«

»Der Weltenwanderer selbst«, schmunzelte der Schattenspieler. »Ich habe die Kette oft angelegt, da sie den Weg durch die Verliese erleichtert. Dann sprach er zu mir, versuchte mich auf seine Seite zu ziehen. Doch die Schriften, die ich auf den Mauern des Verlieses fand, warnten mich davor, ihm zu trauen, und ich legte die Kette für immer ab. Zum Glück ... ihre Magie ist leicht zu mißbrauchen. In Vara starben die letzten Angehörigen des Silbernen Kreises, ermordet von dem jungen Kaiser Uliman. Ich habe gespürt, wie sie starben ... die Ketten haben ihre Träger erwürgt.«

»Das kann ich nicht glauben«, entrüstete sich Aelarian. »Uliman wäre zu solch einer Tat nicht fähig. Ich kenne den Knaben; er mag von seinem Lehrmeister Rumos auf einen dunklen Pfad geführt worden sein, doch einen so abscheulichen Mord hätte er niemals begangen!«

»Die Schatten haben es gesehen«, behauptete der Nachfahre der Aldra. »Ich bin froh, die Kette in dieser Stunde nicht getragen zu haben, sonst wäre auch ich erdrosselt worden.«

Für einen Augenblick herrschte Schweigen. Aelarian blickte fasziniert auf die Kette in der Hand des Schattenspielers.

»Wenn dies alles wahr ist, hat Mondschlund mir eine Menge verschwiegen. Von dem Verlies hat er mir nie erzählt, ebensowenig von dem Geheimnis der Gründer. Wie erklärt Ihr Euch das, Herr Schattenspieler?«

»Wer kann schon die Beweggründe des Blenders ermessen? Ich glaube, daß er die Rettung der Menschheit plant, die Flüchtenden in sein Verlies aufnehmen will, wenn die Goldéi Gharax erobert haben. Doch ob er ihnen diese Zuflucht aus Güte oder Berechnung gewährt, kann ich nicht sagen.« Die Stimme des Schattenspielers wurde leiser. »Das Verlies verändert sich … es wirken Kräfte im Untergrund, die mir Sorge bereiten. Deshalb ziehe ich Euch ins Vertrauen; denn wenn jemand die Wahrheit über Mondschlund erfahren kann, dann nur einer seiner Diener. Ihr müßt mit mir kommen! Laßt uns gemeinsam ergründen, welches Schicksal die Welt erwartet.«

»Euch liegt wohl sehr viel an ihr«, erwiderte der Großmerkant.

»Ja … sie mag mit Fehlern behaftet sein, doch sie war uns Jahrtausende eine Heimat. Als Erbe der Gründer fühle ich mich Gharax verpflichtet, und auch den Menschen, die nun vertrieben werden sollen.« Der Schattenspieler hob die Laterne vom Boden auf. »Es mag ein Zufall sein, der Euch zu mir geführt hat, doch ich will ihn als Zeichen verstehen. Ja, meine Freunde, ich werde Euch das Verlies zeigen.«

Cornbrunn beugte sich nach vorne und flüsterte Aelarian ins Ohr: »Ihr werdet diesem Vogel doch nicht trauen! Gewiß will er uns in dem Keller in einen Schacht stoßen, damit wir dort verrotten.«

»Deine Mutter hat dir zu viele Schauermärchen erzählt.« Aelarian trat auf den Schattenspieler zu. »Ich würde Euch gerne folgen, doch leider habe ich andere Pläne. Das Ziel meiner Reise war nicht Tula, sondern Tyran, eine Insel westlich von Gyr. So gern ich dem Verlies einen Besuch abstatten würde – mir bleibt keine Zeit.«

Der Schattenspieler lächelte. »Ihr wollt nach Tyran? Auf die Insel, die den Goldéi als Tor in unsere Welt diente? Interessant … Ihr seid wagemutig, mein Freund. Nun, ich kann Euch dorthin bringen – durch das Verlies.«

»Es gibt einen Gang nach Tyran? Einen Tunnel?«

»Wenn Ihr so wollt.« Der Schattenspieler rollte die Karten

zusammen und klemmte sie unter seinen Arm. »Doch der Weg ist gefährlich; er ist älter und unbeständiger als die anderen Gänge. Wir müssen den Zugang durch die Tempelruine benutzen. Und meine Freunde … ich werde sie mitnehmen, als Schutz, als Begleitung.«

Er eilte zur Tür. Der Großmerkant wollte ihm folgen, doch Cornbrunn hielt ihn am Arm fest.

»Ich bitte Euch, Aelarian, denkt nach! Woher wißt Ihr, ob dieser Kerl Euch nichts Schlechtes will? Sagte er nicht selbst, daß er Mondschlund mißtraut? Warum will er dann einen Anhänger des Blenders durch dieses Verlies führen?«

»Wenn es einen Weg gibt, um nach Tyran zu gelangen, muß ich ihn wählen«, sagte Aelarian entschlossen. »Und was soll mir der Herr Schattenspieler schon antun? Habe ich nicht einen Leibdiener, der mich beschützt?«

Er gab Cornbrunn einen freundlichen Klaps auf die Schulter und lief dem Schattenspieler nach.

Träge schaukelte die *Hotteposse* auf dem See Velubar. An der Reling stand eine gaffende Menge und leuchtete mit Laternen auf den nächtlichen See: Schalim und seine leichten Mädchen, die Silberschürfer, die Bardentruppe – und die Fischer aus Rhagis. Allesamt starrten auf einen dunklen Punkt, der sich durch das Wasser kämpfte.

»Weiter nach rechts«, brüllte Parzer. »Beweg dich, du fauler Strick!« Er hieb zornig auf die Bordwand ein. »Es war dort drüben … da ist der Becher versunken!«

Neben ihm schmunzelte Schalim der Prasser, höchst angetan von dem nächtlichen Spektakel. »Alles in allem schlägt er sich gar nicht übel. Ich dachte, euer Freund würde schon nach dem Sprung ins Wasser absaufen.«

»Täusch dich mal nicht«, erwiderte Mäulchen. »Ungeld ist ein harter Knochen. Er hat einmal eine Woche lang in einem Boot überlebt, mitten im Eis, und das, obwohl er fast nackt war.«

»Bemerkenswert«, gab Schalim zu. »Falls er zurückkehrt, will ich alles darüber erfahren.« Er rieb sich die Hände. »Falls er zurückkehrt ...«

Ungeld planschte ziellos im Wasser herum. Immer wieder hustete er, spuckte fauliges Wasser aus, das ihm in Mund und Nase drang. Dann hatte er endlich die Stelle erreicht, an die Parzer ihn gelotst hatte.

»Und jetzt die Rübe unter Wasser«, schrie Parzer ihm zu. »Allzu tief kann der Tümpel ja nicht sein!«

Ungeld wedelte unglücklich mit den Armen und erntete Gelächter an Bord der *Hotteposse*. Mäulchen beugte sich derweil zu Parzer hinüber. »Das schafft er doch nie! Ich warne dich, Parzer! Wenn du glaubst, daß ich wegen deiner hirnlosen Wetterei zu diesem Kerl in die Koje schlüpfe, hast du dich geschnitten. Eher schlitzte ich dem Prasser die Kehle auf, als mit ihm ...«

»Reiß dich zusammen«, wies Parzer sie zurecht. »Ich vertraue Ungeld. Und falls er den Becher nicht findet, können wir immer noch türmen. Wäre nicht das erste Mal.«

Ungeld hatte nun tief Luft geholt und tauchte unter. Die Wellen schlugen über ihm zusammen wie schwarze Suppe. Ein letztes Glucksen – dann war er verschwunden.

»Pfui Spinne ... in dieser Brühe könnte ich es nicht aushalten«, schüttelte sich der Prasser vor Lachen. »Mal sehen, wie oft er zum Luftholen emporkommt.«

»Schalim!« Eine der jungen Frauen zeigte auf das Wasser. »Sieh doch ... da drüben!«

Ein Plätschern im Wasser. Dann hallte ein Stöhnen über den See, ähnlich dem Ruf eines Sterbenden. Schalim kniff die Augen zusammen und hob seine Laterne.

»Verflixt! Ein Siebenzahn! Seit wann kommen diese Biester so nah ans Seeufer?«

»Siebenzahn?« Parzer rollte mit den Augen. »Was in aller Welt ist das?«

»Ein Raubtier! Der größte und gierigste Vertreter der Otternfamilie, eine Gattung, die es nur im See Velubar gibt.« Der Prasser versuchte in der Finsternis etwas zu erkennen.

»Zwei Meter lang und Zähne wie Dolche ... am Tag sind sie friedlich, doch in der Nacht gehen sie auf Raubzug und verschlingen alles, was ihnen unterkommt.«

»Und das sagst du uns jetzt?« Mäulchens Stimme klang schrill. »Du läßt Ungeld in diesen See hüpfen, in dem ein solches Untier nach Beute fischt?«

Schon wollte sie sich über die Reling stürzen und Ungeld zur Hilfe eilen, doch der Prasser hielt sie zurück. »Hiergeblieben! Wenn du da runterspringst, beißt er dich in sieben Teile!« Er winkte dem Knaben am Bierfaß zu. Dieser angelte einen Speer unter dem Tisch hervor, eine wohl zwei Schritt lange Waffe mit einer Spitze aus geschliffenem Knochen. Prasser ließ sich den Speer reichen und wog ihn in der rechten Hand. »Ich kümmere mich darum ... hebt schon die Lampen höher, ihr Weibsbilder!«

In diesem Augenblick tauchte Ungeld auf, schnappte nach Luft. Er krächzte vor Entsetzen, als sich vor ihm das Wasser teilte. Der Siebenzahn schnellte hervor, glänzendes schwarzes Fell, giftgrüne Augen, das Maul weit aufgerissen. Ein aalglatter Schwanz peitschte durch die Wellen, traf Ungeld ins Gesicht, so daß er aufs Wasser geschleudert wurde. Er kreischte wie am Spieß, während das Untier sich über ihn warf, die Zähne in seine Hüfte schlagen wollte. Doch schon sirrte Schalims Speer durch die Luft, bohrte sich in den Nakken des Riesenotters. Der Siebenzahn riß seine Tatzen empor, jaulte auf wie ein Seehund; warf sich umher, so daß Fontänen aufspritzten, und glitt dann zurück in Velubars Brühe, um am Seegrund den Speer abzustreifen, der ihm ins Fleisch gefahren war.

Ungeld hatte sich von seinem Schreck erholt und schwamm in Todesangst auf die *Hotteposse* zu, deutlich schneller als zuvor. Die Silberschürfer zogen ihn an Deck, und als ein Häufchen Elend brach er vor dem Prasser zusammen.

»Euer See .... er stinkt zum Himmel!« Ungeld hustete einen Schwall Dreckwasser aus. »Kein Wunder, daß er solch widerwärtige Kreaturen anzieht ...«

»Ich muß mich entschuldigen«, sagte Schalim kleinlaut. »Ich hatte keine Ahnung, daß ein Siebenzahn in unserer Nähe weilt.«

»Ich meinte nicht den Siebenzahn.« Ungeld reichte dem Prasser einen schlammbeschmierten Gegenstand, den er gegen seinen Körper gepreßt hatte. »Hier hast du deinen blöden Becher wieder, bis zum Rand mit Schlick gefüllt. Koste ruhig davon; mir hat es auch nichts geschadet.«

Der Prasser nahm den Kupferbecher verblüfft entgegen. »Nun … was soll ich sagen? Ich habe dich unterschätzt!« Er brach in schallendes Gelächter aus. »Das war eine reife Leistung, Fischer, und ein gelungenes Schauspiel dazu. Und da ich ein ehrlicher Mann bin, werde ich mein Wort halten.« Er drehte sich zu Parzer und Mäulchen um. »Die *Hotteposse* gehört euch. Ich werde sie selbst flott machen, damit wir Tarnacs Galeere folgen können. Für ein Abenteuer war ich mir noch nie zu schade – auch wenn ich nun auf ein anderes verzichten muß.«

Er verneigte sich vor Mäulchen, doch diese verschränkte grimmig die Arme vor der Brust. Parzer aber stürzte an Ungelds Seite und half dem Netzknüpfer auf die Beine. »Hochachtung«, raunte er ihm zu. »Das hätte ich dir nicht zugetraut. Ich selbst hätte mich schwer getan, den Becher da unten aufzuspüren.«

»Für wen hältst du mich, Parzer? Dachtest du wirklich, ich tauche zum Seegrund und taste den Schlamm ab?« Ungeld grinste. »Diese Kupferbecher sehen eh alle gleich aus … ein Weilchen den Kopf unter Wasser halten, ein Griff in die Tasche – und schwupps, hat der Prasser seinen Kübel wieder.«

»Wußte ich es doch, du gerissene Robbe!« Parzer gab ihm einen anerkennenden Knuff. »Aber laß Schalim bloß nicht wissen, daß du ihn hereingelegt hast. Wir brauchen seine Hilfe, wenn wir dieses Wrack seetüchtig kriegen wollen.«

Unruhiger Fackelschein huschte über die Baumkronen, riß Schattenbruch aus seinem nächtlichen Schlummer. Am Schnittpunkt der beiden Alleen, im Umkreis des Findlings, steckten mehrere Fackeln im Kies. Sie erweckten den Park zu Eigenleben; die Zweige, vom Wind bewegt, griffen wie Finger nach dem flackernden Licht, warfen zerfaserte Schatten auf Wiesen und Hecken, und Nachtfalter irrten um die Flammen. Einige kamen dem Feuer zu nahe und verbrannten mit einem Knistern.

Unweit des Findlings standen Aelarian und Cornbrunn. Die zwei Troublinier hatten ihre Mäntel zugeknöpft, denn es war kalt geworden im Park. Sie blickten auf die Tempelruine; dort tanzte der Schattenspieler. Die Laterne in seiner Hand warf einen bläulichen Lichtkegel auf das Gebäude. Um seine Füße flitzten die Kieselfresser; für sie war dies alles ein großer Spaß, und sie ahmten die Schritte des Tänzers nach. Dieser hatte die Kartenrolle auf den Stufen des Tempels abgelegt und einige Scherenschnitte gezückt; er hielt sie vor die Laterne, und so wanderten dunkle Schemen über die Mauern der Ruine.

»Was tut er da?« wisperte Cornbrunn. »Ich dachte, er wollte uns in das Verlies führen. Nun gibt er uns ein Schattenspiel zum Besten, als wären wir staunende Kinder.«

»Nun, mich bringt er zum Staunen.« Aelarians Augen glänzten. »Sieh doch, wie geschickt er die Figuren bewegt, und das mit einer Hand!«

Die Schatten der Figuren – es waren drei Männer – zeichneten sich deutlich auf der zerfallenen Mauer ab; eine von ihnen schwenkte eine Laterne, die anderen beiden trugen wehende Mäntel, hielten sich bang an den Händen fest.

»Und wie kunstvoll sie gefertigt sind … man erkennt ihre Kleider, die Haare, jeden einzelnen Finger. Jetzt läßt er sie in seinem Ärmel verschwinden. Er winkt uns zu!«

Cornbrunn packte die Schulter des Großmerkanten. »Nein, nicht uns … seht doch! Dort, bei den Bäumen!«

Ein Windstoß fuhr durch den Park, ließ die Zweige rascheln. Zugleich begannen auf den Hecken und Baumwipfeln, den Kieswegen und Wiesen die Schattenstreifen ineinanderzufließen. Sie lösten sich aus der Gefangenschaft des Fackellichts, strebten empor: Fetzen aus Dunkelheit, finstere Nachtgeister, Schattenbruchs Brut.

Der Tänzer hatte innegehalten. Er hob die Laterne. Sein Gesicht schimmerte bläulich. Die Schatten schwebten ihm entgegen, so wie die Nachtfalter das Licht der Fackeln gesucht hatten. Er streckte die Hand aus, und sie folgten seinen Bewegungen, waberten als dunkler Nebel auf die Ruine zu.

»Er trägt die Kette«, flüsterte Cornbrunn. »Um seinem Hals wandert ein silberner Glanz …« Er preßte sich gegen den Großmerkanten. »Das ist Zauberei, üble Zauberei! Geht nicht mit ihm, ich flehe Euch an!«

Aelarian beachtete ihn nicht. Er blickte fasziniert auf den Schattenspieler, der die Laterne wie einen Talisman schwenkte und die Schatten ins Innere des Tempels drängte. »Sie gehorchen ihm aufs Wort … Woher nimmt er bloß diese Kraft? Ich bin beeindruckt.«

Der Schattenspieler stieg die Treppe zur Ruine empor, in der die Geister verschwunden waren. Er ergriff die Kartenrolle und sah sich nach den Troubliniern um.

»Das Verlies hat seine Pforten geöffnet«, rief er. »Ich bringe Euch nach Tyran, so wie ich es versprach; und ich bin gespannt, was uns dort erwartet, meine Freunde. Kommt! Die Schatten rufen nach uns!«

Wärmende Sonnenstrahlen. Morgenröte im Hain von Gehani, unweit der Fürstenburg. Aus dem nahen Wald Vogelgezwitscher. Das Raunen des Winds in den Blättern. Das Rauschen des Flusses Dumer, der von den Zinnen der Burg aus zu sehen war. Ihr Haar offen, so daß die Locken ihre Wangen streiften. Baniters Hand, die von hinten ihre Taille umschlang, sie an sich zog, bis sie gegen seine Schultern stieß, seine Nähe spürte, seine Umarmung genoß.

Jundala träumte …

Kinderlachen. Die hellen Stimmen der drei spielenden Mädchen: Marisa, die jüngste und ungestümste, ein Wirbelwind, der jeden zum Lachen brachte. Banja, die mittlere, ernst und unnahbar, die ein großes Herz hatte, Vögel mit gebrochenen Flügeln gesund pflegte, verirrte Bienen ins Freie trug, stundenlang Ameisenstraßen im Hain beobachtete. Und schließlich Sinsala, ihre älteste Tochter; ein gewitztes Mädchen, belesen und charmant, ganz der Vater. Schon jetzt eine Schönheit, in ein paar Jahren würde sie den Männern den Kopf verdrehen, gewiß.

Jundala träumte …

Ein Abendspaziergang am Fluß. Baniter rannte voraus wie ein junger Bursche, stürzte zum Ufer des Dumers, suchte im körnigen Sand nach roten Flußkrebsen, eine Köstlichkeit im östlichen Ganata. Im gebührlichen Abstand folgten die Leibwachen, Merduk und Gahelin, die stets ein Auge auf das Fürstenpaar hatten. Später ein Abstecher in den Wald, eine Rast unter schattigen Zweigen. Arm in Arm auf dem weichen Moos, Baniters Hand unter ihrem Kleid, und er flüsterte unanständige Worte in ihr Ohr, die sie nur zu gerne hörte. Seine Augen so grün und klar und offen.

Jundala träumte …

Und der Abend, die Nacht: die langen Stunden in der Schreibstube der Burg, wenn sie gemeinsam Briefe lasen oder beantworteten, Bücher prüften, Pläne schmiedeten. Heißer Honigwein in einem Tonkrug. Sattes Kerzenlicht. Baniters Ehrgeiz, entfacht durch die Nachrichten vom Kaiserhof, durch die Bosheiten des ›Gespanns‹. Oft schritt er im Raum auf und ab, verfluchte die Fürsten und versprach, sich eines Tages für das begangene Unrecht an seiner Familie zu rächen, das Fürstentum Ganata wiederzuvereinen und in die Stadt Vara zurückzukehren; und sie, Jundala, war seine geduldige Zuhörerin, die ihn mal lobte, mal tadelte, mal anstachelte, bis beide berauscht von der möglichen Zukunft, in der die Geneder wieder ihren alten Rang einnehmen würden, ins angrenzende Schlafgemach taumelten und sich in Leidenschaft aufeinander stürzten.

Sie träumte und träumte, und wußte doch, daß dies alles vergangen war; daß sie weder die Burg noch den Hain, weder den Fluß noch den Wald, weder Baniter noch ihre Töchter je wiedersehen würde. Ihr Augenlicht war erloschen, war ihr von den Südseglern geraubt worden. Um sie herrschte ewige Dunkelheit.

Nun trag unsere Bürde und lerne zu sehen …

Und die Schmerzen – sie wollten nicht abklingen. In ihren Augenhöhlen schien noch immer ein glühender Haken herumzustochern; Jundala hörte noch das Zischen ihrer schwelenden Iris, hörte die eigenen, panischen Schreie und das Raunen der Südsegler; spürte Mhadags Hand, der ihr Gesicht gestreichelt hatte, nachdem er den Haken fortgezogen hatte.

Und nun – wachte oder träumte sie? Waren dort Stimmen in der Finsternis zu hören? Jundala richtete sich auf und stöhnte; tastete nach der Augenbinde, die man ihr umgelegt hatte, doch bei der Berührung des Stoffs jagte eine Welle von Schmerzen durch ihren Schädel, so daß sie verzweifelt um sich schlug …

»Seid ruhig, Fürstin. Ich bin ja bei Euch!«

Mhadags Stimme … der Junge mußte ganz in der Nähe sein. Sie erhob sich; ihre Beine waren geschwächt, und sie spürte unter sich den schwankenden Grund eines Schiffs … die schwarze Barke! Jundala tastete nach dem Schiffsjungen.

»Wo bist du?« keuchte sie. »Komm her, Mhadag, damit ich dir deine Kehle zudrücken kann, deine Augen herausreißen, so wie du es mit mir getan hast!« Sie verfiel vor Zorn fast in Raserei. »Blind … blind bin ich … du kleines Scheusal hast mich geblendet!«

»Aber ich bin Euch doch nachgefolgt«, antwortete der Knabe traurig. »Mein Augenlicht erlosch gleich nach dem Euren; die Südsegler nahmen mich als ihr Mitglied auf und schenkten mir die Erkenntnis, so wie Euch.«

»Erkenntnis nennst du das?« Jundalas Stimme klang schrill. »Ich bin blind, werde nie wieder sehen können, nie wieder weinen …«

Nun spürte sie eine Hand ihre Schulter streifen. Jundala schrak zurück. Denn vor ihr stand Mhadag. Sie SAH ihn! Inmitten der Finsternis zeichnete sich sein Gesicht ab: der ernste Mund, die kindliche Nase. Nur seine Augen waren verwandelt: das Grün war einem goldenen Glanz gewichen.

»Wie ist das möglich?« flüsterte die Fürstin. Sie griff nach Mhadags Gesicht, spürte die Wärme seiner Wangen. »Warum kann ich dich sehen?«

»Die Barke der Schwarzen Erkenntnis öffnet uns die Augen und hilft uns, den Weg zu finden, der uns so lange verborgen blieb. Wir müssen ihm folgen und alles hinter uns zurücklassen.«

Nun bemerkte Jundala auch die Südsegler; ihre Körper waren schemenhaft in der Dunkelheit zur erkennen, doch um so deutlicher zeichneten sich ihre Gesichter ab, die bleichen Wangen mit der Tätowierung des brennenden Schiffs. Ihre Augen waren nicht mehr verbunden; golden glommen sie in Finsternis, starrten Jundala an. Erschrocken klammerte sie sich an Mhadag.

»Dann sind wir also noch auf der Barke … doch wohin fahren wir? Wohin trägt uns das Schiff?«

Einer der Südsegler schritt auf Jundala zu. In den Händen hielt er die Karte, die sie schon einmal gesehen hatte; doch nun erstrahlte das Pergament weiß, und die Ränder glänzten silbern. »Der Ruf ist erklungen, wir müssen ihm folgen«, wisperte er, »die Suche beenden und Gharax entfliehn; es gibt keine Rückkehr, die Welt ist im Wandel; die Menschheit, sie muß endlich weiterziehen.«

Jundala zog Mhadag zu sich heran. »Was will er mir sagen? Diese Reime … sie machen mich wahnsinnig!«

»Es ist der Fluch des Verlieses. Als die Südsegler das Holz der Barke aus Varas Katakomben holten, wehrte sich die Quelle gegen den Diebstahl; der Ausgang, den man ihnen gezeigt hatte, war verschlossen, und so mußten sie einen neuen Weg durch das Labyrinth suchen. Es war ein gefährlicher Rückweg, den nur wenige überlebten; und jene, die ans Tageslicht zurückkehrten, hatten sich verändert. Die Schriften des Verlieses hatten sie verwirrt ... die Macht der ungeschriebenen Worte.« Mhadag nickte traurig. »Versucht sie zu verstehen, Fürstin. Sie haben ein großes Opfer erbracht, um der Menschheit den Weg zu ebnen.«

Der Südsegler entrollte die Karte. Wieder sah Jundala die Umrisse von Gharax; doch nun war auf der unteren Kartenhälfte, die bisher nur das Südmeer gezeigt hatte, eine neue Küstenlinie zu erkennen: ein Kontinent südlich von Gharax. Er reichte vom äußersten Westen des Silbermeeres bis unter die Kapspitze von Thoka, eine riesige Landmasse, von der die Karte nur den nördlichen Ausschnitt zeigte. Die Inseln Morthyl und Vodtiva aber waren ausradiert, waren in dem Kontinent aufgegangen ...

»Das Ziel eurer Suche!« stieß Jundala hervor. »War es schon immer auf diesem Pergament verzeichnet?«

»Wir kannten die Lage, wir lasen die Karte«, hörte sie die Stimmen der Südsegler, »und suchten die Küste jahrhundertelang; sie blieb uns verborgen, wir konnten nicht sehen, bis das Verlies unsre Augen bezwang.«

Eine plötzliche Angst ergriff die Fürstin, die Angst um Baniter; kurz vor ihrem Streit hatte er ihr von den Katakomben unter Vara erzählt, von den Phantastereien des Baumeisters Sardresh und dessen Verbindung zu Baniters Großvater. »Ihr wart also im Verlies? Was habt ihr dort gesucht?«

»Den magischen Schlüssel der Schwarzen Erkenntnis; die Planken der Barke, wir fanden sie dort; wir baten den Luchs, uns den Eingang zu zeigen, er willigte ein, und er hielt auch sein Wort.«

»Der Luchs? Meint Ihr Norgon Geneder? Baniters Großvater?« Jundala wich vor den Südseglern zurück. »Deshalb habt Ihr Euch damals geweigert, Baniter zu entführen! Deshalb habt Ihr mich verraten …«

»Der Fürst von Ganata, der Erbe des Luchses: sein Schicksal, es fesselt ihn an das Verlies. Wir wagten es nicht, ihn von dort zu verschleppen, da uns die Schrift seine Kräfte verhieß.«

Jundala preßte ihre Fäuste an die Schläfen, begann zu schluchzen; die Schmerzen lähmten sie ebenso wie die Erkenntnis, diesem Wahn ausgeliefert zu sein, hilflos und blind.

»Die Stunde ist nah, Fürstin«, hörte sie Mhadags Stimme; er versuchte sie zu trösten. »Die Barke schwimmt bereits der Küste entgegen, die uns die Dunklen Warte verkündet haben … bald werden wir festes Land erreichen. Dann wird Euer Schmerz vergehen, und Ihr werdet als eine der Ersten den Südkontinent sehen, mit Euren eigenen Sinnen.«

KAPITEL 11

Täuschung

Ashnada erblickte die Schiffe schon von weitem. Sie kreuzten um die Südspitze einer Insel, die am Horizont zu erkennen war – Tyran, das westlichste Eiland von Gharax. Goldene Segel reflektierten das Sonnenlicht, waren gleißende Punkte inmitten des Meers.

Mit geschlossener Faust stand Ashnada an der Reling des Schiffes. Rauch stieg zwischen ihren Fingern empor; das Knochenstück schwelte, seine Hitze war kaum zu ertragen. Doch die Haut blieb unbeschadet, widerstand der magischen Glut.

»Die Schiffe der Goldéi«, rief einer der Solcata-Mönche, die neben Ashnada an der Bordwand lehnten, ein hagerer Mann mit geschorenem Haupthaar. Sein Gesicht war mit den Tuschezeichen der Loge bedeckt. »Die Gerüchte, daß die Echsen von dieser Insel aus unsere Welt überfielen, sind also wahr.«

Ashnadas Blick war auf die Wasseroberfläche gerichtet. Inmitten der schäumenden Gischt sah sie glühende Fußstapfen: die Spur Durta Slargins. Über Land und über die Wellen – die Ewige Flamme wies ihr den Weg, führte sie zu Rumos Rokariac, dem Anführer der Bathaquar. Sie mußte ihn finden; dies hatte sie ihrem König versprochen. *Blut von meinem Blut, Fleisch von meinem Fleisch, beseelt von meinem Willen …* Wenn sie sich Tarnacs Worte in Erinnerung rief, verging sie fast vor Scham; sie, die ihn verraten und enttäuscht hatte, die sein Vertrauen mißbraucht und den Eid der Igrydes gebrochen hatte, konnte sich nicht verzeihen.

»Vergib mir, vergib mir«, flüsterte sie, und ihre Hand verkrampfte sich um den Knochen. »Wie konnte ich dir jemals mißtrauen? Wie konnte ich dich hassen, dich, meinen königlichen Bruder? Ich wünschte, ich könnte es ungeschehen machen.«

… und er, der Gütige, der Barmherzige, hatte ihr verziehen, hatte ihr die Möglichkeit eröffnet, ihre Schuld zu sühnen, indem sie Rumos seiner Strafe zuführte. Wie sehr sehnte sie den Augenblick herbei, an dem sie ihm ihre Klinge in den Leib stoßen würde! *Diesmal wird deine Zauberkunst dir nicht helfen; denn ich trage den Knochen, den Ursprung deiner Macht. Du selbst hast ihn mir gegeben, und durch ihn wirst du sterben, Rumos.*

»Wie weit können wir den Echsen entgegenfahren?« fragte sie, ohne sich dem Solcata-Mönch zuzuwenden.

»Unsere Schutzzauber sind stark. Die Goldéi werden unser Schiff erst sehen, wenn wir in unmittelbarer Nähe der Küste sind. Der Spiegel des Himmels blendet sie.«

Sie waren von Vodtiva aus zunächst zur Südspitze Gyrs und dann an der gyranischen Küste entlanggefahren. Der Umweg war notwendig gewesen, um die Schutzzauber an die Quelle von Gharjas zu binden. Auf diese Weise hatten sie sich unbemerkt dem legendären Eiland genähert. Überall auf dem Weg hatte Ashnada die glühende Spur gesehen, die nur für ihre Augen sichtbar war. *Rumos lebt und hat sich von den Wellen nach Tyran tragen lassen, so wie Tarnac es in seiner Weisheit voraussah.*

Die Goldéi schienen tatsächlich nichts von ihrer Ankunft bemerkt zu haben. Ihre Schiffe waren hinter der nächsten Küstenbiegung verschwunden. So kamen die Gyraner dem Ufer immer näher, und Ashnada befahl schließlich, den Anker auszuwerfen.

»Laßt ein Boot zu Wasser. Ich werde allein zur Insel hinüberfahren. Rumos kann nicht mehr weit sein.«

»Tyran ist eine riesige Insel«, erinnerte sie einer der Zauberer, »und sie besteht aus nichts als Geröll. Ihr würdet Wochen benötigen, um Tyran auf dem Landweg zu durchkämmen.«

Ashnadas Augen hafteten auf der glimmenden Fährte, die über den Wellenspitzen schwebte. »Der Priester kann sich vor mir nicht verstecken. Was euch betrifft, so bleibt ihr besser an Bord. So könnt ihr mir den Rücken freihalten, falls ich zurückkehre.«

Es gelang ihnen nicht, sie umzustimmen. So ließen sie ein Boot zu Wasser, und Ashnada ruderte allein auf die Insel zu. Nur ihr Schwert führte sie mit sich und einen Beutel mit Proviant.

Bald hatte sie die Küste erreicht und kletterte an Land. Die Steine waren mit einer Algenschicht bedeckt, so daß ihre Hände mehrfach abglitten. Als sie auf festem Grund stand, sah sie sich um. Nichts als tristes Grau, eine Wüste aus Schutt. Kein Lebenszeichen: weder kreisten Vögel über der Insel, noch huschten Krebse oder Insekten zwischen den Steinen umher. Tyran war ein totes, verlorenes Land.

Ashnada hatte die ganze Zeit das Knochenstück in der Hand gehalten. Die Flammenspur war an Land deutlicher zu sehen. Sie führte zwischen verformten Steinen entlang; diese sahen aus, als wären sie geschmolzen und wieder erstarrt, und die Algenschicht war zu einer Kruste zusammengeschrumpft.

Rumos … hier ist er also an Land gekrochen!

Sie stolperte der Flammenspur hinterher. Es war tatsächlich nicht leicht, auf den Steinkanten vorwärtszukommen; jeder Fehltritt konnte einen gebrochenen Fuß oder Knöchel zur Folge haben. So kämpfte sich Ashnada voran. In ihrem Kopf überschlugen sich die Gedanken – der Wunsch, ihrem König nahe zu sein, Tarnacs Hand auf der Schulter zu spüren, seine Stimme zu hören und ihm die Gnade, die er ihr gewährt hatte, vergelten zu können. Für ihn würde sie Rumos finden und töten, und für ihn würde sie in den Tod gehen: als seine ergebene Schwester.

Der Knochen in ihrer Hand schien zu schmelzen, und seine Hitze kroch durch Ashnadas Körper bis in ihr düsteres Herz.

Ein Meer der Farben … grelles Licht, gelb und grün und rot und violett. Anfangs hatte es Laghanos geblendet, doch er hatte die Augen nicht geschlossen. So war er tiefer und tiefer gesunken; um ihn der Hauch der Sphäre, durch den sein Körper glitt wie durch Nebel. Er hatte sich den magischen Strömen hingegeben, sich entspannt und den Geräuschen gelauscht, die aus der Ferne an sein Ohr getragen wurden: Vogelgesang, lachende Stimmen, heitere Melodien … die Nähe menschlichen Lebens. Ob jene, die dort feierten, ihn erwarteten und bald willkommen heißen würden?

Laghanos vermochte nicht zu sagen, wieviel Zeit verstrichen war, seit er sich in das Tor der Tiefe gestürzt hatte. Die Sphäre, die ihn so zärtlich umfing, gewährte ihm einen Frieden, wie er ihn lange nicht mehr empfunden hatte. Alle Qualen fortgewaschen, alles Leid vergessen …

Dann spürte Laghanos Sonnenstrahlen auf der Haut. Wind in seinem Haar. Hörte Meeresrauschen. Seine Füße strauchelten auf steinernem Grund. Die Berührung war schmerzhaft, als bohrten sich Glasscherben in seine Fußsohlen. Er stürzte, und die goldene Maske prallte auf das Gestein.

Als er sich erhob, blendete ihn zunächst die Sonne. Wie lange hatte er sie nicht mehr gesehen? Sie erstrahlte über ihm, tauchte die Umgebung in warmes Licht, glitzerte auf dem Meer – ja, am Horizont kräuselten sich Wellen, schlugen gegen die Küste einer langgestreckten Insel. Laghanos stand auf ihrem höchsten Punkt, einem Berggipfel. Hinter ihm ragten zwei mattgraue Felsnadeln empor. Ihre Oberflächen schimmerten wie ein Eisenharnisch und waren mit einer Keilschrift bedeckt; grobe Zeichen, tief in das Gestein geschlagen.

Nun wußte Laghanos, wo er sich befand. Dank seines Lehrmeisters Sorturo, der ihn an der Universität von Larambroge unterrichtet hatte, kannte er die Gestalt sämtlicher Quellen. Sorturo hatte ihm Pläne gezeigt, auf denen die magischen Orte skizziert gewesen waren. So erkannte er auch die Felsnadeln wieder: das Eiserne Tor von Tyran. Es war die einzige Quelle, die von keiner Loge beansprucht wurde. Denn Tyran war unbewohnt, ein menschenleeres Eiland. Vom Berggipfel aus blickte Laghanos auf eine Steinwüste: grau und zerfurcht, als hätte ein Sturm hier gewütet.

Noch während er auf das Land blickte, wandelte sich dieses. Ein neues Bild schob sich vor seine Augen. Das Geröll wich dichtem Gras. Blühende Bäume schwankten im Wind. Vögel mit buntem Gefieder schlugen Kapriolen in den Lüften, und an der Küste lagen Buchten mit weißem Sand. Laghanos sah Boote auf dem Meer umherfahren; Fischer warfen ihre Netze aus, und am Strand spielten Kinder. Ihr Lachen drang bis zu Laghanos empor.

Er fühlte, wie sich die Maske in seinem Gesicht bewegte. *Sie zeigt mir das vergangene Tyran, bevor der Krieg zwischen Menschen und Sphärenwesen ausbrach.* Er entsann sich der Legende der Kahida, die vor Jahrtausenden über Tyran geherrscht und den Frieden mit den Völkern der Sphäre geschlossen hatte. *Sah Tyran damals so friedlich aus, so idyllisch? Oder gaukelt mir die Maske dies nur vor?*

Kurz schloß er die Augen, um sich zu sammeln. Als er sie öffnete, war das Trugbild verschwunden. Vor ihm lag wieder das heutige Tyran, trist und grau und abweisend. Das Gras und die Bäume, die Vögel und lärmenden Kinder: all dies war verschwunden. Statt der Fischerboote kämpften sich Schiffe durch die Wellen. Gleißender Bug und glimmende Segel: die Schiffe der Goldéi!

Laghanos rief nach den Beschlagenen. Er wollte sich vergewissern, ob sie bei ihm waren, ihn noch immer beschützten. Das Heer der Klauen löste sich aus dem Nichts; rings um den Auserkorenen erschienen mehrere hundert Sporne, die mit klackenden Lauten durch die Luft fuhren und nach neuen Feinden suchten.

»Wir sind angekommen«, sagte der Junge leise. »Drafur hat mich nach Tyran geführt. Nun bin ich hier, wo alles seinen Anfang nahm.«

Auf eine Geste hin sanken die Klauen zu Boden. Laghanos wandte den Kopf und betrachtete voller Ruhe das Eiserne Tor. Auf den zwei Felsnadeln brach sich das Sonnenlicht; helle Strahlen zerschnitten die Luft und bildeten einen Fächer. Dahinter waberte Dunst; er verdichtete sich, nahm die Form eines Nebelwesens an. Schwarze Augen linsten aus dem magischen Tor.

Laghanos begrüßte die Kreatur mit einem Kopfnicken. »Tritt hervor. Ich habe dich schon erwartet.«

Der Nebel durchbrach die Lichtstrahlen, verfestigte sich zu rötlicher Schuppenhaut. Dunstfetzen formten sich zu Klauen, zu einem Echsenschädel. Nur die Augen blieben schwarz und unergründlich.

»Aquazzan ...« Laghanos trat einen Schritt zurück und betrachtete den Goldéi. Dieser trug eine purpurne Kutte; am Gürtel steckte ein Messer, die Klinge gebogen wie der Echsenschwanz, der über dem Boden pendelte. Das Maul des Goldéi war geöffnet und zeigte eine Reihe scharfer Zähne.

»Siehst mich endlich wieder«, fauchte die Echse, »in der Gestalt, die man uns aufzwang. Spürst die Furcht, die unser Aussehen hervorruft, und den Haß, den es unter euch Menschen schüren soll.«

»Ich empfinde weder Angst noch Haß«, antwortete Laghanos. »Ich bin euch ähnlicher, als ich es den Menschen je war.«

»Bist durch die Sphäre gereist und teilst unser Schicksal. Wurdest dazu auserkoren. Es war Drafurs Wille.« Aquazzans Augen funkelten. »Er befahl uns, ein Kind zu suchen, das stark genug ist, um die Sphäre zu lenken. Haben dich ausgewählt, damit seine Macht in deinen Körper übergeht.«

»So ist es geschehen. Ich trage Drafurs Maske und Drafurs Mantel, führe das Heer der Beschlagenen an und kämpfe an eurer Seite. Nun will ich den Weltengang vollenden.«

»Hast ihn längst begonnen. Doch ein steiniger Weg liegt vor dir.« Aquazzan blinzelte in die Sonne. »Einst nannte mich dein Lehrmeister Sorturo den Anführer der Goldéi. Sagte ihm, daß dieses Wort einen falschen Klang hat. Bin wie meine Brüder Sazeeme und Quazzusdon ein Wegführer. Wir führten unser Volk durch die Sphäre in eure Welt, so wie es Drafurs Stimme uns befahl. Nun sollst auch du ein Wegführer sein. Doch nicht für uns … für die Menschen!« Er deutete gen Osten. »Haben ihren Widerstand gebrochen. Ihre Heere sind besiegt. Jene, die uns feindlich gesinnt waren, starben; die anderen verschonten wir. Und die Quellen wurden befreit; die Weinende Mauer fiel, und auch der Spiegel des Himmels wird bald unser sein, denn Gyrs König ist geflohen.«

»Wenn ihr alle Quellen befreit habt, ist Gharax kein Ort mehr, an dem die Menschheit bleiben kann«, sagte Laghanos.

»Sie muß weiterwandern … mußt sie an den Ort führen, den Drafur ihnen bereitet hat. Kannst die Quellen durchschreiten … die Maske schützt dich vor ihren Strömen, und der Mantel trägt dich an jeden Ort. Wirst den Menschen die Hand reichen und ihnen die neue Welt eröffnen.«

»Und ihr werdet euch auf Gharax niederlassen …«

»Können nur im Umkreis der Quellen überleben. Werden sie hüten und ihre Freiheit achten. Ihr aber werdet ohne ihre Macht auskommen. Ließen alle Zauberer, die wir fanden, durch das Silber gehen, damit das Unheil sich nicht wiederholt.« Aquazzan hob seine Klauen und betrachtete sie. »Bald wird die scheußliche Hülle von uns abfallen. Bald sind wir erlöst.«

»Und eure Brüder, die ›Gehäuteten‹?« Laghanos dachte an sein erstes Zusammentreffen mit einer der Echsen, die durch den Raub der Magie verstümmelt worden waren. Sie hatte sich aus der Quelle von Larambroge geschält, den Großmeister Charog zerrissen; und Laghanos erinnerte sich auch an den ›Gehäuteten‹, der ihn in der zerrütteten Welt der Goldéi angefallen hatte. In beiden Fällen war Aquazzan rechzeitig zur Hilfe geeilt, doch die Furcht saß Laghanos noch in den Gliedern. »Werden auch sie von ihrem Leid erlöst?«

»Wurden zu sehr entstellt. Können die Schmerzen niemals vergessen.« Es fiel dem Rotgeschuppten schwer, von den ›Gehäuteten‹ zu sprechen. »Kämpften an unserer Seite, doch ihr Haß ist zu groß. In Harsas ließen wir sie aus Leichtsinn auf die Menschen los, doch sie töteten viele Unschuldige. Müssen sie deshalb in eisernen Kisten gefangenhalten. Auch deshalb muß der Weltengang beginnen, Laghanos. Denn wenn die letzte Quelle fällt, wird keines der magischen Metalle die Gehäuteten mehr in Zaum halten. Dann werden sie jeden zerreißen, der noch auf Gharax weilt.«

»Werden die Menschen mir denn folgen? Oder werden sie nur Furcht empfinden, wenn ich ihnen erscheine?«

»Sind verängstigt durch unseren Feldzug. Warten auf einen Retter – dies wirst du sein, der Erbe Drafurs. Wirst Frieden schaffen zwischen Menschen und Nebelkindern, dem letzten Volk der Sphäre.« Aquazzans Zischen klang eindringlich. »Muß dich aber warnen. Es gibt einige, die uneinsichtig sind. Wollen sich uns widersetzen und Gharax nicht verlassen. Wollen uns narren mit ihrer Magie ...«

»Die Mondjünger«, stieß Laghanos hervor. »Fast wäre es ihnen gelungen, mich im Heiligen Spektakel umzubringen.«

»Die Anhänger des Blenders. Drafur warnte uns vor seiner Bosheit. Er will die Macht einer Quelle gegen uns richten: das Reich der Schatten. Mußt uns helfen, ihn zu besiegen. Nur so können wir den Frieden erzielen.«

Laghanos' Augen verdüsterten sich. »Zweimal sandte er seinen Anhänger aus; er stellte sich mir in den Weg, bedrohte mich mit seinen Flammen und wollte mich mit Worten umgarnen. Bald wird er wiederkehren, um mich zu töten.«

»Wirst ihn schlagen. Bist zu stark für ihn, und dein Heer kämpft tapfer.« Der Goldéi betrachtete die Silberklauen, die rund um Laghanos am Boden lagen. »Solange er fern ist, dürfen wir keine Zeit vergeuden. Die Welt der Menschen ist im Entstehen. Werde sie dir zeigen. Kannst das Eiserne Tor durschreiten, um sie zu erreichen.«

Laghanos machte eine Handbewegung, als wollte er Kreidespuren von einer Tafel wischen, und die Klauen zogen sich in die Sphäre zurück. »Bevor ich dir folge, muß ich wissen, was auf dieser Insel geschehen ist. Warum wurde das Reich der Kahida zerstört, und wie seid ihr in unsere Welt übergetreten?«

Aquazzan fauchte auf. »Willst die Geschichte von Tyran erfahren? Das Grab der Verräterin sehen, der Feuerschänderin, die uns den Frieden aufkündigte und uns diese Hülle aufzwang? Kann es dir zeigen ... es ist nicht fern. Unten am Wasser wurde Kahida bestattet.«

Seine Krallen knirschten auf den Felsen. Er machte einen Satz und sprang auf den Abhang zu, um den Jungen zum Strand zu führen. Noch während des Sprungs verwandelte sich Aquazzan in jenen Nebel zurück, den Laghanos in den Lichtstrahlen des Tores gesehen hatte, und er landete nicht auf Geröll, sondern in üppigem Gras. Das alte Tyran ... es drängte sich zurück in Laghanos' Sinne.

Trau deinen Augen nicht, befahl er sich, während er dem Goldéi hinterherkletterte. *Was immer du auf dieser Insel siehst, es könnte eine Täuschung sein.*

Die Sonne sank tiefer. Dennoch trieb sie Ashnada den Schweiß auf die Stirn. So mußte sie zum wiederholten Mal innehalten und verschnaufen.

Stunden um Stunden war sie gewandert, stets in den Fußstapfen der Flammenspur. Diese hatte sie auf einen Höhenzug an Tyrans Westküste geführt. Von hier aus war die Insel gut zu überblicken, doch das Bild blieb stets das gleiche: eine Ödnis aus zerschlagenem Gestein. Welche Macht hatte Tyran in ein solches Trümmerfeld verwandelt?

Im Westen glitzerte das Meer im Abendlicht. Als Ashnada der Flammenspur jedoch weiter folgte, verdeckte eine Felsenkette die Sicht auf die Wellen. So beschloß sie, auch diesen Grat zu erklimmen, um Tyran besser überblicken zu können.

Sie zog sich an schrundigen Felsen empor und spähte auf

die andere Seite. Fast stockte ihr der Atem. Steil fiel das Land zum Wasser ab, und dieses glomm wie ein zerronnener Spiegel. Doch es war nicht die Sonne, die dem Meer diesen Glanz verlieh. Aus der Ferne drangen helle Strahlen, trafen als ein Fächer aus Licht auf die Wellen und verwandelten sie in flüssiges Gold. Das Licht drang von dem Gipfel eines Bergs, der aus Tyrans Geröllfeldern hervorbrach, und Ashnada mußte die Augen von ihm abwenden.

Auf dem Wasser trieben die Schiffe der Goldéi. Es waren Dutzende, eine gewaltige Flotte. Zwischen ihnen bildeten sich Strudel; aus den Fluten stiegen weitere Schiffe empor, ebenso gleißend wie die anderen. Das Meer hatte sie geboren, formte sie aus den Strömen der Sphäre.

Ashnada ließ sich auf einer Steinkante nieder. Benommen starrte sie auf das Wasser, auf die goldenen Schiffe. Der Knochen in ihrer Hand glühte stärker als zuvor, und von ihren Fingerspitzen lösten sich kleine Flammen.

»Führe mich zu Rumos«, flüsterte sie. »Und dann … beende es.«

Sie vernahm hinter sich ein Geräusch. Wirbelte herum. Hinter ihr kauerten drei Goldéi. Es war das erste Mal, daß sie die fremden Wesen zu Gesicht bekam, und sie waren furchteinflößender, als die Gerüchte hatten vermuten lassen: ihre Fänge messerscharf, die Mäuler drohend aufgerissen, die Augen zu Schlitzen verengt.

Der Knochen entglitt ihren Fingern. Ashnadas Hand fuhr zum Schwertgriff, und die Klinge sprang aus der Scheide. Sie versuchte, den Abstand zwischen sich und den Echsen zu vergrößern, doch diese setzten ihr nach.

»Kennen dich nicht«, fauchte eine von ihnen. »Wer bist du? Hast dich nach Tyran geschlichen … wie konnte es dir gelingen?«

»Bist verflucht«, zischte eine zweite. »Trägst das Mal des Sphärenschänders … laß die Waffe fallen, sonst töten wir dich.«

»Bleibt fort«, warnte sie. »Ich bin nicht gekommen, um mit euch zu kämpfen, also zwingt mich nicht dazu!«

»Was willst du dann? Wer schickt dich zu uns?« Die Echsen drängten sie auf dem schmalen Felsengrat zurück, dem Abgrund entgegen. »Spüren deine Angst ... hast das Gift der Sphäre in dein Herz gelassen!«

Ja, ihr Herz: es schmerzte, stach, sehnte sich nach dem Knochen, der ihr entglitten war. Dort – er lag vor den Pranken des vordersten Goldéi. Doch die Echse bemerkte ihn nicht, sah nicht die Flammenspur.

»Laß dein Schwert sinken«, befahl die Echse. »Werden dich schonen und von der Last befreien. Lassen dich durch das Silber gehen. Wirst uns eines Tages dafür danken ...«

Ein Streich, und dein häßlicher Kopf rollt vor meine Füße, dachte Ashnada. *Doch kann ich sie alle drei niederstrecken?* Sie waren behende, bewegten sich geschickter als die Wachposten, die sie auf Venetors Stegen getötet hatte. Ihr Herz pochte wild. *Denk an Tarnacs Befehl. Rumos muß sterben ... zeige keine Angst ... beende es, beende es!*

Sie sank auf die Knie, legte das Schwert neben sich ab. Dann warf sie sich dem Goldéi zu Füßen, eine Geste der Unterwerfung; doch ihre Finger griffen nach dem Knochen, umschlossen ihn rasch.

»Bist klug«, zischte die Echse. »Mußt nicht sterben. Kannst dem Wahn noch entrinnen.«

Sie hielt den Knochen fest in der Hand, spürte die Gluthitze; die Flamme war mächtig genug, um die Goldéi auf der Stelle zu Asche zu verbrennen, wenn sie es nur wollte. Doch Ashnada beschloß, sich ihrer Gefangennahme zu fügen. Verstohlen steckte sie den Knochen in eine Tasche ihres Hemds.

»Werden dich der Sphäre entreißen. Wirst uns erzählen, wie du nach Tyran kommen konntest und was du gesucht hast.« Der Goldéi trat einen Schritt zurück. »Werden dich zu Aquazzan bringen. Er soll über dein Schicksal entscheiden.«

Seine Klaue traf ihren Hinterkopf, ein kräftiger Schlag.

Ashnada verlor das Bewußtsein.

Eine brüchige Mauer schirmte die Grabstätte ab; grobe Gesteinsbrocken, die einen Halbkreis an der Küste bildeten. Nur ein schmaler Durchschlupf führte zum Grab. Er lag im Schatten, war nur ein finsteres Loch.

Auf dem Meer zogen die Schiffe der Goldéi vorbei. Laghanos betrachtete es voller Staunen. *Tyran … wie viele Wunder hältst du noch für mich bereit? Was machte dich zu diesem magischen Ort?*

Als er mit Aquazzan von dem steilen Berg herabgestiegen war, hatten ihn unten die Goldéi empfangen. Voller Ehrfurcht waren sie ihm zum Grab gefolgt. Nun umringten sie Laghanos und warteten auf seine Befehle. Doch der Junge blieb stumm; zu sehr verwirrte ihn der stetige Wechsel seiner Umgebung, den die Maske ihm vorgaukelte. Mit jedem Lidschlag änderte sich seine Wahrnehmung; mal sah er das jetzige Tyran, das Geröll, die schroffen Küstenlinien, die echsenhaften Hüllen der Goldéi. Dann drängten sich die Bilder aus der Vergangenheit in seine Sinne, als Tyran ein Ort des Friedens gewesen war; der Strand sanft und weiß, zwischen den Dünen die spielende Kinderschar, und die Goldéi in ihrer wahren Gestalt – Nebelwesen, die aus der Sphäre nach Gharax geweht worden waren …

Das Reich der Kahida wurde vor Urzeiten zerstört! Es sind nur Trugbilder! Doch obwohl Laghanos die Täuschung erkannte, ertappte er sich dabei, die Kinder zu beobachten; sie tollten umher, sammelten Muschelschalen, pfiffen auf ausgerupften Grashalmen. Eines der Mädchen schien besonders ausgelassen; sie hatte ein fröhliches, dunkles Gesicht, die Augen voller Schalk. Die Spielkameraden folgten ihren Anweisungen, ließen sich von ihr zu den größten Narreteien hinreißen. Nun rannten sie johlend auf Laghanos zu, und mit einem Mal wollte er die Last, die man ihm aufgebürdet hatte, abschütteln und die unsichtbaren Drähte des Gefüges zerreißen, um mit ihnen ziehen zu können. Doch als er die Augen schloß und wieder öffnete, waren die Kinder verschwunden.

Er wandte sich Aquazzan zu. »Dies also ist die Ruhestätte der Kahida. Wie habt ihr sie gefunden?«

Die Augen des Scaduif schillerten. »Jeder von uns kennt das Grab der Feuerschänderin. Die Rote Herrin, die uns den Frieden versprach. Der wir vertrauten und die uns doch hinterging.« Sein Echsenschwanz zuckte. »Sie war ein Kind, als wir sie mit uns in die Sphäre nahmen, ihr unsere Welt zeigten. Wurde zur Frau, als wir ihr den Schlüssel schenkten, damit sie uns stets aufsuchen konnte, und zur Feindin, als sie die Quelle von Tyran in Ketten legte. Haben uns durch ihr Lachen täuschen lassen.«

Laghanos blickte auf den Spalt im Felsenkreis. »Ich will ihr Grab sehen. Wirst du mich begleiten?«

»Kann dir nicht folgen. Ein Zauber schützt ihren Leichnam, verwehrt uns den Zutritt.« Aquazzan wirkte beunruhigt. »Bleib nicht zu lange an ihrem Grab. Ist ein Ort der Lügen.«

Laghanos nickte, ohne dem Scaduif wirklich zuzuhören. Dann zwängte er sich durch den Spalt in der Mauer, ließ die Goldéi zurück.

Als er in den Halbkreis trat, lag vor ihm das offene Meer. Der Boden bestand aus glattem Gestein und führte schräg ins Wasser. Dort, wo die Wellen anbrandeten, ruhte ein Felsbrocken, ein glattgeschliffener Salphurstein. Markierte er die Stelle, an der Kahidas Gebeine ruhten?

Laghanos spähte nach den Schiffen der Goldéi, doch die Ränder der Mauer schränkten die Sicht zu sehr ein. So richtete er seine Sinne wieder auf das vergangene Tyran, schloß die Augen. Und tatsächlich: als er sie aufschlug, sah er vor sich drei Menschen, ihre Körper geisterhaft: eine dunkelhäutige Frau, etwas mollig, ihr Gesicht von einem lachenden Mund beherrscht. Sie saß mit angewinkelten Knien auf dem Stein und sonnte sich im Abendlicht; ihr Kleid war aus feuerrotem Stoff. Neben ihr standen zwei Männer; auch sie hatten dunkle Haut. Der erste war ein hagerer Kerl mit ernsten Gesichtszügen, das Haar schwarzgelockt, der Mund von einem Bartflaum umgeben. Er trug eine Rüstung mit eingravierten Zeichen und eine Flickenhaube.

Durta Slargin!, schoß es Laghanos durch den Kopf. *So wurde er in den Büchern dargestellt, die Sorturo mir zeigte!*

Der andere Mann war klein und dick, hatte spitze Lippen und hellbraune Augen. Sein Haar war an den Seiten abrasiert; nur ein fingerbreiter Streifen reichte von der Stirn bis zum Nacken. In den Fasern seines Hemds glänzte Goldstaub. Die drei waren in ein inniges Gespräch vertieft; zwar vernahm Laghanos keine Stimmen, doch er sah, wie sie miteinander scherzten.

Und wieder zeigt die Maske mir Geister ... Ist dies wirklich Durta Slargin? Und wer sind die anderen beiden?

Die Geister verblaßten, und ein neues Bild erschien. Nun lag die Frau reglos am Boden, die Arme von sich gestreckt. Ihr Kopf war zerschmettert; ein Hieb mußte sie getroffen haben, denn das Gesicht war eine blutige Masse. Hinter ihr, dicht am Wasser, stritten die beiden Männer; schüttelten ihre Fäuste, rangen miteinander. Ihre Hände waren blutbefleckt. Und der Stein, der Stein – er hatte seine Farbe geändert, war tiefschwarz geworden, verschlang alles Licht. Laghanos mußte die Augen von ihm abwenden.

Hinter ihm erklang ein Kichern. »Da siehst du es ... hier liegt sie, erschlagen von ihren Schülern... so begann die Herrschaft der Zauberer über die Sphäre: mit einem Mord!«

Aus dem Schatten der Mauer war ein Mann getreten. Er mußte sich dort die ganze Zeit versteckt gehalten haben. Sein Anblick war gräßlich: die Haut verkohlt, sie hing in Fetzen herab und dampfte; das Gesicht war zerfurcht, glich ausgezehrtem Holz. Er schwankte auf Laghanos zu und blickte auf ihn herab, denn er war auffallend groß.

»Habe ich ihn also doch gefunden ... sagte ich es nicht, Carputon?« Er stieß ein Lachen hervor – oder war es ein Schluchzen? »Der Auserkorene ... ich sah den Silberstreif am Horizont und spürte seine Nähe ... o Rumos, mein Herr, wie jung er ist, wie stark und ohne Fehl ... die Maske, seht

Ihr sie? Einer dazu bestimmt, das Leid zu tragen ... die Prophezeiung, sie ist wahr!«

»Wer bist du?« fragte Laghanos argwöhnisch.

»Dein Freund, dein einziger ...« Der Mann fiel auf die Knie. »Ich habe mich nach dir gesehnt, verzehrt ... denn du bist einer der zwei Auserkorenen, von dunklen Mächten auf den falschen Pfad geführt! Ich kam, um dich zu retten, dir die Wahrheit zu enthüllen, die man dir verschwiegen hat.« Er stützte sich auf den Steinen ab, und diese schwärzten sich unter seinen Fingerspitzen. »Rumos Carputon heiße ich ... die Wellen trugen mich zu dir, bis nach Tyran ... getrieben von der Flamme, die in meinem Herzen brennt.« Seine Stimme klang weinerlich. »Du kannst mir helfen ... du besitzt die Kraft, mich zu erlösen und die Welt zu retten ... vor IHNEN! VOR IHNEN!«

Er wies auf die Geister, die am Wasser miteinander rangen. Ihre Körper waren fast unsichtbar geworden, kaum noch zu erkennen.

»Die Schüler der Kahida ... sie, die gemeinsam diesen Mord begingen und den Schlüssel an sich rissen ... die in Gier die Sphäre unterwarfen und die Menschheit aus der einen Knechtschaft in die nächste führten ... Mondschlund und Sternengänger!« Er starrte Laghanos flehend an. »Denn Sternengänger ist der Weltenwanderer ... er hat dich auserwählt, um so sein Schandwerk fortzusetzen ... hat er dir seinen wahren Namen nicht verraten? Dir nicht gesagt, daß er als Durta Slargin durch die Welt zog und uns Zauberern seine Legenden aufzwang? Seine Worte, seine Lehren – er hielt sie selbst nicht ein; gemahnte uns, die Sphäre anzubeten, der er Tathrils Namen gab ... Doch während wir in Demut Tathrils Gnade suchten, zerstörte er den Strom der Quellen. Der Niedergang der Sphäre, er war Slargins Werk! Nun will der Weltenwanderer erneut den Schlüssel schwingen ... er führt die Echsenbrut herbei, damit Gharax unter seiner Knute bleibt ...«

»Willst du mir weismachen, daß es Durta Slargin war, der die Nebelkinder in unsere Welt brachte?« Laghanos' Maske gab ein bedrohliches Surren von sich. »Das kann nicht sein! Die Goldéi hätten sich ihm niemals anvertraut; er war es doch, der die Quellen unterwarf! Mit ihm begann der Raub der Magie, der ihre Welt zerstörte.«

Rumos lachte auf. »Verschlagenheit ist Slargins schärfste Waffe … er hat die Echsenbrut belogen, wie auch uns, die Zauberer … wir wurden Handlanger für sein Verbrechen, und noch immer täuscht er uns.«

Laghanos wollte nicht länger zuhören. Er sah sich nach den Geistern um, doch diese waren verschwunden; nur die Wellen schlugen gegen die Küste, mit einem höhnischen Plätschern.

»Es ist wahr, was mein Herr Rumos spricht«, fuhr der Zauberer mit veränderter Stimme fort. Sein Körper schwelte stärker als zuvor, der Dampf wurde zu dunklem Rauch. »Ich weiß es nur zu gut, zehre ich selbst doch von jener Macht … ließ mich von ihr verführen, ließ die Flamme in mein Herz … nur du, mein Junge, kannst sie zum Erlöschen bringen … denn der Weltenwanderer, er formte deinen Leib! Er will, daß du die Menschen in die Ferne führst, um sie in seinen Bann zu zwingen … ich spüre es, Carputon, ja, ich spüre es!« Er schrie gequält auf. »Sage dich los von ihm, du armes Kind … er kann dich nicht beherrschen, wenn du nicht an seine Lügen glaubst! Reiße dich los und hilf den Menschen, hier auf Gharax zu bestehen … Richte den Zorn, der deinen Leidensweg begleitet, gegen SIE, die Echsen, seine Diener. Vernichte sie, beende diesen Krieg … tritt an die Spitze jener Zauberer, die Slargins Lügennetz durchschnitten … und hilf der Bathaquar, die Sphäre zu bewahren, sie in eine neue Form zu schmieden, die uns Frieden bringt.«

»Ich will das nicht hören!« stieß Laghanos hervor. »Die Goldéi haben genug unter der Herrschaft der Zauberer gelitten. Für uns Menschen wird Drafur einen neuen Ort erschaffen.«

Rumos kroch auf ihn zu; an seinen Armen leckten Flammen entlang. »Er weigert sich, Carputon … glaubt uns nicht … doch dieses kann und darf nicht sein! Der Knabe ist dazu bestimmt, die Rote Herrin zu erlösen, die in den Trümmern ihrer Stadt begraben liegt ... hörst du die Worte nicht? Die Prophezeiung sagt, daß du Kahidas Erbe antrittst, ihr Vermächtnis weiterträgst ... daß du dem Blick des Bronzegottes widerstehst, denn dieser ist der Fluch des Weltenwanderers! Bronze, Silber, Gold und Eisen ... all die magischen Metalle, mit denen er die Quellen unterwarf ... du mußt sie aus dieser Knechtschaft lösen und den Schlüssel wiederfinden, der in Mondschlunds Kerker ruht!«

Rumos hatte sich aufgerichtet. Er stand nun ganz in Flammen, und als er die Ablehnung in Laghanos' Gesicht erkannte, verzehrten sich seine Augen vor Wut. »Du weigerst dich noch immer? Glaubst du denn, ich und Carputon hätten uns dem Schmerz, dem Leid, dem Irrsinn ausgeliefert, wenn wir nicht an jene Worte glaubten, die uns Bathos hinterließ? Die Prophezeiung hat uns hergeführt und muß erfüllt sein ... MUSS ERFÜLLT SEIN!« Er tastete nach Laghanos' Maske. »Erlöse uns, du dummes Kind ... lösche die Flamme, und dann folge uns, damit wir endlich Frieden finden!«

Laghanos spürte die tödliche Hitze, die von Rumos' Händen ausging, und wich zurück. Dabei stolperte er über den Grabstein, prallte zu Boden. Er schrie auf, griff nach der Sphäre, um die Unbeschlagenen herbeizurufen; und ihre silbernen Klauen prasselten aus dem Nichts auf die Grabstätte herab.

Tyra hörte den Ruf ... Laghanos' Stimme! Er rief um Hilfe, beschwor das Heer der Beschlagenen, ihm beizustehen, und Tyra, die solange in der Sphäre ausgeharrt hatte, die dem Wandelbaren überallhin gefolgt war, eilte auch jetzt herbei, ließ sich von den Fäden des Gefüges zu ihm reißen.

Wie viele Tage waren seit dem letzten Kampf, der Schlacht um Praa, verstrichen? Tyra wußte es nicht ... hier in der Sphäre war alle Zeit bedeutungslos, denn der Schmerz der

Beschlagung dauerte ewig und wurde durch nichts gelindert. Das Pochen ihres entzündeten Arms, das Zerren der Silberdrähte, die ihre Muskeln und Sehnen bewegten – all das ließ sich nicht ausblenden und nicht verdrängen. So blieb Tyra nur die Sehnsucht nach dem wunderbaren Zauber, den Mondschlund in ihre Hand gewoben hatte; noch einmal wollte sie jene Kühle spüren, die bis in ihre Fingerspitzen gedrungen war. Sie wartete auf die Stunde, in der sie Mondschlunds Kraft loslassen durfte – die Stunde, in der Laghanos auf seinen Feind treffen würde.

Doch hatte sie ihren Meister nicht schon zweimal enttäuscht? Hatte sie nicht vergeblich versucht, den Auserkorenen im Heiligen Spektakel zu töten? Laghanos' Maske hatte die Mordabsicht erkannt und Tyra in die Flucht geschlagen … und als sich das Heer der Beschlagenen in die Schlacht bei Praa gestürzt hatte, war in der Sphäre Nhordukael erschienen, der Diener Mondschlunds, der als einziger den Wandelbaren zu Fall bringen konnte. Tyra hatte ihn zu spät erkannt; die Glut, die ihn umgeben hatte, war zu schwach gewesen, und so hatte sie ihn angegriffen, anstatt ihm beizustehen.

»Zweimal habe ich versagt, Meister«, flüsterte die Mondjüngerin, während das Gefüge sie durch die Sphäre zerrte. »Ist es nicht längst zu spät, die Wandlung aufzuhalten? Ist Laghanos nicht zu stark geworden, seit er mit dem Gefüge verschmolzen ist? Ich flehe dich an, Meister … antworte mir!«

Doch Mondschlund schwieg.

Und nun sah sie die Insel … spürte die Nähe des Eilands und die Macht des Eisernen Tors. Sogleich kam ihr in den Sinn, was Mondschlund gewispert hatte. Wie konnte sie seine Worte jemals vergessen haben? Hier auf Tyran würde Nhordukael das Heer der Beschlagenen erwarten; hier würde er sich Laghanos entgegenstellen und ihn vernichten. Denn der Wandelbare hatte das Spektakel verlassen, hatte das Tor der Tiefe durchschritten und war somit verwundbar geworden.

Aufgeregt lauschte Tyra dem Gesang des Gefüges, das die Beschlagenen zur Schlacht rief, um den Wandelbaren zu verteidigen. So riß auch Tyra ihren Arm empor, bis die Krallen ihrer Klaue aneinanderklirrten. Mit einem Schrei löste sie sich aus der Sphäre.

Dort! Schimmerndes Wasser. Ein Halbkreis aus Felsen. Eine Mauer, von Magie durchtränkt … und auf dem nackten Felsen krümmte sich Laghanos. Die goldene Maske hatte ihre Sporne verschränkt, um den Jungen zu schützen … und über ihm erhob sich eine Gestalt: ein Mann, sein hagerer Körper von Flammen umspielt.

Nhordukael … dies mußte Nhordukael sein! Zwar hatte Tyra ihn anders in Erinnerung, jünger und gedrungener, doch es konnte niemand anderes sein! Sein Körper hatte gelitten, seit Tyra ihn bei Praa gesehen hatte; die Haut war verbrannt, die Glut in seinen Adern erloschen, und die Flammen, die an ihm emporzüngelten, waren dunkelrot. Doch es gab keinen Zweifel … ja, alles war so, wie Mondschlund es gesagt hatte: die zwei Auserkorenen hatten sich gefunden, zu ihrer letzten Schlacht.

Sie rief Mondschlunds Zauber hervor, spürte die angenehme Kühle in ihre Hand fließen, und ein Gefühl der Befreiung breitete sich in ihr aus.

Die Silberklauen sausten auf den Halbkreis nieder. Laghanos schrie um Hilfe, wich vor Rumos zurück. Doch dieser packte ihn mit seinen brennenden Händen.

»Halt ihn gut fest, Carputon … wenn er nicht hören will, soll er die Flamme selber spüren! Soll erfahren, welche Qual wir jahrelang erleiden mußten … brenne sie ihm ein, Carputon, brenne sie ihm ein … «

Doch nun warfen sich die Klauen auf ihn. Brüllend schlug Rumos um sich, versuchte sie abzuwehren, aber es waren zu viele! Rote Flammen glänzten auf den Silberspornen, die seine Haut in Fetzen rissen, ihn von Laghanos fortzogen.

Nur eine Klaue scherte aus dem Heer der Beschlagenen aus. Sie schwebte auf Laghanos zu. Der Junge blickte sie voller Erstaunen an; sah den goldenen Glanz, der über die Krallen wanderte. Sie näherte sich seinem Gesicht, und Drafurs Maske schlug nach ihr aus, versuchte sie abzuwehren

»Mondschlund«, würgte Laghanos hervor. Seine Augen weiteten sich.

Dann packte die Kralle zu. Verkeilte sich in der Maske. Das Gold begann zu schmelzen; siedendheiße Tropfen rannen in Laghanos' Gesicht, während sich Maske und Klaue vereinten. Laghanos brüllte vor Schmerz, warf sich auf dem Gestein umher. Zugleich war ringsum ein metallisches Rasseln zu hören. Es klang, als träfen Hagelkörner auf den Felsengrund ... die Klauen der Beschlagenen! Sie fielen aus der Luft herab, aller Kraft beraubt, und prasselten auf das Gestein.

Rumos Rokariac richtete sich keuchend auf. Er betrachtete Laghanos, der sich am Boden wälzte. Eine Welle schwappte vom Meer zur Grabstätte, traf das Gesicht des Jungen. Dampf zischte empor, und unter der verformten Goldmaske heulte der Junge auf.

»In Gold gegossen bricht der Stein«, kicherte Rumos, »und goldumflossen stürzt der Narr, der sich erhob zum selbsterwählten Knecht der Macht.« Er humpelte auf Laghanos zu; dabei trat er die am Boden liegenden Silberklauen achtlos zur Seite. Sie klirrten wie zerbrochenes Glas. Doch sie hatten dem Bathaquari übel zugesetzt; an vielen Stellen war seine Haut aufgeplatzt. Asche rieselte hervor, wurde vom Wind aufgewirbelt.

»Bist du nun bereit, uns anzuhören?« Rumos packte den Jungen. »Da siehst du es, Carputon ... sein Vertrauen in die Macht des Weltenwanderers hat ihn zu Fall gebracht ... jetzt gehört er ganz der Bathaquar! Und ist der eine Auserkorene auf unsrer Seite, folgt der zweite ihm schon bald ... halt ihn fest! Wir ziehen ihn ins Wasser, bringen ihn an einen Ort, wo ihn die Echsen niemals finden, o Rumos mein Herr.«

Er lachte noch immer, als er Laghanos mit beiden Armen

umschlang, ihn emporhob und ins Wasser trug, wie ein Vater, der seinem Sohn das Schwimmen lehren wollte. Flammen zuckten um sein Haupt, als er in die Wellen tauchte. Nur einige Ascheflocken blieben zurück und wurden gegen die Felsen von Kahidas Grab gespült, wo das Heer der Beschlagenen vernichtet worden war.

KAPITEL 12

Glas

Bleiche Morgensonne stieg hinter Varas Häuserzeilen empor. Stille hing über der Stadt; kein Lärm drang aus den Gassen. Vara war erstarrt, obwohl viele der Bewohner vor ihren Häusern standen und in den Sonnenaufgang blickten, den sie so sehnlich erwartet hatten. Eine weitere, schreckliche Nacht war vorüber; die sechste, in der die Schatten gewütet hatten.

Nun war alle Dunkelheit gewichen. Sonnenstrahlen wanderten über Dächer und Mauern, über Straßen und Plätze; immer wieder trafen sie dabei auf Fassaden, die das Licht verzerrte und in seine Farben brach, in Blau und Rot und Grün. Denn über der Stadt erhoben sich seltsame Gebäude; hohe Türme, schräg aufragende Pagoden, schneckenförmige Treppenfluchten. Sie waren durchsichtig wie Glas … nein, körperloser: die Luft schien sich verfestigt zu haben. Die Mauern und Kanten waren nahezu unsichtbar, und doch blieben alle Blicke an ihnen hängen, und sie riefen bei den Betrachtern ein ungutes Gefühl hervor, als sähen diese etwas, das nicht sein durfte, nicht an diesen Ort gehörte.

In den Straßen lagen die Toten, die Ernte der Schatten – Männer und Frauen, Gardisten und einfache Bürger, Arm und Reich, Sitharer und Troublinier. Alle trugen ein Lächeln auf den Lippen und hatten ausgefranste Augenhöhlen. Die Überlebenden mieden sie; denn die Verblendeten hatten sich die Augäpfel selbst herausgerissen und waren dann verblutet. Welcher Wahn ging in der Stadt um? Welches Grauen hatte die Kräfte im Untergrund erweckt?

Viele waren geflohen seit jener ersten Nacht, als die Schatten nach Vara gekommen waren. Doch inzwischen waren die Tore der Stadt verriegelt. Vor den Mauern lagerte ein Heer: die Ritter der Schwarzen und der Weißen Klippen. Im Süden und Osten standen je hundert von ihnen bereit; die doppelte Anzahl aber bewachte Valdyr, das Nordtor, und ließ keinen aus der Stadt. An einen Ausfall gegen die Klippenritter war jedoch nicht zu denken, denn innerhalb der Mauern tobten noch immer Kämpfe. So beschränkte sich Varas Stadtgarde darauf, die Tore und Mauern zu halten. Bisher hatten die Klippenritter keinen Angriff versucht; so hatte die Belagerung bisher nur eine Handvoll Tote gefordert.

Auf einem Hügel vor dem Nordtor hatte der Anführer der Klippenritter sein Zelt aufgeschlagen: Binhipar Nihirdi, der Fürst von Palidon. Er war während der letzten Wochen stark abgemagert, seine Wangen eingefallen, der Brustkorb schmaler als zuvor. Seine Augen wirkten müde. So stand er vor dem Zelt und blickte auf die Stadt, auf die gläsernen Türme, die im Sonnenlicht schimmerten.

»Die sechste Nacht ... « Er trommelte auf dem Griff seines umgegürteten Schwerts. »Wie lange will mich Uliman noch warten lassen? In der Nacht hallen Schreie aus Vara und jenes eigenartige Rasseln. Schatten bäumen sich auf und erstarren am Morgen zu Glas. Und hinter den Mauern erklingt Schwerterklirren ... Der Knabe hat die Stadt nicht mehr im Griff, und doch weigert er sich, mit mir zu verhandeln.«

Seine Gemahlin, Darna Nihirdi, trat an seine Seite. Sie trug Trauerkleidung; der Tod ihres gemeinsamen Sohnes Blidor, der während des Erdbebens in Nandar umgekommen war, hatte sie verbittert, letztlich aber noch enger mit ihrem Mann zusammengeschweißt. »Was erwartest du von ihm? Als wir mit unserem Heer vor den Mauern erschienen, herrschte bereits das Chaos in der Stadt. Laß uns ruhig noch etwas abwarten; denn solange Uliman mit anderen Gegnern streitet, schwächt dies seine Kräfte.«

»Er führt uns doch nur an der Nase herum.« Binhipars

Unterlippe zitterte, ein Zeichen seiner Anspannung. »Er wollte mich ermorden, mir mein Fürstentum abnehmen; er trägt Mitschuld an dem Untergang von Nandar und an Blidors Tod; er gefährdet das Reich und hat gegen die Goldéi versagt. Für all dies wird er bezahlen. Wenn ich den Klippenrittern den Angriffsbefehl erteile, wird die Stadt zu mir überlaufen – denn ich bringe ihnen Akendor Thayrin, den totgeglaubten und doch rechtmäßigen Herrscher von Sithar. Das Volk wird jubeln, wenn ich es von Uliman befreie.« Er schritt auf und ab. »Wenn ich nur wüßte, was hinter den Mauern vor sich geht. Was bedeuten diese gläsernen Türme? Welcher Zauber hat sie hervorgebracht?« Er griff sich an den Hals, tastete die Narbe ab, die die Kette zurückgelassen hatte. »Die Ahnen schweigen, aber ich erinnere mich gut an ihre warnenden Worte. Der Luchs wird uns den Untergang bescheren … Baniter Geneder! Er steckt dahinter, ich weiß es! Er hat diese Macht entfesselt.«

Mit düsterer Miene blickte er auf die Stadt. Doch dann hörte er Schritte; ein Klippenritter eilte den Hügel empor.

»Unsere Späher sind aus der Stadt zurückgekehrt, mein Fürst.«

Binhipar musterte den Ritter. »So? Dann sprich, was erzählen sie?«

»Sie konnten nur Gerüchte in Erfahrung bringen. Es heißt, Uliman sei tot, gestürzt von der Kaiserin. Die Arphater haben den Palast angegriffen, und es wurde tagelang um ihn gekämpft. Offenbar waren Ulimans Truppen am Ende unterlegen.«

»Dies also war die Schlacht, die wir hörten«, sagte Darna Nihirdi aufgeregt. »Wie es aussieht, kommen wir zu spät, um den Knaben zu bestrafen.«

Binhipars Blick blieb finster. »Uliman ist nie und nimmer tot! Der Junge verfügt über dunkle Kräfte, und ehe ich nicht seine Leiche sehe, traue ich solchen Gerüchten nicht. Habe ich nicht selbst einen Kaiser für tot erklären lassen, einen falschen Leichnam in der Kaisergruft von Thax beigesetzt?«

»Aber der Palast wurde erstürmt und in Brand gesetzt«,

sagte der Klippenritter mit Nachdruck, »und Uliman hat sich dem Volk seit Tagen nicht gezeigt. Nutzt die Gunst dieser Stunde, mein Fürst, und zieht in die Stadt ein. Sie wird uns kampflos in die Hände fallen.«

Binhipar blickte wieder auf die Stadt, die so still im Morgenlicht lag. Kein Lebenszeichen war zu erkennen; nur ein großer Vogel kreiste um die Türme, dunkel seine Schwingen. Binhipars Augen folgten ihm.

»Ich habe lange auf diesen Tag gewartet«, stieß er hervor, »den Tag der Rache. Wir wurden aus Nandar vertrieben, mußten uns durch die Seenlande von Jocasta schlagen und das Hochland durchqueren. Viele hundert Männer haben wir auf dem Marsch durch das glühende Land verloren; nun stehen wir vor Vara, um Rache zu nehmen und Sithar zu retten.« Er sah den Klippenritter entschlossen an. »Laßt uns die Scherben zusammenkehren, die Uliman hinterlassen hat. Holt seinen Vater herbei. Akendor soll am Nordtor eine Rede halten, damit die Stadtgarde ihren Widerstand aufgibt und uns durch die Tore läßt.«

Der Palast bot ein schreckliches Bild. Der Ostflügel war bis auf die Grundmauern niedergebrannt, und der Südflügel hatte sich verändert: die Wände standen schräg, zerrissen durch den Angriff der Schatten. An viele Stellen hatten die Mauern ihre Farbe eingebüßt, waren gläsern und ließen das Sonnenlicht hindurch. Dreimal waren die Schatten über den Palast hergefallen, und dreimal hatte die arphatische Königin sie abgewehrt – mit Glams Geschenk.

Inthara schritt durch den Vorhof des Palastes. Hier lagen viele Verwundete; sie riefen nach der Königin, priesen sie als Tochter des Sonnengottes, denn sie zeigte sich in der orangefarbenen Tracht der Agihor-Priesterschaft. Nie war sie so schön gewesen wie an diesem Morgen; ihr Gesicht leuchtete in der Sonne, das dunkle Haar schimmerte, und der Bauch wölbte sich unter dem Stoff. Die Überlebenden dankten unter Tränen dem Sonnengott, der ihnen seine Tochter als Herrscherin entsandt hatte.

Im Hof empfing der Große Ejo sie mit einer Verbeugung. »Göttliche Herrin … ein neuer Morgen bricht an.« Der Schechim wirkte erschöpft. »Die Nacht hat diesmal nur wenige Opfer gefordert. Die Sajessin melden ein Dutzend Tote, die Balah-Sej sieben, und die Anub-Ejan haben zwei Männer an die Schattendämonen verloren.«

»Das sind weniger als in den vergangenen Nächten.« Inthara blickte auf die schwelenden Trümmer des Ostflügels. »Was ist mit Ulimans Truppen? Haben sie uns nochmals angegriffen?«

»Es gab Scharmützel in der Weststadt. Zehn Mann der kaiserlichen Garde hatten sich in einer Seitengasse versteckt. Es war ein Kinderspiel, sie zu entwaffnen.« Ejos Stimme war der Stolz anzuhören. »Wir haben gesiegt, Herrin! Drei Tage lang hat uns Uliman Widerstand geleistet, aber sein verweichlichtes Heer hat ihm den Rücken gekehrt und sich von den Schrecken der Nacht einschüchtern lassen. Die feige Kaisergarde wurde versprengt, und auch die Troublinier haben sich ergeben!«

»Dennoch war unser Blutzoll hoch«, erinnerte ihn Inthara. »Wir haben dreihundert Mann bei der Erstürmung verloren, und die doppelte Anzahl ist schwer verwundet.« Sie wies auf die verletzten Mönche, die im Hof auf ausgebreiteten Wolldecken lagen; viele mit abgetrennten Gliedern, klaffenden Wunden, verstümmelten Gesichtern und pfeildurchschossenen Kehlen. »Es war ein Blutbad … und den Kaiser haben wir nicht finden können! Uliman ist entkommen.«

Ejo rümpfte die Nase. »Was wollt Ihr noch mit diesem Balg? Er ist vermutlich von einer eingestürzten Säule begraben worden, oder er blieb aus Dummheit im Palast, als wir diesen in Brand setzten. Wir werden die Leiche schon noch finden … denn falls er am Leben wäre, hätte er seine Truppen gesammelt und einen weiteren Angriff gewagt. Doch selbst das Gildenpack glaubt nicht mehr an sein Überleben; deshalb hat es die Waffen gestreckt.«

»Die Schatten haben den Troubliniern übel zugesetzt. Unter den Toten, die wir im Palast fanden, waren zahlreiche ihrer Priester. Ihr Gott hat ihnen nicht geholfen.« Die Königin holte das Silberkästchen hervor, in dem sie Glams Geschenk aufbewahrte. »Dies also ist die Wandlung, von der Sai'Kanee sprach. Die Stadt verändert sich mit jeder Nacht. Überall brechen die Türme hervor, und waren sie anfangs am Tag kaum zu erkennen, sieht man sie nun auch bei Sonnenlicht.«

»Es bleibt Dämonenwerk!« Ejos Gesichtszüge versteinerten. »Wir sollten die Stadt verlassen. Wer weiß, was in den kommenden Nächten geschieht? Bisher haben uns die Götter vor den Schatten bewahrt, doch wie lange noch?«

»Uns wird nichts geschehen.« Inthara strich behutsam über ihren Bauch. »Bald wird Sai'Kanee aus dem Verlies zurückkehren; dann wird Ruhe in Vara einkehren, und wir können uns für den letzten Kampf rüsten – den Ansturm der Goldéi.«

Sie warf einen Blick zum Eingangstor. Dort hatten die Anub-Ejan ihren wichtigsten Gefangenen festgekettet: Quazzusdon, den Anführer der Goldéi. Silberne Ketten schlangen sich um seinen Hals, seine Tatzen, sein Maul. Sie waren so festgezurrt, daß er sich kaum bewegen konnte. Dennoch hatte er sich in den vergangenen Tagen verändert. Die Schuppenhaut war blaß geworden; ein weißer Dunst umwehte Quazzusdon, so wie Nebel. Fast schien es, als löse sich der Scaduif langsam auf.

Inthara trat zu ihm heran. »Dein Heer kommt bald nach Vara, Echse. Doch es wird zu spät sein. Diese Stadt könnt ihr nicht erobern; sie wird wachsen und euch für immer im Weg stehen.« Sie lächelte, und die Narbe in ihrem Mundwinkel leuchtete auf. »Die Menschen werden herbeiströmen und hinter diesen Mauern Schutz suchen: Arphater und Sitharer, Kathyger und Troublinier, Gyraner und Candacarer – all jene, die ihr vertrieben habt. Und ich werde mit Baniter Geneder, dem Vater meines Kindes, die Menschen unter einer Herrschaft vereinen, so wie es mir bestimmt ist.«

Die Augen des Goldéi funkelten. Er versuchte zu widersprechen, doch die Ketten um seine Schnauze hinderten ihn daran, und so drang nur ein Zischen aus seiner Kehle.

»Aber zuerst müssen wir herausfinden, was mit Uliman geschehen ist«, fuhr sie fort. »Warum hat er seine magischen Kräfte nicht eingesetzt, als wir den Palast erstürmten? Und wohin ist er verschwunden?« Sie wandte sich wieder dem Großen Ejo zu. »Durchsucht die gesamte Stadt, Schechim, und laßt Euch dabei von der Stadtgarde helfen. Findet heraus, wo der Junge zuletzt gesehen wurde. Denn ich zweifle an seinem Tod.«

Sie preßte Glams Kästchen gegen ihre Brust. Die Kälte des schwarzen Metalls war selbst durch die silberne Hülle zu spüren, und Intharas Herz klopfte schneller. Die Angst, sie ließ sich nicht vertreiben. Denn der wichtigste Kampf um Vara stand noch aus.

Sinustre Cascodi saß auf der Treppe vor dem Badehaus. Hinter ihr lag die Halle der Bittersüßen Stunden. Ihr Dach war durchbrochen; ein Pfeiler hatte sich aus dem Inneren gebohrt, durchsichtig wie Glas – oder eher wie Wasser, denn seine Oberfläche war in Bewegung, floß empor in den Himmel. Er überragte selbst den Silbernen Dom, und die Spitze fächerte sich auf und warf milchige Schatten auf das Pflaster des Gorjinischen Marktes.

Die Dame Sinustre hatte ihr edelstes Kleid angelegt, ein Traum aus Samt, mit Rubinen besetzt; ihr Haar war zu einer kunstvollen Frisur aufgesteckt. Sie blinzelte in die aufsteigende Sonne und summte zufrieden vor sich hin. Die Wandlung der Stadt machte ihr wenig Sorgen; Vara würde gestärkt aus den Wirren hervorgehen, größer und mächtiger als zuvor. Und nun, da Ulimans Truppen geschlagen waren, konnte sie ihre Gedanken getrost auf die kommenden Tage lenken.

Einige Stadtgardisten stiegen die Treppe empor. Sie hatten

die Dame zum Gorjinischen Markt begleitet, denn in der Nacht noch hatten hier Kämpfe getobt. Sinustre Cascodi erhob sich lächelnd.

»Ihr Söhne von Vara habt wacker gekämpft. Als es vor dem Palast zu dem Zusammenstoß der Heere kam, war es letztlich die Stadtgarde, die den Sieg gegen Uliman erzwang. Ihr habt seine nachrückenden Truppen in den Straßen aufgehalten, und ihr habt die Troublinier am Kaiser-Hamir-Kanal überrumpelt, trotz der furchtbaren Nächte.« Sie strich einem der jungen Gardisten über die Wange, und dieser errötete. »Zugleich haben wir deutlich weniger Männer verloren als die Arphater ... das wird uns zugute kommen. Inthara glaubt, sie könne nach dem Tod des Kaisers allein über Vara herrschen. Doch sie wird ihre Macht mit der Bürgerschaft teilen müssen.«

Der Gardist nickte schüchtern. »Gewiß, Dame Sinustre ... dennoch will sie uns nun Befehle erteilen. Sie wies an, die ganze Stadt nach Uliman zu durchkämmen.«

Sinustre schüttelte verärgert den Kopf. Als der Palast in der zweiten Nacht des Angriffs in Brand gesteckt worden war, hatte sie selbst die Gänge überwacht, die vom Kaisersaal fortgeführt hatten, sowohl die bekannten als auch die geheimen. Sie hatte gesehen, wie die troublinischen Priester die Flucht ergriffen hatten, schreiend aus dem Saal gerannt waren, um dann von den Schatten eingeholt zu werden; hatte noch ihr Wimmern in den Ohren, als sie sich die Augen herausgerissen hatten. Doch Uliman war im Kaisersaal zurückgeblieben, und die brennende Kuppel war über ihm zusammengestürzt. Sinustre war die letzte Person gewesen, die den Ostflügel verlassen hatte, durch einen der vielen Geheimgänge; und sie war sicher, daß Uliman dem brennenden Palast nicht entkommen war.

»Inthara bangt also noch um ihren Sieg«, sagte sie schließlich. »Das soll mir recht sein ... soll sie nur ihre Zeit damit vergeuden, nach ihrem Gemahl zu suchen. Wir hingegen werden die Zeit nutzen, um mit den Klippenrittern eine Einigung zu erzielen. Habt Ihr inzwischen in Erfahrung gebracht, wer sie anführt? Wem ist es gelungen, sie hinter sich zu vereinen?«

»Manche behaupten, es wäre Darna Nihirdi, die Gattin Fürst Binhipars, oder sein Sohn Blidor. Einige berichten sogar, sie hätten den Fürsten selbst vor den Toren gesehen.«

Sinustre lachte auf. »Wie viele Tote sollen denn noch in der Stadt herumlaufen? Erst Uliman und jetzt auch Binhipar, obwohl dieser mit den anderen Fürsten im Thronsaal starb! Demnächst reden sich die Leute ein, Durta Slargin sei zurückgekehrt und schlurfe mit seinem Stab durch die Gassen.« Sie sah empor. Der Anblick der hohen Glastürme, die Varas Stadtbild nun prägten, löste ein Hochgefühl in ihr aus. »Nun, wer immer sich auch an die Spitze des Klippenordens gestellt hat – er wird Varas Gang in die Zukunft nicht aufhalten. Noch wenige Nächte … dann können die Großbürger, die ich im Verlies in Sicherheit brachte, ihre neue Stadt beziehen, und Vara wird zu neuem Leben erwachen. Wir müssen nichts weiter tun, als die Klippenritter noch ein paar Tage fernzuhalten.« Voller Inbrunst hob sie die Hände, wie eine Priesterin, die ihren Segen erteilte. »So lange habe ich für dich gekämpft, Vara, um dich zu neuer Größe zu führen; und nun sehe ich, daß du phantastischer und schöner sein wirst, als ich es mir je erträumte.«

Sie wollte ihre Rede fortsetzen, doch dann erstarrte sie. Hinter den gläsernen Türmen bewegte sich ein dunkler Schatten. Ein gieriger Schrei gellte durch die Luft. Dann stieß ein Vogel zwischen den Türmen hervor und stürzte auf Sinustre Cascodi herab: ein Schwan mit schwarzem Gefieder und kristallklaren Augen. Er öffnete seinen Schnabel, und wieder war sein Ruf zu hören, der so grauenvoll klang, daß die Stadtgardisten zurückwichen.

Sinustre stand wie angewurzelt auf der Treppe, während der Schwan wie ein Pfeil auf sie zuschoß. Erst im letzten Augenblick duckte sie sich, schützte das Gesicht mit den Händen: dabei löste sich ihre Frisur auf, und braune Locken flossen wie ein Wasserfall auf ihre Schultern herab. Sie verhedderten sich, als der Schwan seine Flügel ausbreitete, den

Flug abbremste und die Krallen in ihr Kleid schlug. Die Edelsteine sprangen aus dem Samt, klirrten auf den Steinstufen. Das Biest hackte auf Sinustre Cascodi ein. Sie schrie; doch ihre Stimme erstickte, ging in ein Gurgeln über. Verlor den Halt, überschlug sich auf der Treppe. Das Tier riß seinen Kopf zurück. In dem Schnabel glänzte ein roter Klumpen. Sinustre rollte die Stufen herab, beide Hände vor den Mund gepreßt. Zwischen den Fingern schoß Blut hervor.

Den Stadtgardisten war das Grauen in die Gesichter geschrieben. Keiner wagte es, der Dame zur Hilfe zu eilen oder den Schwan anzugreifen. Dieser richtete seine gläsernen Augen auf sie, reckte den Hals, plusterte sein Gefieder auf. Zwischen den Federspitzen glänzte eine silberne Kette.

Dann öffnete er den Schnabel. Doch diesmal drang kein Laut aus seiner Kehle. Statt dessen setzte sich Sinustre Cascodi auf, starr wie eine Puppe, und ließ die Hände vom blutverschmierten Mund sinken. Sie preßte kehlige Worte hervor.

»Noch ... bin ich ... euer Kaiser ...« Sie zitterte wie im Fieber. »... wer mir ... nicht folgt ... der geht unter ...«

Das Untier flatterte mit den Flügeln, fauchte, bog seinen Hals zurück. Und ringsum sanken die Gardisten auf die Knie, ließen ihre Schwerter fallen und senkten die Köpfe vor dem schwarzen Schwan.

Valdyr, das Nordtor, war der wichtigste Zugang der Stadt. Hier endete der ›Weg der Pracht‹, jene legendäre Strecke aus dem Hochland; und hier liefen auch die von Mehnic und Persys führenden Straßen zusammen. Drei Türme bewachten Valdyr; ihre Zinnen waren mit Padriltafeln geschmückt, die kirschrot im Sonnenlicht glitzerten. Auf dem Wehrgang zwischen den Türmen lauerten die Bogenschützen der Stadtgarde. Sie hatten Pfeile an ihre Sehnen gelegt, waren bereit, die Stadt bis in den Tod zu verteidigen.

Eine Abordnung der Klippenritter war vor dem Nordtor

erschienen. Schwarze Rüstungen, blitzende Schwerter und Kriegskeulen … die Ordensritter zeigten ihre Stärke; nicht umsonst galten sie als die meistgefürchteten Streiter des Kaiserreiches. Allein die mitgeführte weiße Standarte verriet ihre friedliche Absicht.

Binhipar Nihirdi, der Fürst von Palidon, hatte sich einen schlichten Umhang umgeworfen. Er wollte nicht erkannt werden und keine Aufmerksamkeit auf sich ziehen. Immer wieder blickte er gereizt zu dem einstigen Kaiser hinüber, der mit hängenden Schultern neben ihm stand. Akendor hatte den Blick auf seine Schuhspitzen gerichtet; es schien ihn nicht zu kümmern, wo er war. Sein Leibwächter Garalac hatte eine Hand auf Akendors Schulter gelegt, eine beschützende Geste. Doch Garalac selbst wirkte abwesend; er brütete vor sich hin und mied Binhipars Blicke.

Nun wandte sich der Fürst an den Troublinier. »Er wird doch standhalten, oder nicht?« Binhipars Stimme hatte einen gefährlichen Unterton. »Antworte, Troublinier!«

Aus Garalacs Blick sprach Verachtung. »Ihr könnt ihn nicht dazu zwingen, auf den Thron zurückzukehren. Durch Eure Mitschuld hat Akendor den Verstand verloren. Habt Mitleid mit ihm, erspart ihm dieses unwürdige Schauspiel, um Eures alten Freundes Torsunt willen.«

Binhipar knirschte mit den Zähnen. »Es geht hier nicht um Mitleid, sondern um Sithars Schicksal. Ich habe alles getan, um Akendor zu beschützen. Nun muß er zumindest eine Weile lang Stärke zeigen.« Er baute sich vor dem Kaiser auf. »Hört Ihr mich, Akendor? Habt Ihr die Worte behalten, die wir gemeinsam einstudiert haben?«

Akendor Thayrin blickte auf. Die blonden Haare hingen ihm ins Gesicht, die Augen waren von dunklen Schatten umgeben, und seine Mundwinkel zuckten. »Die Worte … natürlich, Binhipar! Ihr habt sie lange genug mit mir geübt, Silbe für Silbe, und ich habe mich gut geschlagen, nicht wahr? Ich weiß, Ihr haltet mich für irr … aber ich sehe klar, sehe meine Schuld und die Eure, sehe Sithars Zukunft und den Untergang.« Er nickte traurig. »Ich wünschte, Ihr hättet mich damals ziehen lassen, als der Mann aus den Schatten nach mir rief. Aber Ihr wolltet mir diesen Frieden nicht gönnen … nun soll ich also wieder Kaiser werden. Ich bin bereit dazu … ich will den Herrscher spielen, wie in alten Zeiten. Doch denkt daran: der Silberne Kreis ist zersprungen, und von den letzten Nachfahren der Gründer wird am Ende nur einer bestehen …«

»Wollt Ihr mir etwa drohen, Akendor!« herrschte der Fürst ihn an. »Soll ich die Hunde holen? Wollt Ihr Sie aus der Nähe sehen, ihre gierigen Augen, ihre scharfen Zähne?«

Der Kaiser riß die Hände empor, und ihm entfuhr ein gequälter Laut. »Nein … ich höre sie die ganze Zeit, das Jaulen und Knurren … laßt sie fort, Binhipar, wenn Ihr ein Herz habt. Ich werde tun, was Ihr verlangt.« Er packte den Fürsten am Arm. »Versprecht mir nur eines: laßt meinen Sohn am Leben. Uliman kann doch nichts dafür, daß die Zauberer ihn benutzten, so wie Ihr mich benutzt, so wie jeder von uns benutzt wird von höheren Mächten. Denn das sind wir doch alle: Sklaven der Macht.«

»Für Uliman kann es keine Gnade geben«, antwortete Binhipar mit Nachdruck. »Euer Sohn ist eine Gefahr für uns alle. Und nun tretet vor. Erweist dem Kaiserreich einmal im Leben einen Dienst.«

Akendor nickte, von jähem Eifer erfüllt. Er reckte die Schultern, drängte sich an den Klippenrittern vorbei und hob die Hände. Vom Wehrgang über dem Tor erklangen Warnrufe. Die Gardisten spannten ihre Bogen, zielten auf den Ankömmling.

»Ihr wißt nicht, wer ich bin«, rief Akendor mit kräftiger Stimme, »und ihr erkennt mich nicht … aber das solltet ihr, Bürger von Vara!« Er deutete wehmütig auf das Tor. »Vara, du schöne Stadt … bin ich tatsächlich so lange fortgewesen? Ich erinnere mich gut daran, als ich den Thron bestieg, vor fünfzehn Jahren, als mir die Fürsten im Palast die Krone aufsetzten. So viele Hoffnungen ruhten auf mir, und ich habe alle enttäuscht … Ja, ich weiß es wohl. Es war ein Fehler, der Stadt den Rücken zu kehren und mit dem Thronrat nach

Thax überzusiedeln … es hat dem Kaiserreich kein Glück gebracht. Denn der Silberne Kreis muß in Vara sein, sonst geschieht ein Unglück – so sagen es die Legenden.«

Aufgeregtes Tuscheln unter den Bogenschützen. Binhipar runzelte die Stirn. Akendor hielt sich nicht an den vereinbarten Text, doch er ließ ihn vorerst weiterreden.

»Ihr wißt nicht, wer ich bin, und erkennt mich nicht wieder… aber vielleicht ahnt ihr es, tief in euren Herzen, daß nur ein Nachfahre der Gründer eure Stadt retten kann, vor den Goldéi, die von Norden her anrücken und bald vor diesem Tor stehen werden. Doch die Erben der Gründer, so mußte ich erfahren, sind alle tot. Der junge Kaiser soll daran die Schuld tragen. Nun, wenn dem so ist, dann ist es meine Pflicht, ihn zur Rede zu stellen – als das letzte Mitglied des Silbernen Kreises und als sein liebender Vater. Denn ich bin Akendor Thayrin, der wahre Kaiser von Sithar!«

Er ließ einen Augenblick verstreichen, um die Worte wirken zu lassen. Dann hob er erneut die Stimme. »Ja, nun wißt ihr, wer ich bin, nun erkennt ihr mich, nicht wahr? Ihr erkennt den letzten Nachfahren der Gründer; und ohne diesen ist Vara verloren. Denn Uliman, mein Sohn, wurde verführt, von den Troubliniern, den Tathril-Priestern und Gildenleuten. Nur deshalb hat er sich zum Mord an den Fürsten hinreißen lassen.«

Binhipar war zufrieden. Akendor hatte sich endlich in seine Rolle gefügt. Seine Worte schienen Eindruck zu hinterlassen, denn auf den Wehrgängen senkten die Gardisten ihre Bogen.

»Ihr wißt, wer ich bin, und erkennt in mir jenen, der euch vor der Wandlung beschützen wird. Ihr seht dort hinten das Heer der Klippenritter; sie sind gekommen, um Vara gegen die Goldéi zu verteidigen. Nun laßt mich auch innerhalb der Mauern Frieden schaffen. Ich will einen Schlußstrich unter das Blutvergießen ziehen; und falls mein Sohn lebt, wird auch er die Waffen strecken, das schwöre ich euch. Er wird sich dem Befehl seines Vaters nicht widersetzen. Öffnet die Tore, laßt mich ein. Ich werde Uliman suchen und auf den

Thron zurückkehren, als der wahre Kaiser des Reiches, als letzter Erbe der Gründer.«

Seine Rede hatte die Gardisten verunsichert. Sie berieten sich lautstark, stritten auf dem Wehrgang miteinander. Binhipar beugte sich zu Garalac hinüber.

»Akendor macht seine Sache gut. Er ist wohl doch nicht ganz dem Wahn erlegen, wie Ihr behauptet.«

Garalac vermied es, den Fürsten anzusehen. »Ihr habt keine Ahnung, was er in Eurer Burg in Nandar erlitten hat. Er hat nicht vergessen, wie Ihr ihn gequält habt – Tag für Tag das Gebell Eurer Hunde, die er von seinem Gefängnis aus sehen konnte, den Blick auf ihren offenen Zwinger. Der Tag wird kommen, an dem Ihr dafür bezahlen müßt, Fürst Binhipar …«

Er hielt inne, denn vom Nordtor erklang ein Rumpeln. Die Flügel der Pforte glitten auseinander, wurden nach innen aufgezogen.

Varas Bürger hatten dem Kaiser die Stadt geöffnet.

Kapitel 13

Erweckung

Sai'Kanees Stab bohrte sich in den Lehm. Risse zogen sich um die Spitze, und aus der Tiefe drang ein metallisches Rasseln, als erwecke der Stab seltsame Kräfte im Untergrund.

Es bereitete der Zauberin sichtliche Freude, ihre Macht über das Verlies zu zeigen. Als sie Nhordukael im Turm des Doms empfangen hatte – oder vielmehr im Gegenstück des Doms, tief unter Vara –, hatte sie bald ihre Maske fallen lassen. Der Stab Durta Slargins schien keinen guten Einfluß auf sie auszuüben, denn sie überschätzte ihre Kräfte, spielte mit der Macht des Verlieses. *Mondschlund hat seine Diener schlecht ausgewählt,* dachte Nhordukael, während er ihr folgte. *Wer den Quellen nicht mit Ehrfurcht begegnet, der bereut es … so wie Bars Balicor!*

Verschlungene Wege hatten sie in das Verlies zurückgeführt, und so schritten Sai'Kanee und Nhordukael wieder durch die dunklen Gänge, die von schimmerndem Moos erhellt wurden. Die Sphärenströme des Verlieses waren stark; Nhordukael wagte es nicht, nach der Inneren Schicht zu spähen, denn er fürchtete die Macht der Quelle.

Sie erreichten eine Weggabelung. Sai'Kanee hielt inne, hob den brüchigen Stab und kratzte das Moos von den Wänden. Auf den Steinen glommen goldene Zeichen.

»Wir müßten schon längst am Ziel sein«, murmelte sie, und trotz der Schminke war Ratlosigkeit in ihrem Gesicht zu erkennen. »Aber welcher dieser Gänge war es? Ich erinnere mich nicht mehr …«

»Haben wir uns verirrt?« fragte Nhordukael spöttisch.

»Keineswegs. Ich bringe dich zurück nach Thax, in die Stadt, die du zerstört hast. Bald wirst du wieder mit dem Auge der Glut verschmelzen, um den Kampf für Mondschlund fortzusetzen.«

Da täuschst du dich gewaltig. Seit er von der Stadt wußte, die der Zauberer an die Oberfläche bringen wollte, hatte sich Nhordukael endgültig von Mondschlund losgesagt. Zwar konnte er die Wandlung nicht aufhalten, doch er wollte auch nicht länger an diesem Krieg teilnehmen.

Noch während sie an der Gabelung verharrten, vernahm Nhordukael ein Flüstern. Er blickte auf die Wand, sah zwischen den Ritzen ein silbriges Licht umherwandern. Eine Gestalt glitt aus den Steinen: dürre Glieder, ein starres Gesicht, goldglimmende Augen. Es war Glam, der Diener Sai'Kanees.

»Herrin ... ich suchte Euch überall, fürchtete bereits, Ihr hättet diese Gänge verlassen ... «

Sai'Kanee hob verärgert den Stab. »Was willst du hier? Ich habe nicht nach dir gerufen!«

»Aber Glam rief nach Euch«, wisperte der Geist, »denn dies wurde mir befohlen ... von Mondschlund, unserem Gebieter.«

»Mondschlund hat zu dir gesprochen?« rief Sai'Kanee erschrocken.

»Ja, ich hörte seinen Gesang ... Schreckliches ist geschehen, und er befahl mir, Euch zu warnen ... und dich, Nhordukael!« Glam kam auf ihn zu. Seine Glieder verrenkten und bogen sich mit jedem Schritt. »Der zweite Auserkorene ... er hat sich aus der Sphäre zurückgezogen. Er wurde besiegt in einem Kampf, fern von hier ... «

Nhordukael erstarrte. »Sternengängers Geschöpf wurde besiegt?«

»Ja ... eine Getreue Mondschlunds, die unsere grösste Hoffnung war, brachte ihn auf Tyran zu Fall. Doch zu früh, zu einem falschen Zeitpunkt und gegen einen falschen Gegner ... sie hat ver-

SAGT! NUN WIRD STERNENGÄNGERS KNECHT BALD ZURÜCKKEHREN, UND ER WIRD STÄRKER ALS ZUVOR!«

Sai'Kanee fuhr zu Nhordukael herum. »Dies ist deine Schuld! Du hättest das Auge der Glut nicht verlassen dürfen, hättest nach Tyran ziehen sollen, um Sternengängers Geschöpf entgegenzutreten. Hat Mondschlund es dir nicht befohlen?« Sie packte den Stab, als wollte sie nach ihm schlagen. »Wieso hat er ausgerechnet dich ausgewählt, einen aufsässigen Priesterzögling? Wieso nicht mich, seine treuste Dienerin? Ich hätte mein Leben gegeben, um Sternengänger aufzuhalten! Du aber zögerst und zauderst und bist uns nur eine Last ...«

»Nimm den Stab herunter«, sagte Nhordukael ruhig. »Ich habe den zweiten Auserkorenen einmal vertrieben und werde es wieder tun.« Die Lüge ging ihm leicht über die Lippen.

»Hoffentlich hat Mondschlund ein Auge auf dich, wenn du wieder in der Sphäre wandelst«, antwortete Sai'Kanee. »Versuche nicht, ihn zu hintergehen, denn er ist der Meister der Täuschung.« Sie stieß Glam zur Seite, und dieser glitt wieder in die Wand zurück. »Dies ist ein Zeichen! Mondschlunds Gegner wollen die Wandlung aufhalten. Wir werden zur Stadt zurückkehren; denn ich muß sichergehen, daß Vara erweckt wird, solange Sternengängers Geschöpf noch geschwächt ist.«

Es war eine Tortur, den Gang zu durchqueren; die Wände waren an vielen Stellen eingestürzt, Geröll versperrte ihnen den Weg. Oft mußten sie auf allen vieren kriechen oder sich durch enge Spalten winden. Unentwegt tröpfelte Wasser von der Decke herab und ließ sie frösteln.

»Dies also ist Varyns berüchtigtes Verlies«, fluchte Cornbrunn. »Der werte Herr Schattenspieler hätte uns warnen sollen, wie baufällig es ist.«

»Hör auf zu meckern!« Aelarian reichte seinem Leibdiener die Hand und half ihm von einem Schutthaufen. »Er erwähnte mehrfach, wie gefährlich der Weg nach Tyran ist.«

»Gefährlich, ja – aber daß wir auf Händen und Füßen krauchen müssen, hat er verschwiegen!« Cornbrunn schlotterte vor Kälte und Eigensinn. Er blinzelte in den Gang. Vor ihnen tänzelte der Schattenspieler; seine Laterne schwankte in der Dunkelheit, und an den moosbewachsenen Wänden huschten die Schatten entlang, die er im Park beschworen hatte. Er sprach leise mit ihnen; sie hörten ihn lachen und wispern, und gelegentlich hielt er seine Scherenschnitte vor die Laterne. Dann ahmten die Schatten die Figuren nach, bewegten sich wie lebendige Wesen auf der Mauer.

»Dies ist finstere Zauberkunst«, stieß Cornbrunn hervor. »Wir hätten ihm nicht folgen dürfen! Er führt uns ins Verderben.«

»Du wiederholst dich, mein Bester.« Aelarian Trurac zerrte ihn ungeduldig mit sich. »Komm jetzt!«

Um ihre Füße sprangen die Kieselfresser. Grimm und Knauf waren in bester Stimmung, empfanden dies alles als großartiges Abenteuer. Vor dem Schattenspieler hatten sie keine Scheu, flitzten munter durch die Gänge und schnüffelten an den leuchtenden Moosbrocken, die in den Steinritzen wucherten.

Der Großmerkant hatte sein Mondamulett hervorgeholt. Er umschloß es mit der rechten Hand. Gelegentlich hielt er inne, lauschte, da er eine Stimme zu hören glaubte, einen fernen Gesang. Zweimal hatte er Cornbrunn gebeten, ihm zu sagen, ob diese Melodie wirklich durch die Gänge hallte oder seiner Einbildung entsprang. Doch er hatte nur Spott von seinem Leibdiener geerntet.

Der Schattenspieler war vorausgeeilt. Nun blieb er an einer Wegbiegung stehen, wandte sich nach den Troubliniern um. »Wo bleibt Ihr? Kommt … dort hinten sehe ich ihn schon, den Aufstieg nach Athyr'Tyran, der ersten Stadt der Menschheit, die seit Jahrhunderten in Trümmern liegt. Kommt!« Der Schein der Laterne ließ sein Gesicht wächsern aussehen.

Aelarian aber hob plötzlich das Mondamulett empor. Er horchte. »Cornbrunn … hörst du das nicht? Die Melodie …« Er wankte.

»Ich sagte Euch doch, da ist nichts! Um uns ist alles still. Diese Gänge sind tot und verlassen … und schmutzig dazu! Seht Euren guten Kittel an.«

»Aber ich höre es doch … eine Stimme wie in meinen Träumen!« Der Großmerkant zitterte mit einemmal. »Er sprach schon einmal zu mir, vor langer Zeit … doch hier im Verlies ist seine Stimme kräftiger und sein Gesang noch schöner …«

»Von wem redet Ihr?« fragte Cornbrunn.

»Mondschlund … er ruft nach mir. Er … braucht meine Hilfe.« Aelarian taumelte, stützte sich an den Wänden ab, brach dann zu Boden. Grimm, sein Kieselfresser, sprang zu ihm, leckte zärtlich die Fingerkuppen seines Herrn.

Aus dem Gang hallte die ungeduldige Stimme des Schattenspielers. »Was ist mit Euch? Kommt! Wir sind fast da!«

Cornbrunn kniete sich neben Aelarian. »Steht auf, ich bitte Euch! Wir können nicht hier unten bleiben!«

»Wir …« Der Großmerkant lächelte matt. »Nein … ich muß hierbleiben … du kannst weitergehen, Cornbrunn …«

»Redet keinen Unsinn! Ich werde nirgendwo ohne Euch hingehen!« Cornbrunn sah sich nach dem Schattenspieler um. Dieser war kaum zu erkennen; der Schein der Laterne war schwächer geworden. Nur sein Schemen war in der Dunkelheit zu sehen. Er winkte ihnen zu, doch seine Stimme war nicht zu hören.

»Was geschieht mit uns?« preßte Cornbrunn hervor.

»Mondschlund … er holt uns zu sich.« Aelarian krümmte sich wie unter Schmerzen. »Geh … geh fort von mir!«

Cornbrunn wollte ihn auf die Beine zerren. Doch plötzlich hörte er hinter sich ein Fauchen, ein Zischen. Er fuhr herum, ließ den Arm des Großmerkanten los. Dort, zwischen den Steinen, die aus der Wand gebrochen waren, sah er eine Bewegung! Und dann glomm ein Auge auf, grell, gläsern und voller Gier.

Cornbrunns Herz raste. Er sah sich hilfesuchend nach dem Schattenspieler um. Doch dieser war verschwunden, das Licht seiner Laterne erloschen; nur das Moos tauchte den Gang in grünes Licht. Und Aelarian – auch er war fort! Dort, wo er eben noch gelegen hatte, saßen nur die beiden Kieselfresser. Sie hatten sich geduckt, ihre Felle sträubten sich, und sie erwiderten das Fauchen, das wieder an sein Ohr drang.

»Aelarian!« Cornbrunn flüsterte den Namen mit Grauen in der Stimme. Doch er erhielt keine Antwort.

Nun floh er, in die Richtung, wo er zuletzt den Schattenspieler gesehen hatte. Stolperte mehrmals, glitt auf dem feuchten Boden aus, riß sich die Hände blutig; und hielt erst inne, als er sich in Sicherheit wähnte. Erschöpft lehnte er sich gegen eine Wand, blickte zurück. Nichts war zu sehen.

Er war allein mit Grimm und Knauf.

Auf dem Boden aber lag ein länglicher Gegenstand. Er wurde vom Luftzug bewegt. Cornbrunn bückte sich nach ihm.

»Eine Schwanenfeder«, murmelte er. »Eine schwarze Schwanenfeder ...«

Sonnenloser Himmel hing über der verborgenen Stadt; es war der Glanz der Sphäre, der sie erhellte, die Magie des Verlieses. Baniter Geneder saß erneut auf jener Treppe inmitten der Häuserschluchten, das schwere Buch in den Händen. Hinter ihm lag die dunkle Mauer; er spürte die Kälte des schwarzen Schlüssels bis in seine Knochen und sah auf die Stadt, in die Sardresh ihn verschleppt hatte.

Diesmal lauschte keine Kinderschar dem Fürsten. Nur der Baumeister hockte auf den Stufen, starrte ihn erwartungsvoll an. Er hatte seinen Lederhut abgestreift und zerrte an den ausgeleierten Rändern, als wollte er ihn zerreißen.

»Lest, Baniter! Lest, was geschrieben steht!« Seine Stimme überschlug sich beinahe. »Die Zeit ist gekommen. Die Stadt muß erwachen.«

Der Fürst hatte das Buch aufgeschlagen. Die Luchszeichen flimmerten auf dem Pergament, und Baniters Kehle war rauh, wie ausgedorrt. Er ließ den Blick über die Stadt schweifen, über die hohen Türme, über die in der Luft schwebenden Straßen und gläsernen Wasserrinnen, durch die Staker ihre Kähne lenkten. Am Horizont erkannte Baniter weitere Gebäude, die sich aus dem Nichts formten und dem Himmel entgegenstrebten.

»Die Stadt muß erwachen«, wiederholte Sardresh mit Nachdruck. »Dann kann sie wachsen und gedeihen! Zu einem Ort werden, der den Menschen Zuflucht bietet. Denn das Verlies verbindet sämtliche Städte von Gharax. Alle Siedlungen, die der Mensch je gründete. Alle Trümmer, die von alten Tagen künden. Alle Kerker und Keller, die vergessen sind.« Er erhob sich. »Laßt uns die prachtvollen Bauwerke zum Leben erwecken, Baniter. Damit sie an die Oberfläche gelangen. Damit der Stein sich festigt. Damit er sichtbar wird. Denn noch ist die Stadt nur ein Entwurf, der leicht in Scherben geht! Ihr aber könnt ihn wahr werden lassen. Damit sich überall in Gharax das Verlies aus der Tiefe hebt.«

Baniter ließ das Buch sinken. »Ich kann nicht tun, was Ihr da von mir verlangt.« Er entsann sich seines Gesprächs mit Bathos dem Scharfzüngigen, dachte an die Andeutungen und Warnungen des Geistes. »Ihr behauptet, diese Stadt solle den Menschen dienen; doch ich bezweifle es, je länger ich darüber nachdenke. Dies ist bloßer Wahn, Sardresh, Eurem kranken Hirn entsprungen; aber kein Ort, an dem es sich wirklich leben läßt.«

Sardresh schüttelte tadelnd den Kopf. »Nun klingt Ihr wie Euer Großvater. Wie Norgon Geneder. Ein mutiger Mann, zweifellos. Voller Entschlußkraft. Er folgte mir in das Verlies. Er begeisterte sich für den Entwurf. Er begann, die Schriften zu lesen, so wie Ihr. Und er war bereit, über Vara zu herrschen, Kaiser Torsunt die Herrschaft zu entreißen. Damit die Wandlung beginnen konnte.« Der Baumeister seufzte. »Dann aber ließ er sich verführen. Er erlag den Einflüsterungen der Ahnen. Den Verlockungen Sternengängers. Er ließ es zu, daß Teile des Schlüssels entwendet wurden. Er reichte sie an jene weiter, die sich in das Verlies geschlichen hatten. Die fanatischen Anhänger des Weltenwanderers. Die verblendeten Seeleute.« Sardresh warf seinen Hut zu Boden. »So mußte ich Norgon am Ende aufhalten. Ihn, in den ich solche Hoffnungen setzte. Er hat mich schwer enttäuscht. Er war am Ende doch ein Kleingeist, der sich gegen die Wandlung entschied. Der meinen Entwurf nicht würdigte.«

»Ihr habt meinen Großvater verraten?« entfuhr es Baniter. »Wie habt Ihr das angestellt?«

»Oh, ich vergaß. Ihr wart ja noch ein Kind.« Sardresh lachte närrisch. »Wie Ihr wißt, bereitete Norgon den Umsturz damals mit den anderen Fürsten vor. Denn Torsunt hatte den Silbernen Kreis mehrfach brüskiert. Er wollte ohne die Fürsten herrschen. Das nahmen sie ihm übel. Sie wandten sich gegen ihn, und Euer Großvater stellte sich an ihre Spitze. Nur Binhipar Nihirdi blieb dem Kaiser treu. Er half Torsunt bei seiner Flucht.« Sardresh rieb seine dürren Finger. »Euer Großvater hingegen ließ drei Angehörige des Kaisers gefangennehmen, die Brüder Torsunts und einen seiner Neffen. Er ließ sie im Palast einkerkern, als wertvolle Geiseln. Dort habe ich sie aufgespürt. Denn der Palast kennt viele geheime Gänge. Ich schlich mich in den Kerker und erlöste die Gefangenen mit einem Dolch.« Sardresh fuhr sich grinsend mit dem Finger über den faltigen Hals. »Die Fürsten erfuhren bald von diesem Mord. Sie glaubten, Norgon hätte ihn befohlen. Nun fürchteten sie, den einen Tyrannen zu stürzen, um einen noch schlimmeren auf den Thron zu setzen. So schlug die Stimmung um. Der Silberne Kreis kehrte reumütig in den Schoß Torsunts zurück. Nach sechs Tagen war der Spuk vorbei, und Norgon wurde hingerichtet.« Der Baumeister zuckte mit den Schultern, eine Geste des Bedauerns. »Es war leider notwendig, ihn aufzuhalten. Er war nicht der Richtige, um Vara zu erwecken. Sein Schicksal sollte Euch eine Warnung sein.«

Und ich sollte dir mit deinem Hut das Maul stopfen! »Dann seid Ihr also meinem Großvater in den Rücken gefallen, als er sich von Euren Plänen lossagte. Glaubt Ihr im Ernst, ich würde vollenden, was er bereits als Wahnidee durchschaute?«

»Aber das müßt Ihr! Ihr seid der einzige, der die Schriften lesen kann. Ich tat alles, um Euch hierherzuholen. Ich sorgte dafür, daß Ihr aus der Hand Ulimans befreit wurdet. Ich ging sogar ein Bündnis mit dieser Schlange Sinustre ein, die ja nur selbst über Vara herrschen will. Die sich als Inbegriff der Stadt versteht. Als ihre Verkörperung. All dies soll umsonst gewesen sein?« Sardreshs Blick wurde lauernd. »Nein, Baniter. Wenn Ihr nicht freiwillig das Wunder vollbringen wollt, muß ich Euch dazu zwingen. Ich kenne den Zauber, mit dem Mondschlund Euren Vorfahren in seinen Bann schlug. Denn Mondschlund war es, der einen Gründer auf seine Seite zog – Geneder, Euren Urahn. Um Sternengängers Plan zu vereiteln. Um den Silbernen Kreis von innen zu zerstören. Um einen Weg zu finden, das gefesselte Verlies zu befreien.« Er stieg zu Baniter empor. »Als damals Euer Großvater sich dem Plan verweigerte, kannte ich noch nicht die ganze Wahrheit. Ich wußte nichts von dem Krieg, der in der Sphäre tobt. Ich wußte nicht, auf welche Weise Mondschlund und Sternengänger über die Menschen herrschen. Nun aber kenne ich die Macht der Legenden. Ich kenne den Zauber der falschen Worte. Ihr müßt Euch dem Schicksal beugen, das für Euch bestimmt ist – weil sie, die Herren der Sphäre, es so wollen.«

Baniter erbleichte und wich vor dem Baumeister zurück, das Buch an die Brust gepreßt. Stieß gegen die schwarze Wand. Fühlte die Kälte des Metalls.

»Was redet Ihr da, Sardresh? Habt Ihr nicht selbst gesagt, daß wir Menschen keine Sklaven sind, wir uns frei entscheiden können und nicht den Einflüsterungen der Zauberer ausgeliefert sind? Wenn Ihr mich dazu zwingt, gegen meinen Willen die Stadt zu erwecken, macht Ihr Euch zu ihrem Lakaien. Und was ist Eure vielgerühmte Stadt dann noch wert, die Ihr mir stets als einen Ort der Freiheit angepriesen habt?«

Es war ihm gelungen, den Baumeister aus der Fassung zu bringen. Sardresh hielt inne, sann über Baniters Worte nach. Doch ehe er antworten konnte, erklang hinter ihm eine zornige Stimme.

»Es ist noch immer nicht vollbracht? Wie kann es sein, daß Mondschlunds Diener wieder und wieder versagen?«

Eine Frau mit goldgeschminktem Gesicht hastete die Treppe empor. Sie hielt einen brüchigen Stab in ihrer Hand. Dunkles Metall ... der schwarze Schlüssel! Und Baniter erkannte auch seine Trägerin: Sai'Kanee, jene arphatische Priesterin, die mit Inthara nach Sithar gekommen war. Ihr folgte ein junger Mann; sein Körper war entblößt, wurde nur von einigen verbrannten Fetzen umhüllt. Seine Haut glühte, und aus den Augen sprühten rote Funken.

»Sardresh – so heißt du doch, nicht wahr?« Die Priesterin deutete mit dem Stab auf den Baumeister. »Mondschlund hat mir deinen Namen zugewispert. Er setzte großes Vertrauen in dich; er lobte deinen Eifer und schwor, daß es dir gelingen werde, den Erben der Gründer herabzuführen. Doch wie ich sehe, wurde die Stadt noch immer nicht erweckt – nicht vollständig.« Sie hieb mit dem Stab auf die Treppe, und ein Grollen drang aus dem Untergrund.

»Mondschlund ...« Der Baumeister verzog gequält das Gesicht. »Was weiß er schon davon? Es ist nicht leicht, die Menschen zu überzeugen. Von ihrem Glück. Von ihrer wahren Bestimmung.« Er wandte sich wieder Baniter zu. »Da seht Ihr es! Nun sendet Mondschlund seine Schergen und beweist uns seine Macht. Wir können uns der Aufgabe nicht entziehen. Uns nicht gegen das Schicksal auflehnen.«

Baniter schüttelte den Kopf. »Nein, Sardresh! Wir haben einen freien Willen, das habt Ihr selbst gesagt. Zwingt mich nicht, etwas zu tun, was ich nicht tun will und nicht tun kann ...«

»Natürlich könnt Ihr es«, sagte Sai'Kanee voller Verachtung. »Mondschlund hat es so vorhergesehen, und seine Gnade ist groß. Denn gibt er Euch nicht alle Macht in die Hände? Ihr werdet es sein, der über die neue Stadt herrscht.

Ihr könnt sie belassen, wie Sardresh sie entworfen hat, oder verändern, ganz nach Euren Launen.« Ihr Tonfall wurde freundlicher. »Euch werden die Menschen vertrauen, Baniter; denn Ihr seid ein Nachfahre der Gründer. An dieser Legende werden sie sich festklammern, denn sie brauchen Legenden wie Wasser oder Brot. Sie verleihen ihnen Hoffnung, und so werden sie die Schrecken der Wandlung überstehen.«

Baniter wehrte ab. »Es wäre nur eine Herrschaft von Mondschlunds Gnaden!«

»Könnte es eine bessere Herrschaft geben? Mondschlund meint es gut mit Euch. Er schätzt Euren Mut und Scharfsinn. Deshalb wollte er Euch die Herrschaft anvertrauen, und deshalb gibt er Euch die liebreizendste Frau zur Gemahlin – Inthara von Arphat.«

Baniter blickte sie entgeistert an. »Inthara soll meine Gemahlin werden? Wie kommt Ihr auf diese wahnwitzige Idee?«

Sai'Kanee lächelte kühl. »Das Volk dichtet ihr eine göttliche Herkunft an, und damit ist sie die richtige Gattin für den neuen Herrscher. Zu einem solchen Paar werden alle Menschen aufblicken, und Euer Kind werden sie wie einen Gott verehren.« Sie hob den Stab und zeigte mit der Spitze auf Baniter. »Und falls Ihr sie nicht liebt – was macht es schon? Sie auf jeden Fall brennt Feuer und Flamme für Euch, dafür habe ich gesorgt. Ein paar süße Worte in ihr Ohr gewispert, und schon hat das einfältige Ding geglaubt, Ihr wäret der Mann, den die Götter für sie auserwählt hätten. Bestimmung, Schicksal, Vorhersehung ... Es war leicht, ihre Leidenschaft zu entfachen – so wie Mondschlund es mir befahl.«

»Mondschlund oder Sternengänger«, sagte Baniter scharf. »Oder beide zugleich? Wer ist es wirklich, der Euch diese Befehle zuflüstert?«

Der Baumeister stieß einen Schrei der Entrüstung aus. Auch Sai'Kanee war sichtlich empört. »Eure Frevelworte helfen Euch nicht weiter! Sardresh hat viel zu lange gezögert, Euch hierherzubringen. Nun werde ich nachholen, was er versäumte.« Sie hob den Stab. »Ein letztes Mal, Fürst Baniter – erweckt die Stadt, so wie es Euch bestimmt ist. Denn sonst muß ich Euch dazu zwingen, und das wäre für einen so stolzen Mann sehr erniedrigend.«

Baniter zögerte. Er betrachtete das Buch in seiner Hand. Dann fiel sein Blick auf den jungen Mann, der bisher schweigend hinter Sai'Kanee gewartet hatte. Rot glühte sein Körper, grellgelbe Adern glommen unter der Haut, und in den Augen brannte das Feuer. Plötzlich wußte der Fürst, wer er war.

»Nhordukael«, platzte es aus ihm hervor. »Du bist Nhordukael!«

Der Mann nickte. »Ich erinnere mich an Euch, Fürst Baniter. Wir begegneten uns nur einmal, in einer Sitzung des Thronrats.«

»Ja ... es war, bevor das Volk dich zu ihrem Auserkorenen ausrief.« Er runzelte die Stirn. »Aber warum bist du hier? Warum bist du in das Verlies der Schriften herabgestiegen?«

Nhordukael schwieg einen Augenblick. »Ich wollte verstehen, was Mondschlund mit dieser Welt vorhat – dies war der eigentliche Grund. Nun weiß ich es. Die Stadt, die er ans Tageslicht bringen will, verabscheue ich ebenso wie Ihr. Doch ich kann es nicht verhindern. Das könnt nur Ihr.« Seine Stimme wurde leiser. »Laßt es nicht zu, Baniter. Lest nicht in diesem Buch!«

Sai'Kanee fuhr zu ihm herum. »Er wird es tun! Jeder von uns muß seine Pflicht erledigen – du in der Sphäre und Baniter hier im Verlies! So ist es vorherbestimmt!«

Sie holte zu einem plötzlichen Schlag aus. Der Stab traf Baniters Brust. Der Fürst wurde gegen die Mauer geschleudert; und diese gab nach. Baniter schrie auf, als er in das schwarze Metall einsank; sein Körper wurde verschluckt, nur die Hände und der Kopf ragten noch hervor. Und während Sardresh in ein Kichern ausbrach, öffnete sich das Buch, das Baniter umklammert hielt. Der Fürst wehrte sich, versuchte sich aus dem schwarzen Schlüssel zu befreien;

doch der Bann war zu stark. Seine Augen fielen auf die Luchsschrift, deren goldene Zeichen im Buch aufglommen.

Dann hob er die Stimme.

Und las.

Seine Lippen bewegten sich, er wisperte und raunte unverständliche Worte. Sie entstammten einer fremden Sprache – die Sprache der Magie, der Sphäre, die zuletzt vor Jahrtausenden auf Gharax erklungen war.

Der Himmel verdunkelte sich. Tiefschwarze Finsternis ... für einen Augenblick schien die Zeit stillzustehen, und Baniter verstummte. Dann aber fuhr er fort, und der Himmel zerrrrrrissssss. Nun waren Sterne zu sehen. Ein dunkler Nachthimmel, gefärbt von einem gelben Mond. Wolken schoben sich über die erwachte Stadt; und Wind kam auf, blies durch die Straßen, wehte durch das verfilzte Haar des Baumeisters und ließ Sai'Kanees goldbestickten Mantel tanzen

Sie blickte triumphierend auf Nhordukael herab. »Die siebte Nacht ... nun hat Mondschlund gesiegt!«

Nhordukael hatte die Wandlung schweigend mit angesehen. Nun wanderte ein Lächeln über seine Lippen. »Dies war ein großer Fehler, Sai'Kanee. Hätte der Fürst freiwillig die Schrift gelesen und die Stadt somit erweckt, dann wäre Mondschlunds Sieg vollkommen. Doch einen solchen Zauber kann man brechen, das weißt du nur zu gut.«

»Lächerlich! Wer sollte dazu in der Lage sein? Du etwa?« Sie lachte auf.

Nhordukael warf einen letzten Blick auf die Mauer. Baniters Hände zuckten noch, hielten das Buch fest im Griff; und er las, las zwischen den Zeichen der Luchsschrift, seine Stimme heiser, seine weitaufgerissenen Augen auf das Buch geheftet.

Nun fiel Nhordukael ihm ins Wort. Er rief nach der Quelle, die ihm so vertraut war – nach dem Auge der Glut. Und nun, da die Stadt aus dem Untergrund hervorgebrochen und sich von den Fesseln des Verlieses befreit hatte, hörte der Brennende Berg seinen Ruf, antwortete ihm mit einem Knistern und Prasseln. Brüllendes Feuer und tobende Glut ... die Macht der Quelle brodelte wieder in ihm!

Nhordukael packte Sai'Kanees Mantel. Er fing sofort Feuer. Sie stieß einen ungläubigen Schrei aus, schlug mit dem schwarzen Stab nach Nhordukael, doch er drang durch seinen Körper wie durch eine Flamme hindurch, konnte ihn nicht verletzen. Nhordukaels Hände schlossen sich um ihren Hals, und die Hitze riß der Zauberin die Haut vom Fleisch, ließ ihre Halswirbel zerschmelzen. Ihr Kopf sackte zur Seite, und Flammen stoben aus ihren Augen, dem Mund, den Nasenlöchern. Dann brach die Glut aus all ihren Poren hervor, und ohne einen Laut von sich zu geben, zerging Sai'Kanee im Feuer. Es jagte die Treppe hinab, bis zur letzten Stufe. Nur der Stab des Weltenwanderers wurde verschont; er war in mehrere Brocken zerfallen, und diese trieben in der Glut.

Der Baumeister aber war an den Rand der Treppe gewichen. Seine Beinkleider hatten Feuer gefangen, und er drohte zu taumeln, herabzustürzen. Tränen rannen aus seinen Augen, als er sich an Nhordukael wandte.

»Verschone mich ... bitte verschone mich!«

Nhordukael blickte nachdenklich auf die Mauer, wo Baniter Geneder noch immer mit heiserer Stimme las und las, auch wenn die Worte kaum zu hören waren.

»Vorerst lasse ich dich leben, Sardresh. Vielleicht kannst du mir helfen, diesen Bann zu brechen. Doch ich werde nicht vergessen, welche Mitschuld du an diesem Elend trägst.«

Nhordukael wandte sich zur Stadt um, die sich seinen Augen nun in ihrer schrecklichen Pracht darbot; und er wußte, daß Vara nur der erste Keim war, den Mondschlund auf der zerstörten Welt gesät hätte.

KAPITEL 14

Ankunft

Die Galeere glitt langsam durch die Wellen. Wieder und wieder tauchten die Ruder ein, schoben das Schiff voran, schnellten in die Höhe … dann waren die Ruderblätter zu erkennen: pechschwarz und rissig, von Magie umwoben. Wenn sie auf das Wasser trafen, begannen die Öllachen auf der Seeoberfläche zu brennen, und grüne Flammen züngelten an den Ruderstangen empor.

Tarnac von Gyr stand am Bug der Galeere. Sie befanden sich nun in der Mitte von Velubar; hier wuchsen weniger Sumpfbrecher als in Ufernähe, statt dessen trieben Inselflechten auf den Wellen, ein holziges Gestrüpp, auf dem sich Bläßhühner und Schildkröten tummelten. Über die Galeere zogen Kraniche hinweg; ihre Schreie klangen, als wollten sie den König zur Umkehr bewegen.

Tarnacs Finger spielten mit seinem Armband – dem goldenen Turmbinder. »Ist es nicht ein merkwürdiger Zufall? Ein so machtvoller Gegenstand fällt mir in die Hände, ganz unverhofft. Warum habe ich nicht früher erkannt, welche Kräfte er besitzt?« Er verzog die Lippen zu einem Lächeln. »Zu dumm, daß seine Besitzer aus ihrem Gefängnis entkamen. Ich hätte ihnen gerne ein paar Fragen zu dem Armband gestellt.«

Er wandte sich an die Zauberer, die neben ihm an der Reling standen. Es waren Solcata-Mönche mit geschminkten Gesichtern und hellgrauen Kutten.

»Dieses Kleinod bindet die Kräfte des Leuchtturms von Fareghi. Wenn das Zeitalter der Wandlung vollendet ist, werde ich mit seiner Hilfe die Ströme des Silbermeeres beherrschen – und dies ist selbst den Goldéi nicht gelungen. Ja, ein willkommener Zufall … in zukünftigen Liedern wird man es freilich Schicksal nennen oder göttliche Fügung.«

Tarnac hatte sehr leise und ruhig gesprochen, seine Stimme ließ alle Leidenschaft vermissen. Nur seinem Blick war zu entnehmen, wie zufrieden er über den Lauf der Dinge war. Vor drei Tagen waren sie aufgebrochen, hatten die Taue der Galeere gelöst und das Schiff auf den See gesteuert. Vierzig Gefangene saßen an den Rudern, allesamt Aufständische, die sich in Venetor gegen die Gyraner zur Wehr gesetzt hatten. Statt sie hinzurichten, hatte Tarnac ihnen die Gnade erwiesen, ihn auf seiner Überfahrt zu begleiten. Die Vodtiver waren an den Ruderbänken festgekettet; ein Antreiber gab mit der Peitsche den Takt vor, in dem sie die Riemen zu reißen hatten.

»Die Woge der Trauer ist nun ganz in der Nähe«, sagte einer der Solcata-Mönche. »Der Wellengang wird stärker, und ebenso die magischen Ströme. Wir sollten diese Ruder besser einholen. Sie könnten das Herz der Quelle beunruhigen.«

»Das halte ich für unwahrscheinlich.« Tarnac blickte auf die pechschwarzen Enden der Riemen. »Im Gegenteil: die Woge der Trauer wird sich vor der Macht des Schlüssels beugen, wird unsere Galeere in Demut empfangen.« Er ließ die Hände über das Holz der Reling gleiten, eine sanfte Liebkosung. »Ich erinnere mich gut an den Tag, als jene blinden Seeleute mich in Gharjas um eine Audienz baten; damals, kurz nach unserer Vertreibung aus Nagyra, als die Goldéi mein Heer in den Süden zurückgedrängt hatten. Damals begriff ich, welche Veränderung der Welt bevorsteht; und als mir die Südsegler von ihrer Suche erzählten, erschloß ich die Zusammenhänge.«

»Ihr habt ihnen viel Geld gegeben, Majestät, für ein paar Brocken dieses Metalls, aus dem Ihr die Ruderblätter gegossen habt.« Der Zauberer konnte seinen Widerwillen nicht verhehlen. »Woher diese Blinden es auch nahmen, es hätte niemals in menschliche Hände gelangen dürfen. Es verändert den Sphärenfluß, verzerrt die magischen Ströme. Es wird ein Unglück geschehen, wenn wir weiterhin auf das Herz der Quelle zusteuern.«

Das Lächeln des Königs gefror. »Habt ihr nicht selbst immer von dem Zeitalter der Wandlung gesprochen? Mich angefleht, mit den Goldéi Frieden zu schließen, da diese nicht aufzuhalten seien? Was seid ihr Mönche nur für feiges Pack! Ihr kennt nur den Sieg oder die hündische Unterwerfung, doch gegen Widerstände zu kämpfen, das fällt euch nicht ein. Ich habe mich den Echsen weder ergeben noch den sinnlosen Krieg fortgesetzt, sondern einen dritten, den mutigsten Weg gewählt: jenen des Aufbruchs.« Sein Blick kehrte zum See zurück. »Ich bin der erste Mensch, der den Übertritt wagt, und mein Volk wird es mir danken, denn ich werde es in der neuen Welt empfangen. So wird Gyr die Zerstörung von Gharax überdauern, ja, mehr noch: es wird über den neuen Kontinent herrschen, den die Südsegler so lange gesucht haben ...«

»Aber wo wollt Ihr ihn finden, mein König? Etwa hier auf dem See?«

»Unterbrich mich bitte nicht«, sagte Tarnac freundlich. »Ich habe mir die Reime der Südsegler gut gemerkt und sie nicht als Wortgeklingel abgetan. Hier auf Vodtiva beginnt die Wandlung, nimmt die neue Welt ihre Form an. Mir ist es vergönnt, das Ufer zu erreichen – mit Hilfe des schwarzen Schlüssels.«

Eine heftige Welle erfaßte die Galeere. Das Wasser wallte auf, und das Schiff geriet ins Trudeln. Ringsum entzündete sich das Öl des Sees; grüne Flammen sprangen an den Ruderstangen empor. Die gefesselten Vodtiver schrieen auf, ließen die Riemen fahren.

»Die Woge duldet das Metall nicht«, entfuhr es dem Solcata-Mönch. »Sie wird das Schiff überschwemmen und uns ertränken!«

Der König hatte genug gehört. Er winkte die Igrydes herbei, seine Leibwachen, die in der Nähe bereitstanden. »Bringt die Mönche unter Deck. Sie haben gute Dienste geleistet, als sie die Quelle in ihren Bann zwangen, aber dies ist nicht die Stunde für Zauderer.«

Die Igrydes drängten die Mönche zurück. Diese begehrten nicht gegen Tarnacs Befehl auf, traten den Rückzug an. Doch kaum waren sie unter Deck verschwunden, drohte dem König neuer Unbill.

»Königlicher Bruder!« Einer der Igrydes wies auf das Wasser. »Dort hinten nähert sich ein Schiff!«

Tatsächlich! Auf dem See war der Rumpf eines Schiffs zu erkennen; es hing schräg im Wasser, ein abgetakelter Segler mit gestutzten Masten. Rasch trieb es auf die Galeere zu; zwanzig breite Ruder pflügten in strengem Takt durch die Wellen.

»Es muß uns schon eine ganze Weile gefolgt sein«, sagte der König verwundert. »Wie merkwürdig ... ich wußte nicht, daß sich noch ein anderes Schiff auf dem See befindet.« Er wandte sich dem Antreiber zu. »Hängt sie ab. Solange sie in unserer Nähe sind, kann der Schlüssel nicht die Pforte öffnen.«

Der Antreiber ließ seine Peitsche knallen, schrie auf die Vodtiver ein. Diese packten wieder die Ruderstangen, versuchten die Galeere auf Kurs zu bringen. Doch die Woge war zu stark; schwerfällig schwappten Brecher gegen den Bug, und die Ruderblätter fanden keinen Halt im Wasser: es perlte an ihnen ab, und grüne Flammen jagten über den See, tauchten die Galeere in Zwielicht.

»Warum wehrst du dich, Woge der Trauer?« murmelte Tarnac. »Erkennst du ihn nicht, den schwarzen Schlüssel? Fürchtest du ihn gar, weil er die Wandlung ankündigt?«

Die Galeere wurde von einem seitlichen Strom erfaßt. Wieder ließen die Gefangenen die Ruder fahren, wimmerten, weigerten sich, die Stangen zur Hand zu nehmen, da ihre Hände bei jeder Berührung schmerzten. Das fremde Schiff kam immer näher, ließ sich nicht abschütteln. Bald erkannte Tarnac auf dem Wrack mehrere Gestalten; leichtgeschürzte Frauen und Kerle in zerlumpter Kleidung. Ein Dickwanst winkte Tarnac mit seinem Turban zu; ein anderer

Mann mit drahtigem Kinnbart rollte die Augen und stieß wilde Flüche aus, die der König jedoch nicht verstehen konnte. Ganz offenbar machten sie sich über ihn lustig, hatten bemerkt, daß er die Kontrolle über die Galeere verloren hatte.

Die Igrydes zückten ihre Bogen, legten Pfeile an die Sehnen. Doch der König gebot ihnen Einhalt. »Nein … kein Blutvergießen! Die Quelle würde es uns übelnehmen, und dann wären wir verloren.« Stirnrunzelnd beobachtete er das näher kommende Schiff. »Wie konnten sie sich an meine Fersen heften? Sie gefährden den Übertritt! Ich will wissen, wer dahintersteckt!«

Ringsum spritzte Wasser von der Seeoberfläche empor, so wie Regentropfen, die in die falsche Richtung stoben. Bald war Tarnac vollkommen durchnäßt. Und nun hörte er die Stimme der Quelle. Die Woge der Trauer, sie rauschte und sang, sie weinte und pfiff und zischte, begrüßte und warnte den König, und zürnte ihm, da er den schwarzen Schlüssel zu ihr gebracht hatte. Ein Knirschen ging durch die Galeere; sie drohte unter dem Druck der Wellen zu bersten.

»Solange diese Fremden in unserer Nähe sind, kann der Übertritt nicht gelingen, und zögern wir länger, zerbricht uns das Schiff!« Tarnacs Augen funkelten. »Gebt ihnen ein Zeichen. Ich muß wohl oder übel mit ihnen verhandeln.«

Meeresrauschen, starker Wellengang … Jundala Geneder spürte, wie die Barke der Schwarzen Erkenntnis vom Wind vorangetrieben wurde: hörte die Segel flattern, die Wanten singen. Doch sehen konnte sie nichts; um sie nur Finsternis, denn sie war blind, ihr Augenlicht für immer erloschen.

Und wieder dachte sie an Baniter, ihren Mann … an seine grünen Augen, sein Lächeln, seine weichen Hände, die sie so gern auf ihrem Körper gespürt hatte. Wo war er in diesen Stunden? Lebte er noch, und hatte er in Erfahrung gebracht, wohin sie, seine Gemahlin, verschleppt worden war? Hatte er die falsche Schlange Sinustre Cascodi entlarvt, die den Südseglern befohlen hatte, Jundala aus Vara zu entführen?

Ihn noch einmal zu sehen, noch einmal zu spüren, dachte sie voller Verzweiflung, *und meine drei Kätzchen … ich würde alles dafür geben, alles!* Und zugleich war es ihr, als wäre ihre Verschleppung durch die Südsegler, ihre Blendung durch Mhadags Hand nur die gerechte Strafe für ihre Vergehen: für den Mord an dem jungen Mädchen, dem Kaiser Akendor verfallen gewesen war – Ceyla Illiandrin, die Baniters Plan, den Kaiser mit der arphatischen Königin zu vermählen, im Weg gestanden hatte. Jundala war es gewesen, die den Mord an Ceyla in Auftrag gegeben hatte; nun bezahlte sie dafür. *Aus Mord entsteht immer nur neuer Mord … es war mein eigenes Verschulden.*

Doch noch während sie mit ihrem Schicksal haderte, lichtete sich die Finsternis. Sie sah das bleiche Gesicht des Schiffsjungen Mhadag; seine goldenen Augen glommen dicht vor ihr auf. Sah die Südsegler, die auf dem Deck erschienen waren, die Hände erhoben, als priesen sie die Barke wie einen Gott.

»Es ist soweit, Fürstin«, hörte sie Mhadag sagen. Er griff nach ihrer Hand. »Tagelang haben wir die Barke treiben lassen, damit sie den Weg findet. Und nun … spürt Ihr die Küste? SEHT Ihr sie?«

Sie tastete mit der linken Hand nach ihrem Gesicht. Die Berührung der Augenbinde verursachte diesmal keine Schmerzen. Zaghaft streifte Jundala sie ab. Blinzelte … ja, sie BLINZELTE! Spürte ihre Augenlider … und um sie erstrahlte die Umgebung in sattem Gold, ein Blitzen und Funkeln. Das Meer … die Wellen … die Barke! Sie erkannte die Segel und Masten, das stolze Bugspriet, und wo sie zuvor das schwarze Metall der Barke gefürchtet hatte, war sie nun gebannt von dem Glanz, in dem es erstrahlte.

Und in der Ferne lag eine Küste! Eine zerrissene, dunkle Linie, die sich am Horizont entlangzog: festes Gestein. Die Barke strebte ihm entgegen. Jundalas Herz pochte vor Aufregung, und sie erwiderte den Druck von Mhadags Hand.

»Der Südkontinent!« rief sie. »Eure Karte hat die Wahrheit verkündet!«

Ringsum wisperten die Südsegler, ihre Stimmen zu einem Chor vereint. »Die ewige Suche ist endlich vollendet; die Schriften enthüllten das eherne Land. Die Barke, sie trägt uns schon bald an die Küste, mit der uns das Schicksal seit jeher verband.«

Der Wind blähte die Segel, und sie wurden nochmals schneller, jagten durch die Wellen auf den Kontinent zu. Die Südsegler machten keine Anstalten, die Segel zu reffen oder die Barke auf andere Weise zu bremsen. Und Jundala war wie gelähmt, sprach kein Wort, als die dunklen Felsen näher und näher kamen, als das Bugspriet die Klippen berührte und eine Erschütterung durch die Barke ging. Dann hob sich ihr Schiff, glitt in das Gestein, verschmolz mit der Küste, und die Planken unter Jundalas Füßen verwandelten sich in festes Land, auf das sie herabstürzte, weinend und lachend und sprachlos über jenes Wunder, dessen Zeugin sie war; das sie aus Gharax entführt und in eine neue Welt gebracht hatte.

»Dort! Ich kann ihn sehen, den gyranischen Hund!« Parzer spuckte über die Reling, fuchtelte wild mit den Händen. »Tarnac der Grausame … was für ein armseliger Wicht, wenn er nicht einmal ein Schiff führen kann.«

Die Galeere der Gyraner wirbelte auf dem See umher, umgeben von grünem Feuer. Die Woge der Trauer hatte sie erfaßt, spülte Schlamm und Öl und Binsen über die Ruder, die starr in ihrer Verankerung hingen; wie ein Korkball trieb sie auf dem Wasser, hilflos der Magie der Quelle ausgeliefert.

»Armselig, in der Tat!« höhnte neben ihm Schalim. Hochzufrieden ließ der Prasser den Blick über sein eigenes Schiff schweifen. Die *Hotteposse* machte sich gut im Wasser, wie er fand, auch wenn die Planken klapperten und der Wind durch die löchrige Bordwand pfiff, daß es einem angst und bange werden konnte. Unter Deck waren die Frauen damit beschäftigt, das eindringende Wasser in Eimern aufzufangen und über Bord zu schütten, während sich die Männer an den Rudern abmühten: auf der linken Seite zehn Silberschürfer, auf der anderen Seite die Fischer aus Rhagis und die Barden. Die *Hotteposse* hatte zwar leichte Schräglage, aber dies minderte kaum ihr Fortkommen; ja, für Schalims Empfinden glitt sie durch den See wie eine Königin. »Das alte Mädchen schlägt sich hervorragend«, rief er stolz. »Wer hätte das gedacht!«

»Ich glaube eher, sie zerbröselt bald unter uns«, sagte Mäulchen gehässig, die sich neben Ungeld über die Reling beugte. »Ein Wunder, wie weit wir mit dem Pott gekommen sind.«

»Was beschwerst du dich, Weib? Ich sollte dieser Galeere nachjagen, und das habe ich getan.« Schalim gab den Ruderern ein Zeichen, die Fahrt zu verlangsamen. »Nun müssen wir achtgeben, nicht zu dicht an das Herz der Quelle heranzufahren, sonst geht es uns ebenso wie diesem einfältigen König.«

»Er scheint nicht erfreut zu sein, uns zu sehen«, sagte Ungeld. »Seht, er tritt an die Reling ... ob Tarnac mit uns reden will?«

»Äch ne!« Parzer zwirbelte zufrieden seinen Bart. »Tja, der Wind hat gedreht, und diesmal ist es Tarnac, der mit seinem Schiff auf dem Wasser dümpelt, so wie wir damals vor der Küste von Tula. Mal hören, was er zu sagen hat.«

Der König blickte tatsächlich zu ihnen herüber; auf seinem kahlrasierten Haupt glitzerten Wassertropfen, und sein Blick verriet, wie zornig er war. Er rief ihnen etwas zu, doch seine Worte verloren sich im Wind.

»Wir können dich nicht hören, du lahmer Reiher«, brüllte Parzer zurück. »Ein bißchen mehr Mark in die Stimme, wenn ich bitten darf!«

Tarnac versuchte es erneut, doch wieder kam er nicht gegen den Wind an. Schließlich winkte er eine seiner Leibwachen heran, einen Hünen mit wehendem blondem Haar, und wisperte ihm etwas zu. Dieser übermittelte seine Worte mit kräftiger Stimme.

»Mein königlicher Bruder fragt, was ihr von ihm wollt und warum ihr uns gefolgt seid.«

»Sein königlicher Bruder?« kicherte Ungeld und schlug sich auf die Schenkel. »Ich möchte gern die Mutter sehen, die solche Bälger hervorbringt.«

»Bißchen mehr Anstand, wenn ich bitten darf«, grinste Parzer. »Immerhin haben wir es mit einem König zu tun.« Er lehnte sich über die Reling und brüllte die Antwort zur Galeere hinüber: »Du Auswurf eines Sandwurms hast acht unserer Leute auf dem Gewissen! Außerdem hast du unser Armband stibitzt, den goldenen Turmbinder. Den hätten wir gern wieder, sonst kannst du was erleben!«

Der Prasser zog ihn am Hemdzipfel zurück. »Hört auf, ihm zu drohen. Die Gyraner sind in der Überzahl und bis an die Zähne bewaffnet. Ihr könnt Tarnac das Armband nicht mit Gewalt abnehmen.«

»Das brauchen wir auch gar nicht! Wenn seine Galeere kentert, wird er es schon herausrücken.«

In der Tat schien Tarnac über das Angebot nachzudenken. Er hatte den Ärmel der Kutte zurückgeschlagen und betrachtete den Turmbinder an seinem Handgelenk. Dann wisperte er dem Leibwächter wieder etwas zu, und dieser schrie: »Mein königlicher Bruder will sich ungern von diesem Schmuck trennen. Aber er verspricht, ihn euch zurückzugeben, wenn ihr euer Schiff von der Quelle fernhaltet und euch zurückzieht. Ihr weckt den Zorn der Woge und stört unser Fortkommen …«

»Hört, hört«, raunte Mäulchen. »Aber wohin ist der König denn unterwegs?«

»Wenn ihr nach Venetor zurückkehrt, wird er euch dort den Turmbinder übergeben«, fuhr der Gyraner fort. »Ihr habt darauf sein Wort; er schwört es im Namen des Sturmgottes Gharjor, dessen Nachfahre er ist.«

»Ich pfeife auf seinen Sturmgott«, brüllte Parzer empört.

»Entweder er gibt ihn uns hier und jetzt, oder wir schauen genüßlich zu, wie ihr untergeht und euch ein Siebenzahn in Stücke reißt.«

Die Galeere der Gyraner wurde vom Sog der Quelle wieder herumgeschleudert. Tarnac entschwand ihren Augen, und nun sahen sie die schwarzen Ruder, die wie Widerhaken von der Galeere abstanden. Sie senkten sich ins Wasser; der König hatte offenbar seine Leute zur Ordnung gerufen, denn die Galeere trieb nun rasch von der *Hotteposse* weg.

»Er will uns abhängen«, zeterte Parzer. »Jetzt gilt's! Jagt ihm hinterher, Prasser.«

Schalim schüttelte den Kopf, und seine dunklen Locken flogen umher. »Um nichts in der Welt! Die Quelle würde mein altes Mädchen zu Treibholz zerlegen. Wir dürfen uns nicht näher heranwagen ...«

»Unsinn! Wenn sie es bis hierher geschafft hat, hält die *Hotteposse* auch diesen Ritt noch aus.« Parzer schwenkte mit den Armen, um die Ruderer anzutreiben. »Los! Ziiiiiiieht!«

Der Prasser stieß einen knurrenden Laut aus. Dann schnappte er nach Parzers Beinen, wollte den Fischer umwerfen, der ihm die Kapitänswürde streitig machte. Doch flugs sprang Mäulchen herbei und hielt Schalim ein Messer an die Kehle, das sie aus ihrem Stiefel gezogen hatte.

»Schluß jetzt mit den Spielchen, Prasser. Wer sich mit den Fischern aus Rhagis abgibt, darf nicht im letzten Augenblick kneifen. Wir brauchen das Armband, koste es, was es wolle.«

»Wie könnte ich einer so reizbaren Dame diesen Wunsch abschlagen?« würgte Schalim hervor und ließ Parzers Beine los. »Also dann ... auf ins Unglück. Ich hätte mir einen würdigeren Abgang für mein Schiff ersehnt.«

Wie zur Bestätigung ging ein Knirschen durch die *Hotteposse*, als sie sich in Bewegung setzte. Nach wenigen Ruderschlägen nahm sie volle Fahrt auf, trieb in das grüne Feuer der Quelle. Sofort griff die Woge der Trauer nach dem Schiff, schleuderte es umher. Parzer verlor den Halt, fiel dem Prasser in die Arme, während die *Hotteposse* pfeilschnell durch das Wasser jagte.

»Haltet auf die Gyraner zu«, jubelte Mäulchen. »Los, ihr faulen Kerle, nicht müde werden!«

Das wurmstichige Holz der Bordwand fing Feuer; dunkler Rauch stieg auf, schränkte ihre Sicht ein. Dennoch sahen sie vor sich die Galeere; sie bewegte sich nicht mehr. Die schwarzen Ruderblätter hingen tief im Wasser, und dort zischte und brodelte es. Schlamm wurde vom Grund aufgewirbelt, färbte das Wasser braun und erstickte die Flammen.

»Ziiiiieht«, krähte Parzer aus voller Kehle.

Die Woge der Trauer brandete mit voller Wucht gegen ihr Schiff, drückte die *Hotteposse* nach vorne. Die Männer ließen die Ruder fahren, duckten sich, hielten sich an der Bordwand fest.

Dann rammten sie die Galeere. Die Nase der *Hotteposse* bohrte sich in ihre Seitenwand. Holz splitterte. Einer der Masten gab nach, krachte auf das nutzlose Steuerrad. Auf dem anderen Schiff hörten sie die entsetzten Rufe der Gyraner, die mit diesem Angriff nicht gerechnet hatten; und nun drohten beide Schiffe zu kentern, sackten tiefer und tiefer, während rings um sie das Rauschen der Quelle verebbte.

Ungeld zog sich an der Reling empor und spähte über Bord. Er riß die Augen auf, faßte sich an die Stirn, und sein Turban rutschte ihm vom Haupt.

»Der See … wo verflucht noch mal ist der See?«

Parzer und Mäulchen hoben ebenfalls die Köpfe. Auch ihnen verschlug es den Atem. Denn Velubar war verschwunden! Rings um die beiden Schiffe, die sich ineinander verkeilt hatten, lag festes Land – feuchter dunkelbrauner Lehm, in dem an einigen Stellen Pfützen standen, wie auf einem Acker nach starkem Regen. Und über ihnen waberte ein Nebel, kühler Dunst, der sich plötzlich um sie gebildet hatte.

Nun wußten sie, welches Ziel die Galeere angesteuert hatte. Sie waren Tarnac dem Grausamen an einen Ort gefolgt, von dem es keine Rückkehr gab – und dies, ohne es zu wollen.

EPILOG

Sein Kopf schlug auf Stein, schlug auf harten Fels, dröhnender Schmerz; und Laghanos litt und weinte, doch es kümmerte sich niemand um ihn, und das Gestein brachte ihm nur Haß und Hohn entgegen. Er spürte, wie sein Peiniger Rumos ihn über den Boden schleifte, hörte den Zauberer kichern und Selbstgespräche führen …

Wo bin ich? dachte der Junge voller Furcht. *Wohin bringt mich Rumos?*

Er rief nach den Beschlagenen, flehte sie an, ihm beizustehen, doch die Maske bewegte sich nicht mehr; sie war in seinem Gesicht zu einem Klumpen verschmolzen, starr und unbeweglich. Und während Rumos ihn über die Küste zog – über ihnen der Nachthimmel, die schweigenden Sterne –, entglitt Laghanos mehr und mehr die Gewalt über die Sphäre; das Gefüge lockerte seine Drähte, zog sie langsam von ihm zurück. Er mußte nur loslassen, und schon würde er frei sein … doch Laghanos konnte das Joch nicht abschütteln, wollte es nicht, denn was bliebe ihm dann noch, wenn er sich von der Sphäre lossagte, wenn er der Macht, die Drafur ihm geschenkt hatte, entsagte?

In der Nähe rauschte das Meer. Offenbar befand er sich noch immer auf Tyran. Rumos mußte ihn durch die Wellen an einen anderen Küstenabschnitt gebracht haben. Hoffnung keimte in Laghanos; in diesem Fall waren die Goldéi nicht weit. Sie würden ihn finden und befreien und den Zauberer töten, dessen Körper Flammen in die Finsternis warf, ein dunkelrotes Feuer, das die Sphäre geboren hatte.

»Wir sind bald am Ziel, Carputon«, nuschelte Rumos,

während er den Jungen hinter sich herzog. »Dort sehe ich sie schon, die alten Steine ... die Trümmer einer Stadt, die einst dem Menschen Schutz und Heimat bot ... Athyr'Tyran, die Wiege aller Städte, zerstört vom Volk der Sphäre.«

Er blieb stehen und sah Laghanos an. Dieser konnte nur einen Teil von Rumos' zerfurchtem Gesicht erkennen, denn seine Maske hatte sich verschoben, ließ nur schmale Augenschlitze frei, durch die er linsen konnte.

»Dorthin bringe ich ihn, den Auserkorenen«, stieß Rumos hervor, »und helfe ihm, die Maske zu entwirren, die sich seiner Macht entzog ... oh, mein Herr Rumos, sieh nur, wie er blinzelt! Du mußt ihm helfen, diesem armen Kind, dem Auserkorenen, der endlich unser ist!«

Er kicherte und setzte seinen Weg fort. Es kümmerte ihn nicht, daß der Kopf des Jungen über den Boden schabte, spitze Kanten seine Kopfhaut aufrissen; und Tyrans Felsen gierten nach dem Blut, sogen es in sich auf, ergötzten sich an der Verwundbarkeit des geschundenen Körpers. Denn unvergänglich war nur das Gestein, und dieses sehnte sich danach, über die Menschen und ihr schwaches Fleisch zu triumphieren, die so lange auf seiner Kruste gewandelt waren. Nun mußten sie aus der Welt verschwinden und Gharax den Nebelkindern überlassen, die dem Gestein zu ihren Füßen mit Achtung begegneten.

DANKSAGUNG

Mein Dank gilt allen, die mich in dieser Zeit durch die Schatten geleitet haben: Jörg und Sebastian, die den Roman korrekturlasen; meiner Schwester Hjördis für die von ihr erstellten Karten; Thomas und Klaus für die Pflege meiner Webseite; meiner Mutter für die atmosphärischen Bilder, die dort zu finden sind; Angela Kuepper für ihren unermüdlichen Lektoratseinsatz; und all meinen Freunden, die immer ein offenes Ohr hatten, wenn ich ihnen zu später Stunde die Legenden von Schattenbruch erzählte. Und Asysa für ihren stetigen Beistand.

Markolf Hoffmann
Berlin, im September 2005

Markolf Hoffmann

Nebelriss

Das Zeitalter der Wandlung 1.
510 Seiten. Serie Piper

Fremdartige Invasoren fallen in die Welt Gharax ein und reißen die magischen Quellen an sich, auf die Kaiser, Götter und Priester ihre Macht gründeten. Ein Bündnis der letzten freien Reiche könnte die Feinde aufhalten, doch zwischen den Ländern herrschen Hass und Intrigen. Fürst Banister wagt eine gefährliche diplomatische Mission. Nur ein junger Zauberlehrling, der über die Macht verfügt, in die bizarre Dimension der Fremden einzutauchen, wird die Welt retten können – doch er fällt dem Feind in die Hände …

Mit diesem Band beginnt der große Zyklus des neuen Shooting-Stars deutscher Fantasy!

05/1803/01/L

Markolf Hoffmann

Flammenbucht

Das Zeitalter der Wandlung 2.
462 Seiten. Serie Piper

Während das Kaiserreich Sithar in Glaubenskriegen und Intrigen versinkt, gerät der Zauberlehrling Laghanos in die Fänge einer unheimlichen Sekte. Gepriesen als der Auserwählte, soll er die magischen Quellen durchschreiten und in den Kampf um die Sphäre ziehen. Schon bald erkennt Laghanos, dass er zum Werkzeug einer uralten Verschwörung wurde. Noch hält sich der Drahtzieher im Hintergrund, doch dann entbrennt der Kampf um den Leuchtturm Fareghi, das legendäre Machtzentrum der Magie …

Die Fortsetzung des neuen großen Fantasy-Epos »Das Zeitalter der Wandlung«

05/1804/01/R

Markus Heitz

Trügerischer Friede

Ulldart – Zeit des Neuen 1.
448 Seiten. Serie Piper

Nach der großen, verheerenden Schlacht ist auf dem Kontinent Ulldart wieder Frieden eingekehrt. Doch die Ruhe trügt: Während Lodrik sich immer weiter zurückzieht, plant seine erste Frau Aljascha, die Herrschaft über Tarpol zu erlangen. Und im fernen Norden ist jemand erschienen, den alle für tot gehalten haben. Die ehemaligen Kampfgefährten müssen erneut zusammentreffen, um die Katastrophe zu verhindern …

Mit dem Zyklus »Zeit des Neuen« kehrt der Bestsellerautor auf den Kontinent Ulldart zurück – ein idealer Einstieg für Neuleser und zugleich ein Wiedersehen mit den beliebtesten Helden und größten Schurken.

05/1869/01/L

Markus Heitz

Schatten über Ulldart

Ulldart – Die Dunkle Zeit 1.
399 Seiten. Serie Piper

Kurz vor seinem Tod prophezeit ein Mönch, dass die Dunkle Zeit den Kontinent Ulldart erneut mit Leid und Zerstörung überrollen werde. Der verwöhnte Prinz Lodrik wird unterdessen in die Provinz gesandt, um die Stelle des neuen Statthalters einzunehmen. Noch ahnt Lodrik nicht, dass er das Schicksal seiner Welt entscheiden wird – denn die Dunkle Zeit droht zurückzukehren, und er wird der Retter oder Zerstörer Ulldarts sein …

Der Auftakt zum sensationellen Epos »Ulldart – Die Dunkle Zeit« – ausgezeichnet mit dem Deutschen Phantastik Preis

05/1755/03/R

Markus Heitz

Der Orden der Schwerter

Ulldart – Die Dunkle Zeit 2.
495 Seiten. Serie Piper

Lodrik wird neuer Herrscher des Reiches Tarpol. Doch seine Reformen rufen Neider, Intriganten und falsche Freunde auf den Plan. Bald weiß Lodrik nicht mehr, wem er trauen kann, und ist auf die Hilfe finsterer Gestalten angewiesen, um seine Macht zu verteidigen. Und über allem schwebt die verhängnisvolle Prophezeiung, dass die Dunkle Zeit wiederkehren und die Welt in Leid und Zerstörung versinken wird …

Die spektakuläre Fortsetzung der großen Fantasy-Saga »Ulldart – Die Dunkle Zeit«

05/1756/03/L

Markus Heitz

Das Zeichen des dunklen Gottes

Ulldart – Die Dunkle Zeit 3.
525 Seiten. Serie Piper

Das Böse droht, die Überhand auf dem Kontinent Ulldart zu gewinnen. Die eigene Machtstellung wird dem jungen Herrscher Lodrik zum Verhängnis: Unter dem Einfluss verräterischer Freunde und intriganter Berater hat er sich in einen unberechenbaren Kriegstreiber verwandelt. Seine wahren Gefährten werden verfolgt und geraten in Lebensgefahr. Doch sie geben nicht auf: In der Ebene von Telmaran stellen sie sich Lodriks Herr, und eine vernichtende Schlacht beginnt …

»Markus Heitz hat eine große Zukunft vor sich.«
Saarländischer Rundfunk

05/1757/03/R

SERIE PIPER

SERIE PIPER

Kai Meyers Mythenwelt 1

Die ewige Bibliothek

Roman von James A. Owen. Aus dem Amerikanischen von Sara Schade. 256 Seiten. Serie Piper

Als in Wien eine alte Handschrift auftaucht, ist die Fachwelt mehr als erstaunt: Der Codex birgt unbekannte nordische Legenden, die weit in die Zeit vor der Edda zurückreichen. Die Suche nach der Herkunft des geheimnisvollen Fundes führt zu einer ewigen Bibliothek in des Bergen des Himalaya – und weiter nach Bayreuth, wo sich auf den Wagner-Festspielen das Ende der Welt ankündigt. Und während die Gegenwart in einem Albtraum aus Mythen und Legenden versinkt, erwachen die Geschöpfe der Phantasie, und eine gespenstische neue Genesis nimmt ihren Lauf.

05/1852/01/L

Kai Meyers Mythenwelt 2

Der unsichtbare Mond

Roman von James A. Owen. Aus dem Amerikanischen von Sara Schade. 208 Seiten. Serie Piper

An einem Mondtag in Silvertown verwandeln sich Flugzeuge in Drachen, Tiere und Menschen verschwinden, Gegenstände werden zu Fabelwesen. Mittelpunkt des mythischen Sturms ist eine riesige Bibliothek, die auch als Café dient und einem exzentrischen Ehepaar gehört. Als die Journalistin Meredith eine Seite aus einem uralten Codex im Briefkasten findet, steht fest: Zwischen der Handschrift und den Ereignissen in Silvertown gibt es Zusammenhänge …

Ein Roman wie eine phantastische Achterbahnfahrt – nach dem Konzept des Bestsellerautors Kai Meyer

05/1853/01/R

Ursula K. Le Guin

Erdsee

4 Romane in einem Band. Aus dem Amerikanischen von Margot Paronis und Hilde Linnert. 925 Seiten. Serie Piper

Der junge Zauberschüler Ged ist einer der größten Magier von Erdsee. Eines Tages schafft er eine Verbindung zum Totenreich. Dabei jedoch erkennt er, daß die Welt der Lebenden durch einen Riß im Jenseits bedroht wird. Gemeinsam mit der Hohepriesterin Tenar und Tehanu, der Tochter der Drachen, stellt sich Ged den dunklen Mächten, die Erdsee ins Verderben stoßen wollen …
Dieser Band vereint 4 Romane eines der erfolgreichsten Fantasy-Zyklen überhaupt.

»Ursula K. Le Guin ist eine überaus weise Geschichtenerzählerin!«
John Clute

05/1728/01/L

Ursula K. Le Guin

Rückkehr nach Erdsee

Roman. Aus dem Amerikanischen von Joachim Pente. 283 Seiten. Serie Piper

Nacht für Nacht hat der junge Zauberer Erle den gleichen entsetzlichen Traum: Die Steinmauer, die die Toten von den Lebenden trennt, bricht ein und droht, den Inselkontinent zu verschlingen. Verzweifelt wendet sich Erle an den Erzmagier Ged, der zurückgezogen auf der Insel Rok lebt. Doch Geds Magie ist schwach. Erle muss zum Hof Lebannens reisen, um Hilfe bei Tenar und Tehanu zu suchen. Dort erfährt er von einer weiteren Gefahr: Drachen planen eine Invasion – und der Schlüssel zur Rettung seiner Welt liegt in Erles Traum verborgen …

»Dieser Zyklus zählt unbestritten zu den größten Werken der Fantasy überhaupt.«
The Observer

05/1739/01/R